Kreuzberg

Oliver G. Wachlin, Jahrgang 1966, lebt und arbeitet seit über zwanzig Jahren hauptberuflich als freier Autor und Dramaturg in Berlin. Er schrieb zahlreiche Texte, Konzepte und Drehbücher für Film und Fernsehen sowie diverse Image- und Werbekampagnen. »Kreuzberg« ist sein vierter Kriminalroman im Emons Verlag.

Dieses Buch ist ein Roman. Handlungen und Personen sind frei erfunden. Ähnlichkeiten mit lebenden oder toten Personen sind rein zufällig.
Auf Seite 301 finden sich Übersetzungen und inhaltliche Erläuterungen, im Text mit Sternchen versehen.

OLIVER G. WACHLIN

Kreuzberg

KRIMINALROMAN

emons:

Bibliografische Information der Deutschen Nationalbibliothek
Die Deutsche Nationalbibliothek verzeichnet diese Publikation in der Deutschen Nationalbibliografie; detaillierte bibliografische Daten sind im Internet über http://dnb.d-nb.de abrufbar.

FSC
www.fsc.org
MIX
Papier aus verantwortungsvollen Quellen
FSC® C083411

Umschlagmotiv: photocase.de / Don Espresso
Umschlaggestaltung: Tobias Doetsch
Druck und Bindung: CPI – Clausen & Bosse, Leck
Printed in Germany 2012
ISBN 978-3-95451-023-8
Originalausgabe

Für Theodor

PROLOG

Der Viktoriapark ist ein idyllischer Ort. Etwas unheimlich vielleicht, vor allem bei Vollmond. Er taucht das Laub der alten Bäume in silbriges Licht und malt seltsame Schatten auf die vom Nachttau feuchten Wiesen.

Über uns das Nationaldenkmal. Es soll an die Befreiungskriege gegen Napoleon erinnern und sieht aus wie der Turm einer gotischen Kathedrale.

Irgendwie gruselig, findest du nicht? Vor allem das eiserne Kreuz auf der Spitze ragt wie eine düstere Mahnung in den sternenklaren Nachthimmel. Es gab dem Berg seinen Namen: Kreuzberg.

An dessen Nordflanke rauscht ein wildromantischer Wasserfall in die Tiefe. Das sind sozusagen die »Viktoriafälle« von Berlin. Sie fließen in kleinen Stromschnellen talwärts, in gurgelnden Strudeln über blank gespülte Steinstufen und Klippen voller Moos unter dichten immergrünen Sträuchern und Bäumen. Hier ist es kühl, selbst an heißesten Sommertagen. Dann erholen sich die Menschen auf den Bänken und Steinen am Wasser, kühlen die Füße darin oder nehmen ein erfrischendes Bad.

Doch jetzt ist niemand hier. Es ist gleich Mitternacht, und wir sind ganz allein auf dem Kreuzberg. Von hier oben hat man einen tollen Blick auf die Stadt. Wie ein endloses Lichtermeer umgibt sie uns, wie ein riesiger funkelnder Diamant.

Halte einen Moment inne. Verharre und genieße den Ausblick, denn es ist das Letzte, was du sehen wirst vor deinem Tod.

Nun guck nicht so erschrocken. Hast du wirklich geglaubt, Verräter kommen einfach so davon?

Keine Angst, es wird ganz schnell gehen. Ohne Schmerz. Nur ein dumpfer Schlag, dein leises Röcheln und dann der Sturz in die Tiefe. Es geht leider nicht anders.

Du wirst sterben. – Jetzt!

1 MEYER LEGTE DEN KOPF in den Nacken, blinzelte die Morgensonne an und atmete tief durch. Hinter ihm schlossen sich die schweren Stahltore der Tegeler Justizvollzugsanstalt. Der größte Knast Deutschlands seit 1898. Hier hatten sie schon den Papst eingebuchtet, Andreas Baader und den Hauptmann von Köpenick. Meyer war jetzt draußen. Vorläufig jedenfalls. Punkt neunzehn Uhr hatte er sich hier wieder einzufinden. »Freigang« nannte sich das. Wegen guter Führung. Und um sich wieder einzugliedern in die Gesellschaft.

Es wird etwas passieren, dachte er, umsonst lassen sie mich nicht raus.

Meyer wandte sich nach links und lief langsam die Seidelstraße hinunter. Ein heißer Augusttag brach an, schon jetzt flimmerte der Asphalt im Sonnenlicht. Richtiges Hochsommerwetter, da sollte man eigentlich Shorts und T-Shirt tragen. Dennoch hatte sich Meyer für einen schwarzen Rollkragenpullover, teure italienische Slipper und die anthrazitfarbene Bundfaltenhose entschieden, die perfekt zum weit geschnittenen Sakko passte. Er wollte nicht wie ein Sträfling aussehen, wie ein Freigänger auf Bewährung.

Zudem hatte er keine andere zivile Kleidung. Im Knast trug man Anstaltskluft. Zwar hätte Meyer Monika bitten können, ihm ein paar Sachen zu schicken, aber sie wusste ja nicht, dass er jetzt besuchsweise rausdurfte. Sie sollte es nicht wissen. Meyer wollte sie überraschen, und deshalb trug er jetzt jene Kleidung, mit der er im vergangenen Oktober seine Haftstrafe angetreten hatte. Herbstlich und viel zu warm, aber edel. Nichts von der Stange jedenfalls. Allein das Sakko hatte gut anderthalbtausend Mark gekostet. In der Innentasche knisterten zwei Papiere. Ein offizielles von seinem Bewährungshelfer mit Kontaktadressen vom Sozialamt und der Eingliederungshilfe. Und dann eines, das ihm der Anwalt unauffällig zugesteckt hatte. Handschriftlich war darauf der Name des stellvertretenden sowjetischen Militärattachés an der Botschaft Unter den Linden vermerkt. Gennadi Njasow, ein General a. D., der Meyer schnellstmöglich treffen wolle. Es ginge um eine dringende strategische Angelegenheit.

Ja, dachte Meyer, es wird etwas passieren.

Neben ihm stoppte ein giftgrüner Opel Corsa und hupte. Meyer zuckte zusammen und wandte sich um. Im Wagen saß eine Frau, nicht mehr ganz jung, vielleicht Mitte, Ende vierzig, und winkte ihm zu.

»Sind Sie Meyer?«

»Wer will das wissen?«

»Sie sind Meyer«, stellte die Frau fest und öffnete die Beifahrertür. »Steigen Sie ein, wir müssen reden!«

»Reden?« Meyer ging zögernd auf den Wagen zu und beugte sich fragend zur Fahrerin hinunter. »Worüber?«

»Vielleicht über Ihre Zukunft?« Die Frau erwiderte seinen Blick. »Vielleicht aber auch über Ihr geplantes Treffen mit General Njasow?«

»Verstehe.« Meyer lächelte. »Sie sind nicht vom Sozialamt.«

»Und auch nicht Ihre Bewährungshelferin«, erklärte die Frau ungeduldig. »Nun steigen Sie endlich ein!«

»Nur, wenn ich wieder aussteigen darf.«

»Keine Sorge, ich bringe Sie schon pünktlich in Ihren Knast zurück.«

»Na denn.« Meyer setzte sich auf den Beifahrersitz und schloss seufzend die Wagentür. »Ich hatte mir meinen Freigang zwar anders vorgestellt, aber –«

»Wie denn?«, unterbrach ihn die Frau und gab Gas. »Erzählen Sie, ich bin gespannt: Was will der General von Ihnen?«

Meyer lehnte sich zurück und schnallte sich an. »Mal angenommen, ich wüsste, wer Sie sind und wovon Sie reden«, sagte er nach einer Weile gedehnt, »vielleicht würde ich mich mit Ihnen unterhalten.«

»Wie wär's mit einem Frühstück«, schlug die Frau vor.

»Gute Idee«, antwortete Meyer, »die Morgenmahlzeiten sind im Knast eher einseitig.«

»Toast, Rührei mit Zwiebeln und Speck? Orangensaft dazu?«

»Nicht übel. Und einen Espresso, stark und schwarz.« Er sah die Frau durch seine randlose Brille an. »Laden Sie mich ein?«

»Gerne.« Die Frau fuhr auf die Stadtautobahn Richtung Innenstadt. »Ich hab schon mehr für gute Informationen zahlen müssen.«

»Wer sagt Ihnen denn, dass ich gute Informationen liefere?«

»Mein Gefühl, Meyer«, erwiderte die Frau, »nur mein Gefühl.«

Wenig später saßen sie unter Sonnenschirmen draußen vor dem Bistro an der Filmbühne am Steinplatz. Die Vögel zwitscherten im Laub der alten Bäume, gedämpft war der Autoverkehr von der nahen Hardenbergstraße zu hören. Aus den Lautsprechern des Bistros klang eine verkratzte Aufnahme von Edith Piafs »La Mer«.

Meyer war zufrieden. Er hatte lange nicht mehr so gut gefrühstückt. Wenn nur die drückende Hitze nicht wäre. Er schwitzte wie ein Schwein.

»Sie sollten sich sommerlicher kleiden«, die Frau bestellte zwei Eiskaffee, »sonst zerfließen Sie mir noch.«

»Cordula!« Jetzt hatte er's. Meyer zog sein Sakko aus und schob die Ärmel seines Rollkragenpullovers hoch. »Deckname Cordula, richtig? Hauptabteilung zwo.«

»Sieht man mir das an der Nase an?«

»Die Augen, Cordula, die Augen.« Meyer grinste. »Die Augen bleiben immer gleich. Wir hatten '85 mal miteinander zu tun. Die Affäre Johanna Olbrich, erinnern Sie sich?«*

»Besser nicht.« Cordula winkte ab.

»Ihr Haar war anders. Länger, glaube ich. Und waren Sie damals nicht auch blond?«

»Ich war vor allem etwas jünger.« Sie lachte.

»Sechs Jahre«, präzisierte Meyer.

»Ja«, sagte sie nachdenklich, »sechs Jahre.«

»Gut.« Meyer tupfte sich mit einer Serviette die Stirn trocken. »Jetzt, wo ich weiß, mit wem ich es zu tun habe, können wir auch reden.«

»Schießen Sie los!«

»Moment noch! Für wen arbeiten Sie?«

»Immer noch für denselben Verein.«

»Den gibt's nicht mehr«, stellte Meyer fest. »Sie haben die Seiten gewechselt.«

»Hätte ich eine Alternative gehabt?« Sie schüttelte unmerklich den Kopf. »Es gibt keine zwei Seiten mehr.«

»Das muss nicht so bleiben.«

»Treffen Sie sich deshalb mit Njasow?«

Meyer wartete, bis die studentische Servierkraft die beiden Eiskaffee auf den Tisch gestellt hatte, nahm sich dann die zwei Gläser und presste sie sich zur Abkühlung links und rechts an die schweißnassen Schläfen.

»Es gibt in dieser Stadt Menschen«, sagte er in dieser Haltung, »die würden Ihr Verhalten, liebe Cordula, durchaus als Verrat bezeichnen. Wir kommen beide aus demselben Stall«, setzte er schärfer hinzu, »Sie sollten wissen, dass unsereins nicht mit Verrätern paktiert!«

»Kalte Kriegsrhetorik«, winkte Cordula ab. »Die Zeiten haben sich geändert, Meyer.«

»Nicht für mich. Das Thema Klassenkampf ist akuter denn je.« Er setzte die Gläser ab und packte Cordula am Arm. »Verdammt noch mal«, zischte er eindringlich, »haben Sie vergessen, wofür wir stehen? Mehr Gerechtigkeit! Die Abschaffung der Ausbeutung des Menschen durch den Menschen! Sozialismus!«

»Sie kämpfen auf verlorenem Posten, Meyer.«

»Kaum.« Er ließ sie wieder los. »Sonst würden Sie sich nicht so sehr für mein Gespräch mit General Njasow interessieren.«

»Was die Russen vorhaben, ist Wahnsinn.«

»So?« Meyers Augen blitzten hinter der Brille. »Was haben sie denn vor?«

Cordula seufzte und nippte an ihrem Eiskaffee. »Sie sollten zweigleisig fahren, Meyer. Es ist nicht gesagt, dass der Plan aufgeht.«

»Welcher Plan?«

»Tun Sie doch nicht so ahnungslos.«

Meyer besah sich die Leute an den Tischen ringsum. Junge Menschen vor allem: Mädchen in knappen Röcken und Shorts und Jungs in karierten Bermudas, die alle Kette rauchten und sich über irgendwelche Projekte unterhielten.

Vermutlich Studenten, dachte Meyer. Die Hochschule der

Künste lag schräg gegenüber an der Hardenbergstraße. Und auch die Technische Universität. Aber waren jetzt nicht Semesterferien?

Ein hagerer junger Mann fiel auf, weil er lange Koteletten trug, wie sie längst aus der Mode waren, und mit seltsam hoher Stimme verkündete, dass er das Motto der diesjährigen Loveparade besonders gelungen finde: *»My house is your house and your house is mine.«*

Interessant fand Meyer das, auch wenn er nicht wusste, wovon der junge Mann genau sprach. Eine Liebesparade? Was sollte das sein? *Mein Haus ist dein Haus und dein Haus gehört mir.* Mhm. Das passte immerhin. Vielleicht hatte diese Cordula ganz recht. Vielleicht sollte er wirklich zweigleisig fahren.

Der Sozialismus war nicht tot, das Motto der Loveparade verriet es, und insgeheim hielt auch Meyer von den Plänen der Russen nicht all zu viel. Das roch zu sehr nach Gewalt und Unterdrückung, auch wenn sich einige Genossen in Berlin sehr viel davon erhofften. Letztlich würde man der gerechten Sache schaden. Die Welt würde aufschreien, und wer konnte schon garantieren, dass das Vorhaben der Sowjets, selbst wenn sie in Moskau Erfolg hätten, in Berlin Auswirkungen haben würde? – Niemand. Marxisten und Leninisten stünden erneut als stalinistische Freiheitsunterdrücker da, die mit Gewalt den Menschen ihren Willen aufzwingen wollten. Andererseits musste in Moskau etwas passieren, so jedenfalls konnte es nicht weitergehen. Die einst so stolze UdSSR, sie war unter Gorbatschow zum Bittsteller geworden und zerfiel vor den Augen der Weltöffentlichkeit.

»Hören Sie, Meyer«, unterbrach Cordula seine Gedanken, »dass Sie Freigänger geworden sind, nach nur knapp einem Dreivierteljahr Haft, geschah nicht ganz zufällig. Man kennt Sie. Man schätzt Ihre Fähigkeiten. Sie sollten kooperieren.«

»Und was bringt mir das?«, fragte er grimmig. »Freiheit, Rehabilitation? Die Siegerjustiz der BRD hat mich verurteilt, obwohl ich nur meinen geschworenen Eid erfüllt habe: die Deutsche Demokratische Republik allzeit zu verteidigen!«

»Die DDR existiert nicht mehr.« Jetzt war sie es, die seinen Arm nahm. »Ich bin doch auf Ihrer Seite, Meyer. Ich weiß, dass unsere sozialistische Staatengemeinschaft das Korrektiv in einer ungerechten Welt war. Ohne uns hätte es die soziale Marktwirtschaft nie gegeben. Der sogenannte gute Kapitalist des deutschen Westens, der seine Mitarbeiter an Gewinnen beteiligte und wie eine Familie behandelte, war ein Produkt unserer sozialistischen Politik. Weil wir da waren: ein Staat der Arbeiter und Bauern.«

»Die hatten hier schlichtweg Schiss vor der nächsten Revolution«, regte sich Meyer auf. »Jetzt gibt es uns nicht mehr, und der Kapitalismus ist seine Fesseln losgeworden. Warten Sie mal ab, was das für die Menschen hier bedeutet! Bald werden sie ihre gute alte BRD nicht wiedererkennen. Statt Sozialstaat Hungerlöhne und Ausbeutung pur für die Gewinnmaximierung einiger weniger. Da braucht das arbeitende Volk dann bald zwei, drei oder vier Jobs, um sich einigermaßen über Wasser zu halten. Der Manchesterkapitalismus erlebt eine Renaissance«, er tippte sich auf die Brust, »weil wir nicht mehr sind.«

»Aber es gibt uns doch noch«, sie lächelte sanft, »Sie und mich und viele andere.«

»Sie?« Meyer lachte bitter. »Sie wollen mich umdrehen!«

»Unsinn! Ich mache meinen Job. Aber wechsele ich deshalb meine Überzeugungen?« Und leiser fügte sie hinzu: »Auch ich habe damals einen Eid geschworen, Meyer. Aber nicht auf die DDR. Sondern auf unsere gemeinsame Sache.«

Meyer starrte sie an. »Da machen Sie einen Unterschied?«

»Sie etwa nicht?« Deckname Cordula hob enttäuscht die Schultern. »Schade. Ich hätte Sie für intelligenter gehalten.«

Klar, dachte Meyer, diese Cordula ist eine clevere Frau. Das waren sie schließlich alle in der HA zwo. Gute Leute. Die Frage war: Meint sie es ernst und winkt ganz heftig mit dem Zaunpfahl, oder stellt sie mir eine Falle?

»Sie mögen mich vielleicht für eine Romantikerin halten«, Deckname Cordula gab der Servierkraft ein Zeichen, »aber ich glaube nach wie vor an eine gerechtere Welt. Und die schaffen wir nicht, wenn Berlin von russischen Panzern abgeriegelt wird. Wenn man versucht, mit Gewalt das Rad der Geschichte zurückzudrehen. Ich muss wissen, was General Njasow von Ihnen will!«

»Zahl'n?« Die sehr hübsche studentische Serviererin stand am Tisch und guckte fragend.

»Gern.« Cordula zückte ihre Geldbörse.

»Zusammen?«

»Ja.«

Meyer knurrte etwas wie ein Dankeschön und dass er sich demnächst revanchieren werde. Es war ihm peinlich, von Frauen eingeladen zu werden. Aber er hatte gerade mal einen Zehnmarkschein in seinem Portemonnaie. Das reichte maximal für ein Tagesticket der BVG und einen Imbiss.

»Zweiundzwanzichfuffzich«, meldete die Servierkraft.

Cordula nestelte einen Zwanziger aus ihrer Börse und gab einen Fünfer dazu.

»Stimmt so.«

Sie wartete, bis sich die Serviererin dankend entfernt hatte. Dann nahm sie einen Kugelschreiber aus ihrer Handtasche, um etwas auf eine Serviette zu schreiben.

»Rufen Sie mich an, wenn Sie beim General waren!« Sie schob die Serviette Meyer zu. »Um unserer gemeinsamen Sache willen. Bis später!«

»Bis später«, echote Meyer und sah ihr lange nach.

2 AM BAHNHOF ZOO, nur ein paar Fußminuten von der Filmbühne entfernt, kaufte er sich eine Zeitung, die er, während er auf dem S-Bahn-Steig auf seinen Zug nach Mitte wartete, beiläufig durchblätterte. Alles normal, keine besondere Nachrichtenlage. Am Vortag war von Bundesinnenminister Schäuble der aktuelle Verfassungsschutzbericht vorgestellt worden, der eine steigende Gewaltbereitschaft in der Neonaziszene registrierte. Die Deutsche Bundesbank hatte die Diskont- und Lombardsätze auf den höchsten Stand seit 1983 angehoben. Ziel sei die Bekämpfung der Inflation.

Ansonsten bestimmte das Ausland die Schlagzeilen: In Jugoslawien verschärfte sich der Bürgerkrieg. Kroaten und Serben gingen immer brutaler mit Waffen aufeinander los. Wahnsinn! Und in Laos hatte das Parlament den früheren Generalsekretär der Kommunistischen Partei Kaysone Phomvihane zum neuen Staatspräsidenten gewählt und gleichzeitig die Verfassung von 1975 geändert. Staatsziel sei nun nicht mehr der Sozialismus.

Abwarten, dachte Meyer.

Nach alter Gewohnheit sah er sich um. Es war nicht unwahrscheinlich, dass er beobachtet wurde. Der Kerl dahinten zum Beispiel, im unauffällig hellgrauen Sommeranzug, war der nicht seit der Hardenbergstraße hinter ihm her? Dennoch versuchte Meyer nicht, ihn abzuschütteln, als er in die haltende Bahn stieg. Deckname Cordula wusste ohnehin, was er vorhatte. Sollten ihr die Observateure ruhig berichten, dass er die Sache durchzog.

In den überfüllten Waggons war die Luft feucht und stickig. Touristen drängten sich mit Stadtplänen, irgendwo klampften ein paar Straßenmusiker für ein Huthonorar Claptons »Cocaine«. Als sie den Song beendeten, hielt der Zug am Bahnhof Friedrichstraße, und Meyer stieg vollkommen durchgeschwitzt aus.

Er nahm den Weg hinter dem Hotel Metropol über den Parkplatz an der US-Botschaft und die Schadowstraße zur Straße Unter den Linden. Die Sowjetische Botschaft war mit Abstand der größte Gebäudekomplex auf dem Prachtboulevard, ein riesiger Sandsteinpalast im stalinistischen Zuckerbäckerstil, auf dem die rote Fahne wehte.

»Nehmen Sie den Hintereingang in der Behrenstraße«, hatte der Anwalt empfohlen. Die Wachen dort waren offenbar instruiert worden, Meyer sofort bis zum stellvertretenden Militärattaché durchzulassen. Ohne die sonst üblichen umständlichen Formalitäten.

General a.D. Gennadi Njasow thronte in seinem opulenten, birkenholzvertäfelten Büro hinter einem riesigen Schreibtisch vor einem Wald aus Flaggen der sowjetischen Unionsrepubliken. Ein rotgesichtiger Hüne von etwa sechzig Jahren. Das schüttere Haar straff gescheitelt. Er trug Zivil, den typischen steingrauen, mit Ordensspangen dekorierten Anzug der Sowjetfunktionäre, und pulte sich mit viel Hingabe und einem Zahnstocher im Mund herum.

Es herrschte eine Gluthitze im Raum, denn trotz des sommerlichen Wetters draußen brannte im offenen, von Granit und rotem

Marmor eingefassten Kamin ein loderndes Feuer. Glühende Holzscheite knackten, die Flammen prasselten, dass man dort hätte Stahl schmelzen können.

Meyer jedenfalls fühlte sich wie in einem Hochofen. Aus jeder Pore seines Körpers rann der Schweiß.

»Wundern Sie sich nicht über das Feuer«, nuschelte der General, faserige Fleischreste zwischen den Zähnen hervorkratzend, »ich habe Hühnchen gegessen. Es ist besser, wenn man die Knochenreste hinterher im Kamin verbrennt. Wirft man sie in den Müll, fangen Sie bei dem Wetter schnell an zu stinken.«

»Ja, es ist in der Tat sehr warm«, pflichtete Meyer bei und tupfte sich die nasse Stirn. »Wie in einer Sauna.«

»Sauna ist gut, sehr gesund«, meinte der Russe und warf seinen Zahnstocher ebenfalls in den Kamin, »entschlackt Körper und Geist.« Er hielt Meyer seine große fleischige Hand hin. »Und? Wie gefällt Ihnen Ihr Ausgang, Genosse Meyer? Sie sehen, der Arm der sowjetischen Diplomatie reicht noch immer weit. Sonst würden Sie hier nicht …«, er deutete auf einen der im Raum herumstehenden Ledersessel, »aber bitte, nehmen Sie doch Platz … sitzen.«

Puh, dachte Meyer schweißgebadet. Wenn sowohl der Bundesnachrichtendienst als auch die Russen für sich beanspruchten, ihm den Freigang ermöglicht zu haben, schienen sie ihn ja dringend zu brauchen.

»War der Arm der sowjetischen Diplomatie nicht stark genug, mich gleich ganz von der Haft zu verschonen?«

»Keine Sorge, Genosse Meyer«, der General lachte dröhnend, »Sie sind schneller wieder frei, als Sie glauben.« Er lief um seinen Schreibtisch herum und holte eine Flasche Wodka aus einem Eisfach, das hinter dem Gemälde eines russischen Raketenwerfers vor dramatisch roter Abendsonne in die Wand eingelassen war. »Trinken wir auf Ihre persönliche und individuelle Freiheit.« Er goss zwei Wassergläser voll und reichte eines davon Meyer. »Na sdorowje!«

Die Gläser klirrten und wurden mit einem Zug ausgetrunken. So war es bei den Russen Sitte. Der General schenkte sofort nach.

»Was wissen Sie über die politische Situation in Moskau?«

»Nicht viel«, antwortete Meyer und tupfte sich erneut die Stirn. »Der neue Unionsvertrag ist ausgehandelt, Gorbatschow im Urlaub auf der Krim. Der ideale Zeitpunkt für einen Putsch.«

»Aber nein, nicht dieses unschöne Wort!« Njasow verzog angewidert das Gesicht. »Putschisten sind Verräter. So entstehen Militärregime. Wir aber sind«, er grinste gutmütig, »brave Kommunisten. Menschenfreunde. Keine Diktatoren.« Er betrachtete nachdenklich den Wodka in seinem Glas. »Wir versuchen nur, das Erreichte zu bewahren und zu vervollkommnen.«

»Was kann ich für Sie tun, Genosse Njasow?«

»Das will ich Ihnen sagen.« Der General sah Meyer prüfend aus farblos wässrigen Augen an. »Aus guten Quellen weiß ich, dass Sie trotz Ihrer Inhaftierung immer noch erstklassige Kontakte zu zuverlässigen Genossen im politischen Untergrund haben.«

»Schon möglich.« Meyer wartete ab.

»Mindestens zweitausend Mitarbeiter Ihres ehemaligen Ministeriums für Staatssicherheit sitzen weiterhin unerkannt in wichtigen politischen, journalistischen wie wirtschaftlichen Gremien der Bundesrepublik. Ist das korrekt?«

Meyer hob abwehrend die Hände.

»Verstehe.« Njasow klopfte ihm wohlwollend auf die Schultern. »Natürlich können Sie nicht offen darüber sprechen. Und das müssen Sie auch nicht. Uns interessiert lediglich, wie lange Sie brauchen, um diese Kräfte zu aktivieren.«

»Um was zu tun?«

»Nun, Genosse Meyer«, Njasow setzte sich ihm gegenüber und schlug die Beine übereinander, »was auch immer in Moskau passieren mag, wir sind an guten Beziehungen zu Deutschland interessiert. Wir möchten Unruhe unter der deutschen und insbesondere unter der Berliner Bevölkerung weitgehend vermeiden.«

»Soll die Stadt …«, Meyer überlegte, »… wieder zum Spielball zwischen den Großmächten werden?«

»Das ist kein Spiel«, konterte Njasow scharf. »Und was die Größe der Sowjetunion betrifft …« Er deutete auf das obligatorische Porträt des sowjetischen Präsidenten Michael Gorbatschow an der Wand, und seine Stimme bekam einen sarkastischen Unterton. »Die hat der große Reformer da oben leichtfertig verspielt. – Tja.« Bitter sah er Meyer an. »Die Deutschen haben ihre Wiedervereinigung für ein Handgeld bekommen.«

»Sie wollen nachverhandeln?« Meyer fächelte sich hilflos mit der flachen Hand etwas Luft zu. »Dafür ist es womöglich zu spät.«

»Es ist nie zu spät, Genosse Meyer.« Njasow hob sein Glas. »Na sdorowje!«

Sie tranken.

»Uns ist die Gefahr einer außenpolitischen Krise natürlich bewusst«, der General füllte die Gläser nach, »und deshalb wollen wir alles daran setzen, die Irritationen so gering wie möglich zu halten. Der beruhigende Einfluss Deutschlands auf seine westlichen Verbündeten wäre da durchaus von Vorteil.«

Meyer schüttelte den Kopf. »Eine Umkehr der Verhältnisse dürfte in der deutschen Politik kaum auf Zustimmung stoßen. Die Wiedervereinigung –«

»Ich bitte Sie«, rief Njasow und riss dramatisch die Arme hoch, »niemand in Moskau will die deutsche Wiedervereinigung in Frage stellen! Aber vergessen Sie nicht«, er klopfte mit Nachdruck auf den Tisch und betonte dabei jedes Wort, »dass die tapferen Völker der Union der sozialistischen Sowjetrepubliken die Hauptlast des deutschen Angriffskrieges zu tragen hatten. Eines Krieges, dessen Folgen noch heute spürbar sind und den die ruhmreiche Rote Armee nur unter großen Opfern für sich entscheiden konnte.«

»Was wollen Sie?« Meyer fiel es schwer, sich in dieser Gluthitze zu konzentrieren. Ihm brannten die Augen, weil Schweiß hineingelaufen war. »Eine Wiederaufnahme der Zwei-plus-Vier-Gespräche? Eine Neuverhandlung über den politischen Status von Berlin? Eine Neuregelung etwaiger Reparationen?«

»In jedem Fall wird Moskau wieder eine Position der Stärke beziehen, wie sie Siegern vorbehalten ist«, erklärte General Njasow mit Bestimmtheit. »Die deutsche Frage ist auch mit der Wiedervereinigung nicht abschließend geklärt, was gewissen reaktionären Kräften hier natürlich nicht gefallen kann. Deshalb, Genosse Meyer, gilt es, die progressiven, die fortschrittlichen Kräfte in Ihrem Lande nachhaltig zu stärken und auf die Gegner unserer Politik vorab destruktiv einzuwirken.«

»Ich fürchte, Sie überschätzen unseren Einfluss, Genosse Njasow.«

Meyer erhob sich. Er musste raus hier, denn es war ihm entschieden zu warm. Keine Sekunde mehr würde er es in dieser überheizten Bude aushalten. Er sehnte sich nach Erfrischung, sommerlichen Klamotten, irgendeiner Abkühlung, die nicht nach Wodka schmeckte. Doch der General a. D. hielt ihn zurück.

»Ihre Leute sitzen an den richtigen Stellen«, raunte er eindringlich. »Wissen Sie, ich habe die Arbeit des MfS immer sehr geschätzt. Sie waren effektiver als der KGB, cleverer als der Mossad und skrupelloser als die CIA. Ihr wart die Besten!«

»Leider wurden wir abgewickelt«, entgegnete Meyer vor Hitze keuchend, »und die DDR ist ebenfalls Geschichte.«

»Aber Ihre Genossen sind fast alle noch da. Gut ausgebildete Leute. Die müssen nur aktiviert werden.«

»Das geht nicht auf Knopfdruck.« Meyer winkte ab. »Die Befehlsketten sind unterbrochen, unsere Führungsstrukturen irreparabel zerstört.« Wieder wischte er sich den Schweiß von der Stirn.

»Wir unterstellen Ihre Genossen dem KGB.«

Ja, dachte Meyer, so war das mal vorgesehen. Die sogenannte GAU-Planung. Bei einem Zusammenbruch der DDR sollten die aktiven Kader der Geheimdienste vom KGB übernommen werden. Das Ministerium für Staatssicherheit war ohnehin immer von den Sowjets kontrolliert worden, jede größere Aktion der Hauptabteilung Aufklärung musste mit Moskau koordiniert werden. Möglicherweise würden sich so einige Schläfer wecken lassen. Aber wer von denen war noch loyal? Und wer hatte sich inzwischen mit den geänderten Verhältnissen arrangiert? Da gab es doch bestimmt einige, die von ihrer früheren Tätigkeit fürs MfS nichts mehr wissen wollten, die fett geworden waren im Speck ihrer gemütlichen Gremien, oder, wie Deckname Cordula, zum Klassenfeind übergelaufen waren.

»Ich werde mir erst eine zuverlässige Truppe aufbauen müssen«, sagte er nach einer Weile, »die unsere alten Netzwerke auf Abtrünnige filtert. Da gab es sicher einige Absetzbewegungen. Wir werden jeden einzelnen unserer Kameraden genau überprüfen müssen.«

»Wie lange werden Sie dafür brauchen?«

Meyer schwitzte. Zuletzt war er für die Finanzen zuständig gewesen, seine Aufgabe war es, die Devisenreserven des MfS vor der

Abwicklung diskret in Sicherheit zu bringen. Mit der Auslandsaufklärung hatte er nur sekundär zu tun. Allerdings gab es auch Akten, die er beiseitegeschafft hatte, ganze Datensätze der HVA, die seine Überlebensversicherung waren. Und der KGB musste das irgendwie mitbekommen haben. Deshalb hatten sie ihn hierher bestellt. Ich brauche Zeit, überlegte Meyer, ich muss ihn irgendwie hinhalten.

»Lange«, sagte er schließlich, »vielleicht zu lange.«

»Sie haben achtundvierzig Stunden«, erklärte der General. »Nicht mehr.«

»Das ist absurd«, protestierte Meyer, »ich bin immer noch Gefangener der BRD! Ein Freigänger, ich werde beobachtet und kann mich nicht frei im Land bewegen. Mir sind praktisch die Hände gebunden.«

»Umso besser«, erwiderte Njasow, »niemand wird ahnen, dass Sie weiter für uns arbeiten.« Er grinste breit. »Eine Gefängniszelle in Tegel als Stützpunkt des KGB – ja, das gefällt mir.« Er legte seine Pranken auf Meyers Schultern und wiederholte: »Das gefällt mir sehr gut. Was denken Sie, wie Ihre alten Genossen da draußen aus ihrer Erstarrung aufschrecken, wenn sie merken, dass es das MfS noch gibt. Dass es ihnen sogar noch aus den Gefängnissen des Klassenfeindes Anweisungen schickt.«

Das große geheime Ding, dachte Meyer, es lebt! Tolle Psychologie, passt zu den Russen. Und könnte sogar funktionieren. Doch was ist, wenn sich wer nicht mehr an den alten Eid gebunden fühlt? Wenn einer der alten Genossen nicht mehr mitmachen will? Es musste sich nur einer der Kameraden aus der Deckung wagen und die zuständigen Abwehrdienste der Bundesrepublik informieren, dann wäre Meyer dran. Dann käme er ewig nicht mehr aus dem Knast heraus. An ihm würden sie sich schadlos halten.

»Ich habe hier eine Liste von Adressen«, sagte der General, »die arbeiten Sie ab. Einige von denen kennen Sie persönlich, andere nicht.« Er schob Meyer zur Tür. »Nutzen Sie Ihren freien Tag, um die Adressen auswendig zu lernen. Dann vernichten Sie die Liste. Der Kontakt läuft über Ihren Anwalt. Die Überprüfung vor Ort leisten wir. Ich wünsche Ihnen einen schönen Tag.«

Schwitzend stand Meyer wenig später wieder auf der Behrenstraße. Er brauchte dringend eine Dusche und frische, leichte Kleidung. Zuvor musste er unverzüglich Deckname Cordula über das Gespräch mit Njasow informieren. Da hatte sie ganz recht, zweigleisig fahren war die einzige Chance. Beiden Seiten Futter liefern und abwarten, wie sich die Dinge in Moskau entwickeln. Er hatte wenig Lust, ein zweites Mal zu den Verlierern zu gehören.

Zu spät bemerkte er, dass er die Serviette, auf der ihm Cordula ihre Nummer notiert hatte, permanent zum Schweißabwischen benutzt hatte. Sie war nur noch ein schmuddelig feuchter, zerfaserter Fetzen Zellstoff, die Telefonnummer nicht mehr zu entziffern.

3 DER ANRUF ERWISCHT MICH auf dem falschen Fuß, wie man so schön sagt. Obgleich sich mir der Sinn dieser Redewendung nicht gleich erschließen will: Wieso Fuß? Ich liege doch. Und zwar rücklings auf dem harten Parkett. Dunkelheit umgibt mich. Nur durch einen Spalt der Vorhänge am Fenster sickert schwaches Straßenlicht herein und spiegelt sich im Kronleuchter über mir. Ein hässliches Teil aus Kristall, nachgemachter Barockkitsch aus dem Kunstgewerbeladen.

Das Telefon klingelt und klingelt. Es kann nicht für mich sein, denn meine Wohnung hat Auslegeware aus Sisal, und solche schrecklichen Kronleuchter hänge ich mir auch nicht an die Decke.

Die Frage ist: Wo bin ich?

Neben mir liegt eine geleerte Whiskyflasche auf dem Boden. Zehn Jahre alter Single Malt, Talisker, 45,8 % Vol., so steht es auf dem Etikett. Aha. Das erklärt zumindest, was mich niedergestreckt hat.

Der Abend zuvor war etwas unübersichtlich verlaufen. Zunächst hatte ich mit meinem Kollegen Harald Hünerbein in der Dienststelle auf den Feierabend gewartet. Es war Freitag, und wir hatten darüber diskutiert, dass der Name dieses Tages eine einzige Lüge ist.

Denn wer hat schon an einem Freitag frei? Abgesehen davon, dass man an diesem Tag etwas früher Feierabend macht, um sich aufs Wochenende vorzubereiten, ist er ein ganz normaler Arbeitstag. Vielleicht sollte man ihn besser Vorfreitag nennen, denn erst der Samstag ist genau genommen ein wahrer Freitag. Genau wie der Sonntag, wo selten mal die Sonne scheint.

Überhaupt, die Wochentage: Was hat der Mond mit dem Montag zu tun? Dienstag stimmt es wieder, und am Mittwoch wird tatsächlich die Arbeitswoche geteilt. Donnerstag dagegen ist reinster Unsinn – es sei denn, es gibt Streit mit dem Chef oder ein Gewitter …

Dann rief Monika an. Sie müsse mich dringend sprechen, es sei sehr wichtig. Wir hatten uns bei Enzo im »L'Emigrante« zum Pizzaessen verabredet, aber Moni kam nicht. So trank ich erst ein paar Bier, später Wein. Gegen halb acht erschien sie endlich und erklärte, Siggi sei plötzlich bei ihr aufgetaucht, na so eine Überraschung, und habe dringend nach einer Dusche und frischen Sommersachen verlangt.

Das verstand ich nicht, denn eigentlich sollte Monikas Exmann doch im Knast sitzen. Ein früherer Stasiagent, rechtskräftig verurteilt wegen diverser Geldschiebereien in Millionenhöhe zum Nachteil der Bundesrepublik.

Er habe kurzfristig Freigang bekommen, erklärte Monika. Eine Maßnahme zur Resozialisierung. Punkt sieben Uhr abends sollte er wieder zurück in Tegel sein. Da die Kisten mit seinen Sachen auf dem Speicher auf dem Dachboden zwischengelagert worden waren und alles andere als frisch rochen, hatte sie ihm ein paar Sommerhemden und -hosen gewaschen. Anschließend war es so spät, dass er nicht rechtzeitig zurück ins Gefängnis gekommen wäre, wenn er die öffentlichen Verkehrsmittel genommen hätte.

»Die sind da ziemlich pingelig, wenn sich jemand beim ersten Freigang gleich verspätet«, sagte sie, »wir wollten da nichts riskieren.« Also hatte sie Siggi mit dem Wagen nach Tegel gebracht. Sicherheitshalber.

Monika und ihr Exmann: eine endlose Geschichte. Wenn man Monika will, bekommt man Stasisiggi immer gratis dazu. Ohne den Kerl geht es nicht, selbst wenn er im Knast sitzt. Und jetzt ist er schon Freigänger – ehrlich, man kann wirklich nicht sagen, dass unser Staat besonders unbarmherzig mit seinen früheren Gegnern umgeht.

»Siggi hat niemandem was getan!«

Oh doch, Moni, denk an dich und deine Tochter, hätte ich ihr widersprechen können, doch ich ließ es bleiben. Mich interessierte mehr, was sie mit mir so Wichtiges besprechen wollte.

Zunächst wich sie aus und faselte etwas von Familie und ob es nicht besser sei, wenn wir, also sie und ich und unsere gemeinsame Tochter Melanie, zusammenziehen würden. In eine größere Wohnung. Irgendwann im Leben sei die Zeit gekommen, wo man seine Familienverhältnisse ordnen müsse. Das sei auch für Melanie besser.

Na, dachte ich, bei Melanie ist der Dampfer wohl abgefahren. Das Mädchen ist immerhin schon siebzehn Jahre alt; spätestens mit der Volljährigkeit zieht unsere Tochter vermutlich zu irgendeinem Freund. Der kann man nicht mehr kommen mit Familie. Aber meinetwegen – solange Siggi nach seiner Haftstrafe nicht mit einzieht in die gemeinsame Wohnung –, warum nicht?

Wir sind dann zu Monika nach Hause gegangen. Sie hat zwei Flaschen Rotwein geöffnet. Und was passierte dann?

Keine Ahnung.

Immerhin weiß ich jetzt wieder, wo ich bin. Die zwei leeren Rotweinflaschen stehen noch auf dem Esstisch, und über mir hängt der hässliche Kronleuchter. Jetzt erkenne ich ihn. Er war schon da, als Monika hier einzog. Sie hat ihn nie abgenommen.

Also wird auch der Anruf für Monika sein. Offenbar etwas Dringendes, denn das Telefon hört nicht auf zu läuten. Aber wer, verdammt noch mal, ruft um diese Zeit an? – Siggi? Hat er was vergessen? Darf man im Knast so spät überhaupt noch telefonieren? Die machen doch eigentlich pünktlich Nachtruhe.

Ich will mich aufrichten, doch es gelingt mir nicht. Der Whisky zeigt noch Wirkung. Das Telefon steht etwa vier Meter weiter auf dem Fußboden. Um es zu erreichen, müsste ich darauf zurobben. Ich will mich gerade in die entsprechende Bauchlage bringen, als zwei übergroße Mickey-Mouse-Pantoffeln aus Plüsch an mir vorbeischlurfen. Kurz darauf höre ich, wie der Telefonhörer abgenommen wird. Das Klingeln hört auf.

»Weißt du, wie spät es ist?« Monikas Stimme klingt müde und vorwurfsvoll. »Ja, er ist bei mir, aber ich weiß nicht, ob er ansprechbar ist. Wir hatten was zu feiern.«

Tatsächlich? Ach! Eine Feier also …

Nachdenklich schließe ich die Augen. Was, verdammt, haben wir gefeiert? Siggis Freigang? Einen Lottogewinn? Hatte jemand Geburtstag?

Oh! Natürlich … Der Geburtstag, sicher, plötzlich fällt mir wieder ein, was mich zum Whisky greifen ließ. Denn dieser Geburtstag steht uns noch bevor. Monika ist wieder schwanger. Irgendwann rückte sie damit raus. Sie erwarte ein Kind von mir. Der Test sei eindeutig gewesen. Deshalb das Gefasel von gemeinsamer Wohnung und Familie.

Babygeschrei, vollgeschissene Windeln und durchwachte Nächte. Mein ganzes Leben steht Kopf. Fortan werden sich unsere Gespräche nur noch um das Kind drehen. Ich kenne sie doch, diese frischgebackenen Eltern, die kein anderes Thema mehr kennen als ihr Baby. Da wird dann jedes Gebrabbel als enorme Geistesleistung gefeiert. Wir werden uns in PEKIP-Gruppen anmelden und besorgt unseren Nachwuchs mit den Zöglingen anderer Eltern vergleichen; welches Kind kann zuerst sitzen, welches krabbeln? Wann kommen die ersten Zähnchen, und sind Schnuller nicht total schädlich? Auch Babybreie bieten heißen Diskussionsstoff, nimmt man die günstigen aus dem Discounter, oder bereitet man sie mit Biogemüse doch lieber selbst zu? Und wie lange soll frau die Kinder an die Brust lassen?

»Du freust dich ja gar nicht.«

Schatz, der Eindruck täuscht. Aber im Gegensatz zu werdenden Müttern bekommen werdende Väter keine Hormonschübe, die sie glückselig grinsen lassen, als hätten sie eine Überdosis Fluctin genommen. Wir nehmen unsere Verantwortung anders wahr. Geh nur mal sonntags auf den Kleinkinderspielplatz im Heinrich-Lassen-Park: Da siehst du sie dann, übereifrige Väter, die stundenlang Rutschen und Schaukeln für andere Kinder blockieren, nur weil der eigene Racker sich nicht entscheiden kann.

»Mut, Junge, nur Mut, eine Rutsche tut nicht weh.« Dann machen sie es vor. »Das macht großen Spaß, und Papa passiert nichts, siehst du? Dann passiert dir auch nichts, hab keine Angst, mein Großer.«

Aber das Kind will lieber im Sandkasten spielen. Wenig später stehen sich dort erwachsene Männer mit hochroten Gesichtern gegenüber und bedrohen sich gegenseitig mit Anwaltsklagen, weil die Eigentumsfrage irgendwelcher Buddeleimer nicht zweifelsfrei geklärt ist. Neulich soll es sogar zu einer handfesten Prügelei gekommen sein. Es ging um Erziehungsfragen, feindliche Ideologien trafen aufeinander und wurden lautstark ausgefochten, während die Kleinen fröhlich glucksend über den Spielplatz krochen und sich höchst interessiert weggeworfene Zigarettenkippen und hart getrockneten Hundekot in die sabbernden Münder schoben.

Überhaupt, Hundebesitzer. Ähnlich wie Raucher, Biertrinker, Auto- und Radfahrer gehören sie zum Feindbild. Vaterschaft ist Leidenschaft. Jeder, der die Sicherheit unseres Nachwuchses bedroht, wird erbarmungslos gejagt. *High Noon* wie im Wild-West-Film. Diese Stadt ist zu klein für uns zwei, *old boy*, also verpiss dich in die Wüste.

Schade, dass es keinen Whisky mehr gibt. Ich könnte noch einen gebrauchen. Man kann sich mit Single Malt wunderbar in ganz andere Sphären trinken, Welten voller Anmut und Tiefe, die sich nur im Triumph des Rauschs erobern lassen, in jenen schönen Momenten geistiger Unschärfe, die die Konturen verschwimmen und die Klarheit dahinter umso deutlicher hervortreten lassen.

Denn verbirgt sich hinter der Aufzucht eines Kindes nicht auch eine ungeheure Chance für einen Mann, der sich seit Jahren durch den Dschungel der Midlife-Crisis kämpft? Ich wollte doch immer einen Neuanfang. Wie hab ich gehadert mit den Zwängen meines Seins, mit diesem festgefahrenen Leben. Wie eine Zeitschleife, in der jeder Tag dem anderen gleicht.

Ich träumte vom Ausbruch, wollte neue Herausforderungen, also nur zu: Nimm dich der Sache an! Erziehe dein Kind! Sorge dafür, dass es später nicht zu jenen Arschlöchern gehört, mit denen wir heute tagtäglich zu tun haben! Bring dich ein! Es ist genau diese Wendung, die dein sinnentleertes Leben so dringend braucht, und deshalb rufe es laut und ehrlich aus: Ja, ich will das Kind! Ich nehme die Herausforderung an. Ich freue mich darauf, verdammt noch mal. »Ich! Freue! Mich!«

»Wie schön für dich«, knurrt Hünerbein am anderen Ende der Leitung, und jetzt erst merke ich, dass mir längst der Hörer ans Ohr gehalten wird.

Arbeit, denke ich, Mist, es gibt Arbeit, sonst würde der Kollege kaum mitten in der Nacht hier anrufen. Irgendwo da draußen wurde ein Mensch ermordet. Und wir müssen die Sache aufklären.

»Wo?«, frage ich, und meine Stimme klingt wie das letzte Krächzen eines Sterbenden.

»Kreuzberg, Viktoriapark«, antwortet Hünerbein knapp. »Nimm 'ne kalte Dusche, ich hol dich in zwanzig Minuten ab.«

Klar. Mühsam hebe ich meinen Arm und starre auf die zwei Armbanduhren an meinem Handgelenk. Oder ist es doch nur eine? Mit zwei Zifferblättern und vier Zeigern? Ich kneife ein Auge zu, die Zifferblätter schieben sich zusammen. Zeit wird erkennbar. Halb zwei in der Früh, du lieber Gott! Wer findet um diese Zeit einen Toten?

Erschöpft lasse ich den Arm wieder sinken und starre auf den Kronleuchter an der Decke. Ein furchtbares Teil.

»Wir sollten ihn schleunigst abnehmen«, sage ich laut. »Bevor unser Neugeborenes diesen Kitsch als Licht der Welt erblickt.«

Monika stellt mir einen Kaffee hin – starken löslichen Mokka, damit ich zügig auf die Beine komme – und klatscht mir einen mit Eiswürfeln gefüllten Waschlappen auf die Stirn. Dann hilft sie mir aufs Sofa. Mit eigenartig weichem Blick sieht sie mich an.

»Wir schaffen das schon. Meinst du nicht?«

Hoffnung ist immer gut, denke ich und nippe am Mokka. Verdammt heiß, das Zeug, ganz anders als die Eiswürfel am Kopf. Das Leben ist ein einziger schwer zu ertragender Kontrast.

Wenig später klingelt es an der Tür. Der dicke Hünerbein ist da.

»Sardsch, du siehst furchtbar aus.«

Ich fühle mich auch so. Aber deswegen krankmachen? Als Vater kann ich auch nicht einfach kneifen.

»Du wirst Vater?«

Ich muss es wohl laut gesagt haben, denn Hünerbein starrt erst mich, dann Monika an.

»Etwa von dir?« Er fängt an zu strahlen. »Mensch, das ist ja 'n Ding! Das muss gefeiert werden!«

»Dieter hat schon gefeiert.« Monika gähnt müde. »Siehste ja.«

»Großartig«, findet das Hünerbein, »für Nachwuchs ist es nie zu spät. Und Melanie freut sich sicher auch, dass sie ein kleines Brüderchen bekommt. Oder wird es ein Schwesterchen?«

»Wissen wir noch nicht.« Monika gähnt noch mehr. »Ich bin erst in der zehnten Woche.«

»Ist ja auch egal«, winkt Hünerbein ab. »Hauptsache, das Kind ist gesund! Jetzt musst du dich schonen, was? Mensch, wie ich mich für euch beide freue!« Und schon hat er Monika in seine fetten Arme geschlossen.

Wir müssen, denke ich und erhebe mich zackig vom Sofa, da wird mir auch schon schwarz vor Augen. Als ich wieder zu mir komme, liege ich erneut auf dem Parkett und sehe in besorgte Gesichter.

»Der Kreislauf«, vermutet Monika.

»Quatsch! Der Suff.« Hünerbein hilft mir schnaufend auf die Beine. »Geht's wieder?«

Muss wohl. Ich nicke Monika aufmunternd zu und lasse mich dann von meinem Kollegen gestützt die Treppe hinunterbringen.

4 IM AUTO VERSPÜRE ICH plötzlich einen ungeheuren Appetit. Auf einen dicken Hamburger oder einen Döner. Currywurst wäre auch okay. Rot-Weiß, viel Ketchup und Mayo. Früher konnte man Hünerbein mit solchen Argumenten immer zu irgendwelchen Imbissbuden lotsen. Der Kerl lebt schließlich für seinen Magen. Doch seit zwei Monaten hat er eine neue Freundin, Catherine Hirondeau, eine Astrologin, die ihm eine neue Diät aufgeschwatzt hat. Essen nach Sternen oder so. Und in dieser frühen Morgenstunde ist die Konstellation der einzelnen Himmels-

körper wohl gegen eine Nahrungsaufnahme, denn Hünerbein fährt an sämtlichen Dönerläden vorbei und schwatzt mich voll.

»Kinder sind was Tolles! Ich habe all meine Ehen nie bereut, solange wir Kinder bekommen haben. Denn das ist es, was zählt: die Nachkommen! Blut ist dicker als Wasser, weißt du? Warte mal, wenn Monika jetzt in der zehnten Woche ist, dann ist die Geburt im ... ähm ... Februar.«

Was, schon im Februar? Das erschreckt mich jetzt doch ein wenig.

»Ende Februar, Anfang März«, räsoniert Hünerbein nachdenklich. »Dann wird's ein Wasserzeichen, violett und blau, das heißt: harmonisch, hilfsbereit, sensibel, verlässlich ...«

Wovon redet der Kerl?

»... gesellig, kreativ und verständnisvoll. Kurzum: ein Fisch.«

»Ein Fisch?« Ich verstehe kein Wort.

»Kann auch sehr zärtlich und leidenschaftlich sein, der Fisch ...«

Und ziemlich glibschig, denke ich.

»... wenn er den Partner fürs Leben gefunden hat.« Hünerbein fährt die Monumentenstraße hinunter. »Der richtige Partner ist sehr wichtig, denn Fische brauchen Wärme und Geborgenheit.«

Auf der Katzbachstraße blaulichtern die Streifenwagen. Ein Riesenaufgebot, wie für eine Hundertschaft. Polizisten spannen Absperrbänder vor den Zuwegen des Parks. Es dürfen nur noch Leute raus, aber niemand mehr rein. Ein paar verspätete Nachtschwärmer, die noch auf einen Absacker ins »Golgatha« wollten, maulen herum, verziehen sich aber dann in den »Alptraum«, eine Eckkneipe gegenüber. Hünerbein stoppt seinen alten 250er Mercedes, kurbelt die Seitenscheibe herunter und wedelt mit seinem Dienstausweis herum.

»Wo müssen wir denn hin?«

»Die mobile EZ steht in der Kreuzbergstraße«, antwortet einer der Polizisten und deutet nach links. »Die warten schon auf Sie.«

»Ist das wahr?« Hünerbein legt verwundert den Gang ein. »Weißt du was von 'ner mobilen Einsatzzentrale?«

Nee. Woher auch? Ich war besoffen. »Wer hat denn heute Nacht Dienst?«

»Beylich«, knurrt Hünerbein. »Der muss völlig durchgedreht sein.«

Oder es ist mehr passiert als nur ein Mord, überlege ich, denn auch die Kreuzbergstraße ist in flackerndes Blaulicht gehüllt. Vergitterte Streifenwagen stehen dicht an dicht hintereinander. Dazu die Bullis der Spurensicherer und der Kriminaltechnik sowie ein Lkw der Hundestaffel. Polizisten rennen geschäftig mit quäkenden Funkgeräten herum. Schwarz gekleidete Männer eines SEK sitzen von einem Kleinlaster ab und bereiten sich offenbar auf ihren Einsatz vor. Ein Uniformierter mit orangefarbener Sicherheitsweste und Leuchtstab bedeutet uns mit ausladenden Handbewegungen anzuhalten.

»Sardsch«, Hünerbein tritt auf die Bremse, »das sieht nach einer aufregenden Nacht aus.«

Na, vielen Dank auch. Meine Nacht war schon aufregend genug.

Hünerbein hält seinen Dienstausweis aus dem Seitenfenster. »Die Hauptkommissare Knoop und Hünerbein von der M1. Was ist hier eigentlich los?«

»Großfahndung«, meldet der Beamte, »der Golgatha-Täter hat wieder zugeschlagen.«

»Der was?«

»Der Mädchenschänder«, wird der Beamte deutlich, »also wenn Sie mich fragen, Schwanz ab und den Typen an den Eiern aufhängen!«

»Wir fragen Sie aber nicht.« Hünerbein öffnet die Fahrertür und schält sich schwerfällig aus dem Wagen. »Ist er noch im Park?«

»Sehnse«, triumphiert der Beamte, »Sie fragen doch.«

»Ob er noch im Park ist!«

Auch ich steige aus.

»Keine Ahnung! Fragen Sie die Einsatzleitung.«

Er zeigt zu einem grummelnden grünen Kastenwagen mit rotierenden Rundumleuchten. Inga Lenz steht davor, die immer sehr toughe und gänzlich humorfreie Gleichstellungsbeauftragte der Berliner Polizei und Leiterin der Abteilung Sexualdelikte bei der Kripo. Breitbeinig kommt sie auf uns zu, drahtig wie ein Kerl, in Lederjacke und Springerstiefeln und mit einer Gabriele-Krone-

Schmalz-Frisur über den stahlgrauen Augen. Aggressiv funkeln sie uns an.

»Ausgeschlafen, die Herren?«

»Du lieber Gott«, flüstert Hünerbein, »was will denn die Kampflesbe hier?«

»Für die Rechte der Frau streiten, vermutlich«, raune ich zurück, »sind ja überproportional viele Männer hier am Einsatz beteiligt.«

»Sparen Sie sich Ihre Ironie für den Stammtisch«, schon schnüffelt Inga Lenz an mir herum, »von dem Sie ja offenbar gerade kommen. Schon mal was vom Alkoholverbot im Dienst gehört? Sie stinken wie eine Kneipe!«

»Bis eben hatte ich keinen Dienst«, versuche ich mich zu verteidigen und will aufs Wochenende hinweisen, doch Inga Lenz lässt mich nicht zu Wort kommen.

»Die Kampflesbe«, tönt sie laut, denn natürlich hat sie unser Geflüster gehört, »leitet hier den Einsatz und erwartet von Ihnen, dass Sie endlich Ihren Aufgaben nachgehen!«

»Na, vielleicht setzen Sie uns mal ins Bild!« Hünerbeins Gesicht ist rot geworden, seine Stimme lauter.

»DAS WERDE ICH TUN«, brüllt Inga Lenz zurück, »SCHMITTKE! IHR JOB!«

Wer als Mann für Inga Lenz arbeitet, muss sehr gute Nerven haben, kein übermäßiges Ego und einen überaus weit gespannten Toleranzbogen. Auf Schmittke scheint das alles zuzutreffen, denn er nähert sich lächelnd. Ein fröhlicher Schlaks, um die dreißig, mit längeren blonden Locken, einer Cokedose in den Händen und einem Aktenordner unter dem Arm.

»Ah, die Kollegen von der M1, guten Morgen«, begrüßt er uns gut gelaunt. »Ja, wie Sie vielleicht wissen, fahnden wir seit sechs Monaten nach einem Sexualstraftäter.« Er deutet auf den düsteren Park.

Zwischen den weitläufigen Grünflächen mit ihren dichten Büschen und alten Bäumen blitzen immer mal wieder die Lichter von Taschenlampen auf, und man hört die Suchhunde kläffen.

»Bislang sind sechs Mädchen überfallen worden. Alle waren auf dem Weg vom oder ins Golgatha.«

Schwierige Ausgangslage, denke ich. Das Golgatha liegt mitten im Viktoriapark, ein uriger Biergarten, unübersichtlich, mit viel Publikum. Nachts legen sie dort Platten auf, die Leute tanzen, sie stören ja niemanden. Die Disco ist beliebt bei Jung und Alt, die Musik so vielfältig wie die Gäste: George Bensons »On Broadway« wird genauso gespielt wie Suzi Quatros »If you can't give me love« und »The Power« von SNAP!, es ist für jeden was dabei.

»Heute haben wir einen Notruf erhalten, der in eine ähnliche Richtung ging«, erklärt Schmittke weiter. »Etwa Viertel vor eins, das kam über die Zentrale rein, und wir sind sofort raus. Großfahndung, sehen Sie ja! Der Park wurde hermetisch abgeriegelt und wird derzeit durchsucht.« Er nimmt einen Schluck Cola und lacht uns an. »Hoffentlich kriegen wir den Täter noch.«

»Und das Opfer?«, erkundige ich mich.

»Tot, leider«, Schmittke verzieht bedauernd das Gesicht, »deswegen haben wir Sie ja hinzugerufen.« Wieder deutet er in den Park. »Die Leiche befindet sich da oben am Wasserfall. Vielleicht schauen Sie sich das mal an.«

»Können wir denn da jetzt einfach so rein?« Hünerbein entsichert seine Dienstwaffe. »Nicht dass uns eine dieser Hundestaffeln anfällt.«

»Aber nein«, versichert Schmittke und lacht ausgelassen, »die Kriminaltechniker sind ja auch schon da und wurden noch nicht gebissen.«

»Na gut. Dann schauen wir uns die Sache mal an. Sagen Sie das der Kollegin Lenz, ja? Nicht dass sie sich um uns sorgt.«

»Aber klar«, strahlt Schmittke, »mach ich.«

Wir traben los. Der Mond ist verschwunden, untergegangen oder noch irgendwo hinter den Häusern oder den Bäumen versteckt, der Himmel schwarz und sternenlos. Vielleicht sind auch Wolken aufgezogen, im Wetterbericht hatten sie für die Nacht ein paar Gewitter vorhergesagt. Es ist schwül, die Luft steht still. Um uns herum ist es stockfinster. Wir hätten uns Taschenlampen mitnehmen sollen, die Wege sind kaum zu erkennen.

»Im Keller habe ich noch 'ne Wickelkommode«, schnauft Hünerbein dicht hinter mir. »Die könnt ihr haben.«

»Eine was?«

»Wickelkommode«, Hünerbein betont jede Silbe, »fürs Baby. Zum Windeln.«

»Ah«, mache ich und nicke gähnend. Mann, hab ich einen Hunger! Aber wenigstens ist die Imbissbude Katzbach-, Ecke Kreuzbergstraße geöffnet, das habe ich vorhin gesehen, als wir mit dem Wagen dran vorbeigefahren sind. Da werde ich mir nachher erst mal einen Döner holen.

Mühsam tasten wir uns voran. Rechter Hand rauscht der Wasserfall. Zu sehen ist er nicht. Etwas oberhalb am Berg dringt gleißendes Licht durch das Laub der Bäume und Sträucher. Das muss Damaschkes Scheinwerferbatterie sein, die er immer an den Tatorten aufstellen lässt. Ein grummelndes Dieselaggregat versorgt sie mit Strom. Ich hab es auf der Straße gesehen, sie müssen die Leitungen durch den ganzen Park bis hier hoch gelegt haben.

Plötzlich treten zwei Männer aus den Büschen. Bevor mir das Herz in die Hose rutscht, erkenne ich sie: Es sind die Kollegen Oberkommissare Matuschka und Beylich.

»Du lieber Himmel«, ruft Hünerbein erschrocken aus, »wie kommt ihr denn hierher?«

»Wir waren nur kurz pissen«, kräht Matuschka, und Beylich fügt hinzu: »Wir sind von hinten durch den Park gekommen. Über die Dudenstraße. Vorn war uns zu viel los.«

Geschickt, denke ich. So sind sie um Inga Lenz herumgekommen.

»Wart ihr schon am Tatort?«

»Ja, aber wir können da noch nichts machen. Die Kollegen von der Kriminaltechnik blockieren alles.«

Ja, so kenne ich Damaschke. Was seine Tatorte angeht, ist er immer äußerst penibel.

»Die Frage ist, ob der Fundort der Leiche auch der Tatort ist.« Beylich schnaubt geräuschvoll in ein Taschentuch. »'tschuldigung, Allergie. – Also ich persönlich hab da meine Zweifel.«

Ein schwarzer Saab 900 versperrt uns den Weg. Das skandinavische Automobil unseres verehrten Rechtsmediziners Professor Dr. Hubertus Graber, im Polizeijargon »der Totengräber« genannt. Wir müssen uns seitlich daran vorbeizwängen. Es passt zu Graber, dass er seinen Wagen bis kurz vor den Tatort fährt, über Wiesen und Fußwege und allen Verboten und Hundestaffeln zum Trotz. Schon hört man ihn laut mit dem Spurensicherer diskutieren.

»Ja, wenn ich die Leiche begutachten soll, muss ich auch an sie heran, Damaschke. Sichern Sie Ihre Spuren gefälligst woanders!«

»Ich habe den Tatort noch nicht freigegeben, Herr Dr. Graber! Sie werden sich noch etwas gedulden müssen.«

»Papperlapapp! Zeit ist Geld!«

»Morgen allerseits!« Wir betreten die hell erleuchtete Szene wie Theatermimen die Bühne. Heraus aus dem Dunkel der Büsche hinein ins Licht der Scheinwerfer. Ich hätte die Sonnenbrille mitnehmen sollen, denn ich kann kaum etwas sehen, so hell ist es. »Was haben wir denn heute?«

»Bitte, nicht weitergehen!« Damaschke springt uns in seinem weißen Ganzkörperoverall entgegen. »Die Spurenlage hier ist äußerst sensibel.«

Wir bleiben wie angewurzelt stehen. Vor uns befindet sich eine kleine Brücke, die direkt unterhalb des Viktoriadenkmals auf halber Höhe über den Wasserfall führt.

»Wie lange brauchste denn noch?«, erkundigt sich Hünerbein, und ich stelle erschrocken fest, dass ich meine Zigaretten vergessen habe. Wartezeiten lassen sich am besten rauchend überbrücken.

»Ein paar Fotos, hier und hier.« Damaschke zeigt auf die überall aufgestellten Schildchen am Boden und bittet einen Fotografen, auch er im weißen Ganzkörperdrillich, mit der Arbeit weiterzumachen. »Wir sind heute nur zu zweit«, erklärt er uns und hebt bedauernd die Schultern, »die Kollegen sind alle in der Sommerpause.«

»Tja.« Hünerbein schaut zum Totengräber hinüber, der sich seitlich am Brückengeländer vorbei in die Büsche geschlagen hat und sich an der dort aufgefundenen Leiche zu schaffen macht. »Nur wir müssen arbeiten, was?«

»Ich nehme meinen Jahresurlaub ohnehin lieber im Winter.« Damaschke bückt sich und zieht mit einem Kreidemarker einen weißen Strich auf dem Boden Richtung Leiche. »Die kalte Jahreszeit unterbrechen, sozusagen. Letztes Mal war ich *down under*. Die haben dann Sommer, und hier müssen alle frieren.«

»Und wo soll's im nächsten Urlaub hingehen?«

»Na, wieder nach Australien.« Damaschke zieht einen zweiten Kreidestrich, parallel zum ersten. »Das ist so ein Riesenland, das schaffste in einem Urlaub gar nicht.«

»Kontinent«, sage ich.

»Was?« Hünerbein und Damaschke starren mich an.

»Australien ist ein Kontinent.«

»Aber auch ein Land«, widerspricht Damaschke. »Die haben ja schließlich 'ne eigene Regierung, eigene Fahnen und so.«

»Und die Queen«, weiß Beylich.

»Eine Queen?« Der Spurensicherer ist erstaunt. »Das wusste ich gar nicht.«

»*Die* Queen«, wird Beylich deutlicher, und Matuschka fügt hinzu: »Elizabeth. The Windsors. Charles und Di.«

»Nee, nee, das ist England«, winkt Damaschke ab. »Ich war in Australien! Die sprechen da zwar auch Englisch, aber das ist *down under*, wie gesagt.«

»Ja eben, Commonwealth.« Hünerbein hebt spöttisch die dicken Arme und versucht, seiner Stimme ein churchillsches Tremolo zu geben. *»The empires of the future are empires of the mind.«*

Wir wiehern alle drauflos.

Damaschke freut sich höflich mit, weiß aber offensichtlich nicht, worüber. Dann zeigt er auf seine beiden Striche. »Wenn ihr genau dazwischen bleibt, dürft ihr zur Leiche. Aber nicht danebentreten!«

»Natürlich nicht.« Hünerbein kichert immer noch. »Sehr freundlich, vielen Dank.«

Der Totengräber hockt mit zerfurchter Miene vor einer Frauenleiche. Sie liegt seltsam verdreht am Rande des Wasserfalls zwischen den feuchten Steinen und ist vollständig bekleidet. Das grau melierte Haar der toten Frau ist am Hinterkopf vom Blut dunkel getränkt.

Eine leichte Übelkeit steigt in mir auf. Sicherheitshalber wende ich mich ab. Das ist heute alles nichts für mich. Ich sollte schlafen gehen, denke ich, mehr macht keinen Sinn.

»Und, Professor«, erkundigt sich Hünerbein, »haben Sie uns schon was zu sagen?«

»Schwere Schädelfraktur.« Dr. Graber kommt hoch und zieht sich die Latexhandschuhe aus. »Vermutlich todesursächlich.« Er gibt Hünerbein die Hand und will auch mich begrüßen, stockt aber und saugt lautstark Luft durch seine Nase ein. »Mensch, Knoop, da haben Sie aber wieder mächtig einen über den Durst getrunken, was? Von Ihrer Fahne werde ich ja jetzt noch blau.«

»Er wird Vater«, strahlt Hünerbein. »Hat's vorhin erst erfahren.«

»Ist das eine Freude!« Matuschka umarmt mich glücklich.

»Gratuliere«, knurrt Beylich und knufft mir in die Seite. »Kinder sind immer ein Segen.«

»Ja.« Graber seufzt schwer. »Nur leider können sie sich ihre Väter nicht aussuchen.«

»Todeszeitpunkt?« Bevor der Kerl weitere Unverschämtheiten von sich gibt, werde ich dienstlich. »Gibt es Hinweise auf sexuellen Missbrauch?«

»Keine äußeren jedenfalls.« Der Totengräber schüttelt das Haupt. »Selbst einen Mord kann ich noch nicht bestätigen.« Er zeigt auf die feuchten Steine am Wasserfall. »Sie kann hier ausgerutscht und nur unglücklich gestürzt sein. Todeszeitpunkt etwa zwischen null und ein Uhr.«

»Die hatte sie bei sich.« Damaschke kommt mit der braunen Lederhandtasche des Opfers heran. »Zieh aber Handschuhe an!« Schon hält er mir die Pappschachtel hin, in der er immer Einweghandschuhe bereithält.

Ich ziehe mir ein Paar über und öffne die Handtasche. Typischer Frauenkram liegt drin, Schminkzeug, eine Haarbürste, zwei Lippenstifte und diverse Schlüssel. Zwei davon, ein Autoschlüssel und einer, der wie für ein Vorhängeschloss aussieht, sind mit Plastikanhängern versehen, auf denen handschriftlich jeweils dieselbe kryptische Zahlen-Buchstaben-Kombination vermerkt ist. Wie ein Aktenzeichen. Dann gibt es noch einen weiteren Schlüsselbund, an dem ebenfalls ein Autoschlüssel baumelt. Die restlichen scheinen für Briefkästen, Haus- und Wohnungstür zu sein. Ansonsten befinden sich in der Handtasche noch ein Stadtplan, ein kleiner Terminplaner und eine Brieftasche mit diversen Ausweisen, Kfz- und Führerschein sowie Bargeld in Höhe von vierhundertzweiundfünfzig Mark und sechsundsiebzig Pfennigen.

»Dann war's kein Raubüberfall«, folgert Matuschka, »sonst wäre die Kohle weg.«

»Swantje Steffens«, lese ich laut aus dem Personalausweis vor, »geboren am 17. Juli 1943 in Rostock, wohnhaft Nostitzstraße.«

Ein anderes Dokument weist sie als Vollzugsbeamtin des Kreuzberger Finanzamtes aus. Interessant.

»Kann das ein Mordmotiv sein?« Ich zeige die Ausweise Hünerbein. »Die Frau hat Steuersünder verfolgt.«

»Ein Krebs, aha!« Hünerbein interessiert sich mehr für das Geburtsdatum der Toten. »Die sind besonders empfindsam. Harte Schale, weicher Kern sozusagen. Wir sollten mal das Krebs-Horoskop für heute checken.«

»Wir sollten vor allem mal ihre Termine checken«, meint Beylich und blättert den kleinen Taschenplaner durch.

»Wie gesagt, sie kann auch nur ausgerutscht sein«, wiederholt der Totengräber. »Die Steine sind feucht und glatt.«

»Ja, aber was wollte sie hier? Wieso klettert eine Beamtin der Berliner Steuerbehörde nachts um eins an diesem Wasserfall entlang? Durch Strauch und Busch, abseits der Wege? Um dann hier auf den Steinen auszurutschen und sich den Kopf einzuschlagen?«

Ich will dem Totengräber die Handschuhe zurückgeben, doch der winkt ab. »Die können Sie entsorgen.«

»Vielleicht ist sie vor was geflohen?«, vermutet Hünerbein.

»Vor wem?«

»Vor ihrem Verfolger natürlich.« Inga Lenz ist uns auf den Berg gefolgt und kommt heran. »Das ist doch sonnenklar! Die Frau ist um ihr Leben gerannt und hier verunglückt.«

»Nicht zwingend, verehrte Frau Kriminalhauptkommissarin Lenz«, entgegnet Professor Dr. Graber und zeigt auf den Wasserfall über uns. »Das Opfer kann auch von irgendwo dort oben heruntergefallen sein. Vielleicht wurde die Frau gestoßen. Vielleicht war sie da schon tot. Vielleicht aber wurde sie auch erst hier unten erschlagen. Oder sie ist einfach nur gestürzt. Ein Unfall. Alles möglich. Wir wissen derzeit noch nicht einmal zu hundert Prozent, ob die Frau überhaupt an ihrer sicher sehr schweren Kopfverletzung gestorben ist.« Er hebt die Hand und verabschiedet sich. »Meine

Dame, meine Herren: Ich empfehle mich! Alles Weitere morgen ab sechzehn Uhr.«

Wir stehen da wie die Trottel.

Inga Lenz schnaubt. »Arroganter Chauvi.«

»Aber er hat recht.« Beylich trompetet wieder in sein Taschentuch. »Er mag arrogant sein, aber er hat recht. Wir wissen nicht, was passiert ist.«

Hünerbein nickt. »Wir haben eine tote Finanzbeamtin mit Kopfwunde. Das ist alles.«

»Und sie passt«, wende ich mich vorsichtig an Inga Lenz, »vermutlich auch nicht in das Beuteschema Ihres Sexualtäters.«

»Ach ja? Und wie kommen Sie darauf?« Ihre Augen blitzen wütend.

»Bislang hatte der es doch eher auf junge Discomädchen abgesehen, oder? Die er zwar brutal missbraucht, aber hinterher immer hat laufen lassen. Unsere Tote hier ist achtundvierzig. Und sie ist tot.« Ich schüttele den Kopf. »Ich fürchte, das hat mit Ihrem Fall wenig zu tun.«

»Ist er immer so schnell«, sie starrt Hünerbein an, »in seinen Schlüssen?«

»Der Kollege Knoop ist einer unserer besten Ermittler. Nicht ganz so genial wie ich, aber dicht dran.«

»Gut.« Inga Lenz stellt sich vor uns hin und stemmt beide Arme in die Seiten. »Dann hört ihr Genies mir jetzt mal ganz genau zu«, bellt sie drauflos. »Bevor nicht völlig ausgeschlossen werden kann, dass dieser Fall dem Golgatha-Täter zuzuordnen ist, arbeiten wir zusammen, klar? Ich erwarte vollständige Transparenz zwischen unseren Abteilungen. Guten Tag!«

Sie dreht sich um und stiefelt von dannen.

Beylich und Matuschka atmen hörbar aus.

»Unverschämt!« Ich kann mich nicht entsinnen, Frau Lenz das Du angeboten zu haben.

»Ach was!« Hünerbein winkt ab. »Die hat nur zu viele schlechte Filme geguckt und hält sich für John Wayne.« Er ruft Damaschke zu sich.

»Wir haben gehört, es gab einen Notruf. Habt ihr den gespeichert?«

»Na, sicher doch.« Der Spurensicherer greift in die Tasche seines Overalls und zieht ein kleines Diktafon heraus. »Hier!« Er drückt eine Taste.

»Polizeinotruf, guten Morgen«, knarzt es aus dem Gerät, und eine andere, männliche Stimme sagt: *»Hier liegt 'ne Tote. Viktoriapark am Kreuzberg, direkt am Wasserfall. Räumt sie besser weg, bevor sich jemand erschreckt.«*

»Das war's.« Damaschke schaltet das Band ab. »Danach hat er aufgelegt.«

»Merkwürdig, oder?« Beylich und Matuschka sehen mich an. »Kann das der Täter gewesen sein?«

Das vermutet wenigstens Inga Lenz, denke ich. Vielleicht war es aber auch nur ein Bürger, der möglichst abgebrüht wirken wollte.

»Der Anruf kam wahrscheinlich aus einer Telefonzelle.« Damaschke steckt das Gerät wieder ein. »Wir untersuchen das später genauer im Labor.«

»Wo ist denn hier eine Telefonzelle?« Eigentlich kenne ich den Viktoriapark ganz gut, eine Freundin von mir hat in der Nähe gewohnt. Wir waren oft mit ihrem Hund hier, aber ein öffentlicher Fernsprecher ist mir nie aufgefallen.

»Nicht hier.« Damaschke holt das Diktiergerät wieder hervor und spielt das Band noch mal ab. »Irgendwo draußen an der Straße. An einer Stelle ist deutlich der Autoverkehr zu hören. – Hier! – Hört ihr das?«

Wir hören nur Rauschen zwischen den Worten.

»Anfahrende Fahrzeuge«, erklärt Damaschke, »wie wenn eine Ampel auf Grün schaltet. Wie gesagt, wir analysieren das nachher im Labor noch genauer.«

»Das bedeutet, der Täter, oder wer auch immer, war nicht mehr im Park, als er telefonierte.«

»Bingo«, macht Damaschke.

»Aber warum dann das Riesenbohei? Warum lässt sie den ganzen Park absuchen?«

»Das solltest du die Kollegin Lenz fragen.«

»Hast du ihr gesagt«, mischt sich Hünerbein ein, »dass der Anruf nicht aus dem Park kam?«

»Ich habe es zumindest versucht.« Damaschke hebt hilflos die Arme. »Aber …«

»… du bist nur ein Mann.«

»Richtig.«

Ja, das ist Pech für Inga Lenz. Manchmal sollte man sogar die Männer mal ausreden lassen. Trotz aller möglicherweise durchaus berechtigten Gleichstellungsgedanken.

»Wir müssen es ihr sagen.«

»Bist du verrückt?« Hünerbein tippt sich gegen die Stirn. »Ich bin heute genug von der Dame angebrüllt worden. Mir reicht's. Da soll die mal schön von selbst drauf kommen.«

Recht hat er. Es ist ohnehin egal. Bei Inga Lenz kann man machen, was man will, der Anschiss ist sowieso vorprogrammiert.

»Danke, Jürgen.« Ich muss dringend etwas essen. »Wir telefonieren später.«

5 »RUHE IST WICHTIG.« Hünerbein hat wieder zu seinem Thema gefunden. »Dann wird's auch kein Schreikind. Das gilt gerade bei Fischen: keine Hektik während der Schwangerschaft, kein Lärm. Klassische Musik ist gut, aber leise.«

Wir stehen an der Imbissbude Katzbach-, Ecke Kreuzbergstraße. Hier gibt es alles: Pommes, Currywurst, Döner, Zigaretten und Dosenbier. Um uns herum versprengte Nachtschwärmer, ein Liebespaar, das sich gerade laut schreiend trennt, und ein paar Jungs, die beschwichtigen wollen.

Beylich und Matuschka essen etwas abseits an einem der Stehtische Kartoffelsalat. Wir hatten sie nach der Wiedervereinigung von der Ostberliner Volkspolizei übernommen. Gute Ermittler, aber sie fremdeln noch mit ihrer neuen Umgebung und halten gern Abstand. Vor allem Beylich, einst stolzer Kriminalmajor der VP, tut sich schwer im Westen. Für ihn sind wir Besatzer.

Ich bestelle mir eine Cola und spüle damit die Reste meines Döners herunter.

»Haben wir damals immer gemacht.« Hünerbein ist nicht zu

bremsen. »Klassik gehört während der Schwangerschaft, nicht zu laut, nicht zu dramatisch. Am besten romantische Stücke von Schubert. Hört das Kind die Musik schon im Bauch der Mutter, wird es sie auch später, wenn es dann geboren ist, mit Geborgenheit und Wärme in Verbindung bringen. Mit Schutz.«

»Willst du nichts essen?«, frage ich ihn.

»Danke, nein. Und wenn dann das Neugeborene doch mal schreit, etwa weil es einen Schreck bekommen hat oder nicht einschlafen will, brauchst du nur die Musik anzumachen, die es schon während der Schwangerschaft gehört hat, und das Kind wird sich augenblicklich beruhigen. Das klappt ganz prima, hab ich selbst probiert. Man kann auch Schlager nehmen oder Volksmusik, bloß Punk und Metal, also so richtig harten Rock – das mögen sie nicht.«

»Willst du wirklich nichts essen? Der Döner hier ist total lecker. Noch richtig mit Lammfleisch.«

Hünerbein sieht zum Himmel, doch es sind keine Sterne zu sehen.

»Erst ab neun Uhr«, sagt er seufzend. »Dann bildet der Mond im Krebs ein Trigon mit Uranus, und ich kann mir ein richtig reichhaltiges Frühstück gönnen, bevor es gegen Mittag wieder in die Mondpause geht.« Er lächelt. »Ist nicht einfach, ich geb's ja zu. Aber«, er streicht sich den noch immer sehr umfangreichen Bauch, »es hilft.«

»Diese Catherine musst du mir mal vorstellen.« Muss ja eine echt heiße Braut sein, wenn sie Hünerbein so verbiegen kann. Mann, was hat der Kerl früher gefressen!

»Ja, sie wird dich mögen.« Hünerbein sieht zu, wie ich meine Cola trinke und mir eine Zigarette anstecke. »Aber rauchen solltest du in ihrer Gegenwart nicht.«

»Sag bloß, du gewöhnst es dir ab!« Tatsächlich habe ich Hünerbein heute noch nicht rauchen sehen. Wann hat er überhaupt das letzte Mal geraucht?

»Ja, und du wirst es nicht glauben: Es fällt mir leichter als gedacht.« Er macht ein väterliches Gesicht. »Du solltest es auch lassen. Jetzt, wo du Vater wirst, ist eine gute Gelegenheit dazu.«

Ach ja? Ich wüsste nicht, wieso.

»Vor allem solltest du nicht bei Monika rauchen. Aus Rücksicht, sie ist schließlich schwanger. Und erst recht nicht in der Nähe eures neugeborenen Kindes.«

Muss ich mir das jetzt neun Monate lang anhören? Jeden Tag gute Ratschläge zur Vaterschaft?

»Du hast ja sicher schon gehört, wie gefährlich passives Mitrauchen ist. Gerade Kleinkinder werden dadurch enorm geschädigt. Also kannst du es auch gleich sein lassen.«

»Jaah doch!«

»Bist du genervt?« Erstaunt sieht er mich an. Ich kann sein Gesicht zwar nicht sehen, weil er genau im Gegenlicht einer Straßenlaterne steht, weiß aber aus zwanzig Jahren Zusammenarbeit, wie er in solchen Momenten guckt.

»Nö, wie kommst'n da drauf?«

»Du bist genervt«, da ist er sich sicher, »Männer sind immer genervt, wenn sie das erste Mal Vater werden.«

»Ich werde nicht zum ersten Mal Vater.«

»Nu hör aber auf!« Hünerbein lacht amüsiert auf. »Melanie gilt nicht!«

»Wieso gilt die nicht?«

»Weil du die nicht aufgezogen hast. Das war ganz allein Monika!«

Da kann ich doch nichts für. Die Mauer stand zwischen uns. Und seit deren Fall lebt das Kind bei mir. Schwer pubertär, dagegen ist Babyaufzucht gar nichts.

Neben uns schreit sich das Liebespaar an, an der Kreuzung schaltet die Ampel auf Grün, mehrere Autos fahren Gas gebend los. Und einer der Jungs geht auf die Telefonzelle zu. Sicher will er ein Taxi rufen.

Die Telefonzelle!

»Nicht«, rufe ich und halte den Jungen davon ab, die Zelle anzufassen. Sofort sind seine Kumpels um mich herum.

»Machste Stress, Alter? Willst'n paar auf die Fresse, oder was?«

»Stopp, stopp«, mischt sich Hünerbein ein, »niemand haut hier irgendwem auf die Fresse, klar? Das regeln wir alles schön friedlich.« Er sieht mich ernst an. »Sardsch, lass den Jungen los!«

»Nur, wenn er nicht in die Zelle geht.«

»Niemand hat das Recht, einem anderen das Telefonieren zu verbieten«, mahnt Hünerbein, »auch wir als Polizisten nicht.«

»Doch«, entgegne ich, »wenn es um die Sicherung von Beweisen geht, schon. – Mensch, Hünerbein!« Manchmal ist der wirklich schwer von Begriff. »Die Telefonzelle! Von da aus kann er angerufen haben!«

»Wer?« Hünerbein versteht nicht.

Dafür aber Beylich. »Wir regeln das! Matuschka, sag Damaschke Bescheid!«

Matuschka rennt sofort los.

Beylich baut sich vor der Zelle auf und brüllt: »Die Zelle ist gesperrt. Polizeiliche Ermittlung. Bitte benutzen Sie ein anderes Telefon.«

Ich lasse den Jungen los. »Nichts für ungut, ja?«

»Du glaubst«, Hünerbein starrt auf die Telefonzelle, »dass der Täter von hier aus angerufen hat?«

»Nicht der Täter«, antworte ich, »sondern der, der unsere Leiche gefunden hat. Und somit tatverdächtig ist.«

6 *ALLAHU AKBAR!*

Er hat uns vor diese grausame Probe gestellt, und wir müssen sie meistern. Ein gütiger Fingerzeig, der uns die richtige Richtung weisen soll. Wir sind Sünder und waren ohne Reue. Daran kann kein Zweifel bestehen.

Aber warum das Kind?

Hüseyin stand Richtung Mekka gewandt, die schmerzenden Hände vor dem Bauch gefaltet. Er versuchte, sich auf das Gebet zu konzentrieren, doch die Ereignisse des vergangenen Tages und der Nacht wogen schwer.

Warum das Kind, fragte er sich immer wieder, warum diese unschuldige Blüte? Gewiss, auch sie hat sich versündigt, war unbedacht mit Worten und mit Taten, doch sie ist jung und ihr Innerstes rein und klar wie ein Gebirgsquell.

Preis sei Dir, o Allah, und Lob sei Dir, und gesegnet ist Dein Name, und hoch erhaben ist Deine Herrschaft, und es gibt keinen Gott außer Dir.

Verstohlen sah er auf die Uhr. Draußen kroch die Morgensonne hinter den Häusern hervor, der Tag brach an. In weniger als einer Stunde würden sie wieder anrufen. Um ihm zu sagen, wohin er den Wagen zu bringen hatte. Aber er besaß ihn nicht mehr. Ob sie es schon wussten?

Ich nehme Zuflucht vor dem verdammten Scheitan.
Im Namen Allahs, des Erbarmers, des Barmherzigen.

Irgendein Teufel hatte ihn verraten. Die Frage war, wer? Wer hasste ihn so? Was hatte er getan? Wo war das Böse zu suchen?

Gewiss hatte er Feinde und Neider. Rache und Geldgier regierten die Welt, und auch er war nicht immer ehrlich gewesen. War heimlichen Lastern erlegen und hatte gelogen und betrogen. Das Weib war schuld, die Schönheit der Frau. Wie Nymphen locken sie ihn in den Abgrund mit ihrem faszinierenden Liebreiz, ihren wunderbaren Formen, ihrer Anmut. Er kann dem einfach nicht widerstehen.

Ja, er hat gesündigt. Er ist vom rechten Wege abgekommen, ein Mann voller Zweifel und wankelmütiger Natur, der nun mit gebeugtem Haupt vor dem Allmächtigen steht und nicht mehr weiterweiß.

Im Namen Allahs, des Allerbarmers, des Barmherzigen. Alle Lobpreisung gebührt Allah, dem Herrn der Welten, dem Allerbarmer, dem Barmherzigen, dem Herrscher am Tage des Gerichts. Dir allein dienen wir, und Dich allein flehen wir um Hilfe an. Leite uns den rechten Weg, den Weg derer, denen Du gnädig bist, nicht derer, denen Du zürnst, und nicht derer, die in die Irre gehen. Amin.

Es war alles schiefgelaufen.

Nichts hatte geklappt, er stand vor den Trümmern seines Seins. Aber das Kind hat keine Schuld. Es muss befreit werden, von jenen, die Rache wollen und sein Geld.

Es war gewiss ein Fehler, mit Gewalt zu drohen. Aber es ging um das Leben seiner Sonne, des Lichts, der Schönheit, und er war verzweifelt.

Warum hatten sich die Leute von der Bar überhaupt eingemischt? Ungläubige, dem Alkohol verfallen. Ahnungslose, selbstgerechte Idioten ohne Ehre schlugen sich plötzlich auf die Seite des Gesetzes. Sie haben ihm nie verziehen, dass er sie wegen nächtlicher Ruhestörung verklagt hat. Dass es jetzt Lärmauflagen gab.

Trotzdem: Sie hätten sich einfach heraushalten sollen, und alles wäre gut gewesen. Stattdessen riefen sie die Polizei.

Wahrlich: Wir haben dir Überfluss gegeben, darum bete zu deinem Herrn und opfere. Siehe, deine Hasser sollen ohne Erfolg sein.

Jeden Moment konnte das Telefon klingeln. Was sollte er ihnen erzählen? Dass er nichts mehr hatte? Dass der Wagen beschlagnahmt worden war? Wegen ein paar Spinnern aus der Zyankali-Bar?

Allahu akbar! Hüseyin verbeugte sich tief.

Sie würden es nicht verstehen. Und sie würden ihre Drohung wahr machen. *Allah hört den, der IHN preist.*

Nicht das Kind, dachte er verzweifelt, und Tränen stiegen ihm in die Augen. Es hat nichts getan, lasst die Finger von dem Kind!

Allahu akbar! Hüseyin fiel auf die Knie. *Subhane rabbiyel ala. Allahu akbar!*

Weise mir den Weg, oh Herr, flehte er hilflos, weise mir den Weg aus jenem entsetzlichen Labyrinth des Schicksals, in das ich mich verirrt habe. Meine Sünden sind unverzeihlich, ich weiß. Ich war schwach und leichtsinnig, aber ist es gerecht, ein unschuldiges Kind dafür zu bestrafen?

Nein! Niemals, *subhane rabbiyel ala, alles Lob gebührt Dir, oh Herr,* aber das darfst du nicht zulassen, dem Kind darf nichts geschehen, hörst du, *subhane rabbiyel ala*!

Eine Tür klappte. Hüseyin hatte es ganz deutlich gehört. Draußen die Wohnungstür. Abwartend hielt er inne.

»Habt ihr was rausgefunden?«

»*Yallah*, wir wissen jetzt, wo der Wagen steht.« Hüseyins Söhne Cemir und Orhan betraten den Raum. »Polizeidepot Belziger Straße.«

»Dann sind wir verloren!«

»Nein, Vater!« Die Söhne liefen ungeduldig im Raum herum. Wie junge, hungrige Panther. Hüseyin war sehr stolz auf seine Söhne.

»Das Auto steht im Außenbereich vor der Halle. Das Tor kann man mit einem Bolzenschneider knacken.« Orhan hockte sich nieder und sah seinen Vater eindringlich an. »Wenn wir schnell sind, haben wir eine Chance.«

»Und die Kralle?«, fragte Hüseyin. »Ist sie noch am Wagen?«

Die Jungs nickten. »Die müssen wir abmachen. Ohne dass es jemand mitbekommt.«

»Nein.« Hüseyin schüttelte den Kopf. »Das wird nicht funktionieren.«

»Wenn wir den Schlüssel haben, schon.«

»Habt ihr den Schlüssel?«

»Nein.« Orhan lächelte. »Aber wir wissen, wo sie wohnt. Es ist ganz in der Nähe.«

»Ihr wisst, wo sie wohnt«, wiederholte Hüseyin nachdenklich. »*Alhamdulillah!*« Seine tapferen Jungs. Aus denen würde mal was werden.

»Gut«, sagte er nach einer Weile, »dann haben wir wirklich noch eine Chance. *Inschallah!*«

Er reichte seinen Söhnen die Hände. Sie schlugen ein.

»*Inschallah*«, wiederholten sie feierlich.

7 KRIMINALOBERRAT DR. EDMUND PALITZSCH hat zum samstäglichen Arbeitsbrunch in sein Büro geladen. Das ist so eine neue Idee von ihm.

»Die meisten Mordfälle ereignen sich an den Wochenenden«, pflegt er zu sagen. »Die Menschen haben größtenteils frei, feiern zu viel und liegen sich zwei lange Tage lang auf der Pelle – da geht es mitunter heftig zur Sache.« Und die Statistiken geben unserem Chef leider recht.

Ermittlungen sind immer ein Anrennen gegen die Zeit; je länger eine Tat zurückliegt, desto schwieriger wird deren Aufklärung. Passiert also an einem Freitag oder Samstag etwas, müssen wir das Wochenende durcharbeiten, und Palitzsch veranstaltet dann seinen Arbeitsbrunch. Der hebe die Moral der Truppe.

Heute gibt es Lachshäppchen und Senfeier, dazu Unmengen von Kaffee, Wasser und Tee.

Hünerbein haut ordentlich rein, bevor er in seine Mondpause muss, und schmatzt genüsslich.

Palitzsch hat mit einem Tässchen Tee in einem seiner Sessel am Fenster Platz genommen und lässt sich Bericht erstatten.

»Egon, du warst nach der Spusi als Erster am Tatort – was gibt's?«

Beylich ist der Einzige von uns, mit dem sich Palitzsch duzt. Die beiden haben sich auf der Feier zur Deutschen Wiedervereinigung kennengelernt, als Beylich in Ostberlin noch Leiter des Kriminalamtes Mitte war. Sie sind sich damals sozusagen auf Augenhöhe begegnet, und seitdem duzen sie sich. Inzwischen ist Beylich, obwohl zum Oberkommissar herabgestuft und somit vom Rang her niedriger als beispielsweise Hünerbein und ich, zum heimlichen Stellvertreter Palitzschs in der Abteilung geworden.

Wir lassen ihn gewähren, sind sogar froh, ihn bei uns zu haben, denn er ist zurückhaltend, pflichtbewusst und ein guter Ermittler. Nach der Vereinigung der Stadt war ich fest überzeugt, dass Beylich alles hinwerfen würde. Zu sehr trauerte er um seine DDR, zu sehr demütigte den ehemaligen Major und Kriminalrat die Rangabstufung zum Oberkommissar. Es ist Palitzsch zu verdanken, dass er zusammen mit seinem loyalen Assistenten Rainer Matuschka (wir nennen ihn hier Beylichs Knappen) zu uns in die Keithstraße kam.

Beide machen einen erstklassigen Job, dennoch werde ich manchmal den Eindruck nicht los, dass Beylich nur auf bessere Zeiten wartet, dass er hofft, dass sich das politische Blatt noch einmal wendet.

Er legt Wert auf kurze, klare Mitteilungen und hat frischen Wind in unsere Abteilung gebracht. Die Abläufe wurden perfektioniert, Memosysteme präzisiert, Weisungsketten optimiert. Nicht jeder ist damit einverstanden.

Hünerbein zum Beispiel lästert gern, dass Beylich unsere Inspektion M1 zu seinem alten Kripoamt im Osten umstrukturiert hat; alles wird spezialisiert, mit eindeutig definierten Aufgaben, Programmen und Prozessen, die die Ermittlungsarbeit effektiver machen sollen.

»Aber sind wir deshalb wirklich effektiver geworden?« Hünerbein bezweifelt dies. »Wir haben unsere Fälle früher doch auch gelöst.«

»Aber nicht so ordentlich abgeheftet«, spotte ich.

»Das hängt damit zusammen, dass die im Osten früher so eine militärische Kommandostruktur hatten«, sinniert Hünerbein. »Das kann der Beylich einfach nicht ablegen. Erinnerst du dich noch, wie gemütlich es früher bei uns war? Wir sind ganz anders an die Mordfälle herangegangen, da war noch Raum für Ideen und Kreativität, für, für … Menschlichkeit. Heute dagegen werden Psychologen beauftragt, wenn es ums Menschliche geht. Jeder Schritt der Ermittlung wird spezifiziert, der macht das, der andere das. Und Lagebesprechungen finden nur noch im Kommandoton statt, in dieser kalten Militärsprache.« Hünerbein regt sich auf. »Dabei habe ich mal den Wehrdienst verweigert! Nicht weil ich Pazifist bin, sondern weil ich keinen Bock hatte auf diese empathielose, nur Fakten bezeichnende Sprache der Bundeswehr. Deswegen bin ich damals nach Berlin abgehauen. Vor den Kommissköppen. Und jetzt haben wir hier genau so einen bei uns. Manchmal kommt es mir vor, als wären wir alle nur noch Maschinen. Wir leben nicht, wir funktionieren.«

»Mehr wird von uns auch nicht verlangt.«

»Aber wo bleibt der kriminalistische Instinkt?« Hünerbein verdrückt ein Senfei nach dem anderen. »Die Intuition, die einen Mordfall erst für den Ermittler erfahrbar macht. Das geht doch alles verloren.«

Eine ähnliche Diskussion hatte ich vor ein paar Wochen mit Melanie. »Ihr existiert nur noch«, hatte sie mich angeschrien, mit der typischen pubertären Verachtung für alles Erwachsene, wie sie nur siebzehnjährigen Mädels eigen ist. »Ihr habt völlig verlernt, was es heißt zu leben! Selbst Gefühle werden bei euch optimiert und den jeweiligen Erfordernissen angepasst. Ihr habt vergessen, wer ihr seid!«

Und jetzt fängt Hünerbein genauso an. Ausgerechnet er, der gerade selbst dabei ist, sich und seine Freiheit zu verlieren. An diese Catherine Hirondeau, an die Hirngespinste der Astrologie. Ein Mann, der nicht mehr rauchen will und nur noch Nahrung zu sich nimmt, wenn die Sterne es erlauben, beklagt sich, dass er im Beruf funktionieren soll. Irre!

»Diese Professionalität«, nuschelt er kauend, »kotzt mich zunehmend an. Wir können hinkommen, wo wir wollen, die Spezialisten sind schon da.«

»Palitzsch gefällt's. Das ist genau nach seinem Geschmack.« Ich wende mich Beylich zu, der wie ein General im Krieg vor einer Karte des Viktoriaparks die Lage erläutert.

Nach dem Anruf in der Notrufzentrale Viertel vor eins sei der Viktoriapark von der Polizei abgeriegelt und von Hundestaffeln und Sondereinsatzkräften durchsucht worden. Die Einsatzleitung lag bei der Kollegin Kriminalhauptkommissarin Inga Lenz, Abteilung Sexualdelikte. Sie ermittle seit einigen Monaten wegen diverser Übergriffe auf Frauen im Viktoriapark. Tatsächlich wurde am Wasserfall eine weibliche Leiche aufgefunden, die nach ihren Ausweispapieren als Swantje Steffens, achtundvierzig Jahre alt und Mitarbeiterin des Kreuzberger Finanzamtes identifiziert werden konnte.

»Wieder ein«, mit spitzen Lippen nippt Palitzsch am Tee, »Vergewaltigungsopfer?«

»Das ist nicht völlig auszuschließen«, sagt Beylich, »und so lange sollten unsere Ermittlungen mit der Abteilung Lenz koordiniert werden.«

»Eijeijei«, macht Palitzsch und verzieht das Gesicht. »Die Inga ist nicht einfach zu handeln, Männer.«

»Wir werden auf rein professioneller Ebene mit ihr zusammenarbeiten«, erwidert Beylich und sieht auf die Uhr. »Sie wird Punkt zehn hier eintreffen, darauf hat sie bestanden.«

Ein Stöhnen geht durch den Raum.

»Gerichtsmedizin und KT trafen gegen zwei Uhr am Fundort

der Leiche ein«, führt Beylich weiter aus, »wenig später auch die Kollegen Knoop und Hünerbein, die auf unserer Seite die Leitung der Ermittlungen vor Ort übernahmen.«

»Erste Ergebnisse?« Palitzsch sieht fragend auf, und Beylich gibt das Wort an Jürgen Damaschke weiter, den Chef der Spurensicherung.

»Ja, die Spurensituation ist vieldeutig«, erklärt er und versucht sich im Tonfall an Beylich anzupassen, »was natürlich damit zusammenhängt, dass der Park tagsüber von vielen Bürgern frequentiert wird. Es ist also nicht ganz einfach, die relevanten Spuren zu filtern, wir sind noch dabei. Untersucht wurden im Einzelnen das direkte Umfeld des Fundortes der Leiche sowie das Plateau vor der Treppe am Viktoriadenkmal. Hier fanden sich interessante Spuren, die möglicherweise auf eine körperliche Auseinandersetzung hindeuten, aber das wird noch genauer analysiert. Außerdem haben wir Fingerabdrücke an und in einer Telefonzelle genommen, von der wir annehmen, dass von dort aus folgender Anruf getätigt wurde.«

Damaschke lässt sein Band laufen. Diesmal auf einem Kudelski-Nagra-Tonbandgerät mit Rauschfilter. Die Stimmen sind viel klarer, und auch der Autoverkehr im Hintergrund ist besser zu hören. Und sind da nicht auch noch weitere Stimmen? Gespräche von der Imbissbude?

Ich sperre die Ohren auf.

»Polizeinotruf, guten Morgen! – Hier liegt 'ne Tote. Viktoriapark am Kreuzberg, direkt am Wasserfall. Räumt sie besser weg, bevor sich jemand erschreckt.«

»Das ist ja hochinteressant!« Palitzsch ist aufgesprungen und läuft aufgeregt mit seiner Tasse Tee herum. »Das hört sich an, als wäre das ein Täter oder zumindest ein Tatbeteiligter!«

»Deshalb haben wir die Telefonzelle in unsere Untersuchungen mit einbezogen«, sagt Damaschke. »Auch hier ist die Spurenlage sehr vielfältig, da eine solche Zelle ja von vielen benutzt wird. Wir werten das noch aus.«

»Und woher wissen Sie, dass von dieser Telefonzelle aus telefoniert wurde?«

»Die ist am nächsten dran«, melde ich mich zu Wort. »Sie haben ja die Autogeräusche auf dem Band gehört, ähnlich klingt es auch an dieser Zelle.«

»Aber genau wissen Sie es nicht?«

Ich hebe die Hände. Wer weiß schon was genau? »Es ist eine Vermutung.«

»Mhm, mhm, mhm.« Palitzsch rührt hektisch in seinem Tee und setzt sich wieder.

»Zum Opfer.« Beylich setzt sich eine Lesebrille auf und sieht auf seinen Notizblock. »Untersucht wurde die Tote durch den Rechtsmediziner Professor Dr. med. Hubertus Graber noch am Fundort. Am Hinterkopf wies die Leiche eine Kopfverletzung auf, die, von der Schwere her, zwischen null und ein Uhr zum Tod geführt haben kann. Die Leiche wurde gegen Viertel nach zwei abtransportiert und ins Institut für Rechtsmedizin zur näheren Untersuchung gebracht. Erste Ergebnisse sollen heute um sechzehn Uhr vorliegen.«

»Gut.« Palitzsch sieht auf die Uhr. »Dann haben wir jetzt einen Vorlauf von knapp neun Stunden.« Er strafft sich und rückt die silberne Krawattennadel zurecht. Das tut er immer. Es verschafft ihm einen kurzen Moment des Nachdenkens, bevor er die weiteren Aufgaben verteilt.

»Damaschke, Sie kümmern sich um Ihre Spuren, und vor allem …«, er tippt auf das Nagra-Gerät, »… lassen Sie eine Stimmenanalyse erstellen. Vielleicht haben wir den ja schon im Archiv. – Knoop, Sie werden …«

»… im Umfeld der Toten recherchieren«, beeile ich mich zu erklären, weil ich Inga Lenz nicht noch mal begegnen will. »Laut Terminplaner hatte sie gestern offenbar eine Steuervollzugnahme. Mich interessiert, bei wem. Der könnte ein Motiv haben.«

»Und ich will mir die Wohnung der Toten vornehmen.« Auch Hünerbein greift hastig zu seiner Jacke.

»Gut«, findet Palitzsch das und sieht fragend in die Runde, »aber wer übernimmt die Koordination mit Inga Lenz? Die trifft doch hier gleich ein!«

Na, eben, denke ich und mache, dass ich wegkomme. Hünerbein folgt mir, und auch Damaschke packt zügig seine Sachen zusammen.

»Ja, wollt ihr jetzt alle fort, oder was? Ich hab auch wichtige Termine«, ruft Palitzsch mit einem Anflug von Verzweiflung. »Ihr könnt mich doch mit dieser Schreckschraube nicht allein lassen!«

»Ich werde das übernehmen, Edmund«, sagt Beylich beruhigend. »Geh nur zu deinem Termin.«

Palitzsch wird ihm wohl um den Hals gefallen sein, aber das sehe ich nicht mehr.

Wir verlassen unser Dienstgebäude und laufen über den Parkplatz auf dem Hof.

»Hast du gemerkt, wie ihm Beylich wieder in den Arsch gekrochen ist«, ätzt Hünerbein. »Der wird den Laden hier am Ende übernehmen, wart's ab.«

Unsinn, denke ich. Erstens kann Beylich so schnell gar nicht befördert werden. Wir sind eine Berliner Polizeibehörde, bei uns fällt niemand die Karriereleiter rauf. Befördert wird, wer am längsten dabei ist. Basta. Zum Zweiten sind Beylich und Palitzsch ungefähr gleich alt. Das heißt, sie gehen auch gleichzeitig in Pension.

»Um Palitzschs Nachfolge werden wir uns irgendwann kloppen, Hünerbein.«

»Wieso?« Hünerbein schnappt nach Luft. »Bist du etwa scharf auf den Job?«

»Klar. Du nicht?«

»Schon.« Hünerbein ringt um Fassung. »Aber dass du auch Karriere machen willst ... Das ist mir neu.«

»Die Zeiten ändern sich.« Ich stehe vor seinem Wagen. »Du fährst, Partner! Ich stehe immer noch unter Restalkohol.«

8 VON DER INSPEKTION M1 in der Keithstraße sind es zehn, je nach Verkehrslage auch fünfzehn Autominuten bis zur ehemaligen Garde-Dragoner-Kaserne am Mehringdamm. In diesem denkmalgeschützten Prachtbau befindet sich heute das Finanzamt jenes Bezirkes, den einige Leute als größte türkische Stadt außer-

halb der Türkei bezeichnen. Dabei leben hier nicht vorrangig Türken, ganz im Gegenteil, dies ist ein Schmelztiegel der Verschiedenheit.

Man fährt nicht nach Kreuzberg, man taucht ein. Hier hat jeder Wahnsinn, jede Region und jede Religion ihr Zuhause. Es ist wie eine Reise durch die Welt.

Gleich hinter den dreiunddreißig verrosteten, mit Graffiti besprühten Eisenbahnbrücken über die Yorckstraße beginnt sie mit dem besetzten Haus Yorck 59. Es folgen afrikanische Ethnoshops, ayurvedische Praxen, Läden der Teekampagne und alternative Frauenprojekte. Im Café »Wirtschaftswunder« werden mit Nierentischen, Trompetenlampen und Jukeboxcharme die fünfziger Jahre wieder heraufbeschworen, im »Yorckschlösschen« gegenüber leben die Bohème, der Existenzialismus und der Jazz. Es gibt den buddhistischen Tempel der tibetischen Gemeinde und das Rada-Voodoo-Zentrum Berlin. Vor Riehmers barockem Hofgarten hat die »Deutsche Gesellschaft prinzipieller Sexverweigerer« einen Infostand aufgebaut, und am »New Yorck« wechseln sie die Kinoplakate aus. Ab sofort läuft hier »Prospero's Books« in OmU.

Hünerbein biegt links in den Mehringdamm ein, sucht einen Parkplatz. Auf der anderen Straßenseite liegen die riesige Imbisshalle »Curry 36« und die »Berliner Kabarett Anstalt«, kurz BKA. Hier feiern »Die Bastarde« Heinz-Werner Kraehkamp und Guntbert Warns furiose Erfolge, begeistert der Holländer Hans Liberg mit seinem neuen Programm »Wurzel Bach Live«.

Hünerbein blinkt links, quert den Mittelstreifen nach der U-Bahn-Station und fährt auf den Parkplatz hinter dem Finanzamt. Aber auch hier ist nichts frei.

Hünerbein flucht, legt den Rückwärtsgang ein und verlässt den Parkplatz wieder. Nach einigen vergeblichen Runden den Mehringdamm hoch und runter finden wir endlich eine freie Parkbucht in der Baruther Straße vor einem Gebäude, an dem ein mit Motiven aus dem Kamasutra verziertes Schild auf die »Tantrische Nackttanzakademie« hinweist.

»Sie werden heute eine interessante Erfahrung machen«, murmelt Hünerbein verblüfft.

»Bitte?«

»Steht so in meinen Horoskop.« Hünerbein guckt nach den Öffnungszeiten der Akademie. »Vielleicht ist ja das damit gemeint.«

»Tantrisches Nackttanzen.« Ich pruste los. Großartige Vorstellung: der dicke Hünerbein im Panca-Tattva-Ritus vereint mit seiner Catherine.

»Schön, wenn du dich amüsierst«, knurrt Hünerbein und öffnet den Kofferraum, um ein paar rosa und himmelblaue Strampler herauszuholen. »Hier! Hab ich dir rausgesucht.«

»Was soll ich damit?«

»Für deinen Nachwuchs. Die haben schon meine Kinder getragen. Die blauen sind für Jungs, die rosafarbenen für Mädels.«

»Na, ich bekomme doch hoffentlich nur ein Kind.«

»Du weißt aber noch nicht, was es wird.« Hünerbein drückt mir die Strampler in die Hand. »Im Keller hab ich noch eine Babywiege und einen Kinderwagen, glaube ich. Ich richte das noch ein bisschen her, dann kannst du die auch haben.«

Ratlos starre ich auf die Strampelanzüge in meiner Hand. Ich bin dankbar und verwirrt zugleich. Einerseits rührt mich Hünerbeins Fürsorge. Andererseits macht sie mir auch klar, wie sehr sich mein bislang recht ruhiges Leben in Kürze verändern wird. Ich fühle eine seltsame Anspannung in mir. Ist es Angst? Vor der Verantwortung? Davor, dass mein Leben total umgekrempelt wird? Eigentlich war doch alles gut, so wie es war. – Oder?

»Nun mach nicht so ein Gesicht.« Hünerbein grinst gutmütig. »Das musst du nicht bezahlen. Ich schenk dir das Zeug.«

»Ja, vielen Dank auch.«

Mit weichen Knien folge ich ihm zum Finanzamt, das mit seinen Zinnen und Türmen wie eine alte Trutzburg wirkt. Es ist samstags natürlich geschlossen. Erst nachdem wir zweimal um das Gebäude herumgelaufen sind und an allen Türen gerüttelt haben, taucht ein Wachmann auf.

»Es ist Wochenende. Kommen Sie am Montag wieder!«

»Wir sind aber jetzt da.« Ich zeige dem Wachmann die Kripomarke. »Uns interessieren die Akten, die Swantje Steffens bearbeitet hat. Würden Sie uns bitte reinlassen?«

»Das kann ich nicht.« Der Wachmann schüttelt nachdrücklich den Kopf. »Einsicht in die Akten kann Ihnen nur Frau Steffens selbst geben, und die ist, wie gesagt, im Wochenende.«

»Falsch«, sage ich, »sie ist tot.«

Der Wachmann starrt uns entsetzt an. »Tot?«

»Mausetot«, nickt Hünerbein. »Deshalb sind wir hier.«

»Also, ich kenne Frau Steffens nicht persönlich.« Der Wachmann atmet hörbar aus. »In welcher Abteilung hat sie denn gearbeitet?«

»Vollzug«, antworte ich. »Sie muss gestern einen Termin gehabt haben, darauf deutet ein Eintrag in ihrem Taschenkalender hin.« Ich zeige dem Wachmann die entsprechende Seite. »Vz. H.M. Fahrzeugpfändung 13.00 Uhr«, ist da für den gestrigen Freitag vermerkt. »Wir müssen wissen, was das genau bedeutet.«

»Puh«, macht der Wachmann. »Also da muss ich erst mal telefonieren.«

»Tun Sie das.« Ich stecke mir eine Zigarette an. Wir warten.

»Musst du schon wieder rauchen?« Hünerbein wedelt sich ostentativ vor der Nase herum.

»Willst du auch eine?« Ich halte ihm die Schachtel hin.

»Damit ruiniert man sich doch nur die Gesundheit.« Hünerbein seufzt. »Was soll's«, sagt er schließlich und nimmt sich eine Zigarette. »Ist eh egal.«

Ich gebe ihm Feuer, und Hünerbein inhaliert. Dann grient er. »Man stirbt nur einmal, was?«

Ja, denke ich, und das sollte man genießen.

Wir warten eine geschlagene Stunde und rauchen jeder noch drei weitere Zigaretten, bis endlich jemand kommt und uns zu den Akten der Vollzugsstelle vorlässt. Der Wachmann musste erst irgendeinen zuständigen Finanzbeamten aus dem Samstag telefonieren. Entsprechend schlecht gelaunt knallt uns der Mann mehrere Aktenordner auf einen wackeligen Tisch in den scheinbar endlosen Gängen des Amtes.

»Hier! Die Fälle von Frau Steffens.« Er schiebt uns ein Formular zu. »Wenn Sie diese Erklärung noch unterschreiben würden. Datenschutz.«

»Aber gerne.« Hünerbein unterschreibt.

Ich blättere die Akten durch. Am gestrigen Freitag hatte sie tatsächlich eine Autopfändung.

»Bei Hüseyin Misirlioglu«, lese ich laut. »Großbeerenstraße 64.«

Fünf Minuten später sind wir da. Hüseyin Misirlioglu wohnt im ersten Stock direkt über der Zyankali-Bar. Auf unser Klingeln öffnet niemand, es scheint keiner zu Hause zu sein.

»Die sind tachsüber nie da«, erklärt uns die Nachbarin, »außer sonntachs. Die arbeiten alle.«

»Wo?«, erkundigt sich Hünerbein.

»Ayse putzt irgendwo, und er steht inna Markthalle am Blumenstand.« Die Nachbarin lächelt bitter. »Aber't scheint ja nich zu reichen, wa?«

»Wie meinen Sie das?«

»Na, hörnse uff.« Die Nachbarin winkt ab und geht mit uns vor die Tür. »Sie ahnen ja nich, wat hier jestern los war. Da hat ihm so 'ne Trulla vom Finanzamt 'ne Kralle ans Auto jeschraubt. Er is natürlich sofort dazwischen. Ich meine, det wär mir ooch peinlich, wenn se mir die Räder blockier'n. Aber bei die Türken is det ja dann gleich so 'n Ehrding, wa?«

»Der Herr Misirlioglu wurde der Finanzbeamtin gegenüber gewalttätig?«

»Anjeschrien hatta se!« Die Nachbarin tippt sich gegen die Stirn. »Der fässt keenen hart an. Is doch wahr: So wer'n die bestraft, die wat tun. Die sozusagen Eigeninitiative zeigen!« Den letzten Satz spricht sie sehr deutlich und hochdeutsch, um dann wie gewohnt weiterzuschwurbeln. »Da lob ick mir meine Stütze. Mich lassense wenigstens in Ruhe.«

»Wo ist denn der Wagen?« Hünerbein sieht suchend die Straße rauf und runter.

»Na, weg«, sagt die Nachbarin. »Den haben die Bullen abjeschleppt. 'n schicker Mercedes, E-Klasse, keene zwei Jahre alt.«

»Eben sagten Sie doch noch, der wäre mit 'ner Kralle blockiert worden?«

»Det war nur die erste Maßnahme.« Die Nachbarin grinst. »Kaum war die Steuertrulla weg, sind die Türken mit 'ner Eisensäge angerückt und ha'm versucht, die Kralle wieder abzufriemeln. Und wissense, wer dann die Bullen jerufen hat?«

Nee.

»Die Leute von der Zyankali-Bar!«

Das ist in der Tat verblüffend. Dass ausgerechnet die Betreiber von Berlins berüchtigtem »Institut für Unterhaltungschemie« dem Staat zu seinem Recht verhelfen, ist nicht ohne Komik.

»Die fürchten eben auch die Steuerfahndung«, vermutet Hünerbein. »Jetzt haben sie beim Finanzamt einen Stein im Brett.«

»Aber nicht bei den Misirlioglus«, erwidert die Nachbarin und zeigt auf die Bar. Irgendwer hat *»We kill you all«* auf die heruntergelassenen Jalousien gesprayt. »Det war jestern noch nich da.«

Interessant. »Wie viele Misirlioglus gibt es denn?«

»Mindestens fünf.« Die Frau spreizt die Finger. »Da sind erst mal die Ayse und der Hüseyin, dann die Söhne Cemir und Orhan. Ziemlich kräftige Burschen, sag ich Ihnen. Und Fatma, det ist die Tochter, aber die hab ick hier schon lange nicht mehr jesehen.«

»Danke.« Hünerbein reicht ihr seine Karte. »Falls Ihnen noch was einfällt.«

Zu Fuß machen wir uns auf den Weg zur Markthalle. Immer die Gneisenaustraße lang, wo es diverse Bars, Eckkneipen, Swingerclubs und jede Menge Zeitungs- und Lottoläden gibt. Zudem fallen die vielen arabischen Trödler auf, die Wasserpfeifen und nachgemachten orientalischen Plunder verkaufen und sich vollmundig selbst als Kunst- oder Antiquitätenhändler bezeichnen.

Nach ein paar Metern geht rechts die Zossener Straße ab, wo sich neben dem »Europäischen Zentrum der eschatologischen Erweckungsbewegung« und unter dem giftgrünen Neonkreuz einer protestantischen Freikirche die Markthalle am Marheineckeplatz befindet.

Wir schieben uns in der Menge einkaufender Kiezbewohner zwischen Wurst-, Fleisch- und Käsetheken durch, an Backstuben, Schmuckständen, Fischhändlern und Kunstgewerbetreibenden vorbei und finden den Blumenstand verwaist und geschlossen.

»Hüseyin nicht da«, erklärt uns der Obst- und Gemüsehändler nebenan. »Hatte Stress gestern mit Steuer.«

»Wo ist er denn hin?«, erkundige ich mich.

»Weiß nicht.« Der Gemüsehändler sieht sich verstohlen um und kommt dann näher heran. »Ihr seid Bullen, was?« Er grinst. »Könnt ihr ruhig zugeben, ich rieche Bullen drei Kilometer gegen den Wind. Und ihr wollt Hüseyin wegen der Sache gestern richtig in die Scheiße reiten, korrekt?«

»Eigentlich wollten wir ihn nur befragen.«

»Ich hab ihm gleich gesagt, das wird so nichts«, erklärt der Gemüsehändler. »Du kannst die Steuertussi vielleicht verjagen, aber das wird nichts nutzen, hab ich gesagt. Das lässt er nicht mit sich machen, der deutsche Staat. Die kommen wieder. Die schicken die Bullen. – Und nun seid ihr da.«

»Haben Sie eine Ahnung, wo sich Herr Misirlioglu derzeit aufhält?« Hünerbein zückt seinen Notizblock.

»Seh ich so aus, als ob ich Landsleute verrate?«

»Sind Sie mit den Misirlioglus verwandt?«

»Allah sei Dank, nein.« Der Gemüsehändler lacht schallend. »Glück gehabt, was?«

»Wie man's nimmt.« Hünerbein klappt seinen Notizblock wieder zu. »Schließen Sie Ihren Stand, Sie sind vorläufig festgenommen.«

Eine Melone klatscht auf den Boden und platzt auf. Der Gemüsehändler hat sie fallen lassen. Verdattert starrt er uns an.

»W-was hab ich getan?«

»Sie verweigern die Aussage«, erklärt Hünerbein. »Dazu haben Sie aber kein Recht. Sie sind nicht mit Herrn Misirlioglu verwandt, und ich nehme an, Sie würden sich durch eine Aussage auch nicht selbst belasten. Wir nehmen Sie in Beugehaft, bis Sie reden. Alles klar?«

Der Gemüsehändler guckt uns aus großen Augen an.

»Sie können uns auch einfach sagen, wo der Hüseyin jetzt steckt«, helfe ich ihm auf die Sprünge, »und alles ist gut.«

»Bei Allah, ich weiß es nicht«, versichert der Gemüsehändler und hebt hilflos die Hände. »Foltern Sie mich: Ich habe wirklich keine Ahnung.«

»Schon gut«, knurrt Hünerbein. »Sind die Äpfel da gewaschen?«

»Aber ja, keine Pestizide, wenn Sie das meinen. Sehen Sie?« Der

Gemüsehändler nimmt sich einen Apfel und beißt hinein. »Alles gut.«

»Geben Sie mir zwei davon.« Hünerbein kramt sein Portemonnaie hervor und zahlt. »Bevor die Mondpause beginnt.«

Apfelessend laufen wir in die Nostitzstraße. Sie ist ebenfalls in fußläufiger Entfernung, hier hat Swantje Steffens gelebt.

Ich kenne das Haus und betrete es mit düsteren Erinnerungen. In den Achtzigern war hier, in der Nostitzstraße 21, eine junge Studentin ermordet worden. Zweiundzwanzig Messerstiche. Die Küche sah aus wie ein Schlachtfeld. Es war einer meiner ersten Fälle in der Mordkommission. Einer von denen, die man nie vergisst. Ich bin froh, dass die Steffens nicht auch noch in derselben Wohnung wohnt.

Die Tür ist aufgebrochen und nur angelehnt. Hünerbein zieht seine Waffe und entsichert sie lautlos. Ich habe, wie so oft, keine Waffe dabei. Die liegt bei mir zu Hause eingeschlossen im Nachttisch. Vorsichtig stoße ich die Tür auf. Hünerbein schiebt sich hinter seiner Dienstwaffe in die Wohnung. Ich bleibe dicht an ihm dran.

Im Flur ist es dunkel, und bis auf eine gehen sämtliche Türen rechts ab. Eine fürs Klo, ich öffne sie geräuschlos, und eine für die Küche. Auch sie ist leer. Geradezu geht es ins Wohnzimmer, die Tür steht halb offen, und ich sehe ein Stück vom Sofa. IKEA wahrscheinlich, genau wie der schmale grüne Teppich davor. Papiere liegen auf dem Boden herum und zerfledderte Bücher. Deutlich sind Geräusche zu hören, das Auf- und Zuziehen von Schubladen, das Öffnen von Schränken. Irgendwer durchwühlt die Wohnung!

Hünerbein und ich nicken uns zu.

»Auf drei«, flüstere ich kaum hörbar und zähle es mit den Fingern ab. Dann stürmen wir das Wohnzimmer.

»Hände hoch! Kriminalpolizei! Keine falsche Bewegung!«

Ein gut aussehender Anatolier, der gerade ein Billy-Regal ausgeräumt und eine verblüffende Ähnlichkeit mit dem Schauspieler Omar Sharif hat, reißt hastig die Arme hoch.

»Nein! Nicht schießen, bitte!« Ängstlich starrt er auf Hünerbeins Dienstpistole.

»Suchen Sie zufällig das?« Ich halte die beiden Schlüssel mit den Plastikanhängern hoch, die die Tote in ihrer Handtasche bei sich trug. Ein Autoschlüssel für einen Mercedes, mit dem anderen entriegelt man wohl die Parkkralle.

»Sie sind Hüseyin Misirlioglu, nehme ich an?«

Der Anatolier nickt, ohne die Hände herunterzunehmen. Ich suche ihn nach Waffen ab. Er hat nicht mal ein Messer dabei.

»Sie sind vorläufig festgenommen«, kläre ich ihn auf. »Sie stehen in Verdacht, die Vollzugsbeamtin Swantje Steffens umgebracht zu haben.«

Hüseyin Misirlioglu reißt die Augen auf. »Was? Sind Sie verrückt?«

»Ganz sicher nicht.«

Ich beobachte ihn. Für einen Mann, der seine Schulden nicht bezahlen kann, ist er auffällig gut gekleidet. Er trägt ein elegantes italienisches Hemd, der Anzug ist offenkundig maßgeschneidert. Dunkelblaue, leichte Schurwolle, in der Brusttasche des Sakkos steckt ein auffälliges Einstecktuch, das zur Farbe der Krawatte passt. Er wirkt wie ein italienischer Lebemann, wie ein Mailänder Modezar vielleicht, aber ganz sicher nicht wie ein Blumenhändler.

»Die Steffens ist tot?«, fragt er ungläubig.

»Wo waren Sie heute Nacht zwischen null und ein Uhr?«

»Hören Sie«, stammelt er, »ich bringe doch keine Frauen um. Ja, ich habe Schulden. Steuerschulden, aber deswegen werde ich nicht zum Mörder. Ich liebe Frauen!« Theatralisch fällt er auf die Knie. »Geben Sie mir die Schlüssel«, sagt er flehend und streckt die Hände aus. »Ich brauche den Wagen. Dringend!«

»Wo Sie heute Nacht waren?«, werde ich lauter.

»Zu Hause natürlich. Ich habe mich gestritten mit dem Chef von der Zyankali-Bar. Weil dieser Idiot ...«

»... die Polizei gerufen hat?«

»Warum hat er sich nicht rausgehalten? Ich war wütend. Beinahe hätten wir uns geprügelt.«

»Und das war zwischen null und ein Uhr?«

»Bei Allah, ich liebe die Frauen«, bleibt er die Antwort schuldig, »sie sind wie meine Blumen. Nie könnte ich sie töten. Obwohl diese Steffens unglaublich ehrgeizig war«, regt er sich auf. »Jeder Mann hätte ein Einsehen gehabt, Aufschub gewährt, die Schulden gestundet, irgendwas – nicht aber diese Frau!« Er schüttelt fassungslos den gut frisierten Kopf. »Kann man einem nackten Mann in die Tasche greifen? Mit Sicherheit nicht. Aber diese Steffens wollte das partout nicht einsehen …« Er blinzelt kaum merklich, wendet plötzlich seinen Blick von uns ab.

Aber wohin schaut er?

Ich will mich gerade umdrehen, als mich ein ungeheurer Schlag zu Boden wirft. Im Fallen sehe ich, dass auch Hünerbein von hinten angegriffen wird. Er stürzt nach vorn, seine Pistole schliddert über den Boden. Dann erst bemerke ich die zweite Tür. Sie führt in einen weiteren Raum, vielleicht das Schlafzimmer, was weiß ich? Es ist auch egal, wir hatten diese Tür beim Eintreten nicht wahrgenommen, und so war sie ungesichert geblieben.

Ein fataler Fehler, denke ich noch, was für ein beschissener Fehler.

Dann wird es dunkel in meinem Kopf. Schwarz und unendlich finster …

9 MEYER SPÜRTE, dass ihm die Zeit davonlief. Den ganzen gestrigen Tag hatte er noch versucht, diese Cordula wieder ausfindig zu machen. Zunächst nahm er an, über ihren giftgrünen Corsa etwas herausbekommen zu können, aber dafür hätte er sich das Kennzeichen merken müssen. Vielleicht war jemandem am Steinplatz das Fahrzeug aufgefallen, während sie im Café der Filmbühne saßen. Dem Kioskbetreiber etwa, der Corsa war direkt gegenüber geparkt. Doch niemand erinnerte sich.

Am Ende war Meyer zu Monika gefahren und hatte um frische Wäsche gebeten. Sie wohnte in einem dieser großzügigen Gründerzeithäuser in der Akazienstraße und hatte seine Sachen auf dem Dachboden zwischengelagert. Während Monika ihm rasch ein paar Hemden wusch, war er unter dem Vorwand, einige seiner Bücher zum Lesen mitnehmen zu wollen, auf dem Speicher geblieben, um die heimlich unter den Dielen versteckten HVA-Akten zu sichten.

Vergebens. Kein Hinweis auf einen Decknamen Cordula. Wie auch, sie hatte zur Hauptabteilung zwo gehört, und von denen besaß er keine Unterlagen.

Blieb nur noch Juri Lambertz. Der Deutschrusse saß in der Poststelle der Tegeler Justizvollzugsanstalt und war bekannt dafür, jede Information besorgen zu können. Doch Juri kostete Geld. Viel Geld. Geld, das Meyer nicht hatte. Trotzdem versprach Juri, Augen und Ohren aufzusperren.

Heute Vormittag schließlich war Heribert Naumann in der JVA aufgetaucht. Der Anwalt hatte darauf bestanden, Meyer nicht im Besuchszimmer zu treffen, sondern draußen auf dem Freistundenhof. Da konnte man wenigstens nicht abgehört werden. Naumann schien also involviert zu sein. Zumal er mühelos all jene Namen herunterbetete, die auf der Liste des sowjetischen Militärattachés vermerkt waren und die auch Meyer inzwischen perfekt im Gedächtnis hatte. Namen und Daten von Spionen und Agenten. Kundschaftern des Friedens, wie man sie zu DDR-Zeiten nannte. Bis heute saßen sie unerkannt an den wichtigen Schaltstellen der Bundesrepublik. In Ministerien und Behörden, den Chefetagen strategisch wichtiger Konzerne.

»Dieser Jablonski«, erkundigte sich Naumann, während sie langsam und mit auf den Rücken verschränkten Armen über den Freistundenhof liefen, »ist doch ein wichtiger Mann im Bundespresseamt, richtig?«

»Ja«, nickte Meyer. »Er war für die strategische Desinformation zuständig. Nahm Einfluss auf die offizielle Sicht der Bundesregierung zum Beispiel beim Honecker-Besuch 1987.«

»Zuverlässig?«

»Früher war er das. Galt als anständiger Kommunist, als ein Mann, der für seine Überzeugungen lebt.«

»Gut.« Der Anwalt schien zufrieden. »Was ist mit Heuberger?«

»Verbindungsmann der Bundesregierung zur NATO-Zentrale in Brüssel. War nicht einfach, ihn dort zu positionieren. Nimmt vor allem Einfluss auf bevorstehende NATO-Operationen. Ein Top-Agent. Mit allen Wassern gewaschen.«

»Immer noch?«

»Wie meinen Sie das?« Meyer verstand nicht gleich. »Soweit ich weiß, ist er noch aktiv.«

»Ja, aber wir machen uns Sorgen um seine Loyalität.« Der Anwalt kickte einen kleinen Stein beiseite. »Wenn unsere Informationen zutreffen, hat Heuberger kürzlich geheiratet. Eine Belgierin.«

»Na und?« Meyer fühlte sich plötzlich unbehaglich. Viele der Aufklärer hatten im Westen geheiratet, das gehörte zu deren Tarnung. Etliche hatten sogar Kinder.

»Wir haben die Frau überprüfen lassen«, sagte Naumann, »sie steht in Verdacht, für den britischen Geheimdienst zu arbeiten.«

Sieh an, sieh an, dachte Meyer. Die Frage ist, wer hier wen anzapfen wollte. Das ist die Krux in diesem Geschäft: Man weiß nie genau, mit wem man es wirklich zu tun hat.

Und Naumann? Für wen stand der?

Er weiß fast alles über mich, dachte Meyer. Er hat mich vor Gericht verteidigt, kennt meine Situation inzwischen besser als ich. Aber was weiß ich von ihm?

Bislang hatte Meyer seinem Anwalt immer bedingungslos vertraut. Früher war er dessen Führungsoffizier und hatte den Weg und Werdegang Naumanns sorgfältig geplant und aufgebaut. Seine Aufgabe als Westberliner Rechtsanwalt und Notar war, diskret über Strohmänner für die DDR Immobiliengeschäfte im Westen zu tätigen. Er organisierte auch den Verkauf von DDR-Liegenschaften, wie etwa Anlagen der Deutschen Reichsbahn, sorgte für konspirative Wohnungen und verteidigte verdiente Kader und Genossen vor der westdeutschen Justiz. Inzwischen galt der mehrfach promovierte und an der Uni dozierende Heribert Naumann als anerkannter Rechtswissenschaftler und einer der hervorragendsten Interpreten des Grundgesetzes.

»Wer sind wir?«, fragte Meyer nach einer Weile.

Naumann verstand nicht gleich und legte fragend den Kopf schief. »Bitte?«

»Sie hatten gesagt *›wir‹*.« Meyer betonte es deutlich. »Nicht ›ich habe das überprüfen lassen‹, sondern *›wir* haben das überprüfen lassen‹ und *›wir* machen uns Sorgen‹.« Er fixierte seinen Anwalt genau, um ja keine Regung in dessen Gesicht zu verpassen. »Die Frage ist: Wen meinen Sie mit ›wir‹?«

Naumann brauchte einen Moment. »Ja, uns halt«, sagte er dann, wusste aber, dass er damit nicht durchkam. »Den KGB«, gestand er schließlich.

Ja, dachte Meyer, das soll ich wenigstens glauben. Aber du bist ein geachteter Mann geworden in der Bundesrepublik. Die DDR ist untergegangen, und wer weiß, wie lange es die Sowjetunion noch gibt. Die BRD dagegen wird auf absehbare Zeit weiter existieren, so viel ist klar. Und du, Naumann, hast nur dieses eine Leben. Und einen untadeligen Ruf. Bist du bereit, diesen zu riskieren? Für den KGB? Für eine Utopie, deren Bestand unsicherer nicht sein kann? -- Meyer entschied sich für den Angriff.

»Ich denke nicht«, sagte er und blieb stehen, »dass Sie es darauf anlegen, mir hier in Tegel bald Gesellschaft zu leisten.«

Naumann stutzte. Er war eindeutig sehr verunsichert, sagte aber nichts.

»Ich bin zwar kein Jurist«, Meyer kratzte sich nachdenklich das Haupt, »aber wenn ich das recht verstehe, bereiten wir gerade eine Verschwörung vor.«

»Eine Verschwörung?« Naumann fröstelte.

Tatsächlich war es heute kühler als in den vergangenen Tagen, obwohl die Gewitter, die sie im Wetterbericht für den Berliner Raum vorhergesagt hatten, in der Nacht ausgeblieben waren.

»Eine Verschwörung gegen die Bundesrepublik Deutschland«, präzisierte Meyer und verzog spöttisch das Gesicht. »Au weh! Wenn das rauskommt, sitzen wir ganz schön in der Patsche, was Naumann?«

»Wie sollte das rauskommen?« Naumann starrte seinen ehemaligen Führungsoffizier entgeistert an.

»Keine Ahnung.« Meyer lauerte. »Wissen Sie's?«

Dem Anwalt hatte es die Sprache verschlagen.

»Wie lange werden wir sitzen, was meinen Sie? Zehn Jahre? – Kommen Sie«, höhnte Meyer, »Sie sind doch Anwalt! Sie müssen doch wissen, wie viel Knastjahre eine Verschwörung bringt.«

»Wollen Sie«, Naumann flüsterte es fast, »aus der Sache aussteigen?«

»Wollen Sie's? Oder sind Sie schon ausgestiegen, Naumann?«

»Sie misstrauen mir?«

»Ich sitze hier in Tegel«, antwortete Meyer, »weil ich zu vertrauensselig war. Dabei haben wir es doch alle mal gelernt: Misstraue jedem außer dir selbst. Wie könnte ich Ihnen also vertrauen?« Er lief langsam weiter. »Sie sind hierhergekommen, um von mir zu erfahren, welche unserer alten Genossen noch aktiv sind. Welche ich für besonders loyal und zuverlässig halte. Aber wie kann ich das wissen?« Meyer sah Naumann, der ihm gefolgt war, von der Seite her an. »Und wenn ich es wüsste – wem gebe ich meine Informationen?«

»Wir arbeiten seit fast fünfzehn Jahren zusammen, Meyer.« Naumann regte sich auf. »Sie sollten mich kennen!«

»Sollte ich das?« Meyer blickte über den nur spärlich begrünten, mit grauen Zäunen eingegrenzten Hof auf die dahinter liegende Gärtnerei. Hier bauten sie Obst und Gemüse an. Vor allem Kohl für die Gefängnisküche. »Ich will Ihnen einen Vorschlag machen. Zu unserer beider Absicherung: Sagt Ihnen Deckname Cordula etwas?«

»Nicht auf Anhieb. Wer soll das sein?«

»Sie arbeitete früher bei der Hauptabteilung zwo. War in die Olbrich-Sache involviert.«

»Ah«, machte der Anwalt und nickte, »Johanna Olbrich, ich erinnere mich.«

Ja, dachte Meyer, natürlich erinnerst du dich. »Ich muss diese Cordula schnellstmöglich treffen!« Er fiel in seinen alten Befehlston als Führungsoffizier zurück. »Ich kenne ihren Klarnamen nicht, aber sie erwartet, dass ich mich melde. Sie hat mir sogar eine Telefonnummer gegeben, aber«, Meyer lachte auf, »ich habe sie verloren. Wie das Leben so spielt, nicht wahr, Naumann? Bevor wir hier also weitermachen mit unserer kleinen Staatsverschwörung, möchte ich, dass Sie diese Cordula für mich ausfindig machen. Und zwar so schnell wie möglich.«

»Sie wollen mich testen!«

»Nein, Naumann, es geht um weit mehr«, erwiderte Meyer eindringlich. »Finden Sie diese Cordula! Falls es Ihnen hilft: Sie hält sich in der Stadt auf und fährt einen grünen Corsa.«

»Viel ist das nicht«, knurrte der Anwalt ungehalten. »Haben Sie wenigstens das Kennzeichen von dem Corsa?«

»Das wäre toll.« Meyer lachte. »Aber dann könnte ich diese Cordula auch allein ausfindig machen.« Er klopfte Naumann verständig auf die Schulter. »Ich weiß, dass es nicht einfach wird, aber wofür haben wir Sie ausgebildet? – Ich gebe Ihnen Zeit bis Montag früh.«

»Aber das ist unmöglich«, protestierte der Anwalt, »sagen Sie mir wenigstens, was los ist!«

»Wenn ich es weiß, Naumann«, Meyer wandte sich ab, »erfahren Sie's als Erster.«

Der Anwalt starrte ihm nach, bis er im Zellentrakt verschwunden war.

10 DER EISBECHER in der Gelateria Roma schmolz allmählich dahin. Hüseyin rührte ihn nicht an. Obwohl seine Söhne darauf bestanden hatten. Süßes beruhige die Nerven. Doch Hüseyin konnte nichts essen. Denn direkt gegenüber, hinter den mit dicken Ketten verschlossenen rostigen Stahltoren des alten Straßenbahndepots in der Belziger Straße, befand sich sein Wagen.

Straßenbahnen fuhren hier schon lange keine mehr. In den sechziger Jahren waren sie abgeschafft worden, zugunsten von Omnibus- und U-Bahn-Linien – zumindest im reichen Westen. Der Ostteil der Stadt dagegen hatte sich einen derartigen Wechsel der Verkehrspolitik nicht leisten können. Dort fuhren sie noch immer, die guten alten Straßenbahnen, umweltfreundlich und ganz ohne Schadstoffe – manchmal war Armut eben doch zu etwas gut.

Heute diente das Depot der Berliner Polizei als Sammelstelle für sichergestellte Kraftfahrzeuge. Dicht an dicht standen hier verlassene Unfallwagen und Dubletten, die aufgemotzten Schlitten von verhafteten Zuhältern und Dealern, die Fluchtautos irgendwelcher Bankräuber und Gangster.

Und Hüseyins Mercedes, eine E-Klasse mit allem Drum und Dran. Fünfundzwanzig Jahre lang hatte der Blumenhändler jeden Pfennig umgedreht, um sich diesen Wagen leisten zu können. Der

Traum hatte ihn ein Vermögen gekostet. So was fuhren sonst nur Chefs.

Unruhig sah Hüseyin rüber zum Heinrich-Lassen-Park. Sein Sohn Cemir hatte dort auf einer Parkbank Stellung bezogen und ließ die Kfz-Sammelstelle nicht aus den Augen. In seiner Sporttasche lag ein starker Bolzenschneider. Wenn es so weit war, wollte er damit zügig die Ketten trennen, mit denen das Tor zum Depot verschlossen war.

Orhan war in der Gothaer Straße verschwunden. Dort war weniger los als auf der Belziger Straße, und es gab hohe Bäume, in deren Schatten man unauffälliger die alten Backsteinmauern überwinden konnte, die das Depot zu allen Seiten hin umschlossen.

Hüseyin war nervös. Er konnte sich nicht vorstellen, dass man der Polizei einfach so ein Auto unter den Augen wegstehlen konnte. Was, wenn sie erwischt wurden?

Unsinn, hatten ihn die Söhne beruhigt. Zum einen stahlen sie ja kein Auto, sondern holten sich nur ihr Eigentum wieder. Und zum anderen sei das Depot am Wochenende kaum besetzt. Eine Behörde habe samstags in der Regel frei. Das gelte auch für die nachrangigen Dienststellen der Polizei.

Tatsächlich lag das Depot ziemlich verlassen in der frühen Nachmittagssonne, und es waren weder Wachleute noch Polizisten zu sehen. Trotzdem hatte Hüseyin Angst. Angst um sich und seine Söhne. Er war schließlich kein Gangster. Er war nur ein Mann, der dringend seinen Wagen brauchte.

Die Probleme begannen damit, dass die Mauer, über die Orhan klettern wollte, keine Mauer war, sondern ein Gebäude. Plötzlich fand er sich auf dem Dach irgendeines Schuppens wieder, der von außen zwar wie eine Begrenzungsmauer ausgesehen hatte, in Wirklichkeit aber das Quartier des diensthabenden Hauptwachtmeisters war, der an diversen Überwachungsmonitoren vor sich hin döste.

Damit stand Orhan auch schon vor dem zweiten Problem, denn das ganze Scheißgelände wurde mit Kameras überwacht, sogar die Dächer! Flugs warf er sich auf den Bauch und robbte zur Dachkante. Dort sah er das dritte Problem: Über Nacht waren neue sichergestellte Fahrzeuge hinzugekommen und der Mercedes des Vaters komplett zugeparkt. So konnte Orhan zwar gut versteckt die Kralle abmontieren, mit der das rechte Vorderrad des Wagens immer noch blockiert war. Er hatte ja den Schlüssel dazu. Aber wie sollte er den Wagen dann wegfahren? Er war völlig eingekeilt von anderen Autos. Mindestens zwei Wagen mussten beiseitegeschoben werden, bevor man den Mercedes da rausbekam. – Mist!

Allahu akbar, dachte Orhan und entschloss sich zu besonderer Kreativität.

Polizeihauptwachtmeister Karsten Trauffetter starrte auf seine Bildschirme. Er hatte nur kurz weggesehen, weil er seine Stullen auspackte, und dennoch war es ihm vorgekommen, als hätte sich auf Monitor sieben etwas bewegt. Die Sieben überwachte die Dächer, und jetzt war dort nichts Ungewöhnliches mehr zu entdecken, obwohl Trauffetter die Kamera per Joystick aufmerksam hin und her schwenken ließ. Alles wie immer. Auch auf den übrigen Bildschirmen schien alles normal, weshalb sich der Wachtmeister bald wieder seiner Brotdose zuwandte. Vielleicht war es nur ein Vogel. Oder ein Eichhörnchen aus dem nahegelegenen Lassen-Park. Da gab es viele solcher Viecher. Mehrmals schon hatten sie die zentrale Alarmanlage ausgelöst, sodass man sie abschalten musste, weil Anwohner sich über den Krach beschwerten. Seit Monaten versprach der Senat, Mittel für eine modernere Anlage bereitzustellen. Einen Alarm, der nicht gleich auf größere Vögel und Eichkatzen reagierte, sondern nur auf wirkliche Gefährdungen. Aber der Senat versprach immer viel und hielt wenig. Bis hier eine neue Anlage installiert wurde, da war sich Trauffetter sicher, konnte es noch mehrere Wahlperioden dauern.

Der Hauptwachtmeister schraubte seine Thermoskanne auf und trank einen Schluck. Der Tee war kalt, und das war gut so. Eiskalter Zitronentee; besser löschte nichts den Durst. Vor allem im Sommer. Deshalb füllte Trauffetter seinen Tee auch immer in die Thermoskanne. Damit er schön kalt blieb. Zwar hatten sie jetzt einen kleinen Kühlschrank hier, aber es war eben so eine Gewohnheit. Tee kommt in die Thermoskanne, im Sommer wie im Winter. Denn was heiß hält, hält auch kalt.

Plötzlich klirrte im Hof etwas. Trauffetter reckte den Hals und ging zum Fenster. Das war doch nicht möglich: Irgendein Kerl mit sichtbarem Migrationshintergrund schob draußen die Autos hin und her. Der Wachtmeister traute seinen Augen kaum. Da, schon wieder: Der Typ schlug einfach die fahrerseitigen Scheiben ein, griff ans Steuer und schob die Fahrzeuge über den Hof, bis die Lenkradsperre einrastete. Der hatte sie ja wohl nicht mehr alle!

Trauffetter setzte sich hastig die Dienstmütze auf und wollte dem Treiben draußen umgehend mit der uneingeschränkt respekteinflößenden Autorität eines deutschen Hauptstadtpolizisten Einhalt gebieten, doch er kam gerade bis zur Tür. Öffnen ließ die sich nämlich nicht. Irritiert rüttelte der Hauptwachtmeister daran. Er hatte sich doch nicht eingeschlossen, das machte er nie. Klemmte sie? Durchaus möglich, die Tür stammte aus der Zeit, als hier noch Straßenbahnen fuhren. Eine alte Flügeltür, so ein hässliches Teil aus den sechziger Jahren mit drahtverstärkten Scheiben und Aluminiumrahmen. Wütend warf sich Trauffetter dagegen. Vergebens. Jetzt erst bemerkte er die quietschgelbe Parkkralle. Irgendwer hatte sie außen lautlos zwischen die beiden Griffe der Tür geklemmt und so den Eingang nachhaltig blockiert.

Trauffetter war außer sich. Er schnappte sich das Telefon, um Verstärkung zu rufen, Alarm zu schlagen – irgendwas. Inzwischen wurde draußen ein sichergestellter Mercedes gestartet, ein nagelneuer Wagen, war gestern erst reingekommen. Darauf also hatten es die Täter abgesehen. Na wartet!

Der Wachtmeister griff sich einen der Stühle im Raum und warf sie durch das geschlossene Fenster. Scheiben splitterten, und jetzt ging der Hausalarm los. Ein robuster alter Einbruchmelder mit ohrenbetäubender Klingel. Anschließend sprang der Wachtmeister selbst durchs Fenster, um mit vollem Körpereinsatz den Raub des Mercedes zu stoppen.

Hüseyin war erschrocken aufgesprungen und rannte aus der Eisdiele auf die Straße. Am Eingang des Depots drehten sich plötzlich gelbe Rundumleuchten, eine Alarmklingel schepperte laut und unüberhörbar. Er sah, wie Cemir von seiner Parkbank aufsprang, über die Belziger Straße wetzte und sich mit einem Bolzenschneider am Tor zu schaffen machte. Kurz darauf ging es auf, und Hüseyins Mercedes schoss reifenquietschend heraus, auf der Kühlerhaube ein zappelnder Polizist. Der Wagen stoppte scharf, fuhr mit durchdrehenden Rädern wieder an, stoppte erneut. Offenbar versuchte Orhan, den Beamten loszuwerden, doch der hielt sich wacker an den Scheibenwischern fest.

»Haydi! Yallah, yallah«, brüllte Orhan, was in etwa so viel wie »Macht hin« oder »Los geht's« bedeutet.

Hüseyin rannte los und ließ sich auf den Beifahrersitz fallen. Auch Cemir sprang in den Wagen. Orhan gab wieder Gas und raste, heftig hin- und herlenkend, drauflos, bis der hartnäckige Bulle kurz vor der Kreuzung Martin-Luther-Straße endlich von der Motorhaube flog.

Alle atmeten auf.

11 ALS ICH ERWACHE, ist Hünerbein schon auf den Beinen und telefoniert hektisch mit der Dienststelle. Zuvor muss er eine Ambulanz gerufen haben, denn über mich sind zwei Rettungssanitäter gebeugt und sehen sich zufrieden an.

»Na bitte, er kommt zu sich.«

Aber wie: Mein Kopf droht zu zerspringen. Unter der Schädeldecke verspüre ich ein dröhnendes Pochen, und hinter der Stirn sitzt ein pulsierender Schmerz. Nein, es ist nicht gut, wenn man ohnehin schon schwer verkatert ist und dann noch etwas auf den Deckel bekommt.

»Wir mussten Ihnen am Hinterkopf ein paar Haare abrasieren«, lächelt der Rettungsarzt. »Da war eine blutende Wunde, die wir mit ein paar Stichen genäht haben.«

Was? Will der Kerl etwa sagen, dass ich eine Tonsur bekommen habe? Wie so'n oller Mönch? Ich will aufspringen, um mich in einem Spiegel anzuschauen, doch die Sanitäter drücken mich sanft auf das Sofa zurück.

»Ganz ruhig, Herr Knoop, es ist alles in Ordnung. Um sicherzugehen, werden wir jetzt ins Urban-Krankenhaus fahren, einverstanden? Da können wir Sie gründlich untersuchen.«

Natürlich bin ich nicht einverstanden. Ich bin von Kriminellen hinterrücks niedergeschlagen worden, verdammt noch mal! Die mutmaßlichen Mörder jener Frau, in deren Wohnung wir uns befinden, haben mir brutal auf den Kopf gehauen und laufen da draußen irgendwo frei herum. Da mach ich doch nicht krank!

Und wieso ist Hünerbein eigentlich so putzmunter? Der hat doch auch was abgekriegt.

»Ich hatte Glück. Bei mir ist's nur 'ne Beule.« Hünerbein zeigt sie mir, aber ich kann keine besondere Veränderung an seinem Kopf erkennen. Der Kerl hat einfach einen Dickschädel.

»Die Fahndung nach Misirlioglu läuft«, erklärt er mir, »und Beylich und Matuschka sind mit einem Durchsuchungsbefehl auf dem Weg in die Großbeerenstraße.«

Die Zimmertür fliegt auf. Damaschke kommt mit einem zweiten Spurensicherer herein.

»Bad und Küche haben wir durch«, erklärt er munter und knallt lärmend seinen Analysekoffer auf den Couchtisch. »Jetzt würden wir gern hier weitermachen, wenn's recht ist. Ich hoffe, ihr habt nicht alles angefasst …« Er starrt mich an, grinst dämlich und deutet mit seinem rechten Zeigefinger eine kahle Stelle über seinem Kopf an. »Kommt da dann demnächst noch ein Heiligenschein dazu?«

»Haha, sehr witzig.« So ein Idiot! Und alle finden ihn lustig, denn neben den Rettungssanitätern machen sich auch Hünerbein und der zweite Spurensicherer vor Lachen fast ins Hemd.

Genervt schließe ich die Augen. Was hat der Türke vor, überlege ich mit hämmerndem Hirn, wer sind seine Komplizen, und was haben sie hier gesucht?

»Die Schlüssel für den Wagen und die Parkkralle haben sie mitgenommen«, gluckst Hünerbein noch immer kichernd, »meine Dienstwaffe Gott sei Dank nicht.« Er klaubt die Pistole vom Boden auf und steckt sie sich ins Holster.

Glück gehabt, Hünerbein. Sonst wäre ein Verfahren fällig gewesen. Es gibt immer einen Heidenärger bei uns, wenn einem Polizisten die Waffe abhandenkommt.

»Also doch nicht nackt tanzen«, stelle ich fest und setze mich auf.

Hünerbein starrt mich ratlos an.

»Sind Sie sicher, dass er wieder okay ist?«, fragt er die Sanitäter.

Doch bevor die antworten können, erinnere ich ihn an sein Horoskop. »*Sie werden heute eine interessante Erfahrung machen.* – Damit war nicht das tantrische Tanzen gemeint, sondern ...«, ich tippe mir an den schmerzenden Schädel, »... das hier! Und die Tatsache, dass sie nicht deine Waffe, sondern nur die Schlüssel mitgenommen haben.«

»Ja, das ist wirklich merkwürdig«, sagt Hünerbein. »Die wollen unbedingt ihr Auto zurück. Und sie haben die ganze Wohnung durchsucht. Es fehlen sämtliche persönlichen Unterlagen von Swantje Steffens. Keine Geburtsurkunde, keine Familienakten, keine Fotos, nichts!« Er greift wieder zum Telefon und wählt eine Nummer. »Nur diesen Ordner hier haben sie vergessen«, sagt er, während er darauf wartet, dass sein Anruf entgegengenommen wird, und drückt mir eine Aktenmappe in die Hand. »Solltest du dir mal anschauen. Sieht ganz so aus, als habe unsere tote Vollzugsbeamtin selber ziemliche Geldprobleme gehabt.«

Ich blättere den Ordner durch. Rechnungen von Möbel- und Versandhäusern sind da eingeheftet, Kreditverträge, Mahnungen von Inkassodiensten, Pfändungsandrohungen. Der Klassiker: Kreditkauf, bis einen die Schulden erdrücken. Offenbar war die gebürtige Rostockerin den Verheißungen der freien Marktwirtschaft nicht gewachsen.

Mir fällt ein ausgeschnittener Zeitungsartikel auf. Er ist an den letzten Vollzugsbescheid geheftet und bezieht sich auf einen spektakulären Banküberfall am Mehringdamm vom vorvergangenen Donnerstag. Der große Coup eines Einzeltäters, wie es heißt. Angeblich hat er weit über fünfhunderttausend Mark erbeutet. Dahinter sind handschriftlich drei Ziffern notiert: die Zehn, die Neun und die Zweiundsiebzig.

Was kann das bedeuten? Nachdenklich lasse ich den Ordner sinken. Waren die Geldprobleme der Finanzbeamtin so gravierend, dass sie auf kriminelle Gedanken kam? Plante sie etwa selbst einen Bankraub, um aus der Schuldenfalle zu kommen? Und was hat sie nachts auf dem Kreuzberg gemacht? Sich mit Hüseyin Misirlioglu getroffen? Weil sie von ihm mehr wollte, als nur das Auto pfänden? Hat sie den Blumenhändler möglicherweise erpresst? Und ist dann etwas entsetzlich schiefgegangen?

Gott, ist das ein entsetzlicher Krach hier: Hünerbein brüllt in den Telefonhörer, die Spurensicherer kramen lautstark in ihren kriminaltechnischen Utensilien, und die Rettungssanitäter versuchen, mich zu überreden, doch mit ins Krankenhaus zu kommen.

»Nur, um etwaige Komplikationen auszuschließen, in Ordnung?«

Absolut nicht. Hünerbein hat sein Telefonat beendet und legt fassungslos den Hörer auf.

»Die haben sich den Wagen tatsächlich geschnappt! Aus der Sicherstellung! Am helllichten Tag! Ist das zu fassen?«

Das ist zumindest ziemlich dreist.

»Ich habe gerade mit einem Polizeiwachtmeister Tauwetter oder so ähnlich telefoniert«, fährt Hünerbein fort, »der hat da heute Dienst. Brutaler Überfall, sagt er. Hatte Glück, dass er mit dem Leben davongekommen ist.«

Was haben die vor, überlege ich wieder, warum klauen die das Auto? Das macht doch alles keinen Sinn.

»Also gut!« Ergeben sehe ich die beiden Rettungssanitäter an. »Fahren wir ins Krankenhaus. Und geben Sie mir endlich was gegen die furchtbaren Kopfschmerzen.«

»Nach der Untersuchung, Herr Knoop.«

Sie helfen mir hoch und bringen mich zur Tür.

Beim Hinausgehen reiße ich Damaschke das Basecap mit dem Schriftzug »Kriminaltechnik« vom Kopf und setzte es mir auf die Tonsur. So muss ich meine Mitmenschen nicht länger mit einer Glatze beeindrucken. Ein Mist das alles, ich habe an der Stelle ohnehin schon viel zu dünnes Haar. Und die rasieren es mir auch noch ab. Nicht zu fassen, ehrlich, das ist heute ein richtiger Scheißtag!

12 ORHAN BRAUCHTE eine ganze Weile, um sich zu beruhigen. Wie ein Wahnsinniger war er mit dem Mercedes über den Innsbrucker Platz gerast, obwohl Bruder und Vater eindringlich auf ihn einschrien. Er solle langsamer fahren, unauffälliger und nicht so hektisch, sonst würden die Bullen doch noch auf sie aufmerksam.

Mehr als einmal verlor er fast die Kontrolle über den Wagen, doch er konnte nicht anders. Die Anspannung musste irgendwie raus.

Immerhin hatte er Vaters Wagen trotz aller Schwierigkeiten klargemacht, war ruhig und überlegt vorgegangen. Vorausschauend wie ein Schachspieler und kühl wie ein Killer. Sogar als sich dieser durchgeknallte Bulle auf die Kühlerhaube geworfen hatte, behielt Orhan die Nerven. Erst jetzt, wo alles vorbei war, kam das große Flattern. Orhan hatte plötzlich Schiss, totale Panik, und sein Fuß trat ganz automatisch das Gaspedal durch. Fluchtinstinkt, verstehste?

Erst hinter dem Autobahnkreuz Schöneberg, auf dem Zubringer nach Steglitz, bekam sich Orhan wieder in den Griff. Zwar zitterten die Hände noch am Steuer, aber die Anspannung war weg. Er fühlte sich wie ein siegreicher Sportler, der brüllend über die Ziellinie gelaufen war. Nur dass Orhan nicht geschrien hatte. Er war mit hundertachtzig Sachen bei Rot über den Innsbrucker Platz gerast, echt krass, Mann.

»Wo müssen wir denn hin?«, fragte er mit heiserer Stimme und fädelte sich, ruhiger werdend, hinter dem Steglitzer Kreisel in den Verkehr auf der Schloßstraße ein.

»Lichterfelde West«, rief Hüseyin, »da muss irgendwo eine Telefonzelle sein.« Nervös sah er auf die Uhr. »Schaffen wir das noch bis drei?«

Vier Minuten, dachte Orhan, wird knapp, mal schauen. Er fuhr zügig Unter den Eichen entlang bis Drakestraße und bog da links ab. Und nach den S-Bahn-Brücken rechts in die Hans-Sachs-Straße rein. Der große Zeiger der Bahnhofsuhr rückte gerade auf die Zwölf, als Orhan vor der Telefonzelle stoppte. Man hörte es schon klingeln.

Hüseyin sprang aus dem Wagen und nahm hastig den Hörer ab. »Ja, hallo?«

»Schmeiß deine blöden Jungs aus dem Auto, klar?«

»Ja, gut, ist in Ordnung.« Irritiert sah er sich um. Wurde er beobachtet? Von wo? Und von wem? Um ihn herum nur Lichterfelder Rentnerpaare beim Samstagsspaziergang zur Eisdiele. Keine Erpresser, jedenfalls niemand, den man für einen echten Verbrecher halten könnte.

»Und dann«, fragte er, »wo ist die Übergabe?«

»Schick die Jungs weg und fahr zum Sandgrubenteich. Du hast sechs Minuten. Ende.«

»Was? Wohin? Sandgrubenteich?« Aber am anderen Ende der Leitung war niemand mehr. Die hatten aufgelegt. Sandgrubenteich … Wo sollte das denn sein?

Hüseyin verließ die Telefonzelle und ging verwirrt zum Auto zurück.

»Haut ab«, sagte er zu seinen Jungs, »wir werden beobachtet.«

»Echt?« Die Jungs stiegen aus und suchten die Umgebung aufmerksam nach Blicken ab. »Meinst du, die sind hier?«

»Ich weiß nicht!«, schrie Hüseyin entnervt. »Die wollen, dass ihr weggeht! Nun macht!«

»Alles klar. Viel Glück.« Die Söhne liefen etwas unschlüssig und sich noch ein paarmal zu ihrem Vater umdrehend auf den S-Bahnhof zu.

»Sandgrubenteich.« Hüseyin sprach eine ältere Dame an, die ihren Hund Gassi führte. »Wissen Sie, wo das ist?«

Der Köter kläffte wie verrückt drauflos.

»Was?«, schrie die Oma. »Fridolin! Aus!«

Der Hund bellte noch lauter.

»Er hört schlecht, tut mir leid.« Die Frau lächelte entschuldigend und ging weiter.

Hüseyin riss das Handschuhfach auf, holte einen Stadtplan hervor und studierte hastig das Straßenverzeichnis. Nirgendwo eine Sandgrubenstraße, kein Sandgrubenweg und auch nichts, was sich »An der Sandgrube« oder »Am Sandgrubenteich« nannte. Hüseyin blätterte das gesamte Register durch. Nichts. Es gab keinen Sandgrubenteich in Berlin!

Ganz ruhig, beschwor sich Hüseyin. Dieser dämliche Teich ist nur nicht im Register verzeichnet. Aber es muss ihn ja geben, irgendwo, sechs Autominuten von hier. Er schlug einen imaginären Kreis auf der Karte um den S-Bahnhof herum und begann mit der Suche von Süden im Uhrzeigersinn. Im Grunewald gab es die Sandgrube, aber keinen Teich. Und außerdem war die weit außerhalb der Sechs-Minuten-Zone. Oder nicht? Irrte er sich?

Hüseyin war so angespannt, dass er unbewusst die Zunge zwischen die Lippen vorschob. Inzwischen waren von den sechs Minuten schon zwei vergangen, und noch immer stand er hier ratlos herum. Oder hatten das die Erpresser eingeplant? Dass man länger brauchte, um überhaupt herauszufinden, wo dieser Teich war? War er vielleicht doch näher dran?

Hüseyin verkleinerte den Kreis auf einen geschätzten Vier-Minuten-Radius und stockte plötzlich. Da! Da war er: Sandgrubenteich, es stand genauso auf der Karte. Ein winziges Wasserloch im Zehlendorfer Gemeindewäldchen. Direkt an der Fischerhüttenstraße.

Hüseyin sprang ins Auto und fuhr sofort los.

Fünf Minuten später war er da. An einem idyllisch gelegenen kleinen Teich. Der Wind kräuselte spärlich das Wasser und spielte mit dem dichten Laub der Bäume ringsum. Zwei Enten stiegen flatternd auf. Menschen waren keine zu sehen. Hüseyin war ganz allein. Er lief den Kiesweg entlang und sah sich unruhig um. Und jetzt? Was sollte er hier?

»Hallo?«, rief er, und seine Worte kamen als Echo von den hohen Bäumen zurück. »Ich bin hier! Hüseyin!«

Niemand antwortete ihm. War er zu spät? War alles gelaufen? Aus? Vorbei?

»Habt Gnade«, flehte er verzweifelt. »Ich habe doch alles versucht. Ich habe das Auto, alles wie abgesprochen. Bitte, lasst nicht alles vergebens gewesen sein!«

Nichts. Nur monotones Blätterrauschen im Wald. Hüseyin sank verzweifelt auf eine kleine Bank, die am Ufer stand, und wartete. Was sollte er sonst tun? Vielleicht kamen sie ja noch. Er wagte es nicht, von hier wegzugehen. Wo sollte er sonst auch hin?

Eher zufällig fiel sein Blick auf ein kleines zusammengefaltetes Blatt Papier, das zwischen die Holzlatten der Rückenlehne der

Parkbank gesteckt worden war. Deutlich war darauf mit Schreibmaschinenschrift »Hüseyin« zu lesen.

Er nahm das Blatt, faltete es auf.

»Nächste Station Alemannenstraße hinter der Autobahnbrücke. Da findest du einen weiteren Zettel. Du hast acht Minuten.«

Erleichtert sprang Hüseyin wieder auf und rannte fast zu seinem Wagen zurück. Er schlug die Karte auf. Diesmal machte der Blick ins Straßenverzeichnis Sinn. Hüseyin fand die Alemannenstraße sofort.

Acht Minuten, dachte er, das war zu schaffen.

Die Alemannenstraße lag im vornehmen Stadtteil Zehlendorf. Sie ging von der Spanischen Allee ab und verlief parallel zur S-Bahn-Linie, der sogenannten Wannseebahn. Riesige Villen säumten die Straße und repräsentative Einfamilienhäuser.

Hüseyin kreuzte den noblen Hohenzollernplatz am Bahnhof Nikolassee, fuhr an der Einkaufszeile und der Post vorbei und passierte dann die Brücke über die Autobahn.

Der Nikolassee war eingekeilt von den Gleisen der S- und Fernbahn und der AVUS. Häuser gab es hier kaum noch, und linker Hand war der See durch einen Zaun abgesperrt. Hüseyin wusste nicht, warum. Es war ihm auch egal, denn ihm fiel sofort der zusammengefaltete Zettel im Maschendraht auf. Eine weitere Nachricht. Hüseyin stoppte den Wagen, nahm das Papier an sich und öffnete es.

»Nächste Nachricht Kohlhasenbrück«, stand da in Schreibmaschinenschrift, »am Ende des Königswegs auf dem Waldparkplatz. Zehn Minuten.«

Hüseyin setzte sich wieder ins Auto und fuhr los. Den Königsweg in Kohlhasenbrück kannte er, da hatte er mal ein großes Blumengebinde hingeliefert. Eine Hochzeit, oder so was, genau wusste er es nicht mehr.

Er bog von der Alemannenstraße rechts auf das Nymphenufer ab, fuhr unter den S-Bahn-Brücken durch und links auf den Kronprinzessinnenweg. Die Ampel am Sandwerder schaltete gerade auf Grün. Das wollte er noch schaffen. Hüseyin gab Gas, heizte mit knapp einhundert Stundenkilometern über die jetzt wieder auf

Rot schaltende Ampel und bremste stark ab, da vor dem Kiosk am S-Bahnhof Wannsee ein Polizeiwagen stand. Die Beamten hatten sich dort sicher nur einen Kaffee geholt, aber Hüseyin wollte nicht auffallen. Und so zuckelte er mit den vorschriftsmäßigen fünfzig Kilometern pro Stunde an der großen Dampferanlegestelle der Stern-und-Kreis-Schifffahrt vorbei und hielt rechts blinkend an der Ampelkreuzung zur Königstraße. Hier war wie jeden Samstag ordentlich Verkehr.

Der Wannsee war schon immer eines der beliebtesten Ausflugsziele der Berliner gewesen. Unzählige Biergärten wie die Loretta oder die Wannseeterrassen lockten die stadtmüden Sommerfrischler hierher, dazu gab's unzählige Yachtclubs, edle Restaurants, Ruder- und Segelvereine – keine zwanzig Autominuten vom Ku-Damm entfernt konnte man sich hier wie im Urlaub fühlen. Zumal seit dem Mauerfall auch die Glienicker Brücke nach Potsdam wieder geöffnet war, sodass das ganze Umland ohne Grenz- und Zollkontrollen buchstäblich erfahrbar war. Entsprechend dick waren die Staus.

Hüseyin brauchte fast eine Viertelstunde, bevor er links auf die Chausseestraße abbog und via Schäferstraße und Wilhelmplatz endlich die Landstraße nach Kohlhasenbrück erreichte, wo er wieder beschleunigen konnte.

Doch die Verspätung war nicht mehr aufzuholen. Zumal er den Königsweg in die falsche Richtung fuhr. Hier stand die Mauer noch. Links und rechts Beton und Stacheldrahtverhaue, dazwischen die Straße. Sie führte zur ehemaligen Westberliner Exklave Steinstücken – und hier war er falsch, denn es gab hier keinen Waldparkplatz.

Also mit Vollgas zurück nach Kohlhasenbrück, den Königsweg hinunter. An der Bäkestraße musste Hüseyin so scharf bremsen, dass es kreischte und die Bewohner der umliegenden Ein- und Mehrfamilienvillen verwundert aus ihren Fenstern sahen. Doch Hüseyin hatte Glück. Er war nicht in den Linienbus gekracht.

Er entschuldigte sich beim Busfahrer mit einer Geste und fuhr vorsichtig weiter. Hinter der Brücke über den Teltowkanal hielt er sich halb rechts und erreichte mit fast zwanzigminütiger Verspätung den kleinen Waldparkplatz im Düppeler Forst.

Erst jetzt bemerkte Hüseyin, dass er total durchgeschwitzt war. Mit weichen Knien stieg er aus. Was würde ihn hier erwarten? Aufmerksam sah er sich um. An einer Informationstafel für Radwanderer steckte ein kleiner zusammengefalteter Zettel.

Aha, dachte Hüseyin, noch eine Botschaft. Rasch lief er auf die Tafel zu. Bloß keine Zeit mehr verlieren, vielleicht konnte er die Verspätung bis zum nächsten Ziel aufholen. Mit fahrigen Fingern faltete er den Zettel auf. Diesmal waren es nur zwei Worte. Und wieder waren sie mit Schreibmaschine getippt worden: *»Teşekkür ederim!«* – Vielen Dank!

Vielen Dank? Hüseyin verstand nicht. Wofür? Was sollte das jetzt heißen?

Plötzlich wurde hinter ihm der Mercedes gestartet. *Sein* Mercedes!

Ruckartig fuhr Hüseyin herum.

Mit durchdrehenden Reifen fuhr der Wagen an.

»Nein!« Hüseyin rannte los. »Hey! Was soll das?«

Er hatte keine Chance. Der Wagen verschwand und ließ den entsetzten Blumenhändler in einer Staubwolke zurück.

13 MAN HATTE MICH im Urban-Krankenhaus in einen Computertomografen gesteckt und von allen Seiten durchleuchtet.

Ergebnis: Ich bin praktisch kerngesund. Keine Blutgerinnsel im Hirn, keine Fraktur der Schädeldecke. Bis auf etwas aufgeplatzte Haut, die wieder zusammengenäht worden war, und eine daraus resultierende kreisförmige Tonsur meines Haupthaares war alles gut. Die Glatze hatte ich unter Damaschkes Kriminaltechniker-Basecap versteckt, gegen die höllischen Kopfschmerzen waren mir Tabletten verschrieben worden. Ibuprofen. Ich hatte gleich zwei davon genommen, und tatsächlich ließen die Schmerzen nach etwa einer halben Stunde nach.

Mir ist nach frischer Luft, nach einem kleinen Spaziergang, um nachdenken zu können.

Ich gebe zu, bislang habe ich nur meinen Job gemacht. So wie immer. Das Schicksal dieser Kreuzberger Finanzbeamtin Swantje Steffens ist mir dabei herzlich egal. Das geht in unserem Beruf gar nicht anders. Wenn wir jedes Mal mit den Opfern mitfühlen würden, wären wir nach spätestens fünf Jahren reif für den Psychologen. Zudem bin ich Beamter. Ich verdiene meinen Lebensunterhalt so oder so. Ob ich nun herausfinde, was mit der Frau passiert ist, oder nicht, ist völlig wurscht. Ich muss meinen Kopf nicht hinhalten. Risiken sind mir ein Gräuel. Ich bin vierundvierzig und habe vor, das Pensionsalter zu erreichen. Sonst hätte sich dieser ganze Stress all die Jahre nicht gelohnt. Und dann kommen ein paar wirre Kriminelle und hauen mir fast den Schädel ein?

Nee. Geht gar nicht. Ab jetzt ist das eine persönliche Sache. Hüseyin Misirlioglu kann einpacken. Und seine Komplizen auch. Die Kerle buchte ich höchstpersönlich ein, verlasst euch drauf!

Grimmig laufe ich am Carl-Hertz-Ufer entlang und versuche, mich zu konzentrieren: Was ist da gelaufen zwischen dem Blumenhändler und der Vollzugsbeamtin? Er hat Steuerschulden, sie lässt dessen Auto pfänden und mit einer Parkkralle sichern. So viel ist klar. Er und seine Söhne wollen die Kralle wieder abbauen, doch der Betreiber der Zyankali-Bar holt die Polizei. Die lässt den Wagen abschleppen. Auch okay.

Aber was ist dann passiert, überlege ich, während ich durch Wilms- und Johanniterstraße Richtung Zossener laufe, was wollte Swantje Steffens nachts im Park? Wie und warum ist sie zu Tode gekommen?

Fakt ist: Sie starb. Und am nächsten Morgen bricht der Blumenhändler mit seinen Söhnen in ihre Wohnung ein, um die Schlüssel für die Parkkralle und den gepfändeten Wagen zu stehlen. Und um anschließend diesen Wagen aus dem Polizeidepot Belziger Straße überfallartig zu entwenden. Merkwürdig.

Inzwischen stehe ich an der lärmenden Kreuzung Blücherstraße-Mehringdamm. Die Ampel schaltet hier nur kurz auf Fußgängergrün. Man muss rennen, um in einer Phase rüberzukommen, sonst steht man ewig. Berlin ist eben eine Autofahrerstadt. Passanten haben in der U-Bahn zu verschwinden, auf den Straßen stören sie nur. Manche behaupten, Fußgänger würden in der deutschen Hauptstadt diskriminiert. Was sicher übertrieben ist. Und selbst wenn es so wäre, kann es kaum der Grund dafür sein, dass Hüseyin Misirlioglu unbedingt sein Auto zurückhaben will.

Aber was dann? Was ist dem Blumenhändler an diesem Wagen so wichtig, dass er einen Mord riskiert und Polizisten niederschlägt?

Grübelnd gehe ich durch die Obentrautstraße. An der Ecke Großbeerenstraße finde ich eine türkische Teestube. Ob der Blumenhändler hier öfter zu Gast war?

Irgendwas werden sie schon über ihn wissen, denke ich und trete ein.

Ein heller, mit Neonröhren beleuchteter Raum, obwohl draußen noch die Sonne scheint. Die Wände und der Fußboden sind mit orientalischen Fliesen verziert wie in einer Moschee. An großen Tischen sitzen bärtige Männer mit Wasserpfeifen und rauchen ein sehr intensiv riechendes aromatisches Kraut. Einige sehen einem Fußballspiel der türkischen Liga zu, das vom Fernseher über dem schmalen Tresen übertragen wird, andere unterhalten sich leise, spielen Rummikub und Batak. In einer Ecke hockt ein einsamer Tavla-Spieler vor seinem Brett und wartet auf einen Gegner. Das ist mein Mann.

*»Iyi akşamlar.«** Ich gehe auf ihn zu und setze mich.

Früher, vor dem Mauerfall, was mir schon wie eine Ewigkeit vorkommt, habe ich oft meine Urlaube in der Türkei verbracht. In kleineren, idyllisch gelegenen Orten abseits der Touristenhochburgen von Fethiye oder Bodrum. Dort saß ich dann mit einheimischen Fischern beim Tavla und habe so nebenher auch einige Brocken Türkisch gelernt. Lange her. Heute bestimmen Melanie und Monika mein Leben – und die fliegen lieber nach Mallorca oder in die USA.

Der Tavla-Spieler schiebt mir den Würfelbecher zu, und wir fangen an zu spielen. Tavla ist die türkische, und wie ich finde, interessantere Variante des Backgammon. Die Regeln sind zwar oberflächlich betrachtet nahezu identisch, aber eben nur fast. Der Verdoppelungswürfel spielt keine so wichtige Rolle wie bei uns, und es fehlt auch die Möglichkeit des Schlagens und Weiterlaufens. Dadurch kann man ein Spiel mit etwas Fortune immer wieder drehen. Aber heute habe ich kein Glück und bin bald hoffnungslos unterlegen.

Das hebt die Laune meines Gegners, und er beantwortet meine Fragen nach Hüseyin Misirlioglu nur allzu gern.

Ja, der Kerl liebe die Frauen wirklich, nickt er lächelnd, das sei ein echter Don Juan. Die Frauen seien auch der Grund, warum der Blumenhändler finanziell so schlecht dastehe. Schöne Frauen haben hohe Ansprüche, nicht wahr? Derzeit aktuell sei die Affäre mit Sylvie de Groot, einer reizenden Holländerin, die ein Reisebüro in der Bergmannstraße betreibe. »Es heißt, wie seine Besitzerin wirkt: ›Het Paradijs Reizen‹.« Der Türke lacht über seinen gelungenen Witz.

Jedenfalls habe Hüseyin dieser Dame einen kostspieligen Liebestrip nach Mauritius versprochen. Zum Verhängnis wurde ihm die Rache der Sophia Hertz, einer enttäuschten Sachbearbeiterin der Kreuzberger Steuerbehörde, die wohl auf die Ehe gehofft hatte. Als sie ihre Erwartungen enttäuscht sah, hat sie den Blumenhändler mit der Steuerfahndung traktiert.

»Seitdem ist er so gut wie pleite.«

Ich lächle. Ob Swantje Steffens auch eine enttäuschte Liebe des Blumenhändlers war?

Der Tavla-Spieler würfelt. Er wisse nichts von einer Swantje. Aber möglich sei das schon, und Hüseyin kein Mann, der etwas anbrennen lasse. Bedauernd sieht er mich an. Ich habe verloren.

»Möchten Sie eine Revanche?«

»Ein anderes Mal vielleicht.« Ich verabschiede mich: »Vielen Dank«, und zahle meinen Tee.

An der Zyankali-Bar schrubbt ein Mann mit freiem Oberkörper und leicht ergrauter Vokuhila-Frisur die Jalousien. Aber das *»We kill you all«* will nicht so recht weggehen.

»Autolack«, flucht der Mann wütend, »wenn ick da mit 'ner chemischen Bombe rangehe, verflüchtigen sich eher die Scheißrollos als die Farbe.«

»Warum streichen Sie's nicht einfach über?«, frage ich ihn.

»Weil sich, wenn da zu ville Farbe druff is, die Rollos nicht mehr hochziehen lassen«, erklärt der Mann. »Det musste sensibel handhaben, vastehste?«

»Was war denn gestern los?«

»Na, wat wohl?« Der Mann winkt ab. »Stress war, wie imma!«

»Hat sich jemand über den Lärm beschwert?«

»Wieso Lärm?« Der Mann lacht. »Hörste wat? Ick nich.« Er schrubbt verbissen weiter auf der Farbe rum. »Und nachts is hier ooch nich mehr so ville los. Unser'n türkischen Mitbürgern sei Dank!«

»Sie reden von der Familie, die über Ihrem Laden wohnt?«

»Ja, ick rede von der Familie, die über mei'm Laden wohnt.« Er hört auf zu schrubben und sieht mich genervt an. »Wat fragense denn so blöde? Det wissense doch.«

Stimmt, denke ich.

»Schleichen doch schon den janzen Tach Bullen hier rum.« Der Zyankali-Mann stemmt die Hände in die Seiten und guckt fragend. »Wat hat er denn verbrochen, unsa Blumenhändler?«

»Ich weiß nicht, ob er was verbrochen hat«, antworte ich. »Wie lange war er denn gestern hier?«

»Weeß nich.« Der Mann zuckt mit den Schultern. »Wir ham uns in der Wolle jehabt. Die Steuer hat seine Karre jepfändet, aber det wissense ja ooch schon.«

Vermutlich hat's ihm die Nachbarin erzählt. »Und«, frage ich, »wie lange hatten Sie sich in der Wolle?«

»Schätze, so bis ein Uhr nachts.«

Ein Uhr? »Sind Sie sicher?«

»Mann!« Der Zyankali-Betreiber starrt mich entrüstet an. »Sind Sie sich mit über zwei Promille Blutalkohol noch sicher?«

»Nee. Sicher nicht.« Ich bedanke mich bei dem Mann und betrete das Haus.

Auf mein Klingeln öffnet Matuschka die Tür zur Misirlioglu-Wohnung. Erleichtert lässt er mich ein.

»Endlich! Hünerbein sagte, du kannst Türkisch.«

»Hat die Durchsuchung was ergeben?«

»Noch nicht«, antwortet Matuschka. »Aber wir haben ein paar Akten zur Sichtung abtransportieren lassen.«

»Was sagt die Frau?«

»Nüscht.« Matuschka winkt ab. »Ich finde ja, wenn man in

Deutschland lebt, sollte man auch die Sprache lernen. Aber die kann nur Türkisch. Jedenfalls versteht sie uns nicht.«

Er führt mich ins Wohnzimmer, wo Beylich mit hochrotem Kopf die Ehefrau des Blumenhändlers zu befragen versucht.

»Nachts dein Mann gestern zu Hause?«, radebrecht er wild gestikulierend. »Du verstehen? Wenn ja, du nicken, okay?«

Ayse Misirlioglu, eine etwa vierzigjährige Frau, hockt verständnislos auf der Couch und sagt kein Wort.

»Sie schweigt«, flüstert Matuschka, »sie schweigt, seit wir hier sind.«

Auf den ersten Blick wirkt sie wie eine typische türkische Putzfrau, gebeugt und scheu, doch wer genauer hinsieht, bemerkt, dass sie sehr wache Augen hat und das, was um sie herum passiert, genau verfolgt.

*»Sen Almanca bilen değil mi?«,** erkundige ich mich bei der Frau.

»Das sollten Sie Ihre Kollegen fragen«, erklärt Ayse Misirlioglu in völlig akzentfreiem Deutsch, »deren Grammatik jedenfalls ist haarsträubend.«

»Ja, die kommen aus dem Osten«, winke ich grinsend ab und setze mich in einen der weichen Polstersessel.

»Arschloch«, knurrt Beylich leise, wobei nicht genau klar ist, ob er die Frau oder mich meint. Er setzt sich und sieht uns beide feindselig an.

»Wo«, wende ich mich der Frau zu, »befindet sich denn Ihr Mann derzeit?«

»Muss ich Ihnen das sagen?«

»Nein«, lächle ich, »und ich kann Sie als Angehörige ersten Grades nicht einmal dazu zwingen.«

»Na, sehen Sie.« Ayse Misirlioglu erhebt sich. »Möchten Sie einen Tee?«

»Danke, ich hatte gerade einen.«

»Aber ich würde gern was trinken«, meldet sich Beylich noch immer wütend zu Wort, »wenn Sie so freundlich wären. Matuschka, du auch?«

»Gern, danke, ja.«

»Oh, Sie können ja doch richtig sprechen«, spottet die Frau und geht in die Küche. Kurz darauf kommt sie mit einem silbernen Tablett zurück und stellt es auf den Tisch. »Nehmen Sie sich den Zucker selbst?«

»Ja klar, danke.« Beylich rührt vorsichtig um, greift sich dann ein typisches kleines und mit heißem Schwarztee gefülltes Glas, um sich prompt die Finger daran zu verbrennen.

»Immer oben am Rand anfassen«, mahne ich ihn, »mit Daumen und Mittelfinger.« Ich zeige es ihm. »Dann kannst du mit dem Zeigefinger das Glas ein bisschen kippen und den Tee besser schlürfen.«

»Wir hatten durchaus auch Tee in der DDR«, mault Beylich.

»Daran gab's keinen Mangel«, bekräftigt Matuschka.

»Aber ihr hattet keinen türkischen«, entgegne ich, »sondern sowjetischen, nicht wahr?«

»Russischer Tee ist auch nicht schlecht«, erklärt Matuschka mit gewichtiger Miene, »der kommt aus dem Samowar. Sehr gemütlich, vor allem im Winter.«

Ich sehe zu, wie die beiden trinken.

»Mein Mann und meine Söhne haben heute Vormittag das Haus verlassen«, Ayse Misirlioglu setzt sich wieder, »um etwas zu erledigen.«

Ja, und mir dabei auf den Kopf gehauen, denke ich bitter, als es plötzlich an der Wohnungstür schließt.

»Çık dışarı!«, kreischt Ayse drauflos, *»Polis!«**

»Achtung«, zische ich Beylich und Matuschka zu, »Zugriff!«

Beide greifen nach ihren Waffen und stürzen hinaus.

Ich hinterher, doch die Söhne des Blumenhändlers sind verdammt schnell. Wir fallen mehr die Treppe hinunter, purzeln auf die Straße wie in einem dieser dämlichen Comics und rappeln uns wieder auf.

Einer der Misirlioglu-Söhne wird vom Vokuhila-Mann an der Zyankali-Bar zu Fall gebracht, indem er ihm locker ein Bein stellt. Matuschka stürzt sich auf ihn.

Ich wetze wie ein Irrer dem Zweiten hinterher, der in die andere Richtung flieht und plötzlich in einem Hauseingang hinter dem »Schwäbischen Biofoodshop« verschwindet. Mein Kopf fängt wieder an zu schmerzen, das Blut pocht in den Schläfen.

Nicht nachlassen, sporne ich mich an, das ist der Kerl, der dir den Schädel einschlagen wollte. Schnapp ihn dir!

Es geht über zig Mülltonnen im Hof des Hauses, die wild durcheinanderpurzeln und ihren Inhalt verstreuen. Ich rutsche auf weggeworfenen Babywindeln und verfaulten Salatköpfen aus, kann mich aber auf den Beinen halten und springe auf einen Sperrmüllcontainer. Der Junge hält sich links, rennt in einen weiteren Hof. Na warte!

Ich hechte ihm nach, innerlich jede Zigarette verfluchend, die ich in meinem inzwischen bald fünfundvierzigjährigen Leben geraucht habe – es müssen Tausende sein. Und jede einzelne sticht in der Lunge.

Der Junge flieht in eine Toreinfahrt, ich bleibe atemlos an ihm dran. Es geht durch den Hausflur in die Wartenburgstraße und durch das schmiedeeiserne Portal des Gertrauden-Hospitals gegenüber. Dieses palastartige dreiflügelige Backsteinensemble steht unter Denkmalschutz und hat einen parkähnlichen Vorhof, dessen Zentrum ein großer Springbrunnen füllt. Das Wasser ist abgestellt, das Becken so gut wie leer. Von der Seite sehe ich Beylich angerannt kommen, die Dienstpistole schussbereit in den Händen. Ich versuche, dem Jungen den Weg von der anderen Seite abzuschneiden. Um uns noch zu entkommen, müsste er durchs leere Becken des Springbrunnens fliehen. Er versucht das auch, rutscht aber auf dem glitschigen, von alten Algen bewachsenen Untergrund aus. Sekunden später liegen wir auf ihm drauf.

»Das war's«, keuche ich und drehe ihm die Hände auf den Rücken, um ihm Handschellen anzulegen.

Beylich reicht sie mir, und ich lasse sie einrasten.

»Das war's«, wiederhole ich. »Ende!«

»Den anderen hat Matuschka.« Auch Beylich ist völlig außer Atem. Kein Wunder, der ist bestimmt zehn Jahre älter als ich, wenn auch Nichtraucher.

Wir versuchen, uns aufzurichten, rutschen aber immer wieder auf dem grünglitschigen Grund des Beckens aus. Es ist wie in einer dieser bekloppten Gameshows auf RTL, wo sich die Kandidaten in irgendwelchen Matschlöchern suhlen müssen.

Wir jedenfalls haben einige Mühe, mit unserem Gefangenen

das vom Algenschlamm feuchte und nach allen Seiten abgerundete Springbrunnenbecken zu verlassen, und sehen am Ende aus wie verdreckte Säue. – Ekelhaft!

14 INGA LENZ RADELTE durch den Viktoriapark.

Menschen lagen auf den Wiesen in der Sonne und lasen. Andere machten Musik oder grillten. Oben am Denkmal schauten Touristen über die Stadt und sahen den Trommlern zu, die hier für ein Handgeld schnelle Rhythmen auf Steelbounds schlugen. Ein paar Mädchen tanzten.

Früher hatte Inga Lenz diesen Park geliebt. Seine alten Bäume, die saftigen Wiesen, die Stille.

Und den romantischen Wasserfall. Hier hatten sie gesessen, die ersten Joints geraucht und über den Sturz des Systems diskutiert. Heute gehörte Inga Lenz selbst zum System. Es hatte damals nur zwei Entscheidungen gegeben: entweder bewaffneter Kampf im Untergrund oder der Marsch durch die Institutionen. Inga hatte sich für Letzteres entschieden. Die RAF hatte mit ihren Einzelaktionen nichts bewirkt. Im Gegenteil. Es war alles schlimmer geworden. Es gab wieder Notstandsgesetze und Berufsverbote. Die Institutionen schlugen zurück. Also musste man sie von innen her aufweichen.

Fast vierzehn Jahre war sie nun schon bei der Berliner Polizei. Allein unter Männern. Aber es wurde besser. Inga hatte Kampagnen gestartet, »Dem Täter auf der Spur: Mädchen in die Kriminalistik!«, Informationsveranstaltungen in Jugendheimen und Frauenhäusern organisiert und einen Bewerberinnen-Atlas für junge, am Polizeidienst interessierte Frauen entworfen. Das Männermonopol musste gebrochen werden. Sonst würde sich nie etwas ändern.

Noch immer wurden Einbruchsdiebstähle härter geahndet als Kindesmisshandlungen, durften Ehefrauen von ihren Männern ungestraft geschlagen und sexuell missbraucht werden. Mädchen, die Opfer einer Vergewaltigung wurden, trauten sich oft nicht, Anzeige bei der Polizei zu stellen. Weil da Männer saßen. Männer, die alles ganz genau wissen wollten. Das war dann wie eine zweite Vergewaltigung. Und wenn es dann doch mal zu einer Anzeige kam und der Täter gefasst und vor Gericht gestellt wurde, hieß es oft von männlichen Richtern, das Opfer sei selber schuld. Mit ihrer aufreizenden Kleidung würden Mädchen die Männer nur provozieren, da sei es kein Wunder, wenn es zuweilen zu Übergriffen komme.

Okay! Inga hatte begriffen. Die Männer wollten als reine Triebtiere verstanden werden, die sich grundsätzlich nicht unter Kontrolle haben. Bitte sehr, ab sofort würde Inga Lenz all diese Idioten auch wie Tiere behandeln. Sie argumentierte, debattierte, diskutierte sich durch sämtliche Gremien, organisierte Pressekampagnen und stürmte mit Gleichgesinnten das Abgeordnetenhaus von Berlin.

Irgendwann hatten sie Erfolg. Die SPD wollte die nächsten Wahlen gewinnen und brauchte dazu auch die Stimmen der Frauen. Auf einmal war das Undenkbare möglich. Missbrauch wurde zum Thema und in der Polizei eine entsprechende Abteilung gegründet.

»Wenn Ihnen das so wichtig ist, Frau Lenz«, wurde ihr gesagt, »dann sollten Sie das auch gleich übernehmen.«

Die feministische Presse feierte den grandiosen Sieg. Eine Frau als Gleichstellungsbeauftragte der Berliner Polizei und leitende Ermittlerin für Sexualdelikte, na super! Dabei hätte so was seit Jahren selbstverständlich sein müssen.

Jetzt lauerten sie: darauf, dass Inga Lenz versagte. Dass die Weiber es nicht hinbekamen. Man konnte sie spüren, die permanente Beobachtung, die Häme, wenn mal etwas schiefging.

Ja, sie hatte den Park einmal sehr geliebt. Er war wie eine grüne Lunge, ein Stückchen Natur inmitten der Stadt. Dann begannen die Überfälle. Die Opfer waren Mädchen, die nachts aus dem Golgatha kamen und nach Hause wollten. Der Täter hielt ihnen ein Messer unter die Kehle und vergewaltigte sie. Erst eins. Dann noch eins.

Inga hatte Zettel mit präventiven Hinweisen verteilen lassen. Überall, im Golgatha, in den Schulen, in Gaststätten, Klubs und

Kneipen, in Briefkästen. Junge Frauen und Mädchen sollten nicht mehr allein durch den Park laufen. Vor allem nicht nachts. Sie sollten wachsam sein, Ausschau halten. Jeden Hinweis an die Polizei geben.

Vergebens. Es hörte nicht auf. Inzwischen waren es sechs Opfer, und Inga Lenz hasste den Park.

Jetzt rächte sich auch, dass sie so offensiv die Öffentlichkeit einbezogen hatte. Die Presse witterte Schlagzeilen, die Politik machte Druck. Wir brauchen Ergebnisse, hieß es immer öfter. Manche wurden deutlicher: »Sie brauchen Ergebnisse, Frau Hauptkommissarin Lenz, anders sind Sie hier nicht mehr zu halten.«

Da waren sie wieder. Die Männer witterten ihre Chance. Es lag ihnen schon auf den Lippen, dieses »Die Weiber können's nicht«, und insgeheim dachten sie sicher schon über eine Neubesetzung des Ressorts nach.

Inga musste liefern, komme, was wolle. Und deshalb hatte sie in der vergangenen Nacht auch sofort reagiert. Keine fünf Minuten, nachdem der Notruf in der Einsatzzentrale eingegangen war, hatten mobile Einsatzkommandos und Bereitschaftspolizei den gesamten Park abgeriegelt. Wäre der Täter noch vor Ort gewesen, hätte man ihn gefasst.

Leider war die Aktion ein totaler Reinfall, für den sie sich jetzt auch noch rechtfertigen musste. Was halb so wild wäre, müsste sie nicht dauernd das höhnische Grinsen ihrer männlichen Vorgesetzten ertragen. Die warteten nur darauf, ihr den Fall abzunehmen. Der Mord an dieser Finanzbeamtin käme ihnen da gerade recht. Schon allein deshalb musste Inga darauf beharren, dass auch dieser Fall dem Golgatha-Täter zuzuordnen sei. Obwohl sie selbst nicht mehr so recht daran glaubte. Denn da hatte dieser so rührend versoffene Hauptkommissar Knoop von der M1 sicher recht. Die Tote passte nicht ins Beuteschema.

Beuteschema. Allein dieses Wort. Inga könnte kotzen, aber offenbar waren Frauen für die Männer immer noch nichts anderes als *Beute.*

Nachdenklich ließ sie das Rad ausrollen. Sie war müde, fühlte sich leer und erschöpft.

Sechs Monate intensivster Ermittlungen hatten nichts gebracht. Es gab keine Zeugen, außer den Opfern. Und die hatten Angst. Sie wollten oder sie konnten sich nicht erinnern. Der Golgatha-Täter blieb unsichtbar. Es existierte nicht mal ein Phantombild von ihm.

Inga Lenz setzte sich auf eine Bank am Wasserfall und sah nachdenklich den gurgelnden Fluten zu. Blätter trieben vorbei, wurden von kleinen Strudeln in die Tiefe gezogen.

Inga kannte das: Wenn man in einen Strudel gerät und nicht mehr herauskommt. So hat sie sich immer bei ihrem Vater gefühlt. Sie liebte ihn sehr. Und er liebte sie zu sehr. Zum Missfallen ihrer etwas jüngeren Schwester, die vom Vater weitgehend in Ruhe gelassen wurde. Inga war eben sein Goldkind, und die Schwester sah neidisch zu.

Ein Wahnsinn: Zwei kleine Mädchen, die darum wetteifern, vom Vater unsittlich begrapscht zu werden. Wie dumm Kinder sind, wie naiv. Und wie widerlich Erwachsene, die das ausnutzen. Der eigene Vater war ein Schwein. Inga hatte Jahre gebraucht, um es zu begreifen. Verstanden hatte sie es bis heute nicht. Und nie würde sie darüber hinwegkommen. Als der Vater vor ein paar Jahren starb, hatte sie mit ihrer Schwester heulend am Grab gestanden. Es flossen Rotz und Wasser. Sie waren so traurig. Und hassten ihn noch mehr.

Es muss ein Ende haben, dachte Inga Lenz und erhob sich. In ihrer Handtasche hatte sie eine kleine Spraydose. Kein Gas zur Selbstverteidigung, nein, so was brauchte sie nicht. In dieser Dose war rote Farbe. Inga hatte sie gekauft, um Lackschäden an ihrem Fahrrad zu behandeln.

Jetzt schüttelte sie die Dose und sah sich nachdenklich um. Ganz in der Nähe hatte der Golgatha-Täter zugeschlagen. Da drüben hinter der Hecke. Und an dem Baum, oben am Hang. Einmal weiter links, zwischen den versteckten Parkbänken. Zweimal auf dem Spielplatz. Einmal direkt daneben. Sechs Opfer. Vielleicht saß er manchmal hier auf der Bank, wenn er auf sie wartete.

Es muss ein Ende haben, dachte Inga Lenz erneut, es muss endlich ein Ende haben. Und dann sprayte sie es auf die Rückenlehne der Parkbank. Große blutrote Buchstaben:

»VERGEWALTIGER: WIR KRIEGEN DICH!«

15 WENN ZWEI DRECKIGE MÄNNER einen noch dreckigeren Jugendlichen in Handschellen abführen, erntet man einige Blicke. Doch wir sind in Berlin, und die Leute nehmen es mit Gleichmut. Hier gibt es so viel Irrsinn, so viel Absurdität und so viel Dreck – da fallen wir auch nicht mehr groß auf.

Wir bringen den zwanzigjährigen Orhan zurück in die Wohnung der Misirlioglus, wo Matuschka mit dem drei Jahre jüngeren Cemir schon auf uns wartet.

»Streifenwagen ist unterwegs«, meldet er, als wir eintreten, und reißt die Augen auf. »Wie seht ihr denn aus? Schlammschlacht?«

»Algenkur«, antworte ich und drücke Orhan in einen der Sessel. Dann wende ich mich an die Mutter. »Würden Sie Ihren Jungs ein paar Sachen packen? Die sind vorläufig festgenommen.«

»Wieso?« Ayse bleibt seltsam ungerührt und gefasst. »Was haben sie denn getan?«

Einiges: Widerstand gegen die Staatsgewalt, Raub und Einbruch, da kommt ordentlich was zusammen. »Vor allem: tätlicher Angriff auf Polizeibeamte. Und ich will jetzt wissen, was das alles bezwecken soll.«

Ayse schweigt. Orhan und Cemir senken die Köpfe. Eine Antwort geben auch sie nicht.

»Ich weiß nicht, ob euch klar ist, was auf dem Spiel steht«, werde ich lauter, »ihr steht unter Mordverdacht.«

»Was?« Orhan starrt mich an. »Wer?«

Geschickte Frage, denke ich. Wenn wir jetzt nicht aufpassen, haben wir das sogenannte Verena-Becker-Problem. Sie stand im Verdacht, am 7. April 1977 Generalbundesanwalt Siegfried Buback in seinem Dienstwagen erschossen zu haben. Zu der Tat bekannt hatte sich ein »Kommando Ulrike Meinhof« der Roten Armee Fraktion RAF. Geschossen wurde vom Sozius eines Motorrades aus, und bis heute ist nicht klar, wer das Motorrad gefahren ist und wer der Mörder war. Stefan Wisniewski, wie Verena Becker behauptete? Oder andersherum? Weder dem einen noch dem anderen war bislang etwas nachzuweisen. Folglich konnten sie auch nicht wegen des Mordes an Buback verurteilt werden.

Gibt es mehrere Tatbeteiligte, hinterlassen sie meist »eine vielfältige Spurenlage« wie Damaschke sagen würde, und selten ist zweifelsfrei nachzuweisen, wer von den Tätern nun den Tod des Opfers herbeigeführt hat. Meist reicht es nicht mal für eine Verurteilung wegen gemeinschaftlichen Mordes, denn dafür müsste man den Tätern auch einen gemeinsamen Vorsatz nachweisen.

»Wen sollen denn die Jungen ermordet haben?«, fragt Ayse und rückt nervös ihr Kopftuch zurecht, »und warum?«

»Swantje Steffens wurde heute Nacht tot am Kreuzberg aufgefunden«, erklärt Beylich ruhig, »nur wenige Stunden, nachdem sich Ihr Mann und Ihre Söhne mit ihr eine heftige Auseinandersetzung wegen des gepfändeten Wagens geliefert hatten. Heute Vormittag sind sie dann in die Wohnung der Toten eingebrochen …«

»Wir sind da nicht eingebrochen«, widerspricht Orhan heftig. »Die Tür war schon so, als wir gekommen sind.«

»Du willst mir erzählen, dass die Tür schon auf war?«

»Geknackt«, nickt Orhan. »Eingetreten vermutlich.«

»Moment mal«, mische ich mich wieder ein, »ihr wart in der Wohnung!«

»Ja«, nickt Orhan, »aber wir haben die Tür nicht eingetreten. Als wir kamen, stand sie schon offen, und in der Wohnung war totales Chaos. Wir haben da nichts mitgehen lassen. Irgendwer war vor uns da.«

»Wir wollten zu Frau Steffens«, springt ihm sein Bruder bei. »Mit ihr reden, damit sie uns das Auto gibt. Aber sie war nicht da. Und weil die Tür offen stand …«

»… seid ihr rein, um die Schlüssel für das Auto und die Parkkralle zu suchen?«

»Genau.« Cemir nickt. »Wir brauchten das Auto dringend, weil …« Er will weiterreden, wird aber von Ayse gestoppt.

»Kapa çeneni«, ruft sie barsch, »sei still!«

Augenblicklich schweigen die Jungs. Eine Wanduhr tickt. In der Küche hört man das Teewasser kochen.

»Warum soll er still sein?« Ich gehe ein paar Schritte auf die Frau des Blumenhändlers zu. »Was verdammt noch mal ist hier los?« Sie weicht meinen Blicken aus, doch ich zwinge sie, mich anzusehen. »Was ist an diesem Wagen so wichtig, dass ihr dafür raubt, einbrecht, Polizisten verletzt und mordet?«

»Mord nicht«, ruft Orhan, »bei Allah, ich schwöre: Wir haben niemanden umgebracht!«

»Aber totgeschlagen, ja?« Ich reiße mir das Basecap vom Kopf und zeige ihm meine Tonsur mit der genähten Wunde. »Hier! Wäre der Schlag ein wenig kräftiger gewesen, dann …«

»Wir sind keine Mörder«, schreit Cemir, und es klingt, als fange er gleich an zu weinen, »das müssen Sie uns glauben!«

Auch Orhan will etwas sagen, doch Ayse geht wieder dazwischen und verbietet ihren Söhnen erneut den Mund. Ich verstehe nicht genau, was sie ihren Söhnen auf Türkisch sagt, sinngemäß etwas wie: Es sei nicht gut, mit Polizisten darüber zu sprechen, das gefährde Fatmas Leben.

»Wessen Leben?« Ich fahre herum und sehe Ayse fragend an. »Was geht hier vor, verdammt noch mal? Raus mit der Sprache.«

Die Söhne diskutieren heftig mit ihrer Mutter. Ein lautstarkes Wortgefecht beginnt, es geht hin und her.

Beylich verzieht genervt das Gesicht.

»Schluss jetzt«, brülle ich, denn ich habe mich an das Gespräch mit der Nachbarin heute Vormittag erinnert. »Fatma ist Ihre Tochter, nicht wahr?«

Ayse senkt trotzig den Blick und schweigt.

»Eure Schwester«, ich wende mich Cemir und Orhan zu, »was ist mit ihr? Wo steckt sie?«

»Sie …« Orhan sieht entschuldigend seine Mutter an. »Sie wurde entführt.«

Entführt? »Von wem?«

»Wissen wir nicht.« Cemir deutet auf den Fernseher. »Im Videorekorder steckt ein Band.«

Beylich schaltet das Fernsehgerät an und startet den Rekorder. Es flimmert zunächst, dann sieht man ein etwa achtzehnjähriges Mädchen gefesselt auf einem Stuhl vor einer schmuddeligen, zu grell ausgeleuchteten Ziegelwand.

Fassungslos starre ich auf den Bildschirm. Nicht auch noch das, denke ich. Erpresserische Entführungen sind der Alptraum eines jeden Ermittlers. Ein Rennen gegen die Zeit, und du weißt nicht, wie du es gewinnen sollst. Weil du keinerlei Anhaltspunkte hast.

»Tut, was sie verlangen«, ruft das Mädchen ängstlich in die Kamera, »sonst bringen sie mich um!« Dann hält jemand einen maschinegeschriebenen Zettel ins Bild: »Bleibt am Telefon! Wir melden uns! KEINE POLIZEI!!!« Das Bild erlischt. Wir starren in weißes Rauschen.

Beylich schaltet den Fernseher aus. »Das Band müssen wir mitnehmen.« Er zieht es aus dem Rekorder und lässt es mit spitzen Fingern in eine Plastiktüte fallen, die Matuschka aus seiner Sakkotasche gezogen hat und für ihn aufhält.

»Ist dir nicht gut?«, fragt er mich. Ich muss furchtbar aussehen. »Alles in Ordnung?«

Nee, gar nicht, wie auch? Ich bin wie gelähmt. Denn jetzt ist es kein x-beliebiger Mord mehr. Jetzt geht es um ein Leben. Da wird ein junges Mädchen gefangen gehalten, irgendwo in einem Keller. Wie viele Keller mag es wohl geben in dieser Stadt? Hunderttausende? Eine Million? Wo soll man suchen? Ich weiß es nicht.

»Kam noch was?«, frage ich die Jungs, und meine Stimme klingt wie aus weiter Ferne. »Irgendwelche Forderungen?«

»Die riefen dann an«, erzählt Orhan, »wollten hunderttausend.«

»Aber wir haben keine hunderttausend«, rief Cemir dazwischen. »Wir können ja nicht mal das Finanzamt bezahlen!«

»Vater hat ihnen dann das Auto angeboten«, sagt Orhan.

»Den Mercedes?« Beylich hebt die Augenbrauen.

»Ja.« Orhan nickt. »Das neueste E-Klasse-Modell hat achtzigtausend gekostet und ist noch nicht mal zwei Jahre alt. Blaupunktradio, Breitreifen, Klima, Schiebedach, alle Extras dabei.«

»Das Auto«, meldet sich nun auch Ayse wieder zu Wort, »ist das Wertvollste, was wir haben.« Sie wischt sich ein paar Tränen aus dem Gesicht. »Wann hat das endlich ein Ende!«

»Und die Entführer haben sich darauf eingelassen?«

Ayse und ihre Söhne nicken einträchtig. »Für Freitag war die Übergabe geplant. Und dann wird der Wagen vom Finanzamt gepfändet. Was sollten wir denn machen?«

»Haben Sie eine Ahnung, wer Ihre Tochter entführt haben könnte?«

»Nein!« Orhan regt sich auf. »Irgendjemand denkt, wir sind reich. Weil wir Mercedes fahren. Aber wir sind nicht reich, Mann!«

»Junkies vielleicht«, vermutet Matuschka, »brauchen Geld für den nächsten Schuss.«

Und entführen dann ein Mädchen? Zu langwierig, denke ich, Junkies machen lieber schnelle Brüche. Trotzdem läuft es mir eiskalt den Rücken herunter. Was, wenn so was Schule macht? Wenn jeder x-beliebige Bürger plötzlich von irgendwelchen Idioten bedroht wird, die Geld wollen? Wo kommen wir da hin? Wahnsinn. Man schnappt sich einfach ein Kind. Klar zahlen die Eltern. Sie werden alles tun, um ihr Kind wiederzubekommen.

Wie weit kann eine Gesellschaft sinken, denke ich entsetzt. Ist heute niemand mehr sicher?

Wenigstens macht es jetzt Sinn. Die Misirlioglus haben alle Register gezogen, um den Wagen wiederzubekommen. Weil sie ihre Tochter retten wollen. Aber haben sie dafür auch gemordet?

»Und weil das Auto weg war, wurde die Übergabe auf heute verschoben?«

Orhan nickt. »Wir sollten um drei in Lichterfelde sein. An einer Telefonzelle am S-Bahnhof. Es hat schon geklingelt, als wir ankamen. Die Täter müssen uns beobachtet haben, denn wir – also Cemir und ich – sollten verschwinden.«

»Vater hat uns weggeschickt und ist dann allein weitergefahren«, fügt Cemir hinzu und zuckt hilflos mit den Schultern.

»Jetzt müssen wir warten.« Ayse schluchzt auf. »Haben Sie eine Tochter?«

Hab ich, denke ich. Nicht auszudenken, wenn der was passiert.

»Können Sie sich vorstellen, wie sich das anfühlt?«

Nein. Und ich will es mir auch nicht vorstellen.

»Das eigene Kind in den Fängen irgendwelcher Verbrecher!« Ayse fängt an zu weinen. »Was ist, wenn sie ihr was tun? Wenn sie meinem Engelchen was antun …«

»Das werden sie nicht.« Gerührt nimmt Beylich die verzweifelte Frau in den Arm. »Haben Sie keine Angst, wir sind ja da. Und wir werden Ihr Kind retten. Das verspreche ich Ihnen.« Bei den letzten Worten sieht er mich eindringlich an. »Wir werden sie retten«, wiederholt er leise. »Verlassen Sie sich drauf.«

16 »ES GIBT ALSO ein Verbrechen hinter dem Verbrechen«, konstatiert Palitzsch am nächsten Morgen in seinem Büro. »Das ändert natürlich die Lage vollkommen.«

Es ist Sonntag, der 18. August. Die Nacht habe ich allein bei mir zu Hause verbracht. Melanie war nicht da. Sie hatte mir einen Zettel auf die Kommode gelegt; im Kühlschrank sei noch etwas Bohneneintopf, den könne ich mir warm machen. Sie übernachte bei einem Freund, ich solle mich nicht sorgen.

Unwillkürlich musste ich lächeln, denn natürlich mache ich mir Sorgen. Jeder Vater macht sich Sorgen, wenn die Tochter gerade siebzehn geworden ist und bei einem Freund übernachtet. Ich weiß noch nicht mal, ob sie schon die Pille nimmt. Aber gestern Abend war ich erleichtert. Besser, Melanie ist bei einem Freund, als in den Fängen irgendwelcher Entführer. Ich war hundemüde, duschte und fiel sofort ins Bett. In einen traumlosen Schlaf, Gott sei Dank, denn ich hatte befürchtet, ich würde von gefesselten entführten Mädchen träumen, die dann irgendwann das Gesicht meiner Tochter Melanie annehmen würden.

Glücklicherweise blieb ich von Alpträumen verschont, sodass ich an diesem Sonntag gut ausgeschlafen zum Dienst gekommen bin. Kriminaloberrat Palitzsch hat wieder zum Arbeitsbrunch geladen, und ich fühle mich wesentlich besser. Während wir die neue Lage analysieren, gibt es Rührei mit Speck und Schinken, dazu Orangensaft, Kaffee und Tee.

Hünerbein sieht hungrig zu. Vermutlich hat er wieder Mondpause, oder irgendeine andere astrologische Konstellation hindert ihn daran, Nahrung zu sich zu nehmen. Entsprechend schlecht ist seine Laune.

»Das haut doch alles nicht hin«, regt er sich auf. »Welcher Entführer lässt sich mit einem Auto abspeisen, wenn er damit rechnen muss, dass es bald auf jeder Fahndungsliste steht.«

»Damit muss er nicht rechnen«, widerspreche ich, »nicht, solange das Mädchen in seiner Gewalt ist.«

»Die Frage ist, ob es schon zu einer Übergabe gekommen ist«, mischt sich Beylich ein. »Denn auch der Blumenhändler ist noch nicht wieder aufgetaucht.«

»Die Frage ist, welcher Verrückte überhaupt auf die Idee kommt, einen Blumenhändler zu erpressen.« Palitzsch haut verständnislos auf den Tisch. »Da gibt es doch sicher lohnendere Zielgruppen.«

»Reine Schikane«, vermutet Hünerbein. »Rache, wer weiß? Jedenfalls geht's da nicht ums Geld.«

»Nein! Um Geld ganz sicher nicht.« Inga Lenz steht plötzlich im Raum und funkelt uns an. »Hier geht es nur um das Mädchen!« Sie zieht sich einen Stuhl heran, setzt sich aber nicht drauf, sondern stellt nur einen ihrer springerbestiefelten Füße darauf ab. »Schon mal darüber nachgedacht?«

»Bitte, worüber?« Palitzsch rückt nervös seine Krawatte zurecht. »Ich kann Ihnen gerade nicht folgen, Kollegin Lenz. Könnten Sie sich vielleicht etwas deutlicher ausdrücken?«

»Der Golgatha-Täter.« Inga Lenz blickt in die Runde. »Ist das deutlich genug?«

»Sie meinen«, ich zünde mir eine Zigarette an, »die Tochter des Blumenhändlers wurde vom Golgatha-Täter entführt?«

»Woher wissen Sie überhaupt von der Entführung?«, will Palitzsch ungehalten wissen, doch Beylich beschwichtigt ihn.

»Ich hatte der Kollegin Lenz gestern Abend noch ein Memo zukommen lassen, damit wir alle auf demselben Stand sind.«

»Na, prima.« Hünerbein wiehert drauflos. »Transparenz ist das A und O, nicht wahr?«

»Und wie kommen Sie darauf?«, erkundige ich mich bei Inga Lenz. »Ich meine, bislang gibt es doch überhaupt keinen Hinweis darauf, dass der Golgatha-Täter in irgendeiner Weise –«

»Gibt es einen Hinweis dagegen?«, unterbricht sie mich forsch und wiegt das kurzgeschorene Haupt. »Auch nicht, oder?«

»Na und? Das sind doch alles nur Mutmaßungen«, regt sich Palitzsch auf. »Sie können doch nicht aufgrund irgendwelcher Phantasien …«

»Verzeihung, ich vergaß. Sexuelle Phantasien sind natürlich Männersache.«

»Unerhört!« Palitzsch ist hochrot geworden. »Sie konstruieren hier ein Gebäude, das faktisch keineswegs untermauert ist, nur um hier die Ermittlungen weiter leiten zu dürfen, Frau Lenz. So ist das nämlich!«

»Und das macht euch Männer so verrückt, dass ihr mich unbedingt wieder loswerden wollt?«

»Ich bitte Sie, liebe Frau Kollegin«, versucht Beylich mit ungewohnt liebenswürdiger Miene zu beschwichtigen, »wir wissen Ihre Arbeit durchaus zu schätzen.«

Inga Lenz fährt zu ihm herum. »Aber?«

Beylich hebt abwehrend die Hände. »Kein Aber. Wir nehmen den Hinweis auf den Golgatha-Täter durchaus ernst. Nur wissen wir nicht, wer der Golgatha-Täter ist, richtig?«

»Richtig«, gibt Inga Lenz ruhiger zu, »der Kerl ist ein Phantom.«

»Wir nehmen daher an, dass er möglicherweise im Umfeld der Familie Misirlioglu zu suchen ist«, erklärt Beylich, »deren Tochter wurde schließlich entführt. Gleichwohl sind die Misirlioglus mit Swantje Steffens bekannt gewesen. Sie hatte den Wagen des Blumenhändlers am Tag vor ihrem Tode pfänden lassen.«

»Ich weiß.« Inga Lenz atmet tief durch. »Hatte der Mann Feinde?«

»Es gibt mindestens eine enttäuschte Liebhaberin«, antworte ich.

»Dann sollten wir mal das private Umfeld checken! Vielleicht finden wir da ja was.«

»Und auch unsere Tote in diesem Zusammenhang überprüfen!« So leicht will sich Kriminalrat Palitzsch nicht das Zepter aus der Hand nehmen lassen. Bevor Inga Lenz was dazu sagen kann, wendet er sich an Beylich. »Habt ihr die Söhne festgenommen?«

»Nein«, Beylich schüttelt den Kopf, »das war uns zu riskant. Wir müssen den Anschein wahren, alles sei normal. Wenn wir die Jungs verhaftet hätten, könnten die Entführer vermuten, dass ihr Coup auffliegt. Wir würden das Leben des Mädchens gefährden.«

»Sonstige Vorkehrungen?« Jetzt war Inga Lenz wieder schneller.

»Das Telefon der Misirlioglus wird überwacht. Außerdem wurde eine Fangschaltung gelegt. Matuschka ist vor Ort, die Wohnung der Familie wird rund um die Uhr observiert.«

»Gut. – Damaschke«, wendet sich Palitzsch etwas zu hastig an den Spurensicherer, damit ihm die Lenz nicht erneut zuvorkommt. »Was haben Sie Neues?«

»Nicht viel. In der Steffens-Wohnung befanden sich, neben den bekannten Abdrücken unserer Ermittler und denen, die wir der Toten und den Misirlioglus zuordnen, Spuren einer weiteren Person, die wir noch nicht eindeutig verifizieren können.«

Damaschke pinnt ein Foto an die Wand, auf dem ein Schuhabdruck zu sehen ist, der mittels ultraviolettem Licht sichtbar gemacht wurde.

»Interessant ist in diesem Zusammenhang ein Sohlenprofil, das mit einem am Tatort im Viktoriapark gefundenen Profil nahezu identisch ist.« Neben das erste Foto kommt ein zweites. Es zeigt einen Schuhabdruck im Kies.

»Beide Sohlenabdrücke weisen verblüffende Gemeinsamkeiten auf. Vor allem dieser Stein hier«, Damaschke deutet auf eine Vertiefung, die auf beiden Fotos sichtbar ist, »vielleicht ist es auch nur ein festgetretener Kaugummi, scheint ein Indiz dafür zu sein, dass es sich auf beiden Fotos um ein und denselben Schuh handelt.«

»Na, das ist doch schon mal was«, nickt Palitzsch anerkennend und klopft dem Spurensicherer auf die Schulter. »Gut gemacht, Damaschke.«

»Das sollten Sie mal mit den Schuhen der Türken abgleichen«, meint Inga Lenz, »damit könnten wir sie entweder festnageln oder ausschließen.«

»Fassen wir mal zusammen.« Palitzsch legt die Fingerspitzen aneinander und schaut sinnierend an die Decke. »Sowohl im Viktoriapark als auch in der Wohnung unserer Toten finden sich identische Fußspuren. Die Wohnung wurde durchsucht, es gibt keinerlei Unterlagen mehr, das Privatleben der Swantje Steffens bleibt völlig im Dunkeln. Als wollte jemand diese Frau und ihre Vergangenheit komplett auslöschen.«

»Bis auf den Ordner mit den Finanzen«, werfe ich ein.

»Bis auf den Ordner mit den Finanzen«, nickt Palitzsch. »Ob der Täter diesen Ordner nicht gefunden hat oder ihn dort bewusst zurückgelassen hat, sei dahingestellt. Fakt ist: Wir wissen praktisch nichts über Swantje Steffens' Familie …«

»Single«, sagt Hünerbein. »Das ist 'ne typische Singlewohnung.«

»Wir wissen nichts über ihre Freunde und Verwandten, noch sonst etwas über das Leben dieser Frau. Wir wissen lediglich«, doziert Palitzsch weiter, »dass sie im Vollzug des Kreuzberger Finanzamtes arbeitete, selber Schulden hatte und mit den Misirlioglus in Konflikt kam, weil sie deren Auto pfänden wollte. Sehe ich das richtig?«

»Korrekt«, nicken wir.

»Wie dieser Entführungsfall mit dem Ableben der Swantje Steffens in Verbindung zu bringen ist«, schlussfolgert Palitzsch, »darüber können wir nur Vermutungen anstellen. Gesicherte Erkenntnisse gibt es nicht. Auch richtig?«

»Auch richtig«, echot Hünerbein.

»Gleichwohl müssen wir uns zunächst um das Mädchen kümmern«, überlegt Palitzsch, »und die Mordermittlungen hinten anstellen. Leben geht vor.«

»Wenn das Mädchen noch lebt«, gibt Beylich zu bedenken.

»Das wollen wir doch hoffen.« Palitzsch seufzt. »Kurz: Die Entführung hat oberste Priorität. Und vielleicht lösen wir über diese Schiene ja auch den Mordfall Swantje Steffens ...«

Er unterbricht sich, da es kurz an der Tür klopft und der Totengräber hereinschaut. »Verzeihung! Stör ich beim Kombinieren?«

»Nur, wenn Sie uns keine neuen Erkenntnisse bringen, mein lieber Doktor.« Aufgeräumt bittet Palitzsch den Rechtsmediziner herein. »Doch wie ich Sie kenne, haben Sie ganz sicher was für uns, richtig?«

»Ja.« Der Totengräber holt die aktuelle BamS hervor. »Und zwar die Schlagzeilen von heute.« Er knallt die Zeitung auf den Tisch und sieht Inga Lenz finster an.

»DIESMAL IST ES MORD«, steht in riesigen Lettern auf dem Titelblatt. »SEXTÄTER SCHLUG WIEDER ZU!«

»Ich darf zitieren.« Der Totengräber nimmt sich das Blatt, rückt seine Lesebrille zurecht und trägt dann vor. Darunter geht es nicht. Dr. Graber ist grundsätzlich kein Mann, der einfach etwas vorliest, nein: Er deklamiert und genießt seine Show.

»Wie die Leiterin der für den Fall zuständigen Abteilung Sexualdelikte, Kriminalhauptkommissarin Inga Lenz, gegenüber Bild am Sonntag verlauten ließ, werden die Ermittlungen nach dem brutalen Mord an der Finanzbeamtin Swantje S. nun mit der Mordkommission 1 koordiniert, damit diesem Monster ein für alle Mal das Handwerk gelegt werden kann.«

»Monster hab ich nie gesagt«, wehrt Inga Lenz ab, »derartige Ausdrücke gebrauche ich nicht.«

»Es geht mir auch nicht um das ›Monster‹.« Dr. Graber lässt die Zeitung sinken und wendet sich nur mühsam beherrscht Inga Lenz zu. »Verehrte Frau Kollegin: Ich kann mich nicht erinnern, Ihnen noch sonst wem gegenüber zum Ausdruck gebracht zu haben, dass es sich bei der getöteten Swantje S. um ein Vergewaltigungsopfer handelt.«

»Es gibt andere Hinweise darauf.«

»Nein, die gibt es eben nicht.« Graber knallt die Zeitung auf den Tisch, dass die Kaffeetassen klappern. »Ich kann sogar definitiv ausschließen, dass Swantje Steffens sexuell missbraucht wurde.« Er zieht ein mehrseitiges Papier hervor. »Hier ist mein Bericht. Und nun, liebe Frau Lenz, sehen Sie zu, dass Sie schleunigst zurückrudern. Denn Gleichberechtigung hin und her«, wird er lauter, »hier steht meine Reputation auf dem Spiel. Falschinformationen an die Presse dulde ich bei Frauen genauso wenig wie bei Männern!«

»Können Sie auch Mord ausschließen?«, erkundigt sich Palitzsch.

»Leider nein, im Gegenteil.« Dr. Graber wird wieder ruhiger. »Wie ich ja schon gestern vermutete, ist der Tod durch stumpfe Gewalt auf den Hinterkopf eingetreten. Die Schädeldecke wurde zertrümmert, die Frau war sofort tot.«

»Ja, aber gestern schlossen Sie einen Unfall noch nicht aus«, erinnere ich ihn. »Sie sagten, es könne auch ein Unfall gewesen sein.«

»Das ist vollkommen korrekt, denn aufgrund der Lage der Leiche hätte die Frau auch nur unglücklich gestürzt sein können«, sagt Graber. »Inzwischen haben meine Untersuchungen aber ergeben, dass sie schon tot war, als sie dort unten am Wasserfall zu liegen kam. An der Kopfwunde fanden sich Rostpartikel, die eindeutig darauf hinweisen, dass die Ärmste mit einem Metallgegenstand erschlagen wurde. Einer alten Eisenstange zum Beispiel.« Er klopft auf seinen Bericht und legt ihn auf den Tisch. »Steht alles da drin.«

Er grüßt und strebt wieder zur Tür. Dort dreht er sich noch mal um. »Frau Lenz, ich erwarte ein offizielles Dementi. Bis dahin darf ich mich in den Sonntag verabschieden. Guten Tag.«

Die Tür fliegt etwas zu laut zu.

»Tja.« Hünerbein atmet geräuschvoll aus. »Da hat sich wohl wer etwas zu weit aus dem Fenster gelehnt, was?«

»Ich wurde falsch interpretiert«, erwidert Inga Lenz scharf. »Sie kennen doch die Boulevardpresse.«

»Sie offensichtlich nicht.« Palitzsch schenkt sich triumphierend ein Tässchen Tee nach. »Sonst würden Sie vorsichtiger in Ihren Äußerungen sein.«

»Ich sagte doch«, Inga Lenz stiefelt errötend zur Tür, »ich wurde falsch interpretiert! Und ich werde das richtigstellen!«

Wieder knallt die Tür, und Inga Lenz ist weg.

Auf sie mit Gebrüll, denke ich. Wir fühlen uns wie Feldherren nach einer gewonnenen Schlacht. Einer nicht besonders ruhmreichen Schlacht, denn es war ja unser Rechtsmediziner, der Totengräber, der den entscheidenden Schlag geführt hat. Trotzdem bin ich froh. Wenn Inga Lenz in einen Raum kommt, fühle ich mich immer, als wenn die Luft plötzlich dünner wird. Als würde ihr ganz langsam, aber stetig der Sauerstoff entzogen. Nun ist die blöde Ziege weg, und wir können wieder atmen.

»Wenn die Steffens so große Geldprobleme hatte«, überlege ich laut, »könnte es doch sein, dass sie etwas mit der Entführung der Misirlioglu-Tochter zu tun hatte.«

»Was sollte ihr das bringen?« Hünerbein winkt ab. »Die wusste doch, dass bei denen nichts zu holen ist.«

»Offiziell nicht«, da hat Hünerbein sicher recht. »Aber vielleicht wusste sie mehr.«

»Du meinst, die haben irgendwo was an der Steuer vorbei gebunkert?«

Genau das meine ich. »Und die Steffens ist dahintergekommen.«

»Dann hätte sie den Blumenhändler erpressen können, ohne die Tochter zu entführen.« Hünerbein schüttelt den dicken Schädel. »Nein, ich glaube, dass da was ganz anderes dahintersteckt. Das hab ich sozusagen im kriminalistischen Instinkt.« Er beginnt umständlich in seiner Tasche zu kramen. »Und das sagen auch die Sterne.«

»Harry, bitte«, stöhne ich genervt, »lass uns mit dem astrologischen Käse in Ruhe!«

»Das ist kein Käse«, erwidert Hünerbein und holt einen Packen Papier aus der Tasche, »sondern hochwissenschaftliche Arbeit. Catherine persönlich hat mir –«

»Entschuldigung: Wer?« Palitzsch rührt hektisch in seinem Tee.

»Catherine Hirondeau«, ruft Damaschke, der hinten seine Sachen zusammenpackt, »das ist Hünerbeins Neue.«

»Ach!« Palitzsch hebt die Augenbrauen. »Und was ist mit Uschi?«

»Uschi ist perdu«, erkläre ich, »ist mit einem Anlageberater nach Ibiza abgehauen.«

»Nach Madeira«, verbessert mich Hünerbein, »und es war kein Anlageberater, sondern ein Investmentmanager, der dort unten eine Yacht liegen hat. Da hockt sie jetzt kotzend über der Reling und will wieder nach Hause. Uschi war noch nie besonders seefest.«

»Pech für sie, denn du hast ja jetzt Catherine.«

»Genau«, sagt Hünerbein stolz, »eine Diplom-Astrologin sozusagen, und die hat mir mal die Sternenkonstellationen unserer Beteiligten wie auch des Opfers ausgedruckt.« Er beginnt Papiere mit kryptischen geometrisch anmutenden Kreisbildern an die Pinnwand zu pappen. »Wir haben hier die Tierkreiszeichen des Blumenhändlers und seiner Frau und das von Swantje Steffens. Soweit möglich, wurden die genauen Geburtsorte und -zeiten berücksichtigt, sodass sich ein klareres Bild vom Grad der Ekliptik ergibt. Wenn man nun die einzelnen Tierkreiszeichen unter Einbeziehung der Radix in Konjunktion zu anderen Planeten sowie des Mondes betrachtet, ergibt sich ein verblüffendes Bild …«

»Danke«, sage ich und strebe zur Tür, »das ist zu verblüffend für mein angeschlagenes Hirn.«

»Knoop, nun warten Sie doch«, ruft Palitzsch, »das könnte interessant werden!«

»Wollen Sie etwa unseren Fall mit Hilfe der Astrologie lösen?« Ich fasse es nicht. Wo der Chef sonst immer so auf Fakten steht. »Das ist absurd!«

»Absurd ist Hundescheiße«, knurrt Hünerbein, »immerhin habe ich bereits zehn Kilo abgenommen. Und was als Diät funktioniert, kann auch bei kriminalistischen Ermittlungen helfen.«

»Einen Versuch ist es wert«, findet auch Beylich.

Ausgerechnet ein ehemaliger Major der Volkspolizei interessiert sich plötzlich für Astrologie. Es ist zum Haareraufen.

»Wir haben das gestern Abend schon mal durchgespielt«, sagt er in seinem knappen Kommisston. »Die Sternenkonstellationen aller Beteiligten deuten auf neue Möglichkeiten hin.«

»Da ist Rache im Spiel«, schwärmt Hünerbein, »persönliche Verletzungen, Liebe und Hass. Das ganz große Gefühl.«

Um Gottes willen, denke ich nur und suche rasch das Weite. Die sind ja alle verrückt geworden.

Ein Mädchen ist entführt worden und bangt um sein Leben. Eine Frau ist tot.

Und die spielen hier Horoskop.

Ohne mich!

17 SONNTAGE SIND SCHWIERIGE TAGE für Ermittler. Echte Freitage. Alle Ämter haben geschlossen. Selbst der gestern noch so kooperative Wachmann der Steuerbehörde weist mich heute hartnäckig ab. Sicher hat er mächtig Ärger bekommen. Beamte verstehen keinen Spaß, wenn man sie aus dem Wochenende holt.

Die Markthalle hat zu, und der Tavla-Spieler im türkischen Teehaus freut sich, mich zu sehen, will aber nur spielen. Neuigkeiten hat er nicht.

Etwas ziellos irre ich durch den Kreuzberger Kiez, in der Hoffnung, trotzdem etwas über den Blumenhändler, seine entführte Tochter oder die getötete Swantje Steffens herauszubekommen.

Ich habe Damaschkes Baseballcap gegen einen alten Filzhut getauscht. So traue ich mich trotz Tonsur durch die Stadt und sehe aus wie Sam Shepard als »Homo Faber«. Volker Schlöndorff hat den Roman von Max Frisch auf die Leinwand gebracht, und es ist, wie ich finde, eine der wenigen guten Literaturverfilmungen geworden.

Um mich herum viele Sonntagsspaziergänger, Familien mit Kindern und junge Leute. In der Bergmannstraße reiht sich ein Straßencafé an das nächste, und überall ist Musik zu hören:

»La Da Dee Lalelah, La Da Dee Lalelah …« Crystal Waters Song »Gypsy Woman« scheint ein Superhit zu sein, denn er ist aus jeder zweiten Kneipe zu hören. Überall kann man bis sechzehn Uhr frühstücken; wer es deftiger mag, holt sich an den vielen Imbissbuden was. Es riecht nach Börek, Falafel und Döner Kebab und, wenn ich an einem indischen Restaurant vorbeikomme, sehr intensiv nach Currysaucen.

Die Trödler haben trotz des Sonntags ihre »Antiquitätenläden« geöffnet. Eine sehr üppige Schwarzafrikanerin preist mit lauter, akzentuierter Opernsängerinnenstimme ihre bunten selbst gewebten Stoffe und Tücher an.

»Das sehrr gut für die feine Mann, starke Farbe lockt Frau wie eine geile Taube: Gurrr, gurrr!«

Im »Strange«, einem Karaokeschuppen für Heavy-Metal-Fans, versuchen sich ein paar japanische Touristen am Guns-N'-Roses-Titel »You Could Be Mine« – es klingt erbärmlich.

Ich biege in die Nostitzstraße ein. Die aufgebrochene Wohnungstür von Swantje Steffens ist notdürftig per Vorhängeschloss gesichert und versiegelt worden, aber ich habe einen Schlüssel. Vorsichtig öffne ich das Siegel und dann die Tür. Ich will mich hier noch einmal in Ruhe umsehen. Hünerbein mag zwar mit seiner Astrologie spinnen, in einem aber hat er recht: Wo bleibt der kriminalistische Instinkt? Ich setze mich auf das IKEA-Sofa und lasse den Raum auf mich wirken. Vielleicht kann ich ja so eine wichtige Intuition aus mir herauskitzeln. Ich starre auf das Billy-Regal gegenüber, den Fernseher und die HiFi-Anlage. Die Spurensicherer haben überall ihr schwarzes Pulver hinterlassen, mit denen sie Fingerabdrücke sichtbar machen und abnehmen können. Es sieht aus wie Ruß. Als hätte es in der Wohnung gebrannt.

Im Hausflur höre ich Schritte. Irgendwer kommt die Treppe hoch und bleibt genau vor der Wohnungstür stehen. Ein neugieriger Mieter? Tatsächlich wird die Wohnungstür geöffnet, im Flur knarren die Dielen. Ich erhebe mich lautlos vom Sofa, drücke mich an der Wand entlang und verschwinde rasch im angrenzenden Schlafzimmer.

Wenig später kommt ein recht korpulenter Mann mit Stirnglatze ins Wohnzimmer und schaut sich aufmerksam um. Ich beobachte ihn durch den Spalt der nur angelehnten Schlafzimmertür. Der Mann hat eine abgewetzte Aktentasche dabei und sieht in seinem dunkelblauen Anzug und der Krawatte sehr geschäftsmäßig, wenn auch etwas irritiert aus. Wie ein Versicherungsvertreter, der um seine Provision fürchten muss, weil ihm ein Kunde abhanden gekommen ist. Unschlüssig stellt er seine Tasche ab. Seine Blicke wandern durch den Raum, bleiben kurz an der Schlafzimmertür hängen.

Hastig drücke ich mich weg. Ob er mich gesehen hat?

Kaum, denn kurz darauf höre ich ihn im Zimmer umherlaufen, sodass ich mich wieder an den Türspalt wage. Der Mann hat sich feine schwarze Glacélederhandschuhe übergezogen und öffnet vorsichtig die Schubladen der kleinen Kommode am Fenster. Sucht er den einen Ordner, den er beim letzten Mal vergessen hat? Die Unterlagen zu Swantje Steffens prekärer Situation? Oder etwas anderes? Er wird nichts mehr finden, denn Damaschke hat mit seinen Leuten alles aus der Wohnung geholt, was uns noch irgendwie als Hinweis brauchbar erschien.

Genervt wühlt der Mann das Billy-Regal durch und den kleinen Schreibtisch, um unvermittelt innezuhalten. Wieder schaut er zu mir herüber, zur Schlafzimmertür, hinter der ich stehe, und wartet. Hat er gemerkt, dass er beobachtet wird? Manche Leute sollen so was ja spüren.

»Ist da wer?« Seine Stimme klingt sehr ruhig und gelassen. Sie passt so gar nicht zu der Browning, die er gleichzeitig aus der Innentasche seiner Anzugjacke zieht. Eine FN HP, Kaliber 7.65, das Ding hat ordentlich Durchschlagskraft.

Rasch trete ich von der Tür weg. Zumindest in amerikanischen Filmen gibt es ja diese Typen, die erst mal prophylaktisch durch geschlossene Türen ballern, bevor sie einen Raum betreten.

»Kommen Sie raus!« Der Mann im Wohnzimmer entsichert die Waffe geräuschvoll.

Hat er mich gesehen oder gehört? Vielleicht blufft er nur. Ich rühre mich nicht vom Fleck, halte die Luft an, warte.

Ich spüre förmlich, wie sich der Mann nähert. Ich höre ihn nicht, er ist ganz leise, aber ich weiß, dass er kommt. Dass gleich die Tür auffliegt und der Kerl im Zimmer steht. Und dann?

Mein ganzer Körper vibriert vor Anspannung. Schweiß tritt mir auf die Stirn, und ich habe Angst. Aber ich habe auch einen Vorteil. Ich weiß, was mich erwartet. Der Anzugträger dagegen hat keinen Schimmer. Er geht mit einer Browning bewaffnet auf eine ihm fremde Tür zu. Im Raum dahinter könnten fünfzig Bewaffnete auf ihn lauern, eine Bombe oder nichts – er muss auf alles gefasst sein.

Mein Überleben hängt davon ab, dass ich etwas tue, auf das er nicht gefasst ist. Nur dann habe ich eine Chance.

Schon wird die Tür aufgestoßen. Sie schwingt leicht knarzend auf, knallt gegen die Wand und fällt wieder ein Stück zurück. Aber nicht sehr viel, wahrscheinlich hält er sie mit der linken Hand, dem rechten Fuß oder dem Ellbogen auf.

Der Mann sieht jetzt das Bett gegenüber, ein Doppelbett, frisch bezogen, es wirkt wie ungenutzt. Er sieht den schmalen Läufer davor und den Nachttisch daneben. Über dem Bett hängt ein Stillleben, auch das wird ihm auffallen, Herbstblumen in einer rundbauchigen Vase im späten Sonnenlicht. Und er wird den Kleiderschrank rechts registrieren. Dort könnte sich durchaus jemand drin versteckt haben.

Trotzdem wird sich der Mann mit der Browning sofort nach links wenden, wenn er reinkommt, weil links die einzige Seite ist, die er bislang nicht einsehen kann. Und links stehe ich. Wie eine Flunder an die Wand gepresst, zwischen Tür und Schminktisch.

Lang werde ich das so nicht durchhalten. Zumal ich seit gut einer Minute den Atem anhalte. Wenn der Kerl nicht endlich reinkommt, werde ich noch bewusstlos zusammensacken.

Nun mach hin, denke ich angespannt, lass uns das hier zu Ende bringen. Du oder ich, es kann nur einen geben.

Aber der Kerl kommt nicht rein. Ich habe es im Gefühl. Der haut einfach ab. Mit seiner Browning macht er die Fliege, verdammter Mist!

Ich stürze ins Wohnzimmer zurück, höre ihn die Treppe im Hausflur hinunterhasten. Ich renne zum Fenster, sehe auf die Straße. Der Mann hat seine Browning wieder weggesteckt und geht zügig zurück in Richtung Bergmannstraße. Die Aktentasche hat er unter dem Arm.

Alles klar. Verfolgung, denke ich. Er hat mich nicht gesehen, er weiß nicht, wie ich aussehe. Also hinterher.

Ich nehme immer drei Stufen auf einmal, renne auf die Nostitzstraße. Der Mann biegt nach rechts in die Bergmannstraße ein und betritt dort das Tutti Frutti, eine riesige italienische Gelateria im Art-déco-Stil. Ich folge ihm durch die Glastür, der schmalzige Gesang der Soft-Funk-Boygroup »Color Me Badd« lullt mich ein. »I Wanna Sex You Up«, na vielen Dank auch.

Der Kerl bestellt sich ein Eis und setzt sich an einen der Tische am Fenster.

Bestens. Das verschafft mir etwas Zeit. An der Wand hängen ein paar Münztelefone. Ich wechsele an der Kasse etwas Kleingeld und rufe die Dienststelle an. Hünerbein soll unauffällig ein paar Männer zur Verstärkung mitbringen. Observation ist angesagt, sehr diskret. Und Vorsicht, der Mann ist bewaffnet.

Ich verlasse das Tutti Frutti wieder und gehe ins Guantanamo, eine karibische Bar auf der anderen Straßenseite. Von hier aus habe ich den Eisladen gut im Blick. Außerdem ist die Musik besser; der »Bacardi-Song« von Kate Yanai weckt bei mir Sehnsüchte nach Strand und Meer und einem guten Cocktail. Ich nehme an den Tischen draußen auf dem Trottoir Platz und bestelle mir einen Daiquiri.

Lecker!

Der Kerl gegenüber scheint keine Eile zu haben. Er schleckt an seinem italienischen Eisbecher herum und sieht entspannt den Passanten auf der Straße zu. Die meisten sind jung, kaum über dreißig, und es sind viele hübsche Mädchen dabei. Alle ziehen in nur eine Richtung.

Auffallen tut mir das erst, als ein schwarzer Lesbenblock vorbeimarschiert, zornige Frauen in Lederklamotten und mit Trillerpfeifen, die einen Höllenlärm machen. Ich sehe Transparente, auf denen »Schwanz ab!« gefordert und Kreuzberg zur »feministischen Kampfzone« erklärt wird. Für einen Augenblick nehmen sie mir den Blick auf den Eisladen.

Ich recke den Hals, sehe aber nichts, weil mir irgend so ein kriegerisches Weib einen riesigen rosa Plastikpenis über den Kopf gestülpt hat. Verdammt noch mal: Habe ich irgendwas nicht mitbekommen? Ist heute Frauenkampftag oder so was? Ich bekomme diesen Scheißpenis kaum von meinem Kopf herunter und bin das Objekt heiteren Gelächters geworden. Lauter Emanzen, die sich prächtig amüsieren und »Kastration jetzt!«-Schilder hochhalten.

Ich klaube den Hut aus dem Innenleben des Penis und setze ihn mir wieder auf. Meine Sonnenbrille dagegen ist hinüber. In zwei Teile zerbrochen, so ein Mist, das war immerhin eine gute Ray Ban. Man sollte diese blöden Weiber wegen Sachbeschädigung anzeigen.

Die Kastrationsbefürworterinnen ziehen lärmend Richtung Viktoriapark weiter, und der Browning-Mann sitzt nicht mehr in der Eisbar!

Das gibt's doch nicht! Ich springe auf, sehe mich um. Etwas weiter die Straße hinunter mischen sich als Indianer kostümierte Frauen mit Tomahawks und Federschmuck unter die Demonstrantinnen und verstärken den Lärm mit rhythmischem Getrommel und wildem Kriegsgeschrei.

Wenig später hört man vom Mehringdamm die ersten Sirenen, und eine Lautsprecherstimme fordert im Namen der Polizei energisch, die Straße sofort zu räumen, die nicht genehmigte Demonstration behindere den Verkehr ... Die Frauen grölen spöttisch drauflos.

Darum geht's ja: »Den Verkehr behindern«, schreien sie. »Schluss mit Sexismus!«

Wo aber ist der Kerl mit dem Browning?

Ah! Jetzt sehe ich ihn, er folgt dem feministischen Zug in sicherer Entfernung, das Eis noch in der Hand. Ich will hinterher, doch der Barmann aus dem Guantanamo hält mich zurück.

Stimmt, ich habe vergessen zu zahlen. Hastig drücke ich dem Barmann einen Zwanziger in die Hand und will weiter, doch wieder hält mich der Barmann auf.

»Herrgott, was ist denn noch?«

Er will mir nur den rosa Plastikpenis geben. Den hätte ich beinah vergessen!

»Weder beinah noch vergessen«, erwidere ich, kann den Barmann aber nicht davon überzeugen, das Ding selbst zu entsorgen.

Notgedrungen klemme ich mir den Penis unter den Arm und renne den protestierenden Emanzen nach.

Der Mann mit der Browning hat sich unter die Weiber gemischt, und ihm passiert nichts. Warum kriegt der eigentlich keinen Penis über den Kopf gestülpt? Der Kerl ist sogar bewaffnet, also grundsätzlich gewaltbereit.

Ich kämpfe mich zwischen kreischenden Mädels mit Rasseln, Tröten und Knattern näher an ihn heran. Auf dem Mehringdamm ist die Hölle los. Von allen Seiten strömen trommelnde Großstadtindianerinnen hinzu, wütende Migrantinnen, ausgerissene Provinzmädchen, geschiedene Ehefrauen und Neuköllner Rockerinnen, Transsexuelle und »Tunten gegen Frauengewalt!«.

Haha, denke ich, Frauengewalt ist gut. Ich bin auch gegen Frauengewalt. Meine Sonnenbrille haben sie mir kaputt gemacht, diese gewaltbereiten Weiber! Uniformierte Polizisten werden mit Wasserpistolen nass gespritzt.

Wieder hört man eine, diesmal weibliche, Lautsprecherstimme. »Hier spricht die Polizei! Machen Sie die Straßen frei, sonst sind wir gezwungen …«

Vielstimmiges Gebuhe von allen Seiten. Tröten und Trompeten, Gebimmel und Getrommel. Der Rest der Ansage ist nicht mehr zu verstehen.

Ich habe immer mehr Mühe, mit meinem sperrigen Plastikpenis zwischen all den Leuten am Browning-Mann dranzubleiben. Immerhin haben ihm irgendwelche witzigen Frauen die Krawatte abgeschnitten, als wäre Weiberfastnacht. In der Kreuzbergstraße wird es dann sehr eng. Es ist ein Geschiebe und Gedränge, und es geht kaum noch vorwärts. Sprechchöre skandieren, ich verstehe nicht genau was: Es geht wohl um Frauenpower, und dass wir Männer uns jetzt in Acht nehmen sollen vor der geballten Weibermacht. Oder so ähnlich. Mir würde es schon reichen, wenn sie mir den Kerl mit der Browning nach hinten durchreichen würden. Damit ich ihn vernehmen kann. Was wollte er in der Wohnung von Swantje Steffens? Was hat er da gesucht? Der Fall wird immer rätselhafter, und ich kann ihn nicht lösen, weil ich feststecke zwischen schwitzenden Feministinnen, die offensichtlich nur eines wollen: den Golgatha-Täter zur Strecke bringen.

Plötzlich kommt wieder Bewegung in den Zug, und ich werde mit Hunderten von kreischenden Frauen in den Viktoriapark gespült. Dort löst sich die Menge etwas auf, und ich kann wieder freier atmen.

Wo aber ist der Mann mit der Browning?

Suchend laufe ich mit meinem Plastikpenis durch den Park. Überall hängen Transparente gegen sexuelle Gewalt zwischen den Bäumen. Auf Parkbänke, Steine und Wege wurde überall derselbe Spruch gesprayt: »VERGEWALTIGER: WIR KRIEGEN DICH!«

Auf der großen Wiese unterhalb des Viktoriadenkmals ist eine kleine Bühne errichtet worden, auf der wütende Mädchenbands wie die glutäugigen »Anatolischen Huren« mit harten Gitarrenriffs gegen die Fremdbestimmung durch Väter und Brüder, sexuelle Gewalt und gesellschaftliche Benachteiligung anrocken.

Ein Stückchen weiter veranstalten die Tempelhofer »Cowgirls« ein wildes Rodeospektakel, dessen Erlöse den Opfern von Vergewaltigungen gespendet werden. Vereinzelt sind Plakate im Western-Stil zu sehen: »Hängt ihn höher!«

Damit ist der Golgatha-Täter gemeint. Er wird hier auch für den Mord an Swantje Steffens verantwortlich gemacht, das bekomme ich aus diversen Gesprächsfetzen mit. Immer wieder sehe ich Gruppen empörter Feministinnen, die lautstark den »Sexualmord« von Freitagnacht als logische Folge der fast fünftausendjährigen Gewaltherrschaft eines latent frauenfeindlichen Patriarchats beklagen.

Erschöpft setze ich mich auf eine Bank und stecke den Plastikpenis in den Mülleimer daneben. Es ist zwecklos, ich werde den Mann mit der Browning nicht mehr finden. Wo soll ich ihn suchen? Der Kerl ist weg und kann überall hin sein.

»Müssen Sie immer provozieren?«

Inga Lenz steht breitbeinig vor mir und sieht vorwurfsvoll auf den Plastikpenis, der aus dem Mülleimer ragt wie ein riesiger Phallus. Ich könnte ihr erklären, dass es ihre eigenen Leute waren, die mir das Ding aufgedrückt haben. Ich könnte darauf hinweisen, dass ich mich des rosa Penisses gerade deshalb entledigt habe, weil ich niemanden damit provozieren will. Auf diesem Fest weiblicher Emanzipation. Aber warum sollte ich mich vor Inga Lenz verteidigen? Das habe ich nun wirklich nicht nötig.

Im Gegenteil.

»Vielleicht empfinden Sie das als provokant«, sage ich gleichgültig und deute auf ein paar militante Mädels, die mit Baseballschlägern und Reizgas bewaffnet durch den Park patrouillieren. »Doch diese Geister haben Sie gerufen, Frau Kollegin Lenz. Ich bin gespannt, wie Sie die wieder loswerden wollen.«

»Das sind die ›Hexen von Kreuzberg‹.« Inga Lenz setzt sich neben mich. »Eine Streetgang, die für mehr Sicherheit auf den Straßen sorgen will.«

»Eine weibliche Bürgerwehr.« Ich schüttele den Kopf. »So was heißen Sie gut?«

»Was sollen sie denn machen?« Inga Lenz steckt sich eine Zigarette an und inhaliert tief. »Der Polizei ist es bislang nicht gelungen, die Mädchen zu schützen. Seit Monaten versuche ich, wenigstens ein paar Beamte zu bekommen, die die Zugänge zum Golgatha sicherer machen sollen. Vergeblich. Das Thema wird nicht ernst genommen. An ihrer Vergewaltigung, so heißt es landauf, landab, sind die Opfer immer selber schuld.«

Sie bietet mir eine Zigarette an. Mir kommt es vor wie ein Zeichen der Versöhnung.

»Friedenspfeife?«, frage ich.

»Pausenzigarette«, antwortet Inga Lenz und gibt mir Feuer. »Sie haben doch auch eine Tochter«, fragt sie mich, »was sagt die denn dazu?«

»Dass Typen, die Frauen vergewaltigen, perverse Schweine sind«, antworte ich wahrheitsgemäß.

»Sehen Sie!«

Ja, was soll ich daran sehen? Natürlich hat Melanie recht. Vergewaltiger sind Verbrecher, keine Frage. Und vielleicht wird sexueller Missbrauch nicht entschieden genug geahndet. Aber deswegen kann man das Gesetz doch nicht einfach in die Hände irgendwelcher durchgeknallter Mädchengangs legen.

Im Übrigen: »Nicht jeder Mann ist automatisch ein Vergewaltiger.«

»Ach!« Sie lächelt spöttisch. »Ist das so? Nie irgendwelche derartigen Phantasien gehabt, Knoop?«

»Nö. Wieso?«

»Sie haben sich nur besser unter Kontrolle«, sagt Inga Lenz mit Bestimmtheit, »das ist alles.«

»Blödsinn«, rege ich mich auf, »aber das ist genau Ihr Problem, Inga! Sie hassen Männer! Und deshalb lassen Sie die Sache hier auch laufen. Obwohl die Steffens eben nicht von Ihrem Sexualtäter umgebracht wurde. Aber das ist Ihnen egal, solange es nur die Männerfeindlichkeit schürt. Ich weiß nicht, was genau Sie für ein Problem mit uns haben, aber«, ich tippe mir an die Stirn, »Sie haben da echt einen Hau. Das muss ich Ihnen mal so deutlich sagen.«

Inga Lenz bleibt ruhig. »Ja«, stimmt sie mir zu, »vielleicht habe ich einen Hau, wie Sie sagen. Vielleicht habe ich eine riesengroße Macke. Mag sein.« Sie steht auf. »Nachher auf der Abschlusskundgebung werde ich sprechen.«

Sieh an, denke ich nicht ohne Spott, es gibt sogar eine Abschlusskundgebung.

»Da werde ich die Dinge richtigstellen«, verspricht Inga Lenz, »und in aller Öffentlichkeit darauf hinweisen, dass das Mordopfer vom Freitag ein anderer Fall ist. Dass das nichts mit unserem Golgatha-Täter zu tun hat.«

»Gutes Gelingen«, wünsche ich und sehe ihr nachdenklich nach.

18

HÜNERBEIN HATTE ALLE HEBEL in Bewegung gesetzt. Ein großes Observationsteam war am Sonntag nicht zu bekommen, also stattete er normale Streifenbeamte mit ziviler Kleidung aus und beorderte sie in die Bergmannstraße. Angeblich gäbe es einen dritten Mann. Den sogenannten großen Unbekannten. Das warf natürlich alle astrologischen Kombinationen und Möglichkeiten komplett über den Haufen.

»Gelateria Tutti Frutti«, hatte der Sardsch am Telefon gemeldet, der Verdächtige sitze links, vierter Tisch, direkt am Fenster. Ein fülliger Anzugträger mit Stirnglatze. Und: Vorsicht, der Kerl sei bewaffnet.

Doch als Hünerbein mit seinen Leuten im Tutti Frutti eintraf, saßen am vierten Tisch links drei kichernde und ganz sicher unbewaffnete Mädels, und vom Sardsch war auch nix zu sehen. Stattdessen war auf den Straßen die Hölle los. Überall tanzten und trommelten durchgeknallte Weiber herum und warben für ein feministisch-emanzipatorisches Festival im Viktoriapark.

Hünerbein verzichtete drauf und forderte die Kriminaltechnik an. Damaschke solle noch mal die Wohnung der getöteten Swantje Steffens auf neue Spuren überprüfen, angeblich habe dort ein mysteriöser Mensch männlichen Geschlechts unseren Sardsch »mit einer Browning bedroht«.

»Echt?« Damaschke hatte erschrocken geguckt. »Müssen wir uns Sorgen machen?«

Tja. Wenn Hünerbein das wüsste. Ratlos saß er im Tutti Frutti und futterte ein Eis nach dem anderen in sich rein. Er war enttäuscht, regelrecht frustriert. Noch im Büro von Kriminaloberrat Dr. Edmund Palitzsch hatte er sich einer Lösung des Falls viel näher geglaubt. Einer Lösung mit Hilfe der Sternenkunde. Man war sich einig gewesen, dass ernsthaft betriebene Astrologie durchaus hilfreich sein konnte und nicht von vornherein als abwegig zu bewerten sei. Jetzt, wo man es auch noch mit einer Entführung zu tun habe, so hatte sich Hünerbein vom Kriminaloberrat zusichern lassen, könne man es sich nicht leisten, derartige Möglichkeiten einfach als Unsinn abzutun, auch wenn sie wissenschaftlich umstritten seien. Es sei Gefahr im Verzuge, man könne nicht warten, bis die Forschung zu einem Ergebnis darüber gekommen ist. Unter diesem Aspekt sei die Überprüfung einer kosmischen Variante absolut vonnöten und berechtigt.

Und jetzt das. Ein Unbekannter mit einer Browning. Das kam in keiner Sternenkonstellation vor. Vielleicht lag es am störenden Einfluss des Saturn? Oder waren Pluto und Uranus für die kosmische Störung verantwortlich? Denn eigentlich standen die Sterne doch eher günstig, Sonne, Merkur und Venus befanden sich im freundlichen Sextil. Merkwürdig. Er würde es heute Abend mit Catherine besprechen müssen. Allein kam er damit nicht weiter.

Noch während er sein Eis löffelte, stolperte ein blutjunger aufgeregter Polizeidienstanwärter ins Tutti Frutti und näherte sich schüchtern.

»Sind Sie Kriminalhauptkommissar Hünerbein?«

»Höchstpersönlich, leider«, schmatzte der und sah auf. »Was gibt's denn?«

»Kam eben über den Polizeifunk rein.« Der Anwärter reichte Hünerbein einen Zettel. »Irgendein Herr Misilogo oder -ligu …«

»Misirlioglu«, verbesserte Hünerbein, »lass mal sehen!« Er nahm dem Jungen den Zettel ab und las.

Na, bitte: Der Blumenhändler war wieder aufgetaucht. Das war doch wenigstens was.

»Sei so gut und übernimm mal die Rechnung, ja? Ich muss dringend los.«

Hünerbein erhob sich, klopfte dem Anwärter dankend auf die Schultern und verschwand, bevor der Junge Protest anmelden konnte.

Hüseyin Misirlioglu sah furchtbar aus. Die ganze Nacht hatte er an dem kleinen Waldparkplatz in Kohlhasenbrück verbracht, hatte gebetet und gewartet. Aber seine Tochter Fatma war nicht aufgetaucht. Obwohl er das Auto offensichtlich übergeben hatte.

»Vielleicht wurde es Ihnen ja auch nur gestohlen«, vermutete Hünerbein, der neben Matuschka und gegenüber von Hüseyin und dessen Frau Ayse in deren Wohnzimmer Platz genommen hatte.

Beylich stand mit verschränkten Armen an der Tür, zwei weitere Beamte überwachten die Fangschaltung des Telefons. Die Söhne Orhan und Cemir hatten auf zwei Stühlen am Esstisch Platz genommen und rutschten nervös hin und her.

»Haben Sie den Autoschlüssel stecken lassen, als Sie ausstiegen?«

»Aber nein. Ich ziehe den Schlüssel immer ab.« Hüseyin Misirlioglu holte ihn aus seiner Anzugtasche. »Sehen Sie: Ich habe ihn hier!«

»Dann könnte der Wagen auch kurzgeschlossen worden sein.«

»Meinen Mercedes kann man nicht kurzschließen«, erklärte Hüseyin würdevoll. »Der Wagen hat eine Wegfahrsperre. Der fährt nicht ohne diesen Schlüssel.«

»Offensichtlich doch.« Hünerbein schnaufte. »Das Auto ist ja weg.«

»Die haben das geplant.« Hüseyin hob die Hände. »Immer diese Zettel. Die haben mich erst hierhin und dann dahin und dann vom Auto weggelockt – verstehen Sie?«

»Schon«, nickte Hünerbein, »die perfekte Übergabe eigentlich. Nur, wo ist Ihre Tochter?«

»Ja, wo?« Hüseyin traten die Tränen in die Augen. »Ich weiß es nicht. Vielleicht ist sie schon tot. – Entschuldigen Sie …« Er sprach nicht weiter und wandte sich, jetzt tatsächlich lautlos weinend, ab.

»Schon gut.« Hünerbein seufzte gereizt.

Er mochte heulende Männer nicht. Heulende Türken schon gar nicht, die passten einfach nicht in seine Vorstellung vom stolzen orientalischen Macho, der dem Schicksal lässig einen Stinkefinger zeigt. Nach dem Motto: »Isch mach disch Schmerzen, Alta!«

Gesetzt den Fall, dachte Hünerbein, gesetzt den Fall, Misirlioglu erzählt die Wahrheit – und danach sieht es aus, würde er sonst zu heulen anfangen? –, dann haben wir ein Riesenproblem. »Gibt es noch einen Zweitschlüssel für den Wagen?«

»Den hat meine Frau«, schluchzte Hüseyin, ohne sich umzudrehen.

Hünerbein sah Ayse fragend an. »Haben Sie?«

»Ja«, antwortete die bekümmert.

»Zeigen Sie ihn mir mal?«

Ayse zögerte. Doch Orhan sprang schon auf. »Ich hole ihn.«

Hünerbein wandte sich wieder an Hüseyin. »Hat sonst noch jemand Schlüssel für das Auto?«

Der Blumenhändler schüttelte den Kopf.

»Das heißt, es gibt nur zwei Autoschlüssel für den Wagen?«

»Drei.« Hüseyin holte sein Portemonnaie hervor, öffnete es und nahm einen weiteren Schlüssel heraus. »Das ist ein Ersatzschlüssel. Den trage ich immer bei mir. Falls –«

»Schon gut«, winkte Hünerbein ab.

Im Flur rief Orhan seine Mutter. Er könne deren Autoschlüssel nicht finden. Ayse erwiderte etwas auf Türkisch, erhob sich und folgte ihrem Sohn in den Flur. Rasch erhob sich Hünerbein. Das war die Gelegenheit. Endlich konnte er den Blumenhändler etwas fragen, jetzt, wo dessen Frau aus dem Raum war.

Aus Rücksichtnahme auf den im Wohnzimmer verbliebenen zweiten Sohn Cemir nahm Hünerbein den Blumenhändler etwas beiseite und raunte: »Mal unter uns Männern: Sie waren Ihrer Frau nicht immer treu, richtig?«

»Bitte?« Hüseyin Misirlioglu guckte etwas überrascht. »Was wollen Sie?«

»Komm, jetzt keine Ausflüchte, ja!« Hünerbein zog den Blumenhändler dicht zu sich heran und wechselte ins Vertrauliche. »Wir wissen, dass du nichts hast anbrennen lassen, also: Könnte es sein, dass sich irgend so ein gehörnter Ehemann an dir rächen will? Indem er zum Beispiel deine Tochter entführt?«

»In der Regel wissen meine …« Hüseyin stockte und suchte verlegen nach dem richtigen Wort. »Also, die Freundinnen wissen meistens nichts von meiner Familie.«

»Aber einige schon.«

»Eine«, sagte der Blumenhändler verdruckst und kaum noch hörbar. »Sophia Hertz. Meine Sachbearbeiterin beim Finanzamt. Aber die ist unverheiratet.«

»Noch jemand?«

»Nicht dass ich wüsste …«

»Denk nach, Hüseyin«, mahnte Hünerbein eindringlich, »es geht um deine Tochter. Was ist, zum Beispiel, mit Swantje Steffens?«

»Sie sind ja völlig verrückt.«

Beide Männer verstummten, da Ayse und Orhan wieder hereingekommen waren. Sie schauten ratlos und sagten, der zweite Autoschlüssel sei weg.

»Wie, weg?«

»Er ist nicht mehr da«, erklärte Orhan nur mühsam beherrscht und ballte die Fäuste.

Sein Bruder Cemir trat wütend und einen türkischen Fluch ausstoßend gegen das Tischbein.

»Ich habe ihn in meinem Nachtschrank aufbewahrt«, rief Ayse entschuldigend und sank wieder auf die Couch, »weil ich so selten Auto fahre. Und jetzt ist er verschwunden.«

»Das gibt's doch gar nicht! Dann muss ihn doch irgendjemand genommen haben!« Hünerbein regte sich auf. »Ich meine, ein Autoschlüssel verschwindet doch nicht so einfach. Oder wurde hier mal eingebrochen?«

Cemir, Orhan, Ayse und Hüseyin Misirlioglu schüttelten einträchtig die Köpfe.

»Mensch, Leute!« Hünerbein marschierte im Zimmer auf und ab. »Jetzt reißt euch mal zusammen! Wer immer diesen Wagen mitgenommen hat – er muss einen Schlüssel dafür gehabt haben. Und zwar den Schlüssel, der hier gerade verschwunden ist, also erinnert euch gefälligst! Wer hat den Schlüssel wo zuletzt gesehen? Wer hat ihn aus dem Nachtschrank genommen? Und warum? Wer war außer euch noch hier in dieser Wohnung in den letzten Tagen? Bekannte, Freunde, Verwandte? Sind die mal im Schlafzimmer gewesen? Himmelherrgott: Jetzt strengt mal eure Hirne an!«

Die Misirlioglus begannen, erregt untereinander auf Türkisch zu diskutieren, doch Hünerbein wiegelte sofort ab.

»Solange ich die Befragung leite, wird hier Deutsch gesprochen, klar? Noch ein türkisches Wort, und wir gehen alle aufs Revier. Da können wir dann die Befragung mit einem Dolmetscher fortsetzen.«

Er sah jedem einzeln in die Augen. Erst Orhan und Cemir, denen traute er noch am ehesten irgendeinen Unsinn zu. Aber die hielten seinem Blick wacker stand, was Hünerbein als Zeichen wertete, dass sie sich im Hinblick auf den Verbleib des Autoschlüssels nichts vorzuwerfen hatten. Sonst würden sie die Köpfe senken, da war sich Hünerbein vollkommen sicher.

Bei Hüseyin dagegen hatte er so seine Zweifel. Der Blumenhändler war abgebrühter. Er erwiderte den Blick des Kommissars, ohne mit der Wimper zu zucken, war aber schon wieder den Tränen nahe, was Hünerbein als Anhaltspunkt für wirkliche Verzweiflung wertete.

Und was war mit Ayse? Hünerbein baute sich vor ihr auf. Ihr Blick flackerte leicht, sie wirkte nervös und unsicher, und das deckte sich auch mit ihrem Horoskop. Mond im Steinbock. Venus mit Mars im Streit. Ayse hatte was zu verbergen, das war eindeutig.

»Sie wissen, wo der Schlüssel ist«, stellte Hünerbein fest. »Warum sagen Sie es uns nicht?«

»Nein!« Sie schüttelte heftig den Kopf. »Ich weiß nichts. Er wurde gestohlen.«

»Gestohlen? Von wem?«

»Ich weiß nicht.« Jetzt fing auch Ayse an zu weinen. »In der Markthalle. Meine ganze Handtasche. Papiere, Börse, Schlüssel – alles weg!« Hilflos sah sie ihren Mann an. »Ich habe dir nichts gesagt, weil ich keinen Ärger wollte!«

Den haben wir dafür jetzt umso mehr, dachte Hünerbein. »Wann war das?«

»Am Montag.« Verzweifelt vergrub Ayse ihr Gesicht in den Händen. »Bei Allah, ich konnte doch nicht wissen, dass das solche Folgen hat!«

19 MELANIE IST ZU HAUSE. Das höre ich schon, als ich den Wagen Belziger-, Ecke Martin-Luther-Straße abstelle. Aus den Fenstern meiner Wohnung im dritten Stock dröhnt laut der »Blitzkrieg Bob« von den Ramones. Das ist beruhigend. Wenigstens hier scheint alles in Ordnung zu sein.

In Vorfreude auf ein kühles Feierabendbier steige ich die Treppen hoch und schließe die Tür auf. Dann ereilt mich ein Schock; denn im Flur steht ein schwarzer Hüne. Splitternackt und mit einer hüftlangen Mähne aus wolligen Dreadlocks. Um nicht auf seinen Penis von enormen Ausmaßen schauen zu müssen, geht mein Blick am stattlich muskulösen, wie lackiertes Ebenholz glänzenden Körper hoch und konzentriert sich auf das Gesicht: Bob Marley in jungen Jahren, würde ich sagen. Die XXL-Ausgabe. Wahnsinn! Und dieser riesige Yeti springt nun auf mich zu und haut mir begeistert seine quadratmetergroße Pranke auf die Schultern, dass es kracht.

»Yoh, *man*! Du bist Mellies Dad, *right*? Wow, endlich lernt man dich mal kennen, Alter!«

Hoffentlich ist mein Schlüsselbein nicht gebrochen, denke ich. Worte bekomme ich keine heraus. Buchstäblich sprachlos gehe ich ins Wohnzimmer und schalte die Musik ab.

»Hallo, Papa!« Melanie kommt in ein Handtuch gewickelt aus dem Bad gehüpft. »Sind wir zu laut?« Sie rubbelt sich die Haare trocken und strahlt. »Das ist Boy. Ist er nicht total süß?«

Eher rustikal, finde ich und starre den Riesentypen an. Ganz klar ein Mann aus dem Dschungel. Sehr ursprünglich. Darwin würde begeistert sein.

»Auch ein Bier, Dad?« Der schwarze Tarzan verschwindet in der Küche und beginnt, geschäftig in meinem Kühlschrank herumzukramen.

Hat er mich gerade Dad genannt? Verblüfft starre ich ihm nach.

»Übrigens: Sie sind nackt, Boy.«

»Papa, nun sei nicht so verklemmt.« Melanie sieht mich erwartungsvoll an. »Und? Wie findest du ihn?«

»Ziemlich groß, wie mir scheint …«

»Zwei Meter zehn!« Melanie jauchzt. »Ich liebe große schwarze Männer!«

»Könntest du ihm trotzdem sagen, dass wir uns in Europa anzuziehen pflegen, bevor wir uns den Vätern unserer Freundinnen vorstellen?«

»Mann, bist du spießig!« Melanie runzelt vorwurfsvoll die Stirn. »Boy sieht gut aus, der muss sich für nichts schämen.«

Mag sein, aber ich will ihm trotzdem nicht beim Biertrinken dauernd aufs gigantische Gemächt starren müssen. Allein die Vorstellung: meine zarte Tochter und dieses riesige Tier …

»Bo-hoy«, gurrt sie säuselnd, »mein Vater erträgt deine Nacktheit nicht. Würdest du dir ein paar Hosen anziehen?«

»Bin schon dabei, *honey*«, kommt es aus der Küche zurück.

Offenbar hat Boy seine Unterhosen auf meinem Küchentisch geparkt. Und dann nennt er Melanie auch noch *honey*! Ich will gar nicht wissen, was er mit ihr angestellt hat. Vermutlich hat er sie gleich auf dem Küchenboden … – Großer Gott! Ein Wunder, dass das Kind noch lebt!

»Ist er«, raune ich heiser, »also, ich meine, habt ihr … äh …« Ich weiß nicht, wie ich meine drängendste Frage formulieren soll. »Alles klar bei dir?«

»Ja.« Sie klingt etwas schnippisch. »Bestens, wieso?«

»Nichts, ich … Nichts.« Ich wackele mit dem Kopf und komme mir vor wie ein Bekloppter. Was soll ich tun? Diesen Typen rausschmeißen? Die Polizei rufen? Herrgott, ich bin die Polizei! Vor allem bin ich ratlos.

Boy hat sich immerhin Shorts und T-Shirt übergezogen und reicht mir ein Bier. »Hier, Dad! Zum Aufwärmen.«

»Oh ja, vielen Dank.« Ich halte mich an der Flasche fest, »Also dann: Prost, Boy«, und trinke sie mit einem Zug aus. Danach geht es mir etwas besser.

»Noch eins?« Boy hat schon wieder den Kühlschrank geöffnet, holt eine weitere Flasche heraus und schlägt sie so an der Tischkante auf, dass der Korken in hohem Bogen wegfliegt. Bekümmert starre ich auf meinen Küchentisch. Die Kanten sind abgeplatzt. Black Tarzan scheint hier schon einige Biere getrunken zu haben.

»Hören Sie, Boy …«

Um mich zu entspannen, setze ich den Hut ab und höre Melanies Schrei: »Papa! Was ist mit deinen Haaren?«

Boy grinst. »Dad ist unter die Mönche gegangen, *right*?«

»N-nein, das war ein Arbeitsunfall«, stammele ich und setze den Hut schnell wieder auf. »Halb so wild.«

»Warte, ich hab was Besseres!« Melanie rennt wieder aus der Küche. Man hört, wie sie in ihrem Zimmer hektisch Schranktüren auf- und zuschlägt und irgendetwas sucht.

Boy lacht mich an. Ich weiß nicht, ob er unsicher ist, ich bin es jedenfalls. Und ich habe das Gefühl, irgendwas sagen zu müssen.

»Nun, ähm, Boy«, beginne ich umständlich, »woher kommen Sie eigentlich?«

»Aus der Bülowstraße«, antwortet er.

»Ah«, mache ich. Ich hatte eigentlich so was wie Burundi oder Jamaika erwartet, aber gut. Dann eben die Bülowstraße.

»Er wohnt da in einer WG mit lauter Musikern.« Melanie ist zurück und gibt mir eine kleine schwarze Kippa, auf die ein Davidstern aus weißem Garn gestickt ist. »Hier! Sieht besser aus als dein oller Hut.«

»Ja, aber ich bin doch kein Jude«, zögere ich.

»Du bist auch kein Mönch.« Schon hat mir Boy den Hut wieder abgenommen und stattdessen die Kippa auf die Glatze gesetzt. »Passt haargenau. *Shalom*, Dad!« Er hebt seine Flasche, trinkt.

»Shalom«, wiederhole ich mit schiefem Lächeln und wende mich an Melanie. »Woher hast du denn diese Kippa?«

»Schulausflug«, antwortet sie und winkt ab. »Wir mussten den Jüdischen Friedhof in Weißensee angucken. Von wegen Holocaust und so. Berlins jüdische Vergangenheit. Die lassen die Jungs aber nicht ohne Kopfbedeckung auf den Hof. Also haben sie die Dinger verteilt.«

»Du bist kein Junge.«

»Nee.« Melanie lacht verlegen. »Ich fand die Dinger einfach cool. Ich hab's geklaut«, gibt sie zu. »Hat ja keiner gemerkt.«

Na toll. Wären wir jetzt allein, würde ich ihr erst mal was erzählen. Von wegen die Jüdische Gemeinde beklauen und so. Die haben genug unter uns Deutschen gelitten. Aber ich lasse es, weil ich sie nicht vor diesem … vor ihrem Freund brüskieren will.

»Dann sind Sie also Musiker?«, hake ich nach.

»Nur nebenher«, winkt er ab, »ich trommle ein bisschen.«

Passt, denke ich. »Kongas, nehme ich an.«

»Schlagzeug«, erklärt er, »wir sind 'ne Rockband.«

»So wie die Ramones?«

»Yes.«

»Eigentlich will er studieren«, sagt Melanie.

»Wirklich? Was denn?«

»Astrophysik.« Boy beugt sich vor. »Faust war gestern, Dad. Nicht was die Erde im Innersten zusammenhält ist interessant, *you know*? Sondern das Universum, Raumzeit, Stringtheorie. Schon mal überlegt, was mit so einem String passiert, wenn er auf ein schwarzes Loch trifft?«

Nicht wirklich.

»Natürlich kann auch ein String nicht entkommen. Nichts, was in ein schwarzes Loch gerät, kommt da jemals wieder raus.« Boy kommt sichtlich in Fahrt. »Aber wie soll das gehen mit dem String? Bleiben zwei freie Enden übrig? Das ist total irre, *you know*, das geht an die Grenzen der Physik. Man muss sich das wie Spaghetti vorstellen, die total durcheinandergewirbelt werden, ohne dass sich die Masse des schwarzen Lochs verändert. Krass, Mann!«

»Yoh *man*«, nicke ich.

»Das Universum ist ein sehr komplexes Chaos«, sagt Boy würdevoll. »Es steckt irgendein System dahinter, da bin ich mir sicher.«

»Und das wollen Sie erforschen?«

»Das muss ich erforschen, Dad.« Boy kratzt sich nachdenklich am Kinn. »Alles andere macht keinen Sinn.« Er trinkt sein Bier aus und erhebt sich. »Yoh, ich muss dann mal!« Er reicht mir seine Pranke. »War nett, Dad.«

»Mhm«, mache ich und sehe zu, wie Melanie ihn zur Tür bringt. Dort knutschen sie noch eine Weile herum, und ich stelle mir vor, wie dieser Riese meine kleine Tochter in sich hineinsaugt. Wie das schwarze Loch den Spaghetti, sozusagen. Fffflupp – und sie ist weg. In ihm verschwunden. Doch dann klappt die Wohnungstür, und Melanie kommt, sehnsüchtig seufzend, wieder in die Küche zurück.

»Habe ich ihn vertrieben?«

»Nö«, macht sie. »Boy hat noch 'n Gig heute Abend. Im Trash.« Sie nimmt sich ebenfalls ein Bier. »Ich vermisse ihn schon jetzt.«

»Also, äh, Melanie …« Nervös zünde ich mir eine Zigarette an. »Dieser Boy scheint mir ja ein ganz intelligenter Junge zu sein, aber … Ist der nicht ein bisschen zu groß für dich?«

»Häh?« Melanie verzieht das Gesicht.

»Ich meine zu alt, oder so?«

»Boy ist neunzehn.«

»Ja«, sage ich bekümmert, »volljährig, siehst du, da liegt genau das Problem.« Jetzt kann ich meine Bedenken auf die Gesetze schieben. Nicht fair, aber hier geht es schließlich um meine Tochter. »Du bist erst siebzehn, Spatz.«

»Zwei Jahre jünger, na und? Mutti ist acht Jahre jünger als du.«

»Die war aber volljährig, als ich sie kennenlernte.«

»Sie war achtzehn, Papa.« Melanie wedelt sich mit der Hand vor der Stirn herum. »Nicht mal ein Jahr älter als ich jetzt.«

»Sie war volljährig«, beharre ich, »du bist es nicht. Dieser Boy macht sich demnach strafbar, wenn er dich –«

»Strafbar?« Melanie starrt mich entgeistert an. »Wieso das denn?«

»Weil er volljährig ist und du nicht. So ist nun mal das Gesetz. Volljährige dürfen nicht mit Minderjährigen.«

»Was?«

»Sex haben, zum Beispiel.« So, jetzt ist es heraus. »Ich meine, der Kerl ist schwarz. Schon mal was von Aids gehört?«

»Na klar«, höhnt Melanie und tippt sich gegen die Stirn. »Alle Schwarzen haben Aids! Wie rassistisch ist das denn?«

»Es ist nun mal unbestritten, dass sich das HIV-Virus in Afrika am schnellsten ausbreitet. Und es gibt kein Heilmittel dafür!« Warum begreift das Mädchen nicht, dass ich mir einfach Sorgen mache?

»Es ist nun mal unbestritten, dass Boy in Berlin geboren ist«, kontert Melanie. »Sein Vater ist Rechtsanwalt.«

»Wo? Im Kongo?«

»Du bist so blöd«, regt sie sich auf, dass ihre Augen blitzen, »und für jemanden, der mal für die sexuelle Revolution auf die Straße gegangen ist, auch ziemlich verklemmt!«

»Ich bin nicht für die sexuelle Revolution auf die Straße gegangen, Spatz!«

»Na klar, du warst bei den Prügelpersern!«

Ich merke, dass sich die Debatte ausweitet. Prügelperser! Wie kommt sie bloß darauf?

»Stell dir vor, das haben wir gerade im Unterricht: Schah-Besuch '67, Prügelperser, Ermordung von Benno Ohnesorg!« Sie rümpft missbilligend die Nase. »Und du hast auf der anderen Seite gestanden. Pfui Teufel!«

Von wegen, denke ich. Überhaupt, was weiß Melanie schon von der Zeit? Ich will gerade entsprechend reagieren, da klingelt es an der Tür. Hat Boy was vergessen? Wütend reiße ich die Tür auf.

»Was ist denn?«

»Na, streitet ihr euch wieder?« Monika steht vor der Tür und hat zwei große Pizzakartons in den Händen. »Hab ich bei Enzo geholt. Ich dachte, wir essen zusammen. Wir haben ja schließlich noch was zu bereden.«

Nicht das noch, denke ich, jetzt will sie Melanie erklären, dass sie ein Schwesterchen bekommt. Oder ein Brüderchen.

»Deine Tochter beschimpft mich gerade als Prügelperser!«

»Nein«, sagt Monika und kommt herein. »Damit hat Papa nun wirklich nichts zu tun.«

»Trotzdem hat er, während die Studenten gegen BILD und für die Gerechtigkeit auf die Straße gegangen sind, auf der anderen Seite gestanden«, regt sich Melanie auf, »das ist total konservativ!«

»Herrgott!« Jetzt reißt mir aber die Hutschnur. »Ich hab's für meinen Vater getan«, rufe ich aufgebracht. Dämliche Jugend! Verurteilt, ohne zu wissen!

»Du hast deinen Vater nicht mal gekannt«, blafft Melanie zurück.

»Ja, eben«, brülle ich, »ich wusste nur, dass er Sergeant der U.S. Army war. Ich wusste nicht mal, ob er noch lebt oder, inzwischen zum Officer aufgestiegen, in irgendwelchen vietnamesischen Sümpfen liegt. Da geh ich doch nicht auf die Straße und demonstriere für Ho Chi Minh! Ich wollte meinem Vater nicht in den Rücken fallen, ist das so schwer zu begreifen?«

»Beruhigt ihr euch?« Monika deckt den Tisch. »Oder wollt ihr euch mit Pizza bewerfen.«

»Ist doch wahr«, schnaube ich und öffne mein drittes Bier. Was weiß Melanie schon davon? Klar, ich kannte meinen Vater nicht, aber Mutter hat mir von ihm erzählt. Dass ich ihm ähnlich sähe und was für ein toller Mann er war. Und wenn wir in der Schule gefragt wurden, was unsere Eltern machen, habe ich immer stolz gesagt: Mein Papa ist Sergeant in der U.S. Army. Irgendwann hatte ich meinen Spitznamen weg. Hünerbein nennt mich heute noch auf seine unnachahmliche Art Sardsch.

Melanie lehnt in der Küchentür und sieht mich nachdenklich an. »Dir hat einfach nur ein Vater gefehlt«, sagt sie versöhnlicher.

»Er war Amerikaner«, rege ich mich noch immer auf, »der Mann hat im Krieg sein Leben für uns riskiert, um Deutschland die Freiheit und die Demokratie zu bringen. Und zwanzig Jahre später heißt es plötzlich ›Schluss mit dem verbrecherischen U.S.-Imperialismus – Solidarität mit Vietnam‹?« Ich schüttele den Kopf. »Nee. Ich konnte da nicht mitmachen. Ging einfach nicht.«

»Was die Amis in Vietnam gemacht haben, war trotzdem nicht in Ordnung.« Melanie setzt sich an den Tisch.

»Mag sein«, gebe ich zu. »Kriege sind nie in Ordnung. Andererseits: Schon mal was von den Boat People gehört? Nicht alle Vietnamesen wollten unbedingt den Kommunismus. – Monika!«, fordere ich sie auf. »Du bist politische Journalistin! Sag du doch mal was.«

»Den Vietnamesen ging es vorrangig um Selbstbestimmung und die Befreiung vom Kolonialismus«, Monika setzt sich ebenfalls, »und da waren die Kommunisten nun einmal die treibende Kraft. – Aber ich wollte eigentlich was ganz anderes besprechen.«

»Au ja«, jauchzt Melanie, der die Diskussion inzwischen sichtbar auf den Zeiger geht.

Das ist wieder typisch für sie. Erst groß ein Thema anreißen, um dann, wenn es komplexer wird, schnell die Lust daran zu verlieren. Wie auch immer: Vielleicht will sie sich auch nur nicht mehr mit mir streiten.

»Übrigens: Sie hat einen neuen Freund«, stecke ich Monika. »Boy!«

»Boy?«

»Eigentlich heißt er Rüdiger.« Melanie verdreht die Augen. »Das geht ja wohl gar nicht.«

Ich feixe drauflos. Dieser riesige Schwarze, »yoh *man*«, und dann Rüdiger. Ich fasse es nicht! Ein Brüller!

»Wieso? Ich kannte mal einen Rüdiger, der war sehr nett.« Monika beißt in ihr Pizzastück. »Mhm, lecker!« Dann fällt ihr meine Kippa auf. »Bist du konvertiert?«

»Nein, kahlköpfig.« Ich zeige es ihr. »Der Preis der Verbrecherjagd.«

Monika ist entsetzt. »Was ist passiert? Warst du damit beim Arzt?«

»Ja«, beruhige ich sie, »es ist nur eine Platzwunde. Sonst nichts. Und die Typen, die mir auf den Kopf gehauen haben, haben wir auch gekriegt.«

»Du musst unbedingt vorsichtiger werden«, kaut Monika, »am besten, du wechselst in den Innendienst.«

»Niemals!«

»Du wirst schließlich noch gebraucht.«

»Womit wir beim Thema wären«, werde ich feierlich und sehe Melanie an.

Die guckt verständnislos zurück. »Hat es mit mir zu tun?«

»Ja.« Monika fasst sanft ihre Hand. »Melanie, was hältst du davon, wenn wir zusammenziehen?«

»Supi«, findet das Melanie, »dann krieg ich endlich die Bude hier.«

»Nicht ganz.« Mir ist klar, dass ich ihr jetzt wieder die Laune verderbe, aber: »Denn wir wollen alle zusammenziehen. Dich eingeschlossen.«

»Wie eine richtige Familie«, strahlt Monika.

»Danke, kein Bedarf mehr.« Melanie verzieht genervt das Gesicht. »Das hätte euch echt früher einfallen müssen.« Sie winkt entschieden ab. »Zieht ihr ruhig zusammen, aber ich bin raus aus der Nummer.«

»Auch, wenn du noch ein Geschwisterchen bekommst?«

»Was?!« Melanie schreit es fast.

»Ja!« Monika nickt.

»Du und Papa?« Sie starrt uns mit riesengroßen Augen an. »Das geht noch?«

»Das geht wieder«, knurre ich.

»Mann!« Melanie springt auf und kreischt herum. »Ich fasse es nicht! Ich fass es einfach nicht – das ist total krass!«

»Sie ist außer sich«, stellt Monika fest.

»Völlig«, pflichte ich bei, »hab ich dir ja gesagt.«

»Wir bekommen ein Baby, oh Gott!« Melanie schüttelt ihre langen Haare. »Ich halt's echt nicht aus. Wann denn?«

»Ende Februar, schätze ich.« Monika lächelt.

»Das sieht man dir gar nicht an.«

»Da sieht man erst Weihnachten was«, erklärt Monika, »ich hatte schon mit dir keinen besonders großen Bauch.«

»Und? Wird dir jetzt immer schlecht?« Melanie ist komplett aus dem Häuschen. »Isst du saure Gurken mit Marmelade und so? Schwangere haben doch immer so einen seltsamen Appetit?«

Plötzlich fällt mir dieser Boy wieder ein. Hat Melanies Interesse für Monikas Schwangerschaft besondere Gründe? Werde ich demnächst nicht nur Vater, sondern auch bald Opa? Will Tarzan dann auch noch bei mir einziehen?

Mir wird ganz kalt. Worauf lasse ich mich hier ein, frage ich mich. Läuft mein Leben nicht gerade völlig aus dem Ruder? Bin ich überhaupt noch Herr über mich selbst?

Nein. Ganz und gar nicht. Das Zepter haben die Mädels übernommen, und ich werde verplant. Innendienst, Familienvater, am Ende noch ein Reihenhaus – dieser ganze Irrsinn, den ich nie wollte –, ist das meine Zukunft?

Monika und Melanie quasseln über mögliche Komplikationen bei der Schwangerschaft und überlegen, wie das Kind heißen soll. Ob es ein Junge oder ein Mädchen wird. Und wo man hinziehen sollte. Ein Haus – da ist es – wäre schön. Mit einer Schaukel im Garten.

»Es gibt genug Spielplätze in der Stadt«, höre ich mich sagen. Aber auch, dass ich mal zur Bank gehen will, »um mich über Bausparverträge zu informieren«. – Ja, ich rede tatsächlich von Bausparverträgen!

Was ist los mit mir? Ich muss verrückt sein, ferngesteuert. Warum reagiere ich nicht? Warum werfe ich das Steuer nicht ein für alle Mal herum? Ich könnte sagen, dass mich das alles ankotzt und ich keine Familie will. Dass ich weder wieder Vater noch irgendwann Opa werden will. Dass ich keine Kinder mag und Reihenhäuser hasse! Ich könnte aufstehen und abhauen. Irgendwohin, wo mich Melanie und Monika nicht finden! Ich könnte die beiden auch einfach aus meiner Küche schmeißen und Schluss.

Aber ich tue es nicht. Ich will keinen Streit. Und ich will weder Monika noch Melanie verletzen. Sie sind so harmonisch miteinander, so zufrieden mit sich und der Welt. Sie sind glücklich und freuen sich auf eine gemeinsame Zukunft mit mir. Das kann ich nicht zerstören, nur weil ich mein altes Leben wiederhaben will.

Und so bleibe ich. Ich sitze da, lächle meine Weibsen an und plane meinen endgültigen Untergang als eigenständiger, freier Mann.

20 DIE DINGE HATTEN SICH verselbstständigt. Inga Lenz wusste es. Sie fühlte sich daran mitschuldig, denn tatsächlich hatte dieser bescheuerte Knoop von der Mord 1 recht: Sie wurde die Geister, die sie gerufen hatte, nicht mehr los.

Inga Lenz saß in ihrem Büro zwischen Befragungsprotokollen,

Täterprofilen, Tatortskizzen und Spurenanalysen und starrte ins Leere. Es war wie ein Fluch: Egal was und wie sie es anpackte – die Dinge liefen schief. Sie steckte mit ihrem Golgatha-Fall in der Sackgasse. Es gab kaum verwertbare Spuren. DNA-Analysen von Spermaresten erwiesen sich als fehlerhaft, Zeugenaussagen widersprachen sich. Mal wurde der Täter als Südländer beschrieben, als Türke oder Araber, dann wieder war er blond. Lediglich Tatablauf und -ort blieben dieselben. Es traf immer Mädchen im Viktoriapark, und immer wurden sie mit einem Messer bedroht. Aber musste es deshalb auch ein und derselbe Täter sein? Blieb er ein Phantom, weil es ihn gar nicht gab?

»VERGEWALTIGER: WIR KRIEGEN DICH!«

Ganz unbedacht hatte sie diesen Spruch auf eine Parkbank gesprayt, voller Hass und Wut. Ehrliche Emotionen, die mal rausmussten. Es war wie ein Schwur, denn viel zu lange schon trieb dieser Perverse da draußen sein Unwesen. Inga Lenz wollte ihn endlich dingfest machen, dafür war sie Polizistin.

Doch schon am nächsten Tag hatte sich dieser Schwur verhundertfacht. Plötzlich war er überall zu lesen: auf Parkbänken und Baumstämmen, auf Skulpturen und Fußwegen.

»VERGEWALTIGER: WIR KRIEGEN DICH!«

Frauenverbände und Mädchengangs hatten mobil gemacht, feministische Aktionsgruppen und Bündnisse gegen sexuelle Gewalt. Sie alle waren nun auch auf der Jagd nach dem mysteriösen Golgatha-Täter. Ohne es zu wollen, hatte Inga Lenz die durch den Frauenmord ohnehin schon aufgeheizte Stimmung weiter angefacht und einen Mob heraufbeschworen, der zu allem bereit war. Zehntausende wütender Frauen waren gestern durch Kreuzberg gezogen und hätten sich fast eine Straßenschlacht mit der Polizei geliefert, wenn Inga Lenz nicht stundenlang mit der Einsatzleitung ver- handelt hätte.

Frauenwehren patrouillierten durch den Viktoriapark und zornige Mädchen mit Pfefferspray. Schon gab es Übergriffe auf völlig unbescholtene Männer – wann den ersten Toten?

Fast verzweifelt hatte Inga Lenz auf die Demonstrantinnen eingeredet, hatte zu erklären versucht, dass es sich bei der Toten nicht um ein Vergewaltigungsopfer handelte, vergebens. Am Ende wurde sie beschimpft und ausgebuht. Niemand wollte die Wahrheit hören.

Warum auch? Die Wahrheit änderte nichts daran, dass der Vergewaltiger noch immer auf freiem Fuß war.

»Vielleicht sind es mehrere Täter.«

Inga fuhr erschrocken aus ihren Gedanken auf.

Schmittke lehnte in der Tür, wie immer lächelnd, eine Aktenmappe unter dem Arm.

»Es ist gleich Mitternacht«, fuhr sie ihn an. »Was treiben Sie hier noch?«

»Verzeihung, aber …« Er legte ihr die Aktenmappe auf den Tisch. »Ich bin das hier mal durchgegangen.«

»Was ist das?«

»Eine Analyse des amerikanischen Profilers John E. Douglas.« Er schlug eifrig die Mappe auf. »Einer der wichtigsten Kriminalpsychologen des FBI. In diesem Artikel beschreibt er die häufigsten Ermittlungsfehler bei der Verfolgung von Serientätern. Einer ist, dass man meist zu früh von einer Serie ausgeht.«

»Wie meinen Sie das, Schmittke?«

»Wir reden immer vom Golgatha-Täter …«

»… ich nicht«, wiegelte Inga Lenz ab. »Das ist eine Erfindung der Presse.«

»In Ordnung.« Schmittke lächelte sie an. »Dann vergessen wir den mal.«

»Bestens, so weit war ich auch schon. Und weiter?«

»Nehmen wir mal an, wir haben mehrere Täter.« Er setzte sich neben sie und rückte an sie heran.

Zu nah, wie sie fand.

»Täter, die nichts miteinander zu tun haben.« Er strahlte über das ganze Gesicht. »Die sich nicht kennen und einander noch nie begegnet sind. Unauffällige Männer, die nur eines gemeinsam haben: Mädchen mit Messern zum Sex zu zwingen.«

»Und was freut Sie daran so?«

Sein Lächeln erstarb. »Nichts. Wieso?«

»Weil Sie grinsen wie ein Mondkalb.«

»Verzeihung.« Schmittke nahm die Mappe wieder an sich. »Ich grinse nicht«, sagte er beleidigt. »Ich versuche nur, etwas Abstand zu halten. Mit einer für Sie vielleicht unangemessenen Fröhlichkeit. Aber anders ist das hier nicht auszuhalten.«

Er erhob sich wieder und verließ das Büro fast lautlos.

Mehrere Täter, überlegte Inga Lenz. Täter, die sich nicht kennen. Aber haben wir dann überhaupt noch eine Chance?

Diese Stadt war voll von Männern. Verklemmten Typen mit seltsamen Phantasien, Frauenhassern, Problembären ... Es gab so viele Irre in Berlin, denen alles zuzutrauen war, die konnte man ja nicht alle wegsperren.

Wo ansetzen, dachte Inga Lenz und rieb sich übermüdet über das Gesicht, ich weiß es nicht.

Das Telefon klingelte, und sie nahm ab. Man hörte ein gleichmäßiges Atmen am anderen Ende der Leitung und eine verzerrte, etwas spöttisch klingende Stimme.

»Na, Inga? Kommst nicht wirklich voran, wie?«

»Moment mal!« Geistesgegenwärtig drückte Inga die Taste des Aufnahmegerätes, um das Gespräch mitzuschneiden, und einen zweiten Knopf, der die Zentrale alarmierte, den Anrufer zu orten. »Wer sind Sie?«

»Inga, wieso fragst du so blöde? Du weißt es doch. Ich bin der, den du suchst. Aber es ist schwierig geworden im Viktoriapark. Da rennen mir jetzt zu viele Rächerinnen herum. Ich werde auf die Hasenheide ausweichen müssen. Auf den Volkspark oder den Tiergarten. Und jedes Mal, wenn ich wieder eine flachlege, denke ich an dich.« Dann legte er auf.

Inga ließ den Hörer sinken. Das war heute Abend schon der fünfte Anruf dieser Art. Sie war ja jetzt bekannt als die Frau, die das Sexmonster jagt. Das lockte alle möglichen Spinner an. Vielleicht waren auch besonders humorvolle Kollegen darunter, wer wusste das schon so genau? Allerdings konnte es auch der gesuchte Täter sein. Denn auch er wusste jetzt, wer ihn verfolgt.

Inga Lenz wollte gerade wieder zum Hörer greifen, um bei der Zentrale nachzufragen, ob der Anruf rückverfolgt werden konnte, da klingelte das Telefon erneut. Sofort war sie dran.

»Ja?«

»Was hältst du vom Görlitzer Park? Da bleiben wir wenigstens im Bezirk.« Es war dieselbe Stimme wie eben.

»Was haben Sie vor?«, fragte Inga. »Hören Sie auf damit!«

»Ich dachte, du willst Satisfaktion, du Lesbe. Einmal dabei sein. Vielleicht kriegst du mich ja doch!«

»Ganz bestimmt, du perverses Schwein«, knurrte Inga zurück. »Verlass dich drauf!«

»Na also, das ist doch ein Wort.« Der Anrufer lachte leise. »Ich erwarte dich an der alten Kiesgrube. In einer halben Stunde. Bis dann.«

»Was?« Inga Lenz schrie es fast. »Hallo!«

Aber der Kerl war nicht mehr dran. Hastig rief sie die Zentrale an. »Habt ihr den Kerl orten können?«

»Negativ«, kam es zurück, »der Anruf war zu kurz.«

Mist! Inga knallte den Hörer auf die Gabel und lief aufgebracht in ihrem Büro hin und her. Was sollte sie tun? Ein Einsatzkommando zum Görlitzer Park schicken? Und wenn es wieder eine Pleite wurde? Oder den Anrufer verschreckte?

»Schmittke«, brüllte sie, zog sich die Lederjacke über und rannte hinaus in den Gang. »Verdammt noch mal, Schmittke, wo stecken Sie?«

Er stand mit einer leeren Blechdose in der Teeküche und sah erschrocken auf.

»Er hat angerufen«, rief Inga aufgeregt, »eben gerade. Er will mich treffen im Görlitzer Park.« Sie warf ihm den Autoschlüssel zu. »Sie fahren!«

Der Görlitzer Park lag im östlichen Kreuzberg, dem alten SO 36, auf dem Gelände des früheren Görlitzer Bahnhofs, der von 1866 an in Betrieb und Teil des damals in Berlin üblichen dezentralen Kopfbahnsystems war. Neben dem Görlitzer Bahnhof gab es in Kreuzberg noch den Anhalter Bahnhof, von dem die Züge nach Südwesten abgingen, Richtung Anhalt bis nach München und Italien. In Tiergarten bediente der Lehrter Stadtbahnhof die Strecken nach Hannover und ins Ruhrgebiet, also nach Westen. Der Hamburger Bahnhof und der Stettiner Bahnhof waren für die namensgebenden Hansestädte zuständig und der Görlitzer Bahnhof für die Strecken nach Cottbus, Görlitz, Breslau, Prag und Wien. Im Krieg wurden die Gebäude und Gleisanlagen stark beschädigt, die

Isolierung Westberlins im nachfolgenden Kalten Krieg in Insellage führte schließlich zur Einstellung des Zugverkehrs vom und zum Görlitzer Bahnhof. Die Abfertigungshallen wurden abgerissen, auf dem Gleisgelände siedelten sich Baustoffversorger, Lagerhäuser, Speditionen und Schrottplätze an.

Seit Ende der achtziger Jahre planten Stadträte und freie Bürgerinitiativen, diese riesige innerstädtische Brache zu einer der größten Grünanlagen Berlins umzugestalten, doch es ging nicht wirklich voran. Es fehlte an Geld, klaren Kompetenzen und gestalterischen Ideen. Der Görlitzer Park verwilderte zusehends, während in irgendwelchen Gremien jahrelang gestritten und vertagt wurde.

»Soll ich wirklich nicht besser mitkommen?« Schmittke stoppte den Dienstwagen am Spreewaldplatz, dem ehemaligen Bahnhofsvorplatz.

»Wir bleiben über Funk in Verbindung. Aber funken Sie mich nicht an, klar? Wenn, dann melde ich mich.«

»Hören Sie, Inga, das könnte gefährlich werden.«

»Ja und?« Sie lächelte spöttisch. »Wollen Sie mich beschützen, Schmittke?«

»Ich meine ja nur …« Schmittke trommelte nervös auf dem Lenkrad herum und sah sie scheu an. »Wäre das so schlimm?«

»Ich kann auf mich selbst aufpassen.« Inga stieg aus. »Halten Sie sich per Funk bereit.«

Sie sah sich um. Trotz der späten Stunde waren noch viele Jugendliche auf dem Platz. Einige fuhren Skateboard, andere tranken und hörten Musik. Seit 1987 stand hier das Spreewaldbad, das trotz seiner bunkerartigen, mit Graffiti besprühten Fassade als eines der schönsten Stadtbäder Berlins galt.

Dahinter begann hinter alten Backsteinmauern und Bauzäunen der Görlitzer Park. Viel wildes Grün, verkohlte Feuerstellen und jede Menge Müll. An den Wochenenden wurden hier von türkischen Großfamilien ganze Hammelhälften gegrillt, und bei den jährlichen Maikrawallen war der Görli, wie ihn die Anwohner nannten, regelmäßig Schauplatz erbitterter Schlachten zwischen Polizei und Autonomen.

An normalen Tagen sah man hier Jugendliche zwischen selbst gebauten Toren bolzen, erschöpfte Großstädter dösten in der Sonne. Ab und zu fand man einen Junkie nach dem letzten Schuss.

Vorsichtig schob sich Inga Lenz zwischen wilden Sträuchern hindurch und sah sich aufmerksam um. Von der Ruine des alten Lokschuppens links dröhnte Musik herüber, Billy Idols »Dancing with myself«. Eine lärmende Party von Punks mit geklautem Bier aus einer nahen Tankstelle. Pogo zwischen verbeulten Autowracks, verzerrte Schatten.

Inga hielt sich abseits. Unter ihren Füßen knirschte grobkörniger Sand, manchmal stolperte sie über einen herumliegenden Ziegelstein und die Reste alter Gleisanlagen.

Etwas weiter vorn war hysterisches Gebell zu hören, und Männer johlten dazu. Wahrscheinlich fand dort wieder einer dieser illegalen Hundekämpfe statt, Pitt Bulls, die sich ineinander verbissen, bis das Blut spritzte und einer tot am Boden lag. Ganze Vermögen wurden dabei verwettet. Inga hasste es.

Sie schob sich durch niedriges Buschwerk immer tiefer in die verwilderte Brache hinein und stolperte fast über ein Liebespaar. Freier und Hure beim hastigen Sex.

»Hau ab, Spanner«, zischten beide unisono, und Inga machte, dass sie weiterkam.

Inzwischen war es weit nach Mitternacht, und Inga lief auf eine große Wiese zu. Hohes Gras, noch nie gemäht. Es reichte ihr fast bis zu den Hüften. Hier irgendwo musste die alte Kiesgrube sein.

Aufmerksam sah sie sich um. Die Stadt schien in weite Ferne gerückt. Aufkommender Wind zauste die Wiese und spielte mit dem Laub einzelner Bäume. Irgendwo begann eine Nachtigall zu singen. Ansonsten war es still.

Zu still, wie Inga fand.

Vorsichtig tappte sie weiter. Rechts von ihr erhob sich ein Hügel, dort lief sie hinauf. Von oben war das gesamte Areal einsehbar, doch noch bevor sie den Gipfel erreicht hatte, hörte sie ein erbärmliches Wimmern.

Augenblicklich hielt Inga inne. Ihr Funkgerät knackte vernehmlich.

»Alles in Ordnung bei Ihnen?«, erkundigte sich Schmittke.

»Ich hab gesagt, Sie sollen mich nicht anfunken, verdammt!« Genervt schaltete sie das Gerät ab. Dieser Idiot. Der verdarb noch alles.

Inga lauschte angespannt. Östlich von ihr war eine Senke, dort wuchs das Gras spärlicher, der Boden war aufgewühlt von Enduro-Fahrern, die hier tagsüber mit ihren Maschinen Motocross simulierten. Die Kiesgrube. Das war sie.

Na los, dachte sie, zeig dich, du Schwein!

Wieder dieses Wimmern, ganz nah! Ein Schluchzen, ein weinendes Mädchen!

Inga rannte los. Dieses Arschloch tat es wirklich vor ihren Augen! Sie zog die Heckler & Koch hervor und entsicherte sie noch im Laufen.

Dann sah sie das Mädchen. Blondes, zerzaustes Haar und ein leichtes Sommerkleid. Es lag heulend im tiefen Gras.

Vom Täter war nichts mehr zu sehen.

»Schmittke: Krankenwagen, schnell«, bellte Inga ins Funkgerät, aber sie hatte es ja eben ausgeschaltet. Mist!

Eilig hockte sie sich neben das Mädchen, hielt es behutsam an den Schultern.

»Hey«, keuchte sie atemlos, »es ist vorbei, ich bin bei dir, okay?«

Das Mädchen starrte sie aus tränenfeuchten Augen an.

»Ich bin Polizistin«, flüsterte Inga eindringlich. »Wie sah er aus? Wo ist er hin?«

»Wer?« Das Mädchen wischte sich schniefend über das Gesicht.

»Der Typ, der dir das hier angetan hat?«

»Timmy?« Das Mädchen schluckte schwer. »Zu Hause, nehm ich an.«

Inga verstand nicht gleich.

»Er hat mich verlassen.« Das Mädchen fing wieder an zu weinen und vergrub schluchzend sein Gesicht an Ingas Schultern. »Wegen Nathalie. So ein Arsch, echt!«

21 AUCH AM MONTAGVORMITTAG fehlt von der Tochter des Blumenhändlers noch immer jede Spur. Entsprechend gedrückt ist die Stimmung in unserem Büro.

Denn aus kriminalistischer Sicht ist der Fall so klar wie deprimierend: Taucht ein Entführungsopfer trotz erfolgter Lösegeldübergabe nicht innerhalb von vierundzwanzig Stunden wieder auf, ist es tot. Neunzig Prozent Wahrscheinlichkeit, das sind die traurigen Erfahrungswerte. Die Kidnapper ermorden ihr Opfer, um später nicht erkannt zu werden.

»Vielleicht sollten wir an die Öffentlichkeit gehen.«

»Wie meinst du das?« Alle sehen mich an. »Presse? Ein Aufruf an die Entführer zur Hauptnachrichtenzeit im Fernsehen? Mit dem Appell, die Kleine laufen zu lassen? Und in welcher Sprache soll das abgefasst werden? – Deutsch? Türkisch? Oder beides?«

»Wer immer das Mädchen entführt hat, muss Deutscher gewesen sein«, meint Hünerbein.

»Wieso?« Wie kommt er darauf?

»Weil sie sonst die Ansage auf dem Video auf Türkisch gemacht hätten«, antwortet er, »keine Polizei und so … War doch an die türkischen Eltern gerichtet. Also ich schließe daraus, dass die Entführer kein Türkisch können. Ergo Deutsche sind.« Er sichtet die Unterlagen, die in der Wohnung des Blumenhändlers beschlagnahmt worden sind, und sucht Hinweise auf mögliche Täter. Leider vergebens. Es gibt kaum Papiere, die etwas über das Mädchen aussagen. Ein paar recht gute Zeugnisse, ein Verfahren wegen Diebstahls in einem Drogeriemarkt, Fotos vom Urlaub mit der Familie in der Türkei. Mehr nicht.

»Das muss nichts heißen.«

»Was?«

»Die deutsche Ansage auf dem Video.« Beylich lehnt am Fenster. »Damit verschleiern sie ihre Herkunft.«

»Stimmt«, pflichtet Matuschka bei. »Wenn sie Spanisch geredet hätten, wären wir auch nicht auf die Idee gekommen, dass da nun unbedingt Spanier dahinterstecken müssen.«

»Aber verwirrt hätte uns das schon.«

»Ein Aufruf an die Presse kommt ohnehin nicht in Frage«, wiegelt Beylich ab. »Die Situation ist angespannt genug. Wenn das die

Frauenbewegung in den falschen Hals bekommt, ist da draußen die Hölle los.«

»Wenn sie merken, dass wir nicht mit allen Mitteln nach dem entführten Mädchen suchen, auch«, erwidere ich.

»Übrigens«, Hünerbein sieht auf, »diese Ayse hat mehrere Englischkurse besucht.«

»Siehste, Beylich«, ich werfe einen Blick auf unseren Ostkollegen, »die Frau spricht nicht nur besser Deutsch als du, sondern auch Englisch.«

*»А вы идиоты не владеющих русским языком«**, erwidert er knapp.

Idioten habe ich verstanden. Den Rest will ich gar nicht wissen.

»Wenn ihr im Osten so exotische Sprachen gelernt habt: Weißt du auch, was *Supta Vajrasana* heißt?« – Diesen merkwürdigen Eintrag habe ich im Terminplaner der toten Swantje Steffens gefunden. Mit dem Zusatz »Padma Aruna« taucht er dort jede Woche auf, und ich kann mir keinen Reim darauf machen.

»Das ist auf jeden Fall nicht Russisch«, erwidert Beylich. »Eher Sanskrit oder Indisch.« Er erhebt sich, um ein Lexikon zu suchen. »Und dann könnte es sich um eine Yogaübung handeln.«

»Wie kommst du darauf?«

»Wenn der Westen indische Begriffe benutzt, dreht es sich immer entweder ums Essen, um Mango Lassi, Bhagwan oder Yoga.«

»Du meinst, diese Entspannungsübungen? Hare Krishna und so?«

»Yoga ist vor allem eine Philosophie«, doziert Beylich, »und nicht mal die schlechteste.«

Mag sein. Aber hilft uns das jetzt weiter? Ich wende mich wieder den Akten aus Swantje Steffens' Wohnung zu, in der Hoffnung, wenigstens einen Hinweis auf den mysteriösen Browning-Mann zu finden. Doch stattdessen fällt mir erneut der Zeitungsartikel über den Banküberfall am Mehringdamm in die Hände.

Was wollte Swantje Steffens damit? Warum war ihr diese Nachricht so wichtig, dass sie sie ausgeschnitten und in ihren Rechnungsordner geheftet hat? Und was bedeuten die handschriftlich notierten Zahlen darauf: zehn, neun, zweiundsiebzig. Seltsam.

Ich greife zum Telefon und rufe das zuständige Raubdezernat

an, das den Fall bearbeitet. »Kommt ihr voran? Habt ihr schon einen Verdächtigen?«

Nein, wird mir geantwortet, man wisse lediglich, dass es sich um einen Einzeltäter gehandelt habe. Er sei sehr professionell vorgegangen und habe kaum Spuren hinterlassen. Ansonsten tappe man völlig im Dunkeln.

Trotzdem würde ich mir die Akten gern einmal ansehen.

»Wir schicken dir Kopien rauf, in Ordnung?«

»Danke.« Ich lege wieder auf und sehe Matuschka an. »Gibst du mir mal das Identikit rüber?«

Das Identikit ist ein Gerät mit vielen Folien. Es wird zum Erstellen von sogenannten Phantombildern benutzt. Jede Folie enthält eine Skizze verschiedenster Gesichtsmerkmale, wie Kinnformen, Haaransätze, diverse Nasen, Mund- und Augenpartien. Übereinandergelegt können aus diesen Folien ganze Gesichter zusammengesetzt werden, die im besten Fall dem Realbild ziemlich nahe kommen. Da ich den Mann mit der Browning eine ganze Weile lang durch den Türschlitz beobachten konnte, habe ich mir sein Gesicht eingeprägt und kann es mit dem Identikit nachstellen. Wer weiß, vielleicht finden sich ja vergleichbare Typen in unserer Verbrecherdatei.

»So, Männer! Jetzt schießt sich die Presse auf unser Lenzchen ein.« Kriminaloberrat Dr. Edmund Palitzsch kommt ins Büro und haut einen Stapel Zeitungen auf den Tisch. Fast alle beschäftigen sich mit dem Auftritt von Inga Lenz auf der unangemeldeten Frauendemo am gestrigen Sonntag.

»WIE LINKSEXTREM IST DIESE POLIZISTIN?« So lautet der Tenor vor allem der konservativen Presse. Andere Zeitungen, wie der Tagesspiegel, bei dem Monika als Journalistin arbeitet, beschäftigen sich eher mit der Frage, ob sich Staatsbeamte überhaupt aktiv in die Politik einmischen dürfen. Die linken und vor allem die feministischen Blätter dagegen wittern Verrat und greifen Inga Lenz scharf als »POLIZEIHURE DES PATRIARCHATES« an.

»Nee, das hat sie nun wirklich nicht verdient.« Darin sind wir uns, trotz inniger Abneigung Inga Lenz gegenüber, einig. Aber so ist das Leben: Die eigene Fraktion haut dir immer als Erstes auf die Fresse.

»Seht ihr.« Beylich zieht sich sein geliebtes PDS-Parteiorgan »Neues Deutschland« aus dem Zeitungsstapel. »Und genau deshalb bin ich gegen eine öffentliche Fahndung nach dem Mädchen.«

»Wurde das hier diskutiert?« Palitzsch sieht uns vorwurfsvoll an. »Darüber entscheide letztendlich nur ich.«

»Ja, Chef.«

»Und ich bin dagegen. Öffentlichkeit kann nur das letzte Mittel sein. Sonst ergeht es uns noch mal wie der Kollegin Lenz.«

Ratlos starre ich auf mein halb fertiges Phantombild. Der Mund. Wie sah nur sein Mund aus? Ich weiß es nicht mehr. Nachdenklich probiere ich verschiedene Mundpartien aus. Vielleicht fällt's mir ja wieder ein.

Palitzsch sieht mir zu. »Soll das der Mann mit der Browning werden?«

»Ziemlich unauffällig«, findet Hünerbein, der auch gucken kommt. »Bis auf die hohe Stirn.«

Und genau dieses Allerweltsgesicht ist mein Problem. Mund und Augenbrauen stimmen noch nicht. Hatte der Kerl überhaupt Augenbrauen? Außerdem stört mich, dass mir andere beim Arbeiten zuschauen.

»Habt ihr nichts zu tun?«

»Falls es deine Laune verbessert«, Hünerbein lehnt sich bräsig an meinen Schreibtisch, »ich glaube, dass das entführte Mädchen noch lebt. Und es hat was mit dem Schlüssel zu tun.«

»Welcher Schlüssel?«

»Na, der Wagenschlüssel vom Mercedes des Blumenhändlers.« Hünerbein erzählt, wie Hüseyin Misirlioglu die Übergabe des Wagens in Kohlhasenbrück erlebt hat.

»Wie einen Raub. Die haben ihn erst vom Wagen weggelockt und sind dann mit dem Auto abgehauen. Interessant ist, dass Misirlioglu vorher seinen Zündschlüssel abgezogen hat. Ergo mussten die Entführer einen Zweitschlüssel haben. Und tatsächlich wurde der Gattin des Blumenhändlers eben dieser Schlüssel am Montag in der Marheinecke-Markthalle geklaut.«

»Das ist doch absurd.« Beylich wedelt sich mit seiner linken Parteizeitung vorm Gesicht herum. »Wenn die Täter die Wagenschlüssel haben, warum entführen sie dann das Mädchen? Die hätten sich das Auto doch ohne Probleme holen können. Nachts, wenn keiner guckt.«

»Der Blumenhändler hatte seinen Wagen meist in einer Garage auf dem Hinterhof geparkt«, erwidert Hünerbein. »Und die war überdurchschnittlich gut gesichert. Sicherheitsschloss, Alarmanlage …«

»Das heißt, selbst wenn die Täter es von Anfang an auf das Auto abgesehen gehabt hätten«, Palitzsch schaut sich nun ebenfalls mein Phantombild an, »hätten sie den Wagen nicht so einfach stehlen können?«

»Nicht aus der Garage«, sagt Hünerbein. »Lediglich am Tag der Pfändung stand der Wagen vor dem Haus, weil der Blumenhändler ja damit zur Übergabe fahren wollte. Doch dann kam ihm die Steffens in die Quere und ließ den Wagen an die Kette, oder besser an die Kralle legen.«

»Außerdem wollten die Entführer ja ursprünglich Geld«, wende ich ein. »Hunderttausend Mark.«

»Fein, und warum stehlen sie der Frau dann den Wagenschlüssel?«

Gute Frage, denke ich und bleibe Hünerbein die Antwort schuldig.

»Versteht doch endlich! Es geht hier weder ums Geld noch ums Auto«, erregt er sich, »sondern um etwas ganz anderes. Das hab ich im Gefühl.«

»Aber die Sterne sagen dir nicht, um was es geht!«

»Nein, das sagen sie leider nicht.« Hünerbein sieht mich wütend an, »und ich rede hier auch nicht von Astrologie, sondern von«, er tippt sich gegen die Stirn, »kriminalistischem Gespür. Die Misirlioglus verschweigen uns was. Die wissen mehr, als sie zugeben.«

»Dann nehmt sie euch doch einfach noch mal vor.« Palitzsch hat genug von der Debatte und wendet sich zur Tür. »Viel Erfolg noch.«

»Ihnen auch, Chef!«

Hünerbein steht nachdenklich vor unserer Pinnwand, auf der wir alles notiert haben, was irgendwie wichtig erscheint.

»Wisst ihr was?«

Dämliche Frage. Was sollen wir denn wissen?

Hünerbein tippt auf die Namen von Sylvie de Groot und Sophia Hertz. »Ich schaue mir mal die Geliebten an.« Er nimmt seinen Trenchcoat vom Stuhl und zieht ihn sich umständlich über. *»Ciao, bambinos!«*

»Ciao, ciao!«

Mein Phantombild sieht dem Browning-Mann endlich ziemlich ähnlich. Nicht hundertprozentig, aber das kann an der Zweidimensionalität liegen. Auf jeden Fall ist ein recht gutes Nullachtfünfzehn-Antlitz mit Stirnglatze herausgekommen.

»Matuschka?«

»Ja?« Sofort springt er auf und kommt heran.

Ich gebe ihm das Identikit. »Kannst du das Bild mal durch den Kopierer jagen?«

»Klar«, strahlt er und macht sich auf den Weg.

»Ich hab's«, ruft Beylich. »*Supta Vajrasana*, na endlich: Yogaübung zur Aktivierung der Eierstöcke, auch ›Diamantschlaf‹ genannt.«

»Steht das in deinem kommunistischen Parteiorgan?«

»Nee, aber im Lexikon. Alternativ kann auch das Surya Bhedana gewählt werden.«

Ich muss grinsen. »Dann hat die Steffens Yoga für ihre Eierstöcke gemacht?«

»Na ja.« Beylich packt das Lexikon weg und wendet sich wieder dem Neuen Deutschland zu. »Andere gehen halt zum Arzt.«

Oder zum Psychologen, denke ich. Und da wird viel geredet. Swantje Steffens war immer dienstags und donnerstags zum Yoga gegangen, das letzte Mal also einen Tag vor ihrem Tod.

Ich schnappe mir ein Branchenbuch. Und tatsächlich findet sich dort ein Eintrag des Padma-Aruna-Institutes für Hormon Yoga.

»Das schaue ich mir mal an«, sage ich zu Beylich und verabschiede mich.

22 DAS PADMA-ARUNA-INSTITUT für Hormon Yoga befindet sich in einem heruntergekommenen Hinterhof in der Methfesselstraße am Viktoriapark und schräg gegenüber von der alten Schultheiss-Brauerei.

Trotz des hellen Sommertages ist es hier recht kühl und duster, denn eine ausladende Kastanie verschattet mit ihrer dicht belaubten Krone den Hof. Aus den geöffneten Fenstern des Hinterhauses, einer alten, aus Backsteinen gemauerten Manufaktur der Gründerjahre, dringt leise indisch anmutende Musik. Deutlich sind Sitar und Bansuri zu hören, begleitet von einem tieferen Bordun-Ton und dem reduzierten Rhythmus sehr langsam geschlagener Basstrommeln.

Sofort fühle ich mich in weite Ferne versetzt, in die morbide Schönheit eines alten verfallenden Maharadscha-Palastes etwa, den sich allmählich der Dschungel zurückholt. Es fehlen nur noch die Affen und Tiger.

Eine schmale Eisentreppe führt in den ersten Stock. Das Geländer ist rotgolden gestrichen, die alten Ziegelwände sind mit viel Farbe und indischen Motiven übertüncht worden. Der Geruch von Räucherstäbchen und ätherischen Ölen steigt mir in die Nase und verstärkt sich noch, als mir auf mein Läuten hin die Tür geöffnet wird. Eine junge Inderin im Sari öffnet mir, legt die Hände in Brusthöhe aneinander und verbeugt sich leicht.

»*Namaste, bhai!*«

»Äh … hallo«, erwidere ich etwas verwirrt und kratze mir verlegen das Kinn.

Die Inderin weicht lächelnd zurück und lässt mich eintreten. Der große Raum ist mit vielen bunten Seidentüchern dekoriert, die sich bei jedem Windhauch leicht bewegen. An der Decke hängen fein ziselierte, mit farbigen Glasperlen besetzte Leuchter aus vergoldeter Bronze. Der Boden ist mit Kissen und bestickten Matten bedeckt, die Wände zieren hohe Spiegel in schweren vergoldeten Rahmen. Vereinzelt stehen antike Kommoden und Récamieren aus Ebenholz herum, Letztere sind ebenfalls mit Kissen bedeckt, auf die kleine Silberplättchen genäht sind. Alles wirkt sehr exotisch auf mich, fremd, aber doch anheimelnd.

Die Inderin schlägt einen großen wohltönenden Gong und bittet mich, Platz zu nehmen. Padma Aruna werde sich gleich um mich persönlich kümmern. Bis dahin möge ich mir etwas Yogi-Tee zu Gemüte führen, der entspanne Körper und Geist.

Ich hocke mich im Schneidersitz auf eines der vielen Kissen und sehe zu, wie mir die Inderin ein silbernes Tablett vor die Füße stellt. Aus einer großen Tasse, wie für einen Milchkaffee, dampft es süßlich. Ein Aroma, das an Zimt und Honig erinnert und an einige andere, mir unbekannte indische Gewürze.

»Lehnen Sie sich zurück«, sagt die Inderin mit sanfter Stimme, »entspannen Sie sich! Schließen Sie die Augen und konzentrieren Sie sich auf die Kraft der Erde im Muladhara, die Kraft des Wassers im Manipura und die Kraft des Feuers im Svadhisthana ...«

»Danke, Sheela!«

Eine sehr schlanke junge Frau kommt heran. Sie ist offenkundig europäischer Abstammung und trägt ebenfalls einen Sari, der das gleiche funkelnde Grün wie ihre Augen hat und sich im Edelstein auf ihrer Stirn widerspiegelt.

»Ich übernehme das, danke!« Sie wartet, bis sich Sheela lautlos entfernt hat, und lächelt mich dann an.

»Erkennen Sie mich noch?«

Ich überlege. Das schöne, ebenmäßige Gesicht der jungen Frau kommt mir in der Tat bekannt vor. Sie stand im Mittelpunkt eines Falls, den ich vor zwei Jahren zu bearbeiten hatte, Gott, wie hieß sie nur? – Silke oder Anke ...

»Anke Cardtsberg«, hilft sie mir auf die Sprünge.

»Stimmt.« Jetzt fällt es mir wieder ein. »Sie hatten sich damals für Ihre Schwester ausgegeben.«

»Ein Fehler, den ich bis heute bereue«, gibt sie zu.

»Und wie ist es Ihnen seither ergangen?«

»Sie sehen ja!« Sie macht eine unbestimmte Handbewegung. »Da ich nie verheiratet war, brauchte ich mich wenigstens nicht scheiden zu lassen. Ich hab mir was Neues aufgebaut. Die Kraft des Yoga hat mir geholfen, wieder zu mir zu finden. Sie hat mir geholfen, meine Chakren zu öffnen, sodass das Prana wieder fließen kann.«

»Es geht Ihnen besser«, stelle ich fest.

»Und Ihnen?« Sie hockt sich ebenfalls auf eines der Kissen und sieht mich erwartungsvoll an. »Mir ist damals gar nicht aufgefallen, dass Sie Jude sind.«

Natürlich spielt sie auf meine Kippa an. Ich könnte ihr nun erklären, dass diese Kippa nicht Ausdruck meines Glaubens, sondern Folge eines polizeilichen Einsatzes ist, der mir eine kahl rasierte Stelle am Hinterkopf eingebracht hat. Ich kann es aber auch lassen und mich stattdessen auf den Grund meines Hierseins konzentrieren.

»Eine Kundin von Ihnen war Swantje Steffens, richtig?«

»Ja. Warum fragen Sie?«

»Sie ist umgebracht worden. Gleich hier um die Ecke. Viktoriapark.«

»Aber das ist furchtbar!« Anke Cardtsberg oder Padma Aruna, wie sie sich jetzt offenbar nennt, ist sichtlich erschüttert. Mit ihren großen Augen starrt sie mich fragend an. »Wieder dieser ...?«

»Nein«, wiegelte ich ab, »es war nicht der Golgatha-Täter. Es war keine Vergewaltigung und auch kein Raub. Wir kennen das Motiv noch nicht.«

»Sie war am Donnerstag noch hier«, erzählt Anke Cardtsberg, »ich habe sie ins Supta Vajrasana eingeführt.«

»Eierstock-Yoga«, nicke ich fachmännisch und muss ein spöttisches Grinsen unterdrücken.

»Hormon Yoga«, verbessert sie mich ernst, »kann die Beschwerden bei Frauen in der Menopause lindern. Es ist eine Weiterentwicklung des Kundalini- und des Hatha-Yoga. Viele Patientinnen von uns haben damit gute Erfahrungen gemacht. Das Supta Vajrasana ist nur eine Übung unter vielen. Genau wie das Surya Bhedana kann es durchaus die Eierstöcke aktivieren. Natürlich werden die Frauen dadurch nicht wieder fruchtbar, aber wir können so die Hormonbildung besser regulieren, verstehen Sie?«

»Mhm«, mache ich nachdenklich. »Und bei diesen Yoga-Übungen sind Sie doch sicher mal ins Gespräch gekommen, oder?«

»Nein, gar nicht.« Anke Cardtsberg schüttelt den Kopf. »Wir sind ja hier nicht beim Friseur, wo man über alles Mögliche quatscht. Yoga ist Einkehr, Besinnung auf sich selbst.«

»Schade«, finde ich das. »Denn ich hatte gehofft, Sie könnten mir was über Swantje Steffens erzählen. Sehen Sie, wir tappen völlig im Dunkeln, was ihr Privatleben betrifft, wissen nichts über Freunde oder Bekannte …«

»Falls es Ihnen hilft: Ihr Mann macht ebenfalls Yoga bei uns.«

»Ach!« Das erstaunt mich. »Gibt es auch so was wie Hoden-Yoga? Für Männer in der Midlife-Crisis?«

»Nein.« Anke Cardtsbergs Stimme bekommt einen scharfen Unterton. »Wer sich die Eier kraulen lassen will, muss ins ThaiFun ein paar Straßen weiter gehen.«

Ups! Ich bin ein bisschen verdattert über ihre plötzlich so drastische Ausdrucksweise. Es klingt, als würden sich hierher öfter mal Männer mit zwielichtigen Absichten verirren.

»Ich wusste gar nicht, dass Swantje Steffens verheiratet war.«

»Sie war geschieden.« Anke Cardtsberg streicht sich eine ihrer langen Haarsträhnen aus der Stirn. »Sie hatte sich kurz nach der Wende von ihrem Mann getrennt.«

»Wissen Sie seinen Namen?«

»Natürlich. Lothar Reinicke, wieso?«

»Nicht Steffens?«

»Nein. Sie hatte nach der Scheidung wieder ihren Mädchennamen angenommen. – Trinken Sie keinen Tee?«

»Oh doch, gerne.« Vorsichtig nippe ich an meiner Tasse. Der Tee schmeckt großartig. Nicht unbedingt wie Tee, aber toll. »Haben Sie die Adresse von diesem Lothar?«

»Moment!« Sie ruft: »Sheela?«

Die junge Inderin kommt lächelnd heran.

»Suchst du bitte die Adresse vom Lothar Reinicke raus?«

Die Inderin nickt und verschwindet hinter farbigen Seidentüchern in einen der hinteren Räume.

»Glauben Sie etwa, dass er«, Anke Cardtsberg fröstelt, »die Swantje ermordet hat?«

»Wäre ihm das zuzutrauen?«

»Na ja, ich weiß nicht. Lothar ist ein komischer Typ. Total blockiert und völlig neben seinem Zentrum. Ich denke, dass er unter der Scheidung gelitten hat und nur seiner Frau hinterherschnüffeln wollte. Erst hab ich ihn weggeschickt, doch dann dachte ich, vielleicht kann ich ihm helfen.«

»Und? Konnten Sie?«

»Keine Ahnung.« Anke Cardtsberg zuckt mit den Schultern. »Ich bringe ihm die Grundlagen des Bhagavat-Gita nahe, damit er was für sein Karma tun kann. Bislang ist er zu jedem Termin gekommen.«

»Wann ist denn der nächste?«

»Am Mittwoch. Achtzehn Uhr.«

Sheela kommt mit einem kleinen Notizzettel heran, auf den sie mit sauberer Handschrift eine Adresse geschrieben hat: »Reinicke, Lothar, Chamissoplatz drei«.

»Danke.« Ich stecke den Zettel ein und stehe auf. »Sie haben mir sehr geholfen.«

Anke Cardtsberg erhebt sich ebenfalls von ihrem Kissen.

»Sie mir auch«, sagt sie leise, »damals.«

Ich will ihr die Hand geben, doch sie legt die Hände vor der Brust zusammen und verbeugt sich leicht. *»Namaste!«*

»Namaste«, wiederhole ich.

Anke Cardtsberg scheint noch etwas auf dem Herzen zu haben, denn sie sieht mich, plötzlich verunsichert, an.

»Sie ermitteln nicht auch wegen der Vergewaltigungen im Park, oder?«

»Nein. Das macht jemand anderes. Wieso?«

»Ach, nichts.«

»Ich kenne die Hauptkommissarin recht gut, die den Fall bearbeitet. Wenn also irgendwas ist …«

»Ich weiß nicht, ob was ist.« Anke Cardtsberg wirkt nervös. »Da war letztens so'n Kerl …«

»Wo?«

»Na, hier«, antwortet sie. »Mitten in der Nacht, als die ganzen Polizisten den Park abgeriegelt haben, steht er plötzlich im Hof. Das fand ich unheimlich.«

»Und?«

»Nichts. Ich hab ihn gefragt, was er will. Er sagte, er habe unsere Musik gehört und sei ganz verzaubert von dem exotischen Flair hier.« Sie verdreht die Augen. »Ob er nicht ein wenig bleiben dürfe, er würde auch niemanden stören. Ich hatte den Eindruck, dass er sich vor den Polizisten verstecken will.«

»Wie lange ist er geblieben?«

»Nicht so lange. Als ich später noch mal nachgesehen hab, war er weg.«

»Und wie sah der Mann aus?«

»Weiß nicht. Es war dunkel. Mir sind nur die Haare aufgefallen. Rötlich und etwas länger.« Sie zeigt, dass ihm die Haare etwa bis zur Schulter reichten. »Und sie waren leicht lockig. Wie ein Engel, hab ich gedacht. Der Typ hat richtige Engelslocken …«

Ein rothaariger Engel? Davon gibt's nicht so viele. Inga Lenz wird mir um den Hals fallen, wenn ich ihr das erzähle.

»Meinen Sie, der kommt noch mal wieder?«

»Ich hoffe nicht!«

»Falls doch«, ich drücke ihr meine Karte in die Hand, »rufen Sie sofort an, okay?«

Sie nickt zögernd. »Okay.«

»Wiedersehen!« Ich nicke ihr zu und gehe.

23 MEYER HATTE kein Auge zugetan. Die ganze Nacht lag er auf dem Bett in seiner Zelle und starrte auf das Schattenmuster, mit dem das Licht vom Hof die vergitterten Fenster an die gegenüberliegende Wand malte.

Kurz vor dem Einschluss gestern Abend war Juri Lambertz mit einer wichtigen Nachricht aufgetaucht. Und natürlich wollte er dafür Geld haben. Juri wollte immer Geld.

Der Deutschrusse saß in der Poststelle und kam so an Informationen, die er sich stets gut bezahlen ließ. Diesmal verlangte er fünfzig Mark von Meyer, was eine Frechheit war, denn sogar im Knast hielten sie die Sonn- und Feiertage ein, und die Poststelle war am Wochenende geschlossen.

Juri Lambertz konnte die Nachricht also nicht im Dienst aufgeschnappt haben. Wahrscheinlicher war, dass er sie über einen Lieferanten erhalten hatte, mit dem Auftrag, sie ganz gezielt an Meyer weiterzuleiten.

Und natürlich hatte Juri auch dafür die Hand aufgehalten. Er machte grundsätzlich nichts kostenlos. Wenn er jetzt bei Meyer mit dieser wichtigen Meldung auftauchte, hatte irgendwer dafür bereits bezahlt.

Mit anderen Worten: Juri Lambertz wollte zweimal kassieren. – Elende Ratte!

Unter einem Vorwand lockte ihn Meyer auf die Gemeinschaftslatrine, rammte ihm dort brutal das Knie in die Magengrube und drückte seinen Kopf minutenlang bei gedrückter Spülung in die zugeschissenen Klos. Am Ende hatte der Deutschrusse verstanden. Man sollte nie versuchen, Mithäftlinge übers Ohr zu hauen.

»Also? Was hast du mir zu sagen?«

Juri Lambertz brauchte einen Moment, um wieder zu sich zu kommen. Er rang röchelnd nach Luft, hatte eine Platzwunde auf der Stirn und aufgeplatzte Lippen. Auch seine Nase blutete.

»Wird's bald«, fauchte Meyer.

»Der Wolf fürchtet den Bären«, beeilte sich Lambertz keuchend hervorzupressen und setzte hastig hinzu: »Mischa will den Wald verlassen.«

»Bist du sicher?« Meyer schnappte sich ihn erneut und zog ihn dicht zu sich heran. »Das war die Nachricht?«

»Wortwörtlich, ich schwör's«, versicherte Juri Lambertz zitternd und duckte sich etwas, weil er neue Schläge befürchtete.

Aber Meyer ließ ihn in Ruhe.

»Hau ab«, sagte er nur und wartete, bis Lambertz verschwunden war.

Der Wolf fürchtet den Bären.

Das bezog sich eindeutig auf die alte russische Fabel vom hungrigen Wolf, der den größten Bären des Waldes fressen will, um nie wieder jagen zu müssen. Doch der Bär macht schnell und unmissverständlich klar, wer im Wald der Stärkere ist, und zwingt den Wolf zur Flucht.

Der russische Bär ist sprichwörtlich. Er gilt in der Sowjetunion als Nationaltier und wird oft »Mischa« genannt. Und genau hier setzt der zweite Teil der Nachricht an:

Mischa will den Wald verlassen.

Aber warum, wenn er doch der Stärkere ist?

Es konnte nur eine logische Erklärung geben: Mit Mischa war nicht der Bär, sondern der Wolf gemeint.

Markus Wolf war dreiunddreißig Jahre lang Chef der Hauptabteilung Aufklärung des Ministeriums für Staatssicherheit, zuletzt im Range eines Generaloberststs. Er war einer der mächtigsten und gefürchtetsten Geheimdienstler der Welt. Im Westen bezeichnete man ihn ehrfürchtig als den »Mann ohne Gesicht«, weil niemand wusste, wie er aussah. Im Osten wurde er unauffällig »Mischa« genannt.

Nach dem Zusammenbruch der DDR hatte sich Mischa Wolf in die Arme des starken russischen Bären geflüchtet, um der Strafverfolgung zu entgehen. Seit knapp einem Jahr lebte er unbehelligt in Moskau. Doch nun wollte er zurück. Nichts anderes bedeutete die Nachricht:

Mischa will den Wald verlassen. Weil er den Bären fürchtet.

Und dabei erhoffte er sich wohl Unterstützung von seinen alten Untergebenen.

In Moskau musste etwas furchtbar schiefgelaufen sein, überlegte Meyer. Wenn die Meldung stimmte, und es gab keinen Grund, daran zu zweifeln, saß er zwischen allen Stühlen: Er sollte dem KGB zuarbeiten, doch der bedrohte offenkundig seinen alten Chef. Und dann war da noch der Bundesnachrichtendienst, Deckname Cordula, seine Lebensversicherung.

Meyer wurde plötzlich ganz kalt. Wem galt seine Loyalität?

Dem KGB?

Wohl kaum, wenn der Mischa bedrohte.

Dem BND?

Aber was sollte er denen erzählen? Das ging doch gar nicht! Wenn er sich dem Bundesnachrichtendienst offenbarte, wäre das eindeutig Verrat. Verrat an all den treuen Genossen, die bis heute auf ihren Plätzen ausgeharrt hatten und genau wie Meyer immer treue Soldaten gewesen waren. Marxisten, Kundschafter im Dienste des Friedens und der antiimperialistischen Solidarität. Ihr Dienstherr war die Hauptabteilung Aufklärung. Ihr allein war man verpflichtet. Und wenn deren alter Generalissimus in Gefahr war, musste ihm geholfen werden. Mit allen Mitteln.

Noch am selben Abend hatte sich Meyer vom Knast aus mit Naumann verbinden lassen. Er sollte ihn morgen zum Freigang abholen. Keine weiteren Fragen. Es sei dringend.

Seitdem lag er in seiner Zelle und grübelte. Die entscheidende Frage war, warum der einst so allmächtige »Mann ohne Gesicht« sein Moskauer Exil verlassen musste. Klar war, dass er über besondere Geheimdienstinformationen verfügte. Informationen, die vielen wichtigen Leuten gefährlich werden konnten. Klar war auch, dass Mischa von dem bevorstehenden Staatsstreich wusste.

Und vielleicht war genau das das Problem: Zuletzt war Mischa Wolf als Schriftsteller aufgetreten und hatte sich in seinen Romanen offen zur Perestroika bekannt. So mancher nahm ihm das übel. Die Reformer um Gorbatschow vertrauten ihm nicht und hielten ihn für einen Wendehals. Die kommunistischen Hardliner sahen in ihm zunehmend eine Gefahr für ihre eigenen Pläne. Sollten sie an die Macht kommen, wäre Wolf ein geeigneter Sündenbock für die Entwicklungen der jüngsten Zeit. Denn in seiner exponierten Stellung hätte er den drohenden Untergang der DDR rechtzeitig erkennen müssen. Warum also hatte er nicht gehandelt? Warum hatte er den Untergang nicht aufhalten können? Weil er nicht wollte? Weil er ein Verräter war?

Mischa Wolf kannte das paranoide System der Überwachung seit seiner Jugend. Er musste wissen, was auf ihn zukommen würde, sollten sich die stalinistischen Hardliner wieder durchsetzen. Er hatte seinen Apparat nach sowjetischem Vorbild aufgebaut, nach dem Muster von Kontrolle und Gegenkontrolle, er hatte das feinmaschige Netz der Spionage gesponnen, das so lange so erfolgreich arbeitete und in dem sie nun alle hingen wie zappelnde Fische.

Misstraue jedem außer dir selbst. Setze Zeichen und bestrafe die Verräter.

Wir verlieren die Kontrolle, dachte Meyer, wir haben zwar noch alle Fäden in der Hand, wissen aber nicht mehr, wer am anderen Ende hängt. Damit war jedes Handeln unberechenbar geworden.

Er spürte, wie die Angst in ihm hochkroch.

Punkt sechs wurde die Zellentür entriegelt.

»Meyer, raustreten zum Freigang!«

Er kam nicht einmal mehr zum Frühstücken. Er zog sich hastig an, angetrieben von hektischen Wachleuten. Meyer verstand die Eile nicht. Sie machte ihn misstrauisch. Fast rennend ging es durch die endlosen Flure und Korridore des Zellentraktes. Gittertüren öffneten und schlossen sich krachend, die Schritte hallten auf den weiten Fluren.

In der Schleuse dann das deutscheste aller Geräusche: das Abstempeln von Formularen. Mit einem satten Schmatzer fuhr der Stempel ins tintengetränkte Kissen, um dann nach kurzem bogenförmigen Schwung durch die Luft mit einem trockenen Plopp bedrucktem Papier amtliche Gültigkeit zu verleihen.

Kurz darauf öffneten sich für Meyer die Tore der Haftanstalt. Zehn Stunden Freiheit, dachte er. Würde er sie überleben?

Seine dunklen Vorahnungen schienen sich zu bestätigen, denn eine schwarze Wolga-Limousine der sowjetischen Botschaft schoss über die Seidelstraße heran und stoppte quietschend. Zwei Männer sprangen heraus, packten Meyer und zwangen ihn in den Wagen, der mit durchdrehenden Reifen wieder anfuhr und davonraste.

Meyer spürte, wie ihm der Angstschweiß auf die Stirn trat.

In Moskau musste der Staatsstreich begonnen haben. Und wahrscheinlich waren die Putschisten erfolgreich, denn sonst würden sich die Sowjets nicht mit ihren Dienstwagen bis vor die JVA wagen. Sie verzichteten auf jede Tarnung und holten ihn ab, als wären sie schon wieder Herr in Deutschland.

Was wollten sie von ihm?

Aus den Augenwinkeln musterte er die Russen. Alle drei waren jung. Meyer schätzte sie auf höchstens dreißig. Muskulöse, durchtrainierte Typen, die ihm unmissverständlich bedeuteten, keine Fragen zu stellen. Die Kerle waren ganz sicher kein typisches Botschaftspersonal. Meyer vermutete, dass sie einer Sondereinheit angehörten, irgendeiner Spezialtruppe des KGB.

Der Wolga missachtete die rote Ampel an der Holzhauser Straße, ging fast ungebremst mit sirrenden Reifen rechts herum in die Kurve und raste Richtung Stadtautobahn.

Verdammt, dachte Meyer, die sind komplett wahnsinnig geworden. Unruhig drehte er sich herum und sah verstohlen aus dem Heckfenster.

Dann war ihm klar, vor wem die Russen flohen. Denn dicht hinter ihnen fuhr, mehrmals Lichthupe gebend, ein fünfer BMW und ließ sich nicht abhängen.

24 SCHNAUFEND und mit für seine Körperfülle recht ausladenden Schritten durchmaß Hünerbein die endlosen Flure des Kreuzberger Finanzamtes.

Sophia Hertz saß im zweiten Stock vor einem Computerbildschirm und tippte konzentriert auf einer Tastatur herum. Eine gut aussehende Frau um die Vierzig mit modisch frisierten, hennagefärbten Haaren und einer knallgrünen Brille, deren Bügel mit auffälligen Strasssteinen besetzt waren. Dazu trug sie ein Kostüm, genauso grün wie die Brille, und eine weiße Bluse mit hochgestelltem Kragen.

Als Hünerbein eintrat, sah Sophia Hertz fragend auf, den Mund leicht geöffnet und von derselben Farbe wie ihr Haar.

Nett, dachte Hünerbein, dieser Blumenhändler hat ein Faible für hübsch zurechtgemachte Frauen.

Er lächelte freundlich und stellte sich, seinen Dienstausweis vorlegend, vor.

»Kripo!« Der Mund von Sophia Hertz blieb noch weiter geöffnet auf dem »o« stehen.

Hünerbein hob entschuldigend die Schultern. »Beamter eben. Wie Sie auch.«

»Und was führt Sie zu mir?«

»Es ist vielleicht etwas heikel«, begann Hünerbein, »aber ich interessiere mich für Ihr Verhältnis mit dem Blumenhändler Hüseyin Misirlioglu.«

»Ach! Hat er was verbrochen?«

»Er wird offenbar erpresst …« Hünerbein wollte von der entführten Tochter berichten, doch Sophia Hertz kam ihm zuvor.

»Ach was, erpresst«, winkte sie ab und lachte. »Der gute Hüseyin schreckt wirklich vor nichts zurück. Er versucht mit allen Mitteln, sein Geld vor uns in Sicherheit zu bringen. Warten Sie mal!«

Sie erhob sich von ihrem Stuhl und zog einen umfangreichen Aktenordner aus dem Regal hinter sich. Sie blätterte darin herum und legte den Ordner aufgeschlagen dann so auf ihren Schreibtisch, dass Hünerbein einen Blick darauf werfen konnte.

»Sehen Sie, das sind Hüseyins Kontoauszüge vom vorvergangenen Jahr.«

Sophias makellos lackierter, sorgsam manikürter Fingernagel fuhr die Spalten diverser Abbuchungen entlang.

»Hier hat er immer Geld abgehoben. Mehrmals monatlich. Immer kleinere Beträge. Insgesamt summieren sie sich aber auf über hunderttausend Mark.«

»Das könnte doch durchaus ein Indiz für eine schon länger anhaltende Erpressung sein.«

»Eine Erpressung über mehrere Jahre?« Sophia Hertz verneinte. »Ich kenne Hüseyin mehr, als mir lieb ist.« Sie bekam einen sehnsüchtigen Blick. »Das sind kleine Finanzpolster für unzählige Liebesnester, wissen Sie?«

Man sah ihr an, wie gern auch sie in ein solches Liebesnest geraten wäre.

»Er ist ein unheimlich gut aussehender und charmanter Mann. Das zieht uns Frauen an.«

»Sie meinen also, er hat das Geld irgendwie auf die Seite gebracht?«

»Leider haben wir keinerlei Ahnung, wo.« Sophia Hertz seufzte tief. »Nachdem er seinen Streit mit Recip Kahali begraben hatte, lief das Blumengeschäft besser als je zuvor –«

»Stopp«, unterbrach Hünerbein den Redefluss. »Recip wer?«

»Ka-ha-li. Soll ich buchstabieren?«

»Danke, geht schon.« Hünerbein schrieb es in sein Notizbuch.

»Sie waren erbitterte Konkurrenten«, berichtete Sophia Hertz weiter. »Recip hat ihm mit Dumpingpreisen das Geschäft ruinieren wollen. Aber Hüseyin lässt sich nicht so leicht ruinieren. Er ist ein richtiger Mann. Voller Leidenschaft und Eleganz! Und Geld war bei ihm nie ein Problem!«

Sie begann von den herrlichen Reisen zu erzählen, die sie mit Hüseyin nach Paris und an die Côte d'Azur unternommen hatte.

»Es waren immer nur verlängerte Wochenenden, aber sie waren traumhaft schön. Er hat es uns nie an etwas fehlen lassen. Aber leider ...« Sie zog ein blütenweißes Taschentuch hervor und tupfte sich damit vorsichtig die Wangen ab. »Leider liebt er sein Geld mehr als alles andere. Da kann man als Frau nicht mithalten. Und leider hat nicht mal die Steuerfahndung herausfinden können, wo er sein Geld versteckt hält.«

Hünerbein war zufrieden. Das waren mehr Informationen, als er sich erhofft hatte. Mal sehen, was die de Groot noch zu erzählen hat, dachte er.

Er wollte sich von Sophia Hertz verabschieden, doch die hielt ihn zurück.

»Eins noch«, sagte sie entschieden. »Ein Mörder ist Hüseyin nicht!«

»Auch nicht für Geld?«

»Nicht mal für Geld«, bekräftigte sie und musterte Hünerbein mit kritischem Blick. »Deshalb sind Sie doch eigentlich hier: wegen des Todes unserer Kollegin Frau Steffens, oder?«

»Schon«, gab Hünerbein zu. »Haben Sie irgendeinen Verdacht?«

»Nein«, erwiderte Sophia Hertz, »dazu kannte ich Frau Steffens zu wenig. Wir hatten nur beruflich miteinander zu tun. Aber eines weiß ich gewiss: Hüseyin mag ein untreuer Schuft sein, ein Filou, ein Windhund, ein Steuerbetrüger – aber Mord? Niemals.«

»Danke«, sagte Hünerbein und ging.

Er stärkte sich zunächst im »Curry 36«. Eine Bratwurst, ein Paar Wiener und je eine doppelte Portion Pommes rot-weiß. Dazu ein halber Liter Cola. Mond im Stier, das stärkte nun mal seinen Appetit. Dennoch verzichtete Hünerbein auf eine dritte Portion.

Man muss sich zügeln können, dachte er. Disziplin ist alles.

Anschließend schlenderte er den Mehringdamm hinunter. An der Kreuzung Yorckstraße fiel ihm der »Burger King« ins Auge, und sofort drängte sich ihm das Bild eines leckeren, sehr saftigen Double Cheeseburgers auf. Unwillkürlich änderten seine Füße den

Kurs, marschierten unaufhaltsam auf die Eingangstür zu, wo zwei hübsche Mädels mit goldfarbenen Papierkronen auf dem Kopf für das King-Special warben: drei Burger zum halben Preis. Sollte sich Hünerbein diese Gelegenheit entgehen lassen?

Disziplin ist gut, überlegte er, Sparsamkeit aber auch – und bevor sich die kosmische Konjunktion wieder in Richtung Diät verschob …

Man lebt schließlich nur einmal. Hünerbein schlug zu und genehmigte sich noch eine große Coke zum Nachspülen, bevor er, nun wirklich satt, seinen Weg in Richtung Bergmannstraße einschlug.

Hier hatte »Het Paradijs Reizen« seinen Sitz, das Reisebüro von Sylvie de Groot. Beim Eintreten stieß Hünerbein mit einem drahtigen Glatzkopf zusammen, der gerade hinaus wollte. Beide Männer sahen sich kurz an und entschuldigten sich, bevor sie weitergingen.

»Der hatte es aber eilig«, bemerkte Hünerbein und schloss hinter sich die Tür.

»Der hat gerade eine Brasilienreise gebucht.« Sylvie de Groot war tatsächlich sehr groß und eine überaus beeindruckende Frau. Mit ihren langen blonden Haaren und ihren noch längeren Beinen hätte sie das lebende Vorbild einer Barbie-Puppe sein können. Sie lächelte Hünerbein an und schlug ihm mit ihrem niedlichen holländischen Akzent sogleich eine beliebte Trennkost-Reise nach Sardinien vor.

»Diese Reise wird immer gern gebucht, und Sie nehmen garantiert mindestens zehn Kilo ab.«

»Vielleicht will ich ja auch lieber nach Brasilien«, antwortete Hünerbein.

»Ohne Rückfahrkarte?« Sylvie de Groot lächelte immer noch und bot ihm einen Stuhl vor ihrem »Terminal«, wie sie es nannte, an.

Dieser Blumenhändler ist echt zu beneiden, dachte Hünerbein. Erst die durchaus attraktive Schnalle im Finanzamt und jetzt diese scharfe Sexbombe. Was Ayse wohl dazu sagen würde?

»Frau de Groot«, sagte er, nachdem er sich vorgestellt und den

Grund seines Hierseins erklärt hatte, »es heißt, Sie haben eine Affäre mit Hüseyin Misirlioglu, und mich interessiert –«

»Gehabt«, unterbrach sie ihn, »wir hatten eine Affäre. Bis seine Frau dahinterkam.«

»Ach, Ayse wusste davon?«

»Ja.« Sylvie de Groot holte eine lange weiße Packung Eve-Zigaretten hervor. »Was dagegen, wenn ich rauche?«

»Aber gar nicht«, beeilte sich Hünerbein zu erklären, wusste er doch aus Erfahrung, dass die Leute, wenn sie zu rauchen anfangen, meist auch was erzählen. Er ließ sein Feuerzeug aufschnappen und hielt es ihr hin. »Bitte!«

Sylvie de Groot nahm ein paar Züge und lehnte sich zurück.

»Wir wollten verreisen, Hüseyin und ich. Drei Wochen Mauritius. Da Hüseyin die Reise zahlte, wollte er auch die Unterlagen dafür bei sich zu Hause aufbewahren. Ich war dagegen. Zu Recht.«

Sie sah dem Zigarettenrauch nach, der sich in unruhigen Kringeln zur Zimmerdecke hochschlängelte, und nahm noch einen Zug.

»Denn natürlich fand Ayse die Unterlagen«, erzählte sie weiter. »Eines Tages tauchte sie hier damit auf und verlangte, die Reise umzutauschen. In vier Flugtickets nach London.«

»London.« Hünerbein schrieb es in sein Notizbuch.

»Ohne Rückflug«, bekräftigte Sylvie de Groot und nahm, da das Telefon zu läuten begonnen hatte, mit den Worten »Moment bitte« ab.

»Het Paradijs Reizen, was kann ich für Sie tun?«

Hünerbein sah ihr verzückt zu. Eine echt heiße Braut! Allein wie sie beim Telefonieren die langen Beine übereinanderschlug.

Sie sprach jetzt Englisch, und das Gespräch drehte sich, soweit Hünerbein das mitbekam, um eine Reisegruppe in Moskau, die wohl in Problemen steckte. In ernsthaften Problemen, mehrmals fielen die Worte *»dangerous situation«*, und auch Sylvie de Groot machte einen besorgten Eindruck. Dennoch versuchte sie, den offenbar sehr aufgebrachten Anrufer zu beruhigen, und versprach, sich um schnelle Rückflüge zu kümmern.

»I'll call you back, okay? I'll call you back in a few minutes.«

Dann legte sie auf, wählte eine andere Nummer und redete nun Russisch. Erst kühl und geschäftsmäßig, dann nervöser und aufgeregter. Am Ende schrie sie den Angerufenen regelrecht an.

»Stressiger Job, was«, erkundigte sich Hünerbein mitfühlend, als sie kurz auflegte, um erneut eine Nummer zu wählen. »Wie viele Sprachen muss man denn so beherrschen, wenn man ein Reisebüro leitet?«

Sie achtete nicht auf ihn, gab aber eine weitere Kostprobe ihrer Weltgewandtheit, denn nun telefonierte sie in einer kehligen Fremdsprache, die Hünerbein als Arabisch identifizierte. Er sah auf die Uhr, das Gespräch zog sich hin und schien sich im Kreis zu drehen. Nach etwa zehn Minuten legte sie den Hörer auf und lehnte sich erschöpft zurück.

»Ärger?«, fragte Hünerbein.

»Ziemlich«, nickte sie, kam aber nicht mehr dazu, die Probleme genauer zu erläutern, denn wieder klingelte das Telefon.

»Tut mir leid«, beschied sie Hünerbein mit einem Ausdruck des Bedauerns, »aber Sie sehen ja, was hier los ist!«

Sie nahm den Hörer ab und sprach in ihrer Muttersprache von einer *»gevaarlijke situatie in Moskou«,* und dass der *»Luchthaven geblokkeerd«* sei.

Tja. Da war wohl nichts zu machen.

Hünerbein erhob sich. »Ich komme morgen noch mal wieder«, sagte er und wandte sich zur Tür. »Schönen Tag noch.«

25 NATÜRLICH IST Lothar Reinicke nicht zu Hause. Es gehört zum normalen Alltag ermittelnder Kriminalbeamter, dass man potenzielle Zeugen und Hinweisgeber zunächst einmal nicht antrifft und vor verschlossenen Türen steht. Ich hinterlasse ein amtliches Formular im Briefkasten mit der Aufforderung, sich doch bitte in den nächsten Tagen in der Dienststelle zu melden. Natürlich wird Herr Reinicke darauf nicht reagieren. Niemand reagiert auf solche Formulare. Zumindest nicht in Berlin. Die Administrative hat es schon immer schwer gehabt in dieser Stadt. Umso merkwürdiger ist es, dass sich die Regierenden trotzdem hier immer wieder gern niederlassen, in diesem Tiegel der Aufmüpfigen und Renitenten, der Staatsverweigerer und Bundeswehrflüchtlinge. Erst vor knapp zwei Monaten haben sich die Abgeordneten des Bundestages nach kontroverser, aber auch sehr leidenschaftlich geführter Debatte erneut dafür entschieden, den Regierungssitz nach Berlin zu verlegen.

Von mir aus hätten die auch ruhig in Bonn bleiben können.

Zu Fuß schlendere ich vom Chamissoplatz aus die Schenkendorfstraße hinunter. Ich will ins Reisebüro der Sylvie de Groot in der Bergmannstraße, um sie zu ihrer Affäre mit Hüseyin Misirlioglu zu befragen. Angeblich, so hatte es mir zumindest der Tavla-Spieler in der türkischen Teestube erzählt, wollten die beiden ja sogar eine gemeinsame Reise unternehmen. Nach Mauritius – tja, da war ich auch noch nie. Und ich werde da auch nie hinkommen, jetzt, wo ich zum zweiten Mal Vater werde. Statistiken zufolge kostet ein Kind die Eltern bis zum achtzehnten Lebensjahr fünfhunderttausend Deutsche Mark. Eine halbe Million, das muss man sich mal vorstellen! Ich verdiene im Jahr mit allen Zulagen gerade mal fünfzigtausend netto, also neunhunderttausend in achtzehn Jahren. Wenn ich davon fünfhunderttausend wieder abziehe, bleiben mir noch vierhunderttausend übrig. In Zukunft muss ich also mit – Moment – 22.222 Mark und 22 Pfennigen auskommen, das sind knapp 1.852 Mark im Monat. Adieu Fernreise.

Versonnen bleibe ich vor den verlockenden Angeboten stehen, mit denen die Schaufenster von »Het Paradijs Reizen« zugeklebt sind. Die sechs Wochen Amerika auf der Route 66 für 6.666 Mark kann ich vergessen. Und Neuseeland für achttausend ist erst recht nicht mehr drin. Auch Europa wird schwierig, denn selbst wenn Melanie nicht mitkommt, sind wir dank des kleinen Rackers künftig immer noch zu dritt. Da werden selbst Reiseziele wie Mallorca oder die Kanarischen Inseln zum finanziellen Problem.

Worauf habe ich mich nur eingelassen, denke ich in einem Anflug von Selbstmitleid. Welcher Teufel hat mich geritten, verdammt noch mal. Ich gehe auf die fünfzig zu, da sollte es doch langsam mal gut sein! Stattdessen verbaue ich mir diesen spärlichen Rest meines Lebens mit ruinös kostenintensivem Kindergeschrei, einem Haufen neuer Verantwortung und jeder Menge Stress.

»ABENTEUER FRACHTSCHIFFFAHRT«, lese ich auf einem der ausgestellten Flyer. »Die weite Welt entdecken wie ein Seefahrer als Passagier auf modernen Containerschiffen.« Das ist sogar recht günstig.

Fluchtgedanken werden in mir wach. Einfach abhauen, denke ich, schnell buchen und weg. Alles hinter mir lassen und auf Nimmerwiedersehen verschwinden.

Ich will das Reisebüro gerade betreten, da kommt Hünerbein heraus.

»Und wenn du denkst, es geht nicht mehr, kommt garantiert der Sardsch daher«, freut er sich und haut mir leutselig auf die Schulter. »Wir wär's mit einem gemeinsamen Mittagessen?«

»Machst du nicht Diät?«

»Ach was«, winkt er ab, »der Mond steht heute im Stier, da kann ich reinhauen wie ein Scheunendrescher. – Komm mit, gleich hier ums Eck ist ein wunderbarer Mexikaner, der macht ein paar Tortillas, mhm, lecker!« Hünerbein spitzt den Mund genussvoll und zieht mich mit sich fort.

Wenig später sitzen wir in einer kleinen Taquería vor einem Berg Nachos und müssen uns dreier beleibter Mariachi-Musiker mit übergroßen Sombreros erwehren, die mit viel Schmelz hinter ihren hoch vor die Brust geschnallten Gitarren »Las Golondrinas« besingen, die Schwalben vor der untergehenden Sonne von Jalisco.

Auch der Einsatz eines Zehnmarkscheins kann die Musiker nicht bewegen, von unserem Tisch Abstand zu nehmen. Im Gegenteil, sie spielen jetzt erst recht drauflos. Ganz offenkundig glauben sie, in uns spendable Freunde ihrer Kunst entdeckt zu haben, und hoffen auf weitere Scheine.

Wir müssen zu unserem härtesten Mittel greifen. Abrupt stehen Hünerbein und ich auf, die Hand aufs Herz, und beginnen laut und mit dramatischem Tremolo die »Caprifischer« anzustimmen. Das hat bislang immer geklappt, damit treibt man jeden Straßenmusiker in die Flucht, und auch unsere Mariachis ziehen sich nach nur einer Strophe verwirrt zurück.

Hünerbein berichtet von seinen Ermittlungen. Dieser Blumenhändler sei vielleicht ein Casanova.

»Der treibt's mit allem, was nicht bei drei auf den Bäumen ist. Sogar seine Sachbearbeiterin im Finanzamt hat er flachgelegt. Sophia Hertz. Die hat vielleicht geschwärmt! Nach Paris ist sie mit ihm geflogen und was weiß ich wohin noch alles. Und«, Hünerbein wedelt wissend mit den Zeigefinger, »sie ist sich sicher, dass der Kerl Kohle hat. Schwarzgeld, verstehste?«

»Sonst hätte er der de Groot ja nicht die Reise nach Mauritius versprechen können«, sage ich.

»Auch das weißt du schon?« Hünerbein ist enttäuscht, und ich gebe noch einen drauf.

»Hüseyin Misirlioglu hat nur deshalb die Steuerfahndung auf den Hals gehetzt bekommen, weil die verliebte Sophia Hertz hinter die Affäre mit Sylvie de Groot gekommen ist.«

»Was, die auch?« Hünerbein stopft Nachos in sich rein. »Na, jetzt wird mir einiges klar.«

Fein, denke ich, denn mir ist gar nichts klar.

»Ist doch ganz einfach.« Hünerbein schnalzt mit der Zunge, da ein Kellner die Tortillas bringt. »Ayse wollte weg. Vier Tickets nach London, überleg doch mal! Ohne Rückflug. Eins für sich selbst, zwei für ihre beiden Söhne Cemir und Orhan und eins für Tochter Fatma. Da macht auch der Sprachkurs Sinn.« Er beginnt, die Tortillas zu vertilgen. »Unser Blumenhändler war drauf und dran, seine gesamte Familie nach England zu verlieren. Bye, bye, Hüseyin. Wahrscheinlich wären die längst weg, wenn nicht die Tochter entführt worden wäre.«

»Ja, aber von wem?« Auch ich fange an zu essen.

»Von jemandem, der um Hüseyins Schwarzgeld weiß.«

»Sophia Hertz?«

Hünerbein bezweifelt das. Die sei Beamtin und sicher wahnsinnig gesetzestreu. »Ich tippe eher auf diesen ...« Er sucht in den Innentaschen seines Trenchcoats nach dem Notizbuch und schlägt es auf. »... Recip Kahali. Ein ehemaliger Konkurrent Hüseyins auf dem Blumenmarkt.«

»Dann sollten wir dem mal einen Besuch abstatten.«

»Das werden wir«, schmatzt Hünerbein, während es laut zu piepsen anfängt. »Ah, der Pager!« Wieder beginnt er, in seinen Taschen herumzunesteln.

Ich hasse diese Dinger. Kleine streichholzschachtelgroße Sender, die man sich in die Hose stecken kann. Die Dienststelle hat uns damit ausgerüstet, damit wir besser erreichbar sind. Der Anrufer piept dich an, du siehst seine Nummer auf dem Display des Pagers, suchst dir ein Telefon und rufst zurück.

Manche finden das praktisch. Ich eher bedrohlich. Ich will nicht immer erreichbar sein, und deshalb lasse ich meinen Pager grundsätzlich zu Hause. Wer mich sprechen will, kann mich auf der Dienststelle oder zu Hause anrufen und eine Nachricht auf dem AB hinterlassen. Das sollte reichen.

»Der Chef«, sagt Hünerbein mit Blick auf den Pager. »Scheint was Dringendes zu sein.«

Er erhebt sich und geht zum Tresen. Der Barmann schiebt ihm ein Telefon zu. Hünerbein telefoniert und kommt nach einer Weile zurück.

»Wir müssen sofort zurück zur Dienststelle!«

»Worum geht's denn?«

»Der Verfassungsschutz ist gerade dabei, sämtliche Unterlagen zum Fall Swantje Steffens zu beschlagnahmen.«

Ich kann es kaum glauben. Der Verfassungsschutz? Wieso das denn? Was hat denn der mit unserem Fall zu tun?

Eilig folge ich Hünerbein ins Freie.

26 RECHTSANWALT HERIBERT NAUMANN kam Sekunden zu spät. Die Sowjets waren schneller. Als er sich mit seinem BMW dem Tor 1 der Tegeler Haftanstalt näherte, sah er, wie sein Mandant gekidnappt wurde. Zwei Männer in Lederblousons zerrten Meyer in eine schwarze Wolga-Limousine, die kurz darauf mit quietschenden Reifen davonschoss.

Naumann drückte aufs Gas. Natürlich musste er an dem Wolga dranbleiben. Er gab sich keine Mühe, die Verfolgung zu verschleiern, im Gegenteil: Naumann machte richtig Druck. Wenn die Russen merkten, dass ihr Vorhaben bemerkt worden war, ließen sie es vielleicht bleiben.

Immerhin war das hier das alte Westberlin, und es gab noch Amerikaner in der Stadt, die die Freiheit garantierten, wenn der deutsche Staat dabei versagen sollte. Und es würde schwerwiegende politische Konsequenzen haben, wenn bekannt wurde, dass die Sowjets mitten in der Bundeshauptstadt einen deutschen Staatsbürger in ihre Botschaft entführten.

Wo sind sie jetzt eigentlich, dachte Naumann verbittert, diese ganzen westlichen Geheimdienste? BND, MAD, Verfassungsschutz – eigentlich sollten die den Job hier übernehmen. Doch die Westdienste schliefen. Wieder einmal. Das wenigstens hatte sich nicht geändert.

Naumann setzte zum Überholen an. Der Fahrer des Wolga versuchte, das geplante Manöver zu verhindern, und zog ebenfalls nach links, bevor er unvermittelt und in einer halsbrecherischen Rechtskurve den Zubringer auf die Stadtautobahn nahm.

Naumann latschte auf die Bremse, zog scharf das Steuer herum und gab sofort wieder Gas. Gut, dass der Wagen noch kein ABS hatte, so gelang ihm der Return mühelos. Der BMW drehte sich kreischend einmal um die eigene Achse und schoss dann ebenfalls den Autobahnzubringer hinauf. Hinter sich vernahm Naumann das schrille Aufschreien von Bremsen, bevor es mehrmals krachte. Mehrere Fahrzeuge, die seinem abrupten Wendemanöver ausweichen mussten, waren ineinandergerast.

Pech gehabt, Bürger, dachte Naumann, hier geht's immerhin um Weltpolitik. Krieg der Geheimagenten. Jeder gegen jeden. So war das Geschäft.

Er trat das Gaspedal bis zum Anschlag durch, der BMW beschleunigte mit einem satten Surren und war bald wieder an dem Wolga dran. Gegen die hundertneunzig PS des 525i kam der Russenbenz nicht an. Wieder setzte Naumann zum Überholen an, und wieder zog der Wolga rechtzeitig rüber.

Naumann stoppte auf, riss das Steuer herum und versuchte, an den Russen nun rechts vorbeizufahren, aber der Wolga wechselte ebenfalls die Spur und ließ Naumann nicht durch.

Na gut, dachte der, wir hatten halt alle dieselben Lehrmeister.

Er ließ weitere Überholversuche zunächst bleiben und hielt sich nur dicht an dem Wolga dran. Der nahm die Abfahrt Kaiserdamm, fuhr aber dann nicht nach Osten in die Innenstadt, sondern nach Westen, Richtung Spandau.

Wo, verdammt, wollen die hin, dachte Naumann. Er hatte fest damit gerechnet, dass sie Meyer in die Botschaft bringen wollten, doch die lag in Mitte. Wieso fuhren die jetzt in entgegengesetzter Richtung?

Der Wolga fädelte sich in den Kreisverkehr am Theodor-Heuss-Platz ein und bog in die Heerstraße ab.

Naumann spürte, wie ihm der Schweiß auf die Stirn trat. Er klaubte einen Falk-Plan aus dem Seitenfach der Fahrertür hervor und versuchte ihn, ohne den Verkehr und die Russen aus den Augen zu verlieren, aufzuschlagen, wobei er die patentierte Faltung einmal mehr verfluchte. Wer sich diesen Scheiß hatte einfallen lassen, gehörte ins Irrenhaus, also wirklich! Endlich hatte er die richtige Seite und klappte sie nach links auf. Es gab hier nichts, wo die Russen hinkönnten, das gesamte Westend und Spandau hatten immer zum britischen Sektor gehört. Oder unterhielten die hier etwa irgendwo einen geheimen Stützpunkt?

Das alte Olympische Dorf! Naumann ging plötzlich ein Licht auf. Natürlich! Die Kerle wollten ins Olympische Dorf! Es lag gleich hinter der Stadtgrenze im brandenburgischen Elstal auf ehemaligem DDR-Gebiet. Nach der Olympiade 1936 wurde das Sportlerdorf von der Wehrmacht als Infanterieschule genutzt. Und seit dem Krieg diente es der Sowjetarmee als strategisch wichtiger Stützpunkt direkt an der früheren Grenze zu Westberlin. Über die Heerstraße kam man geradewegs dorthin, die Mauer war seit knapp zwei Jahren perdu und Deutschland wiedervereint. Nur die Russen waren noch da.

Naumann griff ins Handschuhfach, zog seine Pistole heraus und schraubte den Schalldämpfer auf. Der dämpfte nämlich nicht nur den Schall, sondern auch den Rückstoß, und darauf kam es heute an, wenn er nur mit einer Hand zielsicher treffen wollte. Ein Schuss sollte reichen, um die Russen zu stoppen. Auf keinen Fall wollte sich Naumann in ein längeres Feuergefecht verwickeln lassen. Das fehlte ihm gerade noch, er hasste den Einsatz von Schusswaffen ohnehin.

Vor Jahren war er zum anständigen Bürger geworden, er hatte

eine nette Familie und ein schönes Haus im noblen Dahlem und war als angesehener Rechtsanwalt und Notar sowie Professor der Juristischen Fakultät an der Freien Universität ein geschätztes und geachtetes Mitglied der Westberliner Gesellschaft. Schusswaffen passten da weniger ins Bild. Zur Tarnung hatte er sich einer Schützengilde angeschlossen, zuletzt aber das Trainieren gröblich vernachlässigt.

Wozu auch? Seine geheimdienstliche Tätigkeit beschränkte sich auf das Studieren von Akten, die Verteidigung aufgeflogener Genossen und notarielle Beurkundung. Verfolgungsjagden kamen da nicht vor, genauso wenig wie der Einsatz von Handfeuerwaffen. Dass sich die Dinge einmal so entwickeln würden, konnte doch kein Mensch ahnen. Jeder Tag ein neuer GAU, unglaublich war das, geradezu unerhört!

Naumann legte die Waffe entsichert neben sich auf den Beifahrersitz und ließ die Seitenscheibe herunter. Dann konzentrierte er sich wieder auf den Wolga.

Mit dem Autofahren war es besser als mit dem Schießen, denn gleichzeitig mit Naumann war Ende der siebziger Jahre ein Genosse nach Westberlin eingeschleust worden, der es rasch zum hohen Funktionär beim ADAC gebracht hatte. In dieser Eigenschaft veranstaltete er regelmäßig mehrmals im Jahr geheime Fahrsicherheitstrainings extra für in Westberlin agierende MfS-Agenten auf diversen, dafür eigens angemieteten Sportplätzen oder noch nicht fertiggestellten, für den offiziellen Autoverkehr gesperrten Teilstücken der Stadtautobahn. Naumann hatte diese Treffen nie versäumt. Gottlob, denn jetzt kam es auf fahrerisches Können an.

Die Heerstraße war eine schnurgerade Allee mit fünf Fahrspuren. Zwei für den Verkehr stadtauswärts und zwei für den Gegenverkehr. Die fünfte Spur in der Mitte wurde je nach Verkehrsaufkommen entweder für die eine oder die andere Richtung freigeschaltet. Jetzt strebten die Pendler vor allem in die Innenstadt, weshalb stadtauswärts nur zwei Spuren verfügbar waren, und genau diesen Umstand machte sich Naumann zunutze. Hinter der Stößenseebrücke scherte er nach links in den Gegenverkehr aus. Er wich den erschrocken hupenden und hektisch Lichthupe gebenden entgegenkommenden Fahrzeugen im Zickzack aus und beschleunigte, bis er auf Höhe des Wolga war. Dann nahm er die Pistole in die rechte Hand, zielte kurz und drückte ab.

Die Seitenscheibe des Wolga splitterte, der Fahrer war sofort tot. Der Schuss hatte ihn in den Kopf getroffen, und er kippte seitlich vom Steuer weg. Der Wolga begann heftig zu schlingern und drohte nach links auszubrechen, doch Naumann lenkte seinen BMW seitlich dagegen und hielt ihn so in der Spur. Kreischend und funkentreibend rieben sich die Flanken der Fahrzeuge aneinander. Türgriffe und Außenspiegel rissen ab, die Autobleche der Kotflügel und Türen wurden irreparabel deformiert.

Naumann tat es vor allem um den BMW leid.

Vorn tauchte die Heerstraßenbrücke auf. Rechts davor ging ein kleiner Pfad zum Havelufer ab, und genau dort wollte Naumann den Wolga hinbugsieren, bevor dieser an Fahrt verlor.

Behutsam zog Naumann das Lenkrad weiter nach rechts, verstärkte so den Druck auf die führerlos gewordene Russenlimousine und schob sie schließlich von der Fahrbahn.

Der Wolga holperte über den Bordstein, kam ins Schleudern und überschlug sich mehrmals, bevor er unterhalb der Heerstraßenbrücke am Havelufer auf dem Dach liegend in einer Staubwolke zum Stehen kam.

Perfekt! Naumann stoppte seinen BMW, stieg aus und sah sich kurz um.

Bis auf einen polnischen Schubverband, der über die Havel tuckerte, war niemand zu sehen. Die beiden übrigen Russen versuchten hastig, aus dem Wrack des Wolgas zu klettern. Sie hatten keine Chance. Naumann erledigte sie ebenfalls mit nur je einem Kopfschuss. Dann warf er die Waffe in den Fluss und half seinem früheren und etwas verwirrten Führungsoffizier aus dem Fond des völlig demolierten Autos.

»Kommen Sie, wir müssen weg hier!«

Meyer blutete am Kopf. »Sind Sie wahnsinnig, Naumann«, stammelte er entsetzt. »Mit Ihren Wildwestmethoden machen Sie uns sicher keine Freunde …«

»Sonst wären Sie dran gewesen, Meyer. In Moskau regiert jetzt ein Notstandskomitee unter KGB-Chef Krjutschkow.«

»Krjutschkow, sind Sie sicher?« Der Mann galt als überzeugter Stalinist. »Ich hatte gedacht, Janajew und Pugo wollten –«

»Vergessen Sie Janajew und Pugo.«

Naumann versuchte, die Beifahrertür zu öffnen, doch die gewaltsame Begegnung mit dem schweren Wolga hatte sie eingedrückt und völlig verzogen. Sie ließ sich nicht mehr öffnen.

»Ohne die Hardliner um Pawlow und Marschall Jasow läuft in Moskau nichts.«

Naumann lief um den Wagen herum, um Meyer auf der Fahrerseite in den Fond zu lassen.

»Und schon gar nicht ohne den KGB. Janajew ist nur das zivile Gesicht des Putsches. Dahinter stehen die Militärs. Und die werden abrechnen.«

Meyer tupfte sich mit einem Taschentuch das Blut von der Stirn. »Haben Sie mal wieder die Seiten getauscht?«

»Ich habe nie die Seiten getauscht!« Naumann startete den Wagen und fuhr vorsichtig rückwärts zurück zur Heerstraße. »Ich habe aber auch nie taktiert, so wie Sie! Egal, mit wem ich zusammenarbeite: Meine Loyalität galt und gilt allein der Hauptabteilung Aufklärung.«

»Dann haben Sie mir gestern die Meldung zukommen lassen? Von Mischa?«

»Wir müssen ihn da rausholen«, erklärte Naumann. Er steuerte den Wagen zunächst Richtung Innenstadt, bog aber dann hinter den Tiroler Bauernstuben in die Straße Am Postfenn ab. »Hoffentlich ist es noch nicht zu spät!«

Meyer sortierte sich. »Wie ist denn die Lage in Moskau?«

»Noch nicht vollständig unter Kontrolle«, antwortete Naumann, »an strategischen Punkten ist das Militär mit Panzern aufmarschiert, aber es gibt wohl Proteste aus der Bevölkerung.«

»Ein kleines Zeitfenster haben wir also noch«, sinnierte Meyer, »bis sich die Lage in Moskau stabilisiert.«

»Nein. Ich glaube nicht, dass wir dieses Zeitfenster haben.« Naumann fuhr jetzt die Havelchaussee hoch, eine herrliche Strecke durch den Grunewald und immer am Wasser entlang. »Zumindest hier in Berlin haben die Sowjets schon mit dem Aufräumen begonnen.«

»Wie meinen Sie das?«

»So, wie es klingt.« Naumann klang bitter. »Der gute alte stalinistische Stil. Die Beschlüsse des zwanzigsten Parteitags haben endgültig ausgedient. Jetzt gehen die Säuberungen wieder los.«

»Hinweise?«

»Sie wollten doch was über Deckname Cordula wissen.«

»Und: Was haben Sie herausgefunden?«

»Eine fähige Genossin. Doppelagentin. Zuletzt beim BND, vielleicht auch MAD, aber durchaus loyal.«

Meyer nickte. So ähnlich hatte er sie auch eingeschätzt.

»Sie ist tot.«

»Was?!« Meyer glaubte, sich verhört zu haben.

»Sie wurde umgebracht«, sagte Naumann tonlos, »die Polizei ermittelt. Ich war gestern in ihrer Wohnung, kam aber offenbar zu spät. Das Polizeisiegel war aufgebrochen, alle Unterlagen weg.«

»KGB?«

»Ich sage doch, die Sowjets räumen auf.« Naumann stoppte den BMW auf einem kleinen, versteckt gelegenen Waldparkplatz nahe dem Grunewaldturm und stieg aus. »Wir wechseln hier den Wagen.«

Meyer quälte sich ebenfalls aus dem Auto. Die Nachricht von Cordulas Tod schockierte ihn sichtlich. Dann bemerkte er, dass Naumann keine Handschuhe trug.

»Machen Sie sich keine Sorgen.« Naumann holte einen Zwanzig-Liter-Kanister aus dem Kofferraum. »Man wird unsere Fingerabdrücke nicht finden.«

Er begann, das Benzin in das Innere des Wagens zu schütten. Über Sitze und Türgriffe, das Armaturenbrett und in den Fußraum. Dann legte er eine kleine Benzinspur vom Wagen weg und zündete ein Streichholz an.

Keine Sekunde später stand der BMW in Flammen.

»Wirklich schade drum«, bedauerte Naumann, »war ein schöner Wagen. – Kommen Sie!« Er nahm Meyer am Arm und zog ihn mit sich fort.

Kurz darauf fuhren die beiden Männer in einem weinroten Golf aus dem Grunewald hinaus zurück in die Stadt.

27 VOR DEM DIENST-PALAIS der Inspektion M1 in der Keithstraße parken mehrere zivile Wagen, die eindeutig dem VS zuzuordnen sind. In unserem Büro packen unauffällige Männer in grauen Boss-Anzügen Kartons mit Akten voll, und Kriminaloberrat Dr. Edmund Palitzsch sieht mit ungewohnt bleicher Miene hilflos zu. Auf unsere fragenden Blicke hin schüttelt er nur den Kopf.

»Irgendein Wespennest«, murmelt er, »wir müssen in irgendwas reingetreten sein. Ich hab keine Ahnung.«

Tja. Wir auch nicht.

Ein kleiner, drahtiger Mann fällt auf, weil er auf wahnsinnig wichtig macht und den großen Macker spielt. Permanent gibt er mit etwas zu lauter Stimme überflüssige Anweisungen und zeigt seinen Leuten, wie man Kartons richtig packt, »damit wir hinterher nicht durcheinanderkommen«. Als er Hünerbein und mich entdeckt, kommt er federnd auf uns zu.

»Poppe«, stellt er sich vor, »wie poppen ohne n.« Er lacht routiniert, offenbar macht er diesen Witz jedes Mal. Der Kerl ist mir sofort unsympathisch.

»Oder Popper ohne r«, erwidere ich kühl und ignoriere die rechte Hand, die mir zur Begrüßung hingehalten wird.

»Die Kommissare Hünerbein und Co., nehme ich an.«

»Knoop. Nicht Co.«, erwidere ich. »So viel Zeit muss sein.«

»In Ordnung, Knoop.« Jetzt wird der Kleine grimmig. »Ich merke schon, Sie sind auf Krawall gebürstet. Aber nicht mit mir.« Er baut sich vor mir auf und spannt seine Muskeln an. »Ich darf Ihnen sehr nachdrücklich klarmachen, dass Sie es mit einer übergeordneten Behörde zu tun haben. Und wer mir auf die Füße tritt, darf die Schuhe hinterher auch putzen. Und zwar mit einer Zahnbürste. Haben wir uns verstanden?«

Oh Gott, so ein Idiot. Wie ich sie hasse, diese Zwerge mit ihrem übersteigerten Geltungsbewusstsein. Kleiner Wicht, großes Ego, hat schon meine Mutter immer gesagt. Und sie hatte recht. Dieser Poppe beweist es.

»OB WIR UNS VERSTANDEN HABEN«, brüllt er mich an.

Muss ich mir das antun? Nee. Absolut nicht. Ich schnappe mir den Wicht am Kragen und ziehe ihn dicht zu mir heran. »Mäßige deinen Ton, du Dreikäsehoch, klar?«

»Sind Sie wahnsinnig, Knoop.« Palitzsch zerrt an mir herum. »Lassen Sie den Mann los, um Himmels willen.«

Ich stelle den Kurzen wieder ab. »Hier wird nicht gebrüllt!«

»Hören Sie, Herr Poppe, das ist jetzt vielleicht ein bisschen dumm gelaufen«, winselt Palitzsch um den hochrot angelaufenen Zwerg herum. »Das kommt für uns alles etwas überraschend, wissen Sie, wir stecken bis zum Hals in Arbeit, und meine Leute sind entsprechend unter Druck, also nichts für ungut, nicht wahr, ich meine, so was kommt vor, vorhin hab ich gleich gedacht, oh, oh! Der Poppe und der Knoop – das könnte schiefgehen, gewisse Charaktertypen passen eben nicht gleich zusammen, aber ich bin sicher, dass Sie miteinander noch warm werden.«

»Das müssen wir nicht«, erwidert Poppe mühsam beherrscht und sehr leise. »Wir packen hier noch kurz zusammen und sind weg.«

»Sie packen hier gar nichts zusammen«, fauche ich ihn an. »Sie haben keinerlei polizeiliche Befugnisse. Mit welchem Recht dringen Sie hier überhaupt ein?«

»Das muss ich Ihnen nicht erzählen!«

»Oh doch, das müssen Sie.« Ich stelle mich ihm in den Weg. »Was ist an dem Fall Steffens so wichtig, dass sich der Verfassungsschutz dafür interessiert?«

Mir klopft jemand auf die Schulter. Zunächst denke ich, es ist schon wieder Palitzsch, der vermitteln will, doch dann höre ich eine mir höchst vertraute Stimme.

»Sieh an, der Didi!«

Didi! So hat mich schon lange keiner mehr genannt. Ich fahre herum. »Chris?«

Tatsächlich, er ist es: Christoph Gräfenheinrich, ich fasse es nicht. Wir kennen uns seit der Polizeischule und haben uns Anfang der siebziger Jahre als junge Männer gemeinsam vom Verfassungsschutz anwerben lassen, weil wir wie James Bond werden wollten. Nur dass ich schnell gemerkt habe, dass ich zum James Bond nicht tauge. Die geheimdienstliche Agententätigkeit ließ sich nur schwer mit meinem uncoolen Gewissen vereinbaren, und so habe ich den Dienst zwei Jahre später wieder quittiert. Chris dagegen scheint Agent geblieben zu sein.

»So sieht man sich wieder«, grient er mich an. »Spielst du hier den Derrick?«

»Mehr den Harry«, antworte ich. »Und selbst?«

»Eine Zeit lang war ich im Nahen Osten«, berichtet er stolz, »aber jetzt hab ich Familie und bin zum Sesselfurzer geworden.«

»Und was machst du dann hier?«

»Meine Arbeit, genau wie du«, weicht er aus. »Manchmal muss ich halt doch auf die Straße.«

»Jetzt bist du in meinem Büro.«

»Ja«, er lächelt, »so kommt's halt. Ich freue mich, dich mal wieder zu sehen. Auch Familie?«

Bloß keine Reizthemen, denke ich und stelle ihm eine ganz klare, unzweideutige Frage. »Wieso interessiert sich der Verfassungsschutz für den Mord an einer kleinen Beamtin der Kreuzberger Steuerbehörde?«

Natürlich kriege ich keine Antwort. »Didi, du kennst die Regeln«, sagt er stattdessen. »Ich kann dir das nicht sagen.«

»Kannst du nicht, oder darfst du nicht?«

»Guck heute Abend die Tagesschau. Dann weißt du ungefähr, worum es geht.«

»Wenn es abends in der Tagesschau läuft, kannst du es mir doch auch jetzt sagen.«

Christoph seufzt. »Du hast dich überhaupt nicht verändert, Didi.«

Schön wär's, denke ich.

»Also gut«, wird er ernst. »In Moskau putschen die Generäle. Sie haben Gorbatschow abgesetzt und halten ihn irgendwo auf der Krim fest.«

»Und was hat mein Fall damit zu schaffen? Wurde Swantje Steffens vom KGB umgebracht, oder was?«

»Das hat dich nicht mehr zu interessieren, Didi. Der Fall liegt ab sofort bei uns. Du machst jetzt eine ordentliche Aktenübergabe …«

»Der Kerl«, ich zeige auf Poppe, »kriegt gar nichts von mir.«

»Poppe ist ein guter Mann.«

»Dann klopf ihm mal ordentlich auf die Schulter. Vielleicht wächst er noch.«

»Also«, Chris wird langsam ungeduldig. »Du setzt uns jetzt auf den aktuellen Stand eurer Ermittlungen, und dann ist die Sache für euch gegessen, okay?«

Nichts ist okay, denke ich trotzig. Wieso nehmen die mir meinen Fall weg? Ich hab dafür schon so viel einstecken müssen. Renne mit Kippa rum, damit niemand meine Tonsur sieht, und werde von seltsamen Typen mit Browning bedroht. Und jetzt soll ich das alles einfach abgeben? Und mir stattdessen die Tagesschau ansehen?

»Hat keinen Sinn, Sardsch.« Hünerbein tätschelt mir tröstend die Schulter. »Wir sind draußen. So isses nun mal.«

Mag sein. Aber muss ich mich damit abfinden?

Eine Stunde später sind Christoph Gräfenheinrich und sein poppender Zwerg mit unseren Akten abgezogen, und wir sitzen arbeitslos in unserem Büro.

»Was heißt arbeitslos?« Hünerbein reibt sich tatkräftig die Hände. »Wir haben immer doch die Entführung der kleinen Blumenhändlertochter.«

»Stimmt.« Beylich benutzt Palitzschs Worte: »Das Verbrechen hinter dem Verbrechen.« Er zieht eine Aktenmappe hervor. »Ich hab mir mal die Jugendstrafe der Fatma Misirlioglu angeschaut. Dieser Diebstahl in der Drogeriekette vor einem Jahr.«

»Hat sie Parfüm geklaut?« Ich bin immer noch wütend, und entsprechend gereizt klingt meine Stimme.

»Lippenstift.« Beylich sieht zu mir hoch. »Aber darum geht es nicht, Kollege. Der Diebstahl wurde gemeinschaftlich verübt. Mit ein paar Freundinnen. Mit ihrer …« Er schaut in die Akte und betont das Wort mit unheilvollem Nachdruck. »… *Gang*.« Als würde er von der Mafia reden.

»Beylich, das sind Kinder. Wenn die von einer Gang reden, hat das nichts mit dem zu tun, was wir aus amerikanischen Filmen kennen.«

»Na, es gibt in Berlin aber auch ein paar ziemlich harte Gangs«, widerspricht Hünerbein, der gern betont, auf was für einem harten Pflaster wir ermitteln. »Denkt nur an die Thirty-Six-Boys vom Kotti, die Warriors aus Neukölln, oder die Black Panthers im Wedding. Alles ganz harte Kaliber. Richtig üble Bandenkriminalität.«

»Aber hier haben wir es mit ein paar Mädchen zu tun, die einen Lippenstift aus einem Drogeriemarkt gestohlen haben, das ist doch nicht zu vergleichen.« Ich winke ab. »Oder sind die sonst schon mal auffällig geworden?«

Beylich schüttelt den Kopf. »Das Verfahren wurde eingestellt.«

»Na also.«

»Es gibt eine Sozialarbeiterin, die sich um die Mädchen kümmert. Henriette Cordes, soziokulturelles Zentrum Villa Kreuzberg. Das will ich mir mal anschauen …«

Die Tür fliegt auf, und Inga Lenz steht im Raum. Wie immer breitbeinig, die Hände in die Hüften gestemmt und finster dreinblickend.

»Kollegin«, strahlt Hünerbein betont aufgeräumt. »Was können wir für Sie tun?«

»Er hat angerufen.« Inga Lenz legt eine Tonbandkassette auf den Tisch.

»Wer? Der Golgatha-Täter?«

»Ja.« Sie deutet auf unseren Rekorder. »Wollt ihr's hören?«

»Gern.«

Inga Lenz schiebt die Kassette in den Rekorder und drückt auf Play.

»Inga, wieso fragst du so blöde«, ist eine männliche Stimme zu hören. Sie klingt leicht verzerrt, ist aber sehr deutlich. *»Du weißt es doch. Ich bin der, den du suchst. Aber es ist schwierig geworden im Viktoriapark. Da rennen mir jetzt zu viele Rächerinnen herum. Ich werde auf die Hasenheide ausweichen müssen. Auf den Volkspark oder den Tiergarten. Und jedes Mal, wenn ich wieder eine flachlege, denke ich an dich.«*

Oha, denke ich, was für eine Ansage.

»Das war Nummer eins.« Inga drückt auf die Stopptaste. »Kurz darauf rief er wieder an.« Sie lässt das Band weiterlaufen.

»Was hältst du vom Görlitzer Park? Da bleiben wir wenigstens im Bezirk.«

»Was haben Sie vor?«, ist jetzt Ingas Stimme zu hören, *»hören Sie auf damit!«*

»Ich dachte, du willst Satisfaktion, du Lesbe. Einmal dabei sein. Vielleicht kriegst du mich ja doch!«

»Ganz bestimmt, du perverses Schwein. Verlass dich drauf!«

»Na also, das ist doch ein Wort. Ich erwarte dich an der alten Kiesgrube. In einer halben Stunde. Bis dann.«

»Das war's.« Inga Lenz nimmt die Kassette wieder aus dem Rekorder.

»Und weiter?«, frage ich. »Sind Sie hingegangen?«

»Sicher.« Inga Lenz verzieht verächtlich das Gesicht. »Aber da war er nicht mehr, die feige Sau.«

»Da arbeitet sich einer an Ihnen ab, Inga.« Hünerbein erhebt sich. »Sind Sie sicher, dass es der Golgatha-Täter ist?«

»Ich dachte auch, vielleicht sind es Kollegen.«

»Kollegen?« Ich starre sie an. »Inga, das wäre –«

»Eine Schande, finde ich auch«, unterbricht sie mich scharf. »Aber irgendwie auch typisch Mann, oder?« Sie steckt die Kassette wieder ein. »Ihr habt doch das Band von dem Anrufer aus dem Viktoriapark. Der, der die Leiche gemeldet hat. Ich wollte die Stimmen mal miteinander vergleichen.«

»Ja, Pech«, ich hebe bedauernd die Hände, »da kommen Sie etwas zu spät. Unsere gesamten Unterlagen zum Swantje-Steffens-Fall hat der VS beschlagnahmt.«

»Der Verfassungsschutz?« Inga blinzelt mich wütend an. »Verarsch mich nicht, klar?«

»Aber ganz und gar nicht.« Hünerbein guckt so unschuldig, wie er nur kann. »Der Kollege Knoop sagt leider die Wahrheit. Wir sind auch konsterniert. Aber manchmal kann man gar nicht so blöd denken, wie es kommt.«

»Damaschke müsste noch eine Aufzeichnung haben«, meint Beylich. »Das Nagra-Band.«

»Wenn bei ihm nicht auch schon der Verfassungsschutz war.« Ich greife zum Telefon und wähle die Nummer der Kriminaltechnik. Damaschke geht nach dem zweiten Klingeln ran.

»Gut, dass du anrufst«, sagt er aufgeregt. »Ich wollte dich auch gerade anrufen.«

Mir schwant Böses. »Sind sie jetzt bei dir?«

»Wer?«

»Die Typen vom Verfassungsschutz.«

»Nö.« Damaschke lacht. »Was sollten die hier wollen? Ich bin ein anständiger Staatsbürger.«

»Falls Sie kommen«, schärfe ich Damaschke ein, »rück ja keine Akten raus, klar?«

»Ja, aber eigentlich wollte ich etwas ganz anderes mit dir bereden.«

»Nicht am Telefon«, unterbreche ich ihn rasch, »nachher werden wir noch abgehört.«

»Sag mal, hattest du irgendwas im Tee? Du klingst so wahnsinnig.«

»Der Wahnsinn ist überall, Jürgen. Nicht nur in meinem Kopf. Bin gleich bei dir.« Ich lege auf und sehe Inga Lenz an. »Geben Sie mir die Kassette? Ich übernehme das für Sie.«

Inga weicht zurück. »Tut mir leid, Knoop, das würde ich gern selbst übernehmen.«

»Schade.« Ich nehme meine Jacke. »Sonst hätten Sie sich nämlich um eine Zeugin kümmern können, die Ihren Golgatha-Täter womöglich gesehen hat.«

»Eine Zeugin?«

»Padma-Aruna-Yoga in der Methfesselstraße. Während Sie den Park abriegeln ließen, ist dort ein seltsamer roter Engel aufgetaucht. Die Zeugin ist sich sicher, dass er sich nur vor der Polizei verstecken wollte.«

Ich nehme mir das Tonband und will zur Tür, doch Inga Lenz hält mich am Ärmel zurück.

»Mach keine Scheißwitze, okay? Ich bin echt nicht zu Späßen aufgelegt.«

»Ich weiß, Inga. Ich weiß.« Ich schreibe die genaue Adresse von dem Yoga-Institut auf einen kleinen Zettel.

Sie lässt mich langsam los.

»Die Zeugin heißt Anke Cardtsberg und ist die Chefin dort.« Ich gebe ihr den Zettel. »Viel Glück!«

28 DAS INSTITUT für Kriminaltechnische Untersuchungen ist für Laien wie mich eine Zauberhöhle. Da gibt es Räume, in denen weiß gekleidete Laborassistentinnen zwischen Apparaturen mit seltsamen Chemikalien herumschleichen. Man sieht viele Glasgefäße, die ich noch aus dem Chemieunterricht in der Schule als Erlenmeyer-Kolben kenne, und überall blubbert, köchelt und dampft es wie in einer Hexenküche. Andere Zimmer sind schallisoliert. Hier wird scharf auf gallertartige Blöcke, Zement und Stahl geschossen, komplizierte Geräte messen ballistische Bögen, Durchschlagskräfte und Schussgeschwindigkeiten. Es gibt Säle voller Mikroskope, Vergleichsscanner und Prozessoren, die alle irgendetwas analysieren: Schriftproben, Stoffreste, Duftmarken, Spuren jeder Art und Form.

»Hörst du das?« Damaschke steht vor einem Bandgerät mit vielen Reglern und Knöpfen und spielt mir immer wieder die Aufzeichnung vom Anruf bei Inga Lenz vor. »Dieser leicht verzerrte Klang?«

»Ich bin der, den du suchst. Aber es ist schwierig geworden im Viktoriapark. Da rennen mir jetzt zu viele Rächerinnen herum. Ich werde auf die Hasenheide ausweichen müssen.«

»Wie durch eine leere Blechdose oder so.« Damaschke zieht ein paar Regler auf und zu, und die Stimme wird klarer.

»Ich bin der, den du suchst – ich bin der, den du suchst – ich bin der, den du suchst …«

»Das ist ein ganz einfacher Trick, um die Stimme zu verfremden«, erklärt Damaschke, »man nimmt eine leere Konservendose und spricht hinein. Der Boden der Dose dämpft die Schallwellen und gibt sie durch Eigenvibration verfremdet weiter. Da kann man selbst mit modernster Technik nichts mehr machen.«

»Ich bin der, den du suchst …«

»Die einzige Möglichkeit, die wir haben, ist eine Frequenzmessung.« Damaschke stoppt das Band und legt es in ein anderes Gerät ein, das wie ein Mischpult in einem Tonstudio aussieht und mit vielen Monitoren und Bildschirmen verkabelt ist. Ich bin beeindruckt. Das meiste davon hat Damaschke selbst angeschafft und bezahlt, denn die Berliner Polizei leidet an notorischem Geldmangel und spart gern an Ausrüstung und Material.

»Achte mal auf die Tonkurve Bildschirm zwo.« Das Band läuft, auf dem Monitor sieht man die Ausschläge der Tonkurve.

»Jetzt nehmen wir mal den Widerstand der Blechdose raus«, murmelt Damaschke und dreht an ein paar Knöpfen herum, »damit werden wir zwar nicht die Originalstimme des Anrufers herausbekommen, wohl aber die Frequenzmodulation, mit der er spricht.«

Die Tonkurve verändert sich, und gleichzeitig beginnt ein Drucker das Ergebnis auf einem Bogen Papier auszudrucken.

»Jetzt machen wir dasselbe mit dem Anrufer vom Viktoriapark.« Damaschke wechselt die Bänder. »Der sprach ja unverzerrt, insofern können wir uns den Filter hier sparen …« Er schaltet ein paar Knöpfe aus. »… und müssen nur auf die Frequenz achten. – Wieder Bild zwo.«

Ich starre auf die Tonkurve. Viel anders als die erste sieht sie nicht aus. Genau genommen sehe ich überhaupt keinen Unterschied.

»Dieselbe Stimme?«, frage ich, als der Drucker wieder anspringt.

Damaschke schüttelt den Kopf. »Mitnichten«, sagt er und sieht sich beide Papiere an. »Da sind oft Unterschiede von fast fünfzig Hertz.«

»Okay«, sage ich. »Und was heißt das?«

»Die Stimmen sind nicht identisch.« Damaschke schaltet das Gerät ab und gibt mir Ingas Band zurück. »Der Anrufer vom Viktoriapark ist definitiv nicht der Anrufer, der die Lenz zum Görlitzer Park gelotst hat. Der eine spricht Bass, der andere Bariton. So sehr kann man sich nicht verstellen. Es sind zwei unterschiedliche Männer.«

Aha. Das wäre also geklärt.

»So, jetzt komm! Das wollte ich dir unbedingt zeigen.«

Damaschke zieht mich zu einem grünen Metallkasten, der mich an einen alten Radarmonitor erinnert oder an einen dieser Stereoskopie-Guckkästen, wie es sie früher auf Jahrmärkten gab. Dabei werden die Augen an einen taucherbrillenartig ausgeformten Gummiflansch gepresst, damit man sich ohne störende Einflüsse von außen auf das zu betrachtende Objekt konzentrieren kann.

»Schau mal da durch! Das ist das Video mit der entführten Blumenhändlertochter. Fällt dir was auf?«

Ich hocke mich auf Damaschkes Rollhocker und presse meine Augen an den Gummiflansch des Guckkastens. Erst flimmert das Bild, dann sehe ich das mir bereits bekannte Video: Fatma, gefesselt auf einem Stuhl vor der schmuddeligen Ziegelwand sitzend.

»Tut, was sie verlangen«, ruft sie zitternd, »sonst bringen sie mich um!« Dann hält jemand einen maschinegeschriebenen Zettel vor die Kamera: »Bleibt am Telefon! Wir melden uns! KEINE POLIZEI!!!«

Das Bild erlischt.

»Und? Was gemerkt?« Damaschke sieht mich fragend an.

Ich weiß nicht. Ratlos hebe ich die Schultern. Was soll ich gemerkt haben?

»Achte mal auf diese Wand im Hintergrund links von dem Mädchen.«

Damaschke spult das Band vor und lässt es noch mal laufen. Erneut presse ich meine Augen an den Gummiflansch, und tatsächlich erkenne ich links schwache Lichtreflexionen. Ein kaum wahrnehmbares Flimmern, aber es ist da.

»Was ist das?«

»Es gibt dazu einen Ton.« Damaschke dreht an ein paar Reglern. »Den hört man allerdings nur, wenn die Stimme des Mädchens vollkommen ausgeblendet wird. – Achtung: jetzt!«

Ich höre nur ein lautes Rauschen. Oder ist da noch was?

»Nichts? – Warte mal.« Damaschke schaltet einen zweiten Monitor ein. »Hier auf dem Oszillografen kannst du die Tonkurve vergrößert sehen.« Er stoppt das Band erneut, spult zurück und lässt es wieder laufen.

Zunächst ist auf dem Oszillografen nur eine gerade grüne Linie zu sehen.

»Das ist das Grundrauschen«, erklärt Damaschke. »Aber jetzt!«

Die grüne Linie beginnt auszuschlagen. Erst ganz leicht, dann stärker werdend, um sich anschließend wieder abzuschwächen.

»Synchron dazu kommt das Flimmern im Bild.« Damaschke schaltet einen Sekundenzähler dazu. »Ich hab das jetzt bestimmt zehnmal durchgemessen. Immer wenn die Tonkurve am höchsten ausschlägt, haben wir auch diese schwache Lichtreflexion an der Wand neben dem Mädchen.«

»Was kann das sein?«, frage ich ihn.

»Ich bin nicht sicher.« Damaschke stöpselt an seinen Geräten herum. Ein Stecker hier, zwei andere da. Schon erstaunlich, wie der Kerl sich mit seinen komplizierten Apparaten auskennt. »Wir simulieren mal einen Ton zur Kurve. Achtung!«

Ein schwaches Pochen, sehr leise zunächst, dann anschwellend, dadam, dadam – dadam, dadam, bevor es wieder leiser wird und ganz verklingt.

»Ein Zug?« Allein vom Rhythmus her klingt es, als wenn etwas über Bahnschwellen fährt.

Damaschke nickt. »Ja, das vermute ich auch.« Er nestelt an ein paar Knöpfen herum. »Hören wir uns noch mal den Originalton an. Ich lege mal einen Rauschfilter drüber.«

Wir spitzen die Ohren. Dafür, dass ein Filter vorgeschaltet ist, rauscht es noch ordentlich. Doch dann kommt das Geräusch, erst eine Art Sirren, dann das Pochen. Dadam, dadam. Jetzt hört es sich tatsächlich wie das eisenbahntypische Rattern an. Dadam, dadam.

Wir sehen uns an, nicken. Die Sache ist eindeutig. Am Versteck der Entführten fährt ein Zug vorbei.

»Dann hockt die irgendwo in einem Tunnel«, überlege ich, »vielleicht in einem U-Bahn-Schacht?«

»Dann wären die Geräusche lauter«, widerspricht Damaschke, »und die Lichtreflexionen an der Wand stärker.«

»Also wo?«

»Wir sind immer von einem Keller ausgegangen.« Damaschke kratzt sich am Kopf und presst die Augen wieder an den Gummiflansch. »Von Kunstlicht, einem Scheinwerfer, der das Mädchen ausleuchtet. Aber das ist falsch. Das ist Tageslicht.« Er sieht auf. »Die sitzt wahrscheinlich vor einem Fenster. Irgendwo an einer S-Bahn-Strecke. An der Hochbahn in einem Abbruchhaus, oder so.« Damaschke steht auf, läuft nachdenklich hin und her, spricht laut vor sich hin. »Und als der Zug vorbeifährt, wird das Sonnenlicht von dessen Fenstern an die Wand reflektiert.«

»Okay.« Das klingt einleuchtend. »Jetzt müssen wir nur noch herausfinden, wo das genau sein könnte.«

»Das ist eine Gleichung mit mehreren Unbekannten«, murmelt Damaschke und schnappt sich Stift und Papier. »Aber mit ein paar richtigen Parametern können wir das ausrechnen.«

Auwei, denke ich, jetzt wird's kompliziert.

»Wir brauchen eine Uhr«, Damaschke wühlt in seinen Regalen herum, »Sextant, Zirkel. Schauen wir mal! – Warst du gut in Mathematik?«

Niemals. In Mathe war ich die totale Niete.

»Dann schnapp dir mal den Taschenrechner da drüben.« Damaschke kommt mit einem Stapel Bücher zurück. Sonnenstände, Erddrehung, Mondkalender und andere planetarische Konstellationen.

»Fängst du jetzt auch mit Astrologie an?«

»Astronomie«, sagt er mit Nachdruck und packt noch die aktuellen S-Bahn-Fahrpläne auf den Tisch, »ist etwas ganz anderes.«

Na, da bin ich ja mal gespannt.

29 DAS AUFFÄLLIGE, Ende des 19. Jahrhunderts aus roten Backsteinen im Schweizer Landhausstil erbaute Gebäude war nie Wohnsitz reicher Leute. Obwohl es so aussah: Reich verziert, mit einem Altan an der Seitenfront, seinem Erker und dem weit überstehenden Kreuzdach wirkte das direkt am Viktoriapark gelegene Haus wie eine prächtige alte Villa. Früher diente sie als Gärtner- und Maschinenhaus. Der Park brauchte Pflege und starke Pumpen für den Betrieb des Wasserfalls. Noch immer befanden sie sich im Keller des »Villa Kreuzberg« genannten und inzwischen als soziokulturelles Zentrum genutzten Anwesens.

Offenbar mochten sie es laut in der Villa Kreuzberg, denn Beylich dröhnte Rap-Musik entgegen, wummernde Bässe, Polizeisirenen und der harte, energische Sprechgesang von Hijack – The Terrorist Group.

Die Wände waren mit grellen Graffiti verziert. Ein paar Mädchen spielten Billard, und Beylich brauchte einen Moment, bis er sich bei der jungen Frau an der schmalen Bar verständlich gemacht hatte, denn es gab hier gleich mehrere Projekte: Interkulturelle Kommunikation für Mädchen und Frauen zum Beispiel, den Jugendtreff und das Mädchenzentrum Kreuzberg.

»Henriette Cordes«, schrie er gegen den Hijacker an. »Das muss hier eine Sozialarbeiterin sein.«

»Henriette Cordes bin ich«, rief die junge Frau zurück.

»Dann können Sie mir vielleicht etwas über Fatma Misirlioglu erzählen?«

»Was?«

»Fatma Misirlioglu«, brüllte er.

»Ich verstehe kein Wort!« Die junge Frau kletterte hinter ihrem Tresen hervor und bedeutete ihm mitzukommen. Er folgte ihr in die hinteren Räume und bewunderte Henriette Cordes' Haarpracht: viele hundert geflochtene Rastazöpfe, die ihr bis fast zu den Hüften reichten. Irre! Es musste ewig dauern, bis man damit fertig war.

»Hier ist es ruhiger.« Henriette Cordes öffnete die Tür zu einem kleinen Raum, dessen Fenster nach hinten raus gingen, Richtung Park, und der wohl so was wie ein Büro war. Es gab ein Telefon, eine Schreibmaschine und einen Kopierer sowie ein Faxgerät. Überall lagen halb fertige Entwürfe diverser Flyer herum, ein Coca-Cola-Automat surrte vor sich hin, und die Wände zierten Konzertplakate und Plattencover von Rappern wie MC Thick und Optimist Prime.

Henriette Cordes räumte einen Stuhl frei. »Setzen Sie sich doch.«

Beylich nahm Platz und hielt dem neugierigen Blick stand, mit dem sie ihn bedachte. Henriette Cordes war hübsch, hatte Sommersprossen auf der Nase und blaugraue, freundliche Augen. Mit verschränkten Armen lehnte sie am Fenster und begann zu lächeln.

»Ossi, oder?«

»Sieht man mir das an?«

Die Frage war Blödsinn, denn Beylich wusste, wie er aussah. Zeitgeist war nicht sein Ding. Noch immer trug er seine Hornbrille aus DDR-Produktion. Er fand Jeans unbequem und war stattdessen ein Freund des Wollpullunders und weit geschnittener Blousonjacken aus pflegeleichter Kunstfaser. Na und? Was war daran schlecht? Der Charakter formt den Mann, war Beylichs Devise. Nicht das Aussehen.

Dass diese Henriette Cordes eine nette Person war, schloss er auch nicht aus deren weiten Cargohosen und dem bauchfreien Top. Und sosehr ihn auch ihre geflochtenen Braids beeindruckten – über Charakterstärke sagten sie nichts aus. Was ihn an Henriette Cordes interessierte, waren ihre Mimik und ihr offener, warmherziger Blick. Darin sah er den Menschen, nicht in der Kleidung.

»Fräulein Cordes«, begann er und stockte irritiert, weil sie kurz kicherte. Aber dann sah sie ihn wieder so herzlich an, dass er weitersprach. »Ich würde gern etwas über Fatma Misirlioglu erfahren.«

»Hat sie was angestellt?«

»Sie ist …«, bewusst vermied er das Wort »entführt«, »… verschwunden. Ihre Eltern machen sich Sorgen.«

»Verschwunden?« Henriette Cordes zog sich eine Coke aus dem Kühlschrank. »Seit wann?«

»Mittwoch vergangener Woche gab es den letzten Kontakt zu ihr. Das sagen jedenfalls ihre Eltern.«

»Mittwoch war Fatma hier. Das weiß ich ganz sicher. Mittwochs ist Hexentag.«

»Hexentag?«

»Ein paar Mädchen von uns haben eine Performance Group gegründet. Aktionskunst, Trommeln, Tanz, Kampfsportakrobatik und so. Sie nennen sich ›Die Hexen von Kreuzberg‹. Mittwochs proben sie hier, planen neue Auftritte. – *Sorry*!« Sie zeigte auf den Coke-Automaten. »Wollen Sie auch eine?«

Beylich verneinte dankend. »Und diese anderen Hexen«, erkundigte er sich, »die Freundinnen? Fragen die sich nicht, wo Fatma stecken könnte?«

»Warten Sie, das haben wir gleich.« Henriette Cordes stellte ihre Coke-Dose auf den Tisch und verließ den Raum.

Beylich nahm sich einen der Flyer. Verschiedene Kurse wurden angeboten: Nachhilfe für Schülerinnen, Bauchtanz für Anfänger, die Kunst des positiven Denkens und Rappen mit Doctor Hip &

Mrs. Hop. Dann gab es noch einen Selbstverteidigungskurs für Mädchen, immer freitags achtzehn Uhr, die Leiterin war Inga Lenz.

Interessant, dachte Beylich, darauf sollte ich sie mal ansprechen.

Die Tür öffnete sich wieder, und Henriette Cordes kam mit zwei Mädchen zurück. Eines hatte rote Haare und trug verschiedenfarbige Strümpfe, sodass sich Beylich an Pippi Langstrumpf erinnert fühlte. Bei der anderen war alles schwarz. Die Haare, die Kleidung, der Lippenstift und der Nagellack. Feindselig sah sie Beylich an.

»Sind Sie 'n Bulle?«

»Janis, das ist Oberkommissar Beylich von der Kriminalpolizei.« Henriette Cordes lächelte ihn entschuldigend an und fuhr, an die Mädchen gewandt, fort: »Er sagt, Fatma sei seit Mittwoch verschwunden. Wisst ihr etwas darüber?«

»Scheiße«, hauchte Pippi Langstrumpf, die Henriette Cordes als Peggy vorgestellt hatte, entsetzt, und der Blick der Schwarzen wurde noch düsterer. »Wieso? Was sollen wir denn wissen?«

»Habt ihr sie noch nicht vermisst?«

»Vermisst? Ja, vielleicht. Keine Ahnung ...«

»Ihr hattet also«, Beylich beugte sich etwas vor, »seit Mittwoch keine Termine mehr zusammen?«

»Termine?«

»Ich meine so als Hexen von Kreuzberg.«

»Ach so, doch, gestern.« Peggy verstand. »Da sind wir Streife gelaufen.«

»Streife?«

»Da schleicht seit Monaten so ein Perverser durch den Park«, erklärte Henriette Cordes. »Die Mädchen haben die Initiative ergriffen und patrouillieren jetzt regelmäßig durch den Park, damit nichts mehr passieren kann.«

»Aber nur die, die auch Kampfsport und Selbstverteidigung machen«, erklärte Peggy stolz und straffte sich. »Echt mal, der Typ soll nur kommen.«

»Der kriegt so was von in die Fresse, Alter«, bekräftigte Janis und ließ eine Kaugummiblase auf ihren schwarzen Lippen zerplatzen.

»Ist das mit Inga Lenz abgesprochen?«

»Wieso mit Inga?«

»Das ist doch eure Selbstverteidigungslehrerin.«

»Ja, schon.« Die Mädels nickten einträchtig.

»Für die Inga ist das okay«, mischte sich Henriette Cordes wieder ein, »wir müssen ja irgendwas machen, sonst kann man sich als Frau da im Park nicht mehr frei bewegen. Und gestern war Demo und hinterher Weiberfest, ich meine …«

»Weiberfest?«

»Ja, wir wollten Zeichen setzen. Das müssen Sie sich mal vorstellen: Seit über einem halben Jahr werden im Park Mädchen überfallen. Und die Polizei tut nichts!« Anklagend sah sie Beylich an. »Nicht dass Sie persönlich etwas dafür können, aber das geht echt nicht.«

»Wenn uns die Bullen nicht schützen können«, sagte die Schwarze mit finsterem Blick, »müssen wir es halt selber tun.«

»Ja, das macht Sinn«, gab sich Beylich verständnisvoll und rekapitulierte: »Da sind Sie also gestern Streife gelaufen, und Fatma war nicht dabei.«

»Doch«, sagte Peggy.

»Nein«, widersprach die Schwarze.

»Echt nicht?« Peggy sah sie fragend an.

»Nei-hein.«

»Aber …«

»Peggy!« Die Schwarze wurde nachdrücklicher. »Wir haben Fatma gestern nicht gesehen, klar? Wir haben sie seit ihrer Entführung nicht gesehen!«

»Ach, Sie wissen, dass sie entführt wurde?« Beylich sah erstaunt auf. »Woher denn?«

»Haben Sie das nicht gesagt?«

»Nein.«

Die Mädchen schwiegen verwirrt und guckten ratlos zu Henriette Cordes. Die verschränkte die Arme und runzelte die hübsche Stirn.

»Mädels«, fragte sie streng, »ihr baut nicht gerade wieder irgendeine Scheiße, oder?«

»Nein.« Peggy und Janis schüttelten heftig die Köpfe. »Echt nicht, Jette, machen wir nicht.«

»Und woher wisst ihr dann von einer Entführung?«

»Ja, so was spricht sich halt rum.«

»Nicht bis zu mir.« Henriette musterte die Mädchen prüfend. »Also?«

»Mann, Jette!« Janis fuhr sich genervt durch die schwarzen Haare. »Das ist ja wohl ganz normal, oder? Bei jeder Entführung ist der erste Spruch: Keine Bullen! Sonst …« Sie machte eine Kopf-ab-Bewegung.

»Können wir jetzt gehen?« Peggy sah erst zu Beylich, dann zu Henriette Cordes und wieder zurück zu Beylich.

Der nickte versonnen. »Ja. Sicher doch.«

Die Mädels machten, dass sie rauskamen. Henriette schloss hinter ihnen die Tür.

»Was soll ich davon halten?«, seufzte sie.

»Die sind unter Druck«, stellte Beylich fest und erhob sich. »Ziemlich unter Druck.«

»Ich weiß nicht.« Henriette Cordes hob verunsichert die Schultern. »Irgendwas hecken die aus.«

»Meinen Sie?«

»Ganz bestimmt.« Henriette Cordes nickte langsam. »Die hecken immer was aus.«

30 SONNENSTÄNDE, Einfallswinkel, Ausfallswinkel, Snelliussches Brechungsgesetz – mir schwirrt der Kopf von all dem Zeug, doch Damaschke ist nicht zu bremsen in seinem Forschungsdrang. Er rechnet herum, vergleicht, prüft, und sein Labor sieht inzwischen aus wie das eines genialen, aber vollkommen verrückten Erfinders. Der Dr. Seltsam der Berliner Kriminaltechnik hat verschiedene Versuchsanordnungen aufgebaut, misst und analysiert Geschwindigkeiten, vergleicht sie mit den Fahrplänen der S-Bahn, grübelt, rechnet neu und kommt doch zu keinem Ergebnis.

Da er für sein Büro ein striktes Rauchverbot verordnet hat, gehe ich auf die Straße und zünde mir eine Zigarette an.

Soweit ich das verstanden habe, versucht er, anhand verschiedener Daten aus dem Video herauszufinden, wo die Tochter des Blumenhändlers versteckt gehalten wird.

An einer Hochbahnstrecke irgendwo in der Stadt. Um sie genau zu lokalisieren, müssen die im Video auftauchenden Lichtreflexionen an der Wand mit dem dadurch bestimmbaren Sonneneinfallswinkel plus Einbeziehung der Lichtbrechung, etwa durch Fensterscheiben, mit den diversen Hochbahnstrecken in der Stadt abgeglichen werden.

So kann auch die genaue Uhrzeit der Videoaufnahme bestimmt werden, und wenn diese, unter erneuter Berücksichtigung von Sonnenstand, Einfallswinkel und Lichtbrechung, mit den Fahrzeiten der S-Bahn deckungsgleich ist, müsste dort, das behauptet zumindest Damaschke, auch das Mädchen zu finden sein.

»Alles eine Frage der Mathematik und der Physik. Man muss das nur logisch anwenden.«

Toll. Und warum wissen wir dann immer noch nicht, wo die Kleine steckt?

»Weil wir irgendetwas übersehen«, murmelt Damaschke, als ich von meiner Rauchpause zurückkehre. »Ein Problem ist auch, dass wir nicht bestimmen können, ob die Sonne nun von Ost oder West auf den Zug scheint, ob es morgens oder abends ist. Ich bin beide Möglichkeiten durchgegangen, allerdings ohne Erfolg.«

Er sieht mich an, bemerkt mich aber nicht. Als wäre ich durchsichtig. Ein Bulle aus Glas. Damaschke ist in seiner eigenen Welt.

»Es gibt keine Strecke in der ganzen Stadt, auf die alle unsere Komponenten passen«, sagte er mehr zu sich selbst. »Und ich frage mich, woran das liegt.«

»Bist du wirklich alle Hochbahntrassen durchgegangen?« Die Frage ist eher rhetorischer Natur, eine Art Lautgabe, damit Damaschke merkt, dass ich noch immer bei ihm bin und mit ihm leide.

»Was?« Irritiert schaut er auf.

»Bist du wirklich alle Hochbahnstrecken durchgegangen«, wiederhole ich. »Es gibt ja ein recht großes Netz hier in Berlin.«

»Ja, aber durch den Sonnenstand gefiltert ergeben sich nur wenige Teilstreckenführungen, die in Frage kommen.« Er hat sie rot und blau auf einem Streckenplan der Berliner S-Bahn markiert.

»Hier an der Linie nach Frohnau und die Strecke von Ostkreuz bis Alexanderplatz. Dann im Süden Richtung Zehlendorf. Und zwischen Nikolassee und Wannsee. Aber wie gesagt, entweder stimmen die Fahrpläne nicht, oder …« Er schüttelt nachdenklich den Kopf.

»Und die U-Bahn-Strecken?« Mir fällt auf, dass er die völlig außer Acht gelassen hat. »Was ist mit den U-Bahn-Strecken?«

»Das hatten wir doch längst ausgeschlossen«, belehrt er mich, »das Mädchen sitzt nicht irgendwo unter der Erde, sondern …«

»Oberirdisch, schon klar. Aber die U-Bahn fährt ja auch nicht nur unter der Erde. Die U 1 zum Beispiel zwischen Gleisdreieck und Schlesischem Tor fährt über einen Viadukt. Genau wie in Ostberlin die Linie nach Pankow.«

Damaschke starrt mich an. »Genial«, entfährt es ihm, »Dieter, du bist einfach genial!«

Falsch, denke ich: Das Genie bist du. Ich bin nur aufmerksam.

Damaschke fängt sofort an zu rechnen. Er beginnt mit der Linie 1 und markiert ein Teilstück am Halleschen Ufer. Die U-Bahn fährt hier als Hochbahn über eine Trasse am Landwehrkanal von nordwestlicher in südöstliche Richtung. Das heißt, die Sonne scheint morgens auf die Nordostseite der Trasse und abends auf die Südwestseite. Dort aber stehen Bäume, die den Sonneneinfallswinkel stören können, weshalb sich Damaschke erst mal auf die nordöstliche Seite konzentriert, wo die Trasse direkt an der Straße langführt, mit weniger störendem Baumbewuchs.

»Hier!« Er tippt auf die Karte. »Such mal im U-Bahn-Fahrplan. Morgens gegen sieben Uhr, wir brauchen die genauen Abfahrtszeiten vom U-Bahnhof Hallesches Tor in Richtung Zoo.«

Ich blättere mich durch den aktuellen BVG-Plan. Die Züge fahren im Fünf-Minuten-Takt. »Sechs Uhr einundfünfzig, sechs Uhr sechsundfünfzig, sieben Uhr eins, sieben Uhr sechs …«

»Das reicht«, stoppt mich Damaschke. »Wie lange brauchen die bis Möckernbrücke?«

»Eine Minute.« Ich lese es vor: »Ankunft sechs Uhr zweiundfünfzig, sechs Uhr siebenundfünfzig, sieben Uhr zwei …«

»Sieben Uhr zwei.« Damaschke klatscht in die Hände. »Genau! Das passt!«

»Was passt?«

»Alles!« Er umarmt mich begeistert. »Das haut genau hin: Sonnenstand, Uhrzeit, Fahrzeit, es passt einfach alles!«

»Okay«, ich mache mich wieder los. »Und wo ist jetzt das Mädchen?«

»Hier!« Damaschke zeigt es mir auf der Karte. »Genau hier. Im ersten Stock.«

Aber was ist da? Ich trete näher an die Karte heran. »War da nicht früher mal Peter Steins Schaubühne?«

»Die sind jetzt am Lehniner Platz.« Damaschke strahlt. »Das Theater wurde zuletzt für freie Gruppen genutzt, steht aber seit Monaten leer.«

»Perfekt«, finde ich das und greife zum Telefon. »Ich brauche Einsatzfahrzeuge und ein SEK am Halleschen Tor. Kein Blaulicht, kein Horn, klar? Es ist Gefahr im Verzug.«

Zwanzig Minuten später ist die alte Schaubühne am Halleschen Ufer von Polizeifahrzeugen umstellt. Das Anfang der sechziger Jahre ursprünglich für die Arbeiterwohlfahrt errichtete Gebäude mit den riesigen Glasfronten zur Straße hin war einst Deutschlands berühmtestes Theater. Von 1970 an sorgten hier revolutionäre Theatermacher wie Peter Stein, Bob Wilson und Klaus Michael Grüber mit ihren Dramaturgen Botho Strauss und Dieter Sturm für bahnbrechende Aufführungen und handfeste Skandale. Zum Ensemble gehörten so berühmte Mimen wie Bruno Ganz, Peter Fitz und Otto Sander und Schauspielerinnen wie Monica Bleibtreu, Edith Clever und Jutta Lampe. 1981 dann zog die Truppe in ihr neues Haus am Lehniner Platz am Kurfürstendamm ein, und das alte Theater am Halleschen Ufer verwahrlost seitdem. Die riesigen Fensterfronten sind fast blind, Putz blättert von den Wänden, ein Graffito meldet in Anlehnung an das Motto der letzten Loveparade: »MY HATE IS YOUR HATE AND OUR HATE IS FIGHT!«

Im Erdgeschoss gibt es noch das alte Theatercafé. Es ist eingerichtet wie zu frühen Schaubühnenzeiten, ganz im Stile der politisierten siebziger Jahre mit Antifa-Postern an den Wänden, Kampagnen-Tees im Angebot und einer hübschen, aber sehr einsamen studentischen Tresenkraft. Aus den Boxen dringt Sinéad O'Connors »Nothing Compares 2 U«, und die einzigen Gäste sind ein früh ergrauter Alt-68er mit Nickelbrille und Wollpullover und seine sehr viel jüngere Begleiterin. Erschrocken schauen sie auf die vielen, in ihren Rüstungen sehr martialisch wirkenden Polizisten, die von überall her ins Haus eindringen.

»Was ist denn jetzt los?« Es klingt mehr wie ein Vorwurf als eine Frage und sehr empört.

Beruhigend lächle ich den beiden Gästen zu. »Nur eine polizeiliche Maßnahme, keine Panik.«

»Dafür ist Geld da!« Der grauhaarige Nickelbrillenträger kommt hinter seinem Tisch hervor. »Aber für die Kunst keinen Pfennig!« Feindselig starrt er mich an. »Weisen Sie sich aus! Und erklären Sie mir den Grund für diesen Überfall.«

Dass diese APO-Typen immer so ein Problem mit staatlicher Autorität haben. Unwillkürlich schüttele ich den Kopf.

»Setzen Sie sich wieder, und trinken Sie Ihren Kaffee, es ist alles in bester Ordnung.«

»Ihren Namen und Ihre Dienstnummer, bitte!« Die Nickelbrille will tatsächlich meinen Ausweis. Will er sich beschweren? Über mich? – Lächerlich. Ich ziehe meinen Ausweis hervor, zögere. »Und Sie sind?«

»Das tut nichts zur Sache!« Er will mir meinen Ausweis abnehmen, doch ich ziehe die Hand zurück.

»Ich fürchte doch«, sage ich, immer noch lächelnd, »einfach der Fairness halber: Ich sage Ihnen, wer ich bin, sogar mit Dienstnummer, und Sie verraten mir, wer Sie sind.«

»Dazu bin ich nicht verpflichtet«, regt er sich auf, während ihn seine junge Begleiterin zurückhaltend am Arm zupft. »Sie dringen hier in mein Haus ein wie einst die Babylonier in Jehuda. Dafür habt ihr Geld«, wiederholt er aufgebracht, »für eure hochgerüstete Polizeitruppe. Nur die Kunst muss darben!«

Dafür kann ich doch nichts.

»Ihr Haus«, frage ich ihn, »wieso Ihr Haus?«

»Das ist Herr Tauchwitz«, ruft seine Begleiterin, als müsste ich den Namen kennen. »Ottokar Tauchwitz! Er leitet hier die freie Theaterarbeit.«

»Na, warum sagen Sie das nicht gleich? Sehen Sie, Herr Tauchwitz, und ich leite hier den Einsatz.«

»Was suchen Sie überhaupt?«

»Ein Mädchen«, antworte ich ernst. »Es ist seit vergangener Woche entführt.«

»Hier?« Die Begleiterin klingt jetzt unangenehm schrill. »Bei uns?«

Damaschke kommt aufgeregt heran. »Oben«, ruft er, »wie ich gesagt habe.«

»Entschuldigen Sie mich!« Ich lasse den Tauchwitz und seine junge Muse stehen und folge dem Spurensicherer in den ersten Stock.

Die Ziegelwand ist aus Pappe. Eine Theaterkulisse in Kelleroptik. Ein Stuhl steht davor, und die Stricke, mit denen das Mädchen gefesselt war, liegen auch noch am Boden. Durch die schmuddeligen, seit Jahren nicht mehr geputzten raumhohen Fensterfronten scheint die Sonne. Draußen rattert eine U-Bahn über den Viadukt am Landwehrkanal. Fatma Misirlioglu selbst ist nirgends zu sehen.

Damaschke sperrt den Ort mit rotweißen Bändern ab und packt sein Analyseköfferchen aus. »Mal sehen, ob wir hier noch was Brauchbares finden.«

Tauchwitz und seine Begleiterin sind uns nach oben gefolgt.

»Was hat das zu bedeuten?«

Der vorwurfsvolle Unterton des freien Theatermannes geht mir inzwischen ziemlich auf die Nerven.

»Fatma Misirlioglu«, schnauze ich ihn an. »Sagt Ihnen der Name was?«

»Nie gehört.«

»Aber doch«, widerspricht die Begleiterin. »Die kleine Türkin, weißt du. Die die schwarze Paula im ›Lusitanischen Popanz‹ spielen sollte.«*

»Wann haben Sie das Mädchen zuletzt gesehen?«

Die Begleiterin weiß es nicht mehr genau, und auch Tauchwitz zuckt nur mit den Schultern.

»Seit dem Projekt jedenfalls nicht mehr.«

»Was für ein Projekt?«

»Ein Theaterprojekt. Was sonst?« Tauchwitz breitet spöttisch die

Arme aus. »Sie befinden sich hier in einem Theater, mein Herr! Ich weiß, es ist heruntergekommen, aber so sieht Kunst nun einmal aus, wenn man zwar die Polizei hochrüstet, die Kultur aber verhungern lässt.«

Mir ist wirklich nicht nach kulturpolitischer Diskussion.

»Was war das für ein Theaterprojekt?«, frage ich, nur noch mühsam beherrscht. »Wann war damit Schluss?«

»Im Frühsommer«, antwortet die Begleiterin. »Kurz vor der Premiere haben die Mädchen alles hingeschmissen. Das Stück war ihnen zu politisch und zu verstaubt ...«

»Diese kleinen Krähen!« Tauchwitz ballt wütend die Fäuste und schnaubt. »Was wissen die denn? – Nichts!«

»Das war als soziales Projekt angedacht«, erklärt die Begleiterin, »in Kooperation mit dem soziokulturellen Zentrum Villa Kreuzberg. Jugendtheater als interkultureller Katalysator, verstehen Sie? Gerade hier, in diesem Berliner Bezirk, einem Brennpunkt der Migration –«

»Ich verstehe«, unterbreche ich die junge Frau, bevor sie sich in Wallung redet. »Wenn ich Sie also recht verstehe, scheiterte das Projekt am Widerstand der Mädchen?«

»Blöde Gänse waren das«, flucht Tauchwitz, »den ganzen Tag nur Gegacker und dummes Gerede über Schminke und Jungs. Was wir hier vorhatten, war denen völlig egal.«

»Ach Gott, denen fehlte halt der Zugang«, winkt die Begleiterin ab. »Das hätten wir merken müssen.«

»Rumgealbert haben sie.« Tauchwitz ist sichtlich getroffen. »Den ganzen Tag. Banausen, verdammte.« Er lacht bitter auf. »Wahrscheinlich muss man so was heute *Banausinnen* nennen. Blöde Weiber!«

»Bislang war die Zusammenarbeit mit der Villa Kreuzberg immer gut«, entschuldigt sich die Begleiterin, »gerade die Henriette Cordes ist da sehr engagiert. Aber diese Kreuzberger Hexen waren hier wohl fehl am Platz.«

»Kreuzberger Hexen?« Wo hab ich das schon mal gehört?

»So nannte sich die Bande!« Tauchwitz lockert seine Fäuste wieder.

»Eine richtige Mädchengang«, lächelt seine Begleiterin. »Wir wollten sie von der Straße holen.« Sie hob bedauernd die Hände. »Es hat nicht geklappt.« Interessiert sieht sie mich an. »Und jetzt soll eines der Mädchen entführt worden sein?«

»Ja.« Ich bin etwas ratlos. »Das Erpresservideo ist hier aufgezeichnet worden. Genau vor dieser Wand aus lauter falschen Pappziegeln …«

Und die Entführung?

Ist die echt?

31 ÜBER DAS MELDEAMT hatte Hünerbein die Wohnadresse des Recip Kahali in der Mittenwalder Straße ausgemacht, doch es war niemand da. Hünerbein fragte sich durch das ganze Haus. Ohne Erfolg. Entweder kannten die Bewohner Recip Kahali nicht, oder sie wollten keine Antwort geben.

Erst in der Markthalle am Marheineckeplatz bekam er die gewünschte Auskunft. Der Gemüsehändler erinnerte sich an Hünerbeins letzten Besuch und zeigte sich diesmal sehr kooperativ.

Recip Kahali, ja, den kenne er gut, der habe früher hier einen Blumenstand gehabt, direkt neben dem von Hüseyin. Bei Allah, das war ein harter Konkurrenzkampf, da hat sich keiner was geschenkt, wie ein kleiner Krieg. Dann habe der Hüseyin dem Recip auch noch die Frau ausgespannt, worauf Recip Hüseyins Ayse hat entführen lassen –«

»Moment«, stoppte Hünerbein den Gemüsehändler. »Sagten Sie ›entführen‹?«

»Er hat sie …« Der Gemüsehändler suchte nach einer geeigneteren Formulierung. »… verschwinden lassen. Versteckt, verstehen Sie? Aus Rache. Hier ging es immerhin um Recips Ehre.«

»Wann war das?«

»Vor zwei Jahren«, antwortet der Gemüsehändler. »Inzwischen müsste die Ayse wieder bei Hüseyin sein.«

Die Ayse schon, dachte Hünerbein. Aber nicht Fatma.

»Wo ist dieser Recip jetzt?«

»Er verkauft jetzt Blumen am Südstern. Ein gutes Geschäft. Es hat eine Sondergenehmigung und darf Tag und Nacht selbst an Sonn- und Feiertagen geöffnet sein. Sogar aus Reinickendorf und Rudow kommen die Leute, um bei Recip zu den verrücktesten Zeiten frische Blumen zu kaufen.«

Hünerbein nickte. Auch er hatte am Südstern schon in letzter Minute Schnittrosen besorgt, wenn er mal wieder den Valentinstag vergessen hatte.

»Früher gehörte das Geschäft Hüseyin. Um seine Ayse zurückzubekommen, musste er es Recip geben, verstehen Sie?«

Und wie Hünerbein verstand. Und jetzt hat sich dieser Recip die Tochter gekrallt, dachte er, um Hüseyin den Rest zu geben. Ja, man sollte vorsichtig sein, wenn man anderen Männern die Frau ausspannt. Das kann böse enden. Ganz böse! So mancher Gehörnte vergisst das nie.

Hünerbein lief, wegen der wieder einsetzenden Mondpause alle Imbissstände ignorierend, zurück zur Gneisenaustraße und fuhr die eine Station bis Südstern mit der U-Bahn. Am Ausgang Körtestraße befand sich der rund um die Uhr geöffnete Blumenpavillon.

Hünerbein atmete tief durch und trat dann ein. Ein blütenschwerer Duft von Rosen, Malven, Gerbera und Lilien empfing ihn. Zunächst war es ihm unmöglich, im Dickicht der vielen Blumen und Gebinde überhaupt einen Verkäufer auszumachen, doch dann trat, zu seinem größten Erstaunen, eine kleine Asiatin auf ihn zu und lächelte ihn aus ihren schräg gestellten Mandelaugen an.

»Oh, guten Tag«, sagte Hünerbein und sah sich suchend um. »Eigentlich suche ich Herrn Kahali.«

»Kehani«, nickte die Asiatin und verschwand eilfertig wieder zwischen all dem Grünzeug. »Kehani, ick hab gutt. Gucken hiel! Ganz fein Kehani.« Sie kam mit einem Blumentopf voller Blüten zurück, doch Hünerbein winkte kopfschüttelnd ab.

»Nein, keine Geranien.« Er spitzte den Mund und bemühte sich um korrekte deutliche Aussprache. »Ka-ha-li, *you know*?«

»August«, verbesserte ihn die Asiatin, »jetzt August, nix Juno.«

»Ich suche Chef.« Hünerbein fing an zu schwitzen. »Den Besitzer von dem Laden hier. Ein Türke!«

»Tülke?«

»Türke«, nickte Hünerbein, »Recip Kahali!«

Die Asiatin fing hell an zu lachen und stupste ihn an, als habe er einen prima Witz gemacht. »Ah, du kleine Spasvogell, sell viel Ulk, ja? Abel Letschip nix kaufen, hahaha! Letschip is Boss.«

»Genau! Der Boss!« Endlich hatte sie's. »Wo ist er hin? Kommt er gleich zurück?«

»Ssulück?«

»Der Boss, Letschip.« Hünerbein spitzte wieder die Lippen. »Wann kommt zu-rück?«

»Nix Boss ssulück.« Sie reckte den Arm und zeigte durch die blumenverhangenen Fenster auf eine große Imbissbude gegenüber. »Letschip da! Essen.« Dann deutete sie eine Essbewegung an.

Hünerbein nickte eifrig. »Oh ja, ich verstehe! Letschip essen. Alles klar, vielen Dank!« Er nickte der kleinen Asiatin freundlich zu und verließ den Laden wieder.

Die größte Herausforderung, das war ihm klar, kam erst noch: Trotz Mondpause musste er eine Imbissbude betreten und den herrlichen Düften von Köfte, Lahmacun und Döner widerstehen.

Normalerweise mied er solche Orte während der Diätzeiten wie der Teufel das Weihwasser. Hünerbein wusste um seinen Magen. Als einziges Organ in seinem Körper führte er ein völlig autonomes und stets hungriges Eigenleben. Er scherte sich einen Dreck um die Diät. War er würzigen Gerüchen und Aromen ausgesetzt, musste er essen. Da konnte der restliche Hünerbein so viele Vorsätze haben, wie er wollte – der Magen war stärker.

Vielleicht ginge es, wenn er sich die Nase zuhielt?

Hünerbein presste mit Daumen und Zeigefinger beide Flügel fest zusammen und betrat dann die Dönerbude. An einem der hinteren Tische hockte ein Mann um die fünfzig, wahrscheinlich Recip Kahali, denn er zählte konzentriert ein paar Geldbündel durch.

Kein besonderer Eindruck, wenn sich nebenan ein saftiger Dönerspieß dreht. Und dann erst die Falafel und daneben, verdammt noch mal, herrliche, mit Feta und Hackfleisch gefüllte Weinblätter, von den Salaten ganz zu schweigen.

Hünerbein spürte, wie er, obwohl den Gerüchen trotzend, den Kampf gegen seinen eigensinnigen Magen verlor. Denn das Auge, da hat der Volksmund ganz recht, das Auge isst mit. Durch das Auge sah sein Magen genau, was sich hier abspielte, und forderte grimmig seinen Tribut.

Ich ermittle hier, gab Hünerbein ihm schließlich nach und forderte gleichzeitig astrologische Absolution: Ich muss die Entführung des Mädchens aufklären, das Verbrechen hinter dem Verbrechen, und ich werde mich nicht darauf konzentrieren können, wenn mein Magen dauernd rebelliert. Also verzeiht mir, ihr lieben Himmelsgestirne, es geht nicht anders.

Hünerbein nahm die Hand von der Nase und bestellte: einen Dönerteller, viel Fleisch und ordentlich Salat, dazu die Weinblätter und Sucuk, scharf angebraten, unter den Reis gemischt.

»Vielen Dank!«

Mit zwei großen, herrlich duftenden Tellern bewaffnet ging er auf den noch immer Geld zählenden Mann zu und setzte sich an dessen Tisch.

»Entschuldigung, Herr Recip Kahali?«

»Moment«, knurrte der und murmelte türkisch vor sich hin. *»Üç yüz, dört yüz, bes yüz«*, während er, ab und zu einen Finger mit der Zunge befeuchtend, die Geldscheine weiterzählte.

»Ich komme gerade aus Ihrem Blumenladen.« Hünerbein hielt ihm seinen Dienstausweis unter die Nase. »Dort hat man mir gesagt, wo Sie zu finden sind.«

Recip Kahali ließ die Geldbündel sinken. »Ich hatte keinen Anlass, an den Angaben meiner vietnamesischen Mitarbeiter zu zweifeln. Ich wollte ihnen eine Chance geben, und sie versicherten mir, im Besitz gültiger Arbeitspapiere zu sein. Falls dem nicht so ist, gebe ich zu Protokoll, dass mein Vertrauen und meine Menschenliebe grob missbraucht worden sind.«

»Ich bin nicht wegen der Vietnamesen hier.« Hünerbein begann zu essen. »Sondern wegen Ihrer Feindschaft zu Hüseyin Misirlioglu.«

»Das ist lange vorbei. Wir sind jetzt Partner.«

»Mich interessiert, wie Sie sich wieder versöhnt haben.« Hünerbein kaute. »Ich meine, das ging ja richtig hart zur Sache bei Ihnen beiden. Erst der harte Konkurrenzkampf, dann spannt Ihnen Hüseyin die Frau aus, im Gegenzug entführen Sie seine Frau ...«

»Woher wissen Sie das?« Kahali war rot angelaufen.

»Ich bitte Sie!« Hünerbein tupfte sich mit einer Serviette die Mundwinkel trocken. »So eine Seifenoper spricht sich doch rum. Hüseyin hat nur seine Frau zurückbekommen, weil er Ihnen diese Goldgrube dort«, er deutete rüber zum Blumenpavillon, »vermacht hat, richtig?«

»Es war ein Geschäft wie jedes andere.«

»Falsch. Wir Kriminalisten nennen das räuberische Erpressung. In Tateinheit mit Freiheitsberaubung.« Hünerbeins Stirn bekam sorgenvolle Furchen. »Da kommt einiges auf Sie zu, Recip.«

»Wer hat mich angezeigt?«

»Niemand. Derartigen Verbrechen gehen wir auch ohne Anzeige nach.« Hünerbein machte sich jetzt über die Weinblätter her. »Mhm ... Die sind übrigens göttlich! Wollen Sie mal probieren?«

Kahali verneinte. »Sie haben recht«, sagte er dann. »Hüseyin und ich: Wir waren Todfeinde. Wir sind im selben Geschäft. Es ging um die Vormachtstellung im Blumenhandel in der Marheinecke-Markthalle.«

»Sie haben versucht, sich gegenseitig fertigzumachen. Mit allen Mitteln.« Hünerbein verstand. Im Großen wie im Kleinen: Wirtschaft ist ein gnadenloser Kampf.

»Doch noch während wir uns gegenseitig um Marktanteile und Stammkundschaft bekriegten, kamen Dritte hoch.« Recip Kahali nahm jetzt doch ein gefülltes Weinblatt und schob es sich in den Mund. »Inzwischen verkaufen Vietnamesen zu ununterbietbaren Dumpingpreisen ganze Blumengebinde. Und spätestens, als in der Gneisenaustraße eine ›Blume 2000‹ öffnete ...«

Ja, dachte Hünerbein, das sind die Fast-Food-Ketten unter den Blumenhändlern.

»... haben wir begriffen, dass es besser ist, sich zusammenzutun. So können wir wenigstens hier in Kreuzberg ein Monopol bilden, verstehen Sie?«

»Mhm«, machte Hünerbein und sah zum Blumenpavillon hinüber. »Die Vietnamesen haben Sie jedenfalls schon mal von der Straße geholt.«

»Hüseyin ist an dem Laden immer noch beteiligt. Das hatte gar nichts mit Ayse zu tun. Und ich halte Anteile an seinem Stand in der Markthalle. Außerdem haben wir noch einen Laden in der Urbanstraße und am Kotti.« Recip Kahali sah stolz auf seine Geldbündel. »Das Geschäft lohnt sich wieder. Im Augenblick bemühen wir uns um die Übernahme der Friedhofsgärtnereien für die großen Kirchhöfe an der Bergmannstraße.«

»Dann hegen Sie keinen Groll mehr gegeneinander?« Hünerbein lehnte sich zurück und beobachtete sein Gegenüber genau. »Auch nicht insgeheim?«

»Kein Ärger mehr«, versicherte Recip Kahali, »wir ziehen an einem Strang. Und besiegelt wird das durch die Hochzeit von Hüseyins Tochter und meinem Ältesten. Dann kann unsere Familien nichts mehr trennen.«

»Ihr Sohn will Fatma heiraten?«

»Noch für diesen Monat«, bekräftigte Recip Kahali, »ist das Aufgebot bestellt. Fatma und Chaleb werden sich aneinander gewöhnen. Ganz bestimmt.«

Oder auch nicht, dachte Hünerbein.

Gab es doch kein Verbrechen hinter dem Verbrechen?

32 EIGENTLICH IST die Trattoria L'Emigrante ein kalabrisches Restaurant. Vincenzo D'Annunzio und seine Söhne Giuseppe und Francesco kommen aus San Luca, doch sie tun alles dafür, ihren Laden wie einen deutschen Urlaubstraum der späten siebziger Jahre aussehen zu lassen: adriablaue Wände, der Fußboden aus sandstrandfarbenen Fliesen und hell gebeiztes Holzmobiliar mit gelb karierten Tischdecken. Im Zentrum des Gastraumes plätschert eine Miniaturausgabe der Fontana della Pigna, es herrscht Rimini-Atmosphäre, wohin das Auge blickt.

Normalerweise wird der Hungrige, wenn er das L'Emigrante betritt, sofort von Musik empfangen. Schönstem Italo-Pop à la »Azzuro« von Adriano Celentano oder das herrliche »Che Angelo Sei« von Al Bano und Romina Power: *»Amore mio, ci sono io vicino a te …«*

Dienstbare Geister werden ihm den Mantel abnehmen und zu

seinem Tisch geleiten. Der Chef persönlich wird mit der Karte erscheinen und freundlichste Empfehlungen zu Speisen und Wein aussprechen. Normalerweise …

Heute ist alles anders. Keine Musik erfreut das Herz. Stattdessen haben sie ihren überdimensionalen Fernseher wieder in den Gastraum gestellt, wie letztes Jahr zur Fußball-WM. Doch statt spannender Spiele laufen die Nachrichten der Tagesschau, die sonore Stimme des ARD-Korrespondenten Gerd Ruge schallt durch den Raum. Über den Bildschirm flimmern Bilder von Panzern. Sie sind von aufgebrachten Menschen umringt. Und ein untersetzter Mann mit Wodka-Nase und grauen, vom Wind zerzausten Haaren wedelt gestikulierend mit irgendwelchen Papieren herum …

»Commissario!« Enzo, *il patrono del ristorante*, kommt hastig auf mich zu. Mit ausholender Geste zeigt er auf das TV-Gerät und ruft mit sich dramatisch brechender Stimme: »Sieh, was passiert!«

So aufgeregt habe ich den alten Mann selten gesehen. Er wirkt plötzlich uralt, fast gebrochen vor Sorge, und auch seine Söhne sehen ungewohnt blass aus. Wie gelähmt starren sie auf den Bildschirm. Dort ist jetzt eine Truppe gesichtsloser Typen in sowjetischen Funktionärsanzügen zu sehen, die sich »Staatliches Komitee für den Ausnahmezustand« nennt und die Macht in Moskau übernommen hat. Angeblich »weil Gorbatschow plötzlich schwer erkrankt ist und sich dringend erholen muss« …

»Wir machen uns große Sorgen.« Enzo hat tatsächlich Tränen in den Augen. *»E una situazione complicata.«* Er umarmt mich wie einen alten Freund und sieht mich dann mit einem Ausdruck größter Bekümmerung an. »*E pericoloso.* Sehr gefährlich für diese Stadt.«

»Moskau ist weit weg, Enzo.« Ich tätschele beruhigend seinen Arm und gehe auf Monika zu, die an einem Tisch am Fenster sitzt und eifrig etwas in eine Maschine tippt, die wie ein kleiner Reisecomputer aussieht.

»Na, noch beim Arbeiten?« Neugierig sehe ich ihr über die Schulter. Es ist tatsächlich ein klappbarer Computer. Er hat den Monitor im Deckel und passt in einen normalen Aktenkoffer.

»Spart einen Haufen Papier«, erklärt Monika. Sie zieht eine Diskette aus dem Computer. »Siehst du? Das bekommt die Chefredaktion, und die können das dann an ihren Computern gleich fürs Blatt layouten.«

»Vorausgesetzt, sie drucken es auch.« Ich setze mich an den Tisch.

»Noch haben wir eine freie Presse.« Monika klappt das Gerät zu. »Man nennt das Ding ›Notebook‹. Das neueste Modell von Toshiba.«

»Was kostet so was?«

»Keine Ahnung. Hat der Verlag bezahlt.«

»Scusa.« Enzo bringt die Karten. »Ich kann heute nur empfehlen eine wunderbare *vassoio di pesce per due*, Dorade, Lachs, Scampi – alles ganz frisch und …«, irritiert starrt er auf meine Kippa, »… vielleicht auch koscher? – *Non sapevo che sei un Ebreo*, seit wann bist du Jude?«

»Seit Samstag«, antworte ich und will ihm von meinen gefährlichen Einsätzen erzählen, doch Moni sagt: »Wir nehmen die Vassoio di pesce«, und schon bin ich kein Thema mehr.

»Soave dazu oder lieber einen Gavi?«

»Gavi ist lecker«, findet Monika und bestellt noch zwei große Salatteller, »wie immer!«

Was heißt, wie immer? Monika ist seit gerade mal einem knappen Jahr in Berlin. Zuvor habe ich bei Enzo bestellt, und zwar jahrzehntelang. Salat kam bei mir weniger vor, mir reichte das Grünzeug, das ohnehin immer auf den Tellern liegt. Aber jetzt ist Monika da und bestimmt das Geschehen selbst bei Enzo.

Mitleidheischend sehe ich ihn an. Ihm muss doch auffallen, dass sich mein Essverhalten atypisch verändert hat, seitdem diese Frau wieder in mein Leben getreten ist.

Aber Enzo hat immer nur Augen für Monika, er tänzelt um sie herum, dieser alte geile Bock, macht Witzchen und besticht mit seinem Italo-Charme – normalerweise.

Heute dagegen steht er kummervoll und zusammengesunken an unserem Tisch. »Wird es geben wieder Krieg?«

»Das wollen wir doch nicht hoffen, oder?« Ich wende mich Monika zu. »Ist es wirklich so ernst in Moskau?«

»Eine Gruppe von Hardlinern um KGB-Chef Krjutschkow und Marschall Jasow versucht seit heute Morgen, das Rad der Geschichte zurückzudrehen«, erklärt sie mir. »Sie haben die Macht übernommen und den Ausnahmezustand verhängt. Vizepräsident Janajew ist zum Interimspräsidenten der Sowjetunion ernannt worden. In den sowjetischen Medien wird nur noch Marschmusik gespielt und stündlich die Ansprache Janajews wiederholt. Klingt alles nicht gut.«

»Mag sein«, entgegne ich. »Aber deswegen wird doch die Einheit Deutschlands nicht wieder rückgängig gemacht.«

»Da wäre ich mir nicht so sicher. In Ostdeutschland stehen noch hunderttausende von Sowjetsoldaten. Berlin ist praktisch umzingelt.«

»Damit würden sie einen dritten Weltkrieg riskieren.«

»Wer? Die Amerikaner?« Monika lacht bitter auf. »Kaum. Die riskieren keinen dritten Weltkrieg, bloß weil die Sowjets den früheren Status quo wiederherstellen. Die lassen das einfach laufen, glaub mir. Als damals die Mauer gebaut wurde, haben sie auch nicht eingegriffen.« Sie wartet, bis Francesco eine Karaffe Wasser auf den Tisch gestellt und sein Bruder den Wein eingegossen hat.

»Der Kommunismus ist zurück«, sagt sie dann leise, »die Berlin-Frage wieder offen. Diese ganze Scheiße! Alles geht von vorne los!«

Ich kann es nicht glauben. Und natürlich übertreibt sie. Monika ist vom Kalten Krieg geprägt. Als junges Mädchen wurde sie wegen der Liebesaffäre mit mir, einem Verfassungsschützer aus dem Westen, verhaftet und zu vier Jahren Freiheitsstrafe verurteilt. Unsere Tochter Melanie wurde im Gefängnis Bautzen geboren. Monikas Sorge ist also nur zu verständlich. Ich überlege noch, wie ich sie beruhigen kann, da fragt sie mich, welche Vorkehrungen wir in der Dienststelle treffen würden.

»Was für Vorkehrungen?«

»Na, gegen Unterwanderung, Sabotage, was weiß ich? Diese ganzen VoPos, die ihr in den Polizeidienst übernommen habt. Das ist eine potenzielle Gefahr. Die ganze Stadt wimmelt von roten Kadern, die alle nur darauf warten, dass es wieder anders kommt. Die werden zuschlagen, wenn sie aus Moskau das Signal bekommen. Seid ihr darauf vorbereitet?«

»Monika, was erzählst du denn da?«

»Natürlich seid ihr nicht vorbereitet. Niemand ist vorbereitet«, regt sie sich auf. »Wir waren uns ja alle so sicher. Seit Monaten recherchiere ich für meine Zeitung. Wir wollten einen Artikel daraus machen. Was wäre, wenn. Das ist schneller Realität geworden, als wir alle ahnten.« Sie trinkt einen Schluck von ihrem Weißwein. »Was ist mit diesem VP-Major in eurer Dienststelle, von dem du mir erzählst hast?«

»Beylich? Was soll mit dem sein?«

»Wie verhält er sich?«

»Ganz normal.« Wie soll er sich auch verhalten? Was glaubt Monika eigentlich? Dass Beylich, weil in Moskau die Generäle putschen, im Handstreich unsere Dienststelle übernimmt? Absurde Vorstellung. Lachhaft!

»Dieter, es gibt konkrete Hinweise auf einen politischen Untergrund. Diese ganzen Stasileute sind doch alle noch da. Glaubst du, die sind alle über Nacht zu braven Demokraten geworden? Schon in den siebziger Jahren hat das MfS einen Generalplan für den Notfall erstellt, wie aus der Illegalität heraus operiert werden soll. Die haben ihre Leute überall platziert, damit sie, wenn es so weit ist, strategisch wichtige Objekte übernehmen können. Zentrale Infrastruktur, Fernseh- und Radiostationen, Post- und Fernmeldeämter, Energieversorger und, und, und.«

»Hat dir das Siggi erzählt?«

»Ach was.« Monika winkt ab. »Siggi würde mir so was nie erzählen. Dafür ist er immer noch viel zu sehr Geheimdienstler. Ich sage doch, dass wir das in der Redaktion seit Monaten recherchieren. Für einen Artikel: ›Wie uns die Einheit verwundbar macht‹.«

Vielleicht hat sie recht, überlege ich, unsicher werdend. Immerhin hatten wir gerade die Verfassungsschützer im Büro, was in meiner ganzen Karriere als Kriminalbeamter noch nie vorgekommen ist. Und sie haben Akten zu einem Fall mitgenommen, der offenbar ganz andere Dimensionen hat als angenommen. Warum sonst interessiert sich der VS für den Tod einer scheinbar harmlosen Beamtin? Geboren in Rostock und schon zu DDR-Zeiten im Ostberliner Finanzamt tätig. Später nach Kreuzberg wechselnd, zunächst, um sich mit dem komplizierten westdeutschen Steuersystem vertraut zu machen, dann übernommen, wie so viele. Unauffällige Beamte aus dem Osten versehen inzwischen überall ihrem Dienst, zuverlässig und routiniert.

Warten sie in Wirklichkeit nur auf den Tag X? Auf den Umsturz? Und habe ich selber nicht oft genug insgeheim unseren Beylich verdächtigt, nur darauf zu warten, dass sich die Uhren wieder anders drehen?

»Aber wie konnte es dann überhaupt zur Einheit kommen? Und zum Mauerfall? Wenn die Stasi so durchorganisiert war und immer alles schon vorher geplant und einkalkuliert haben will?«

»Das war eine Übermittlungspanne, wie wir heute wissen«, erwidert Monika. »Schabowskis Zettel. Ein ganz banales Versehen mit großer Wirkung.«

»Was für ein Glück!« Ich hebe mein Glas und versuche, die Stimmung etwas zu heben. »Auf die großen Versehen unserer Zeit!«

»Du nimmst mich nicht ernst.« Monika schmollt.

»Natürlich nehme ich dich ernst. Ich sage nur, wir hatten Glück.«

»Ja, das hatten wir.« Monikas Augen blitzen. »Und nun ist es an der Zeit, das Glück auch zu verteidigen. Denn es ist bedroht! Machen die Russen ernst, gehören wir ganz schnell wieder zur DDR. Und diesmal gehört Westberlin dazu.«

»Was soll ich tun? Mich vor die russischen Panzer werfen?«

»Idiot! Du brauchst gar nicht so blöd zu grinsen.«

Aber ich grinse doch gar nicht. Wenn, dann nur unbewusst. Ich will ihr ja helfen, ich weiß nur nicht, wie.

»Die haben sich in geheimen Netzwerken organisiert«, sie senkt ihre Stimme, »sogenannten Seilschaften. Ganz unauffällige Leute, die normal und zuverlässig ihren Dienst machen. So wie dieser Major Beylich bei euch. Sicher ein guter Kriminalist.«

»Das ist er«, bekräftige ich.

»Eben. Solche Leute werden gebraucht. Gut ausgebildet, pünktlich, zuverlässig. Und sie mucken nicht auf.«

Das ist tatsächlich eine perfekte Beschreibung von Beylich.

»Bis das Signal zum Zuschlagen kommt.« Monika lehnt sich zurück, weil Francesco die Vassoio di pesce bringt. »Dann werden sie aktiv, wo sie auch stehen. Und wir bekommen ein Riesenproblem. Weil sie überall sind.« Sie nickt Francesco dankend zu und beginnt zu essen.

Mir dagegen ist der Appetit vergangen. Denn was Monika hier entwirft, ist ein absolutes Horrorszenario. Ich stelle mir einen blutigen Aufstand vor, überall kriechen sie aus ihren Löchern, die ollen Beylichs des Ostens und schießen den Russen den Weg in die deutsche Hauptstadt frei.

Aber ist das so abwegig? Nicht zwingend. Monika mag durch ihre DDR-Vergangenheit sensibilisiert sein, weiß aber in der Regel sehr genau, was sie tut und sagt. Sie ist Journalistin, keine Verschwörungstheoretikerin. Wenn sie also von geheimen Seilschaften berichtet, wird da etwas dran sein, zumal sie ja schon länger in der Sache recherchiert. Und ganz sicher wird es keinen dritten Weltkrieg geben, wenn sich die Russen Ostdeutschland zurückholen und Westberlin dazu.

Es wird diplomatische Verstimmungen geben, einen Aufschrei der Weltöffentlichkeit, einen Abbruch bilateraler Beziehungen – doch der große Atomschlag wird ausbleiben. Die Großmächte haben sich so hochgerüstet, jeder Krieg zwischen ihnen würde das Ende der Menschheit bedeuten. Und wen interessiert dann noch das freie Berlin oder die Einheit Deutschlands, wenn die ganze Welt auf dem Spiel steht …

Im Fernsehen wird gerade eine Stellungnahme der Bundesregierung zu den aktuellen Ereignissen in Moskau verlesen. Darin wird die neue sowjetische Regierung aufgefordert, die aktuellen Verträge einzuhalten und die Politik der Entspannung fortzusetzen. Doch wird das in Moskau noch gehört?

Oder gilt, was der stellvertretende sowjetische Botschafter einem Reporter ins Mikrofon diktiert?

»Verträge kann man kündigen, wenn man die richtigen Argumente hat. Ich finde, dreihunderttausend Sowjetsoldaten rund um die deutsche Hauptstadt sind ein sehr gutes Argument.«

Ich spüre plötzlich, wie eine kalte Angst in mir hochkriecht.

»Commissario?« Enzo steht wieder am Tisch und zupft mich am Ärmel. »Wir, also Francesco, Giuseppe und ich: Wir wollen einen Vorschlag machen.«

»Einen Vorschlag?«

»Es ist für *la libertà*, die Freiheit«, beteuert Enzo ernst, *»e c'è qualcosa di delicato*. Etwas heikel, du verstehst?«

»Was habt ihr vor?«

Enzo hockt sich zu mir und raunt mir ins Ohr: »Wie viele Italiener, was glaubst du, gibt es in der Stadt? Zehntausend? Oder zwanzig? Und sie alle lieben den Westen.«

»Ja und?«

»Wir brauchen Waffen.« Enzo holt tief Luft. »Du weißt, ich habe Strukturen. Gute Strukturen. Ich kann besorgen Waffen für zehntausend Männer.«

»Enzo, das ist Irrsinn!«

»Nix Irrsinn, *Commissario. Noi combattiamo i comunisti. Noi combattiamo i sovietici. Al diavolo con loro!«** Er ballt kämpferisch die Faust und schüttelt sie. »Zur Hölle mit ihnen!«

Ich schlafe schlecht in dieser Nacht. Überall in der Stadt kommen finstere Gestalten aus den Gullis der Abwasserkanäle und übernehmen die Macht. Vor dem KaDeWe stehen Sowjetpanzer, und im Bundestag wird ein neuer Kanzler gekürt. Er trägt einen russischen Militärmantel und hat eine Budjonny-Mütze auf dem Kopf. Als er sich zur Kamera umdreht, sehe ich sein Gesicht: Es ist Siggi!

Schreiend fahre ich aus dem Schlaf.

»Was ist denn los, um Himmels willen!« Moni guckt immer noch Nachrichten.

Die ganze Nacht hindurch berichten Tagesthemen-Sondersendungen über den Putsch. Entsprechend zerzaust und übermüdet wirken die Moderatorinnen Sabine Christiansen und Eva Herman.

ARD-Korrespondent Gerd Ruge scheint sich in Moskau derweil mit Wodka wach zu halten. Vernuschelt spricht er von Panzern auf dem Manegenplatz. Sondereinheiten des KGB haben das Stadtzentrum abgeriegelt, in Leningrad und anderen größeren Städten der Sowjetunion dagegen sei es zu Demonstrationen gekommen. Es fällt das Wort »Generalstreik«, und wieder sieht man diesen grauhaarigen Russen mit der Wodka-Nase gestikulierend auf einem Panzer stehen …

»Ist das jetzt ein Putschist?«, frage ich Monika und komme mir vor wie ein Kind, das beim Gucken eines Märchenfilms wissen möchte, wer denn nun die Guten und wer die Bösen sind.

»Das ist Boris Jelzin«, antwortet Monika, »der russische Präsident.«

»Also der neue oder was?« Denn war der alte nicht Gorbatschow?

Monika erklärt es mir: Die Sowjetunion ist ein Zusammenschluss verschiedener Sowjetrepubliken, wie Weißrussland, die Ukraine, die baltischen Staaten oder eben Russland. Ähnlich wie in der Bundesrepublik gibt es also verschiedene Länder, die eigene Parlamente haben und eine übergeordnete Bundesregierung.

Das größte Land der Sowjetunion ist die Russische Föderative Sowjetrepublik, und der Mann auf dem Panzer ist deren Präsident Boris Jelzin. Ein Gegner des Putsches, der die Bevölkerung zum Generalstreik aufruft und die Soldaten auffordert, die Waffen ruhen zu lassen.

Die Putschisten dagegen sitzen im Kreml, dem Sitz der Sowjetischen Zentralregierung. Deren Präsident war bis gestern Gorbatschow. Er wurde von den Putschisten entmachtet, und jetzt rollen die Panzer durch Moskau. Auf einem steht Jelzin, der grauhaarige mutige Mann mit der Wodka-Nase – und noch wurde in Moskau nicht geschossen …

33 »DIE BULLEN wissen Bescheid, ey!«

»Echt?«

»Da war so 'n Typ bei Jette. Hat blöd rumgefragt. Peggy hat sich verplappert.«

»Hab ich gar nicht.«

»Doch, hast du, du dumme Nuss!«

»Selber dumme Nuss.«

»In der Theatermanufaktur sollen sie auch gewesen sein. Total viele Bullen. Mit Helmen und Plastikschilden, wie für 'ne Straßenschlacht.«

»Oh, Scheiße, Mann!«

»Dann wissen sie wirklich Bescheid.«

Die Mädchen sahen sich unruhig an. Nur ein paar Kerzen erhellten ihre Gesichter, denn eigentlich durften sie hier gar nicht sein. Tief unten im Keller zwischen den alten Pumpen im Maschinenhaus des Viktoriaparks. Ein ideales Versteck. Hierher kam nie jemand, und Jette wusste nichts davon. Und auch sonst niemand. Wieso also wussten die Bullen so viel?

»Die wissen nichts. Die vermuten nur.« Janis stand auf. »Die suchen ein entführtes Mädchen, Mann! Geh'n alle Möglichkeiten durch.«

»Wir sollten abhauen.« Peggy trank nervös einen Schluck Cola.

»Abhauen? Bist du doof?« Die anderen regten sich auf. »Wir ziehen das hier durch. Ist doch klar!«

»Du hast gesagt, wir hauen ab. Sobald die Nummer durch ist, hauen wir ab. Jetzt sind wir immer noch hier!«

»Wir haben es Annika versprochen!«

»Damit bringen wir uns bloß in Gefahr!«

»Das Arschloch bringt uns in Gefahr. Sonst niemand.«

Die Mädchen schwiegen betreten und sahen sich an.

»Wir kriegen den, oder?«

»Klar. Heute oder morgen.« Letztes Mal hätten sie ihn schon beinahe gehabt, aber dann waren die Bullen dazwischengekommen und hatten den ganzen Park abgesperrt. Echt super. Deutsche Polizei – total unfähig.

»Okay«, Peggy seufzte, »wer macht den Lockvogel?«

Janis zog ein paar Streichhölzer hervor und brach an einem die Zündkuppe ab. Dann hielt sie die Enden der Streichhölzer den anderen Mädchen hin.

»Okay Mädels: Zeigt, dass ihr echte Hexen seid!«

Ein Streichholz nach dem anderen wurde gezogen. Das mit der abgebrochenen Zündkuppe bekam Giulia.

Ausgerechnet das Küken.

Giulia war die Kleinste und Jüngste der Hexen. Mit vierzehn von zu Hause abgehauen, hatte sie sich einem Wanderzirkus angeschlossen und war durch ganz Westeuropa gereist. Ursprünglich kam sie aus Mailand, oder *Milano*, wie sie sagte. Jetzt lebte sie schon fast anderthalb Jahre in einem alten Speicher am Urbanhafen. Inzwischen war sie fast siebzehn. Zeit, da endlich rauszukommen, aus diesem elenden Drecksloch.

»Was soll ich anziehen?«, fragte sie mit trockenem Mund, denn natürlich hatte sie Angst. Alle hatten Angst, wenn sie raus in den dunklen Park mussten. Aber es war notwendig. Das waren sie Annika schuldig.

Arme Annika. Sie war immer so fröhlich. Und ihr größter Traum war, einmal ans Meer zu fahren. Jetzt lag sie seit vier Wochen im Krankenhaus und wurde künstlich ernährt. Am Nachmittag hatten sie die Hexen noch besucht. Annika sah immer schlechter aus. Sie trank und aß nichts mehr. Sie redete nicht. Kein Wort. Zu niemandem.

Sie weigert sich, sagten die Ärzte. Aber die Hexen wussten es besser. Annika konnte nicht. Innerlich war sie wie tot. Das Golgatha-Schwein hatte ihr nicht nur das Lachen und die Stimme, sondern auch das Leben geraubt.

»Du kriegst meinen Rock«, sagte Janis und zog ihn sich aus. »Das macht den Kerl bestimmt geil. Und die Haare trägst du offen.« Sie öffnete Giulia das lange, lockige Haar. »So. Da kann er nicht widerstehen. Alles klar?«

»Geht so«, flüsterte Giulia.

»Und immer schön den Hintern schwenken. Heute ist Raver-Night im Golgatha. Da schleicht er bestimmt irgendwo da draußen rum.«

Giulia lächelte schwach und bekam noch einen roten Kussmund geschminkt. Dazu die Wimpern und einen Lidstrich. Schminken war immer schwierig bei dem düsteren Kerzenlicht hier unten.

»Keine Angst, Süße. Wir sind bei dir, okay? Du bleibst immer schön auf dem Weg, wie besprochen. Also nicht wild durch den ganzen Park tigern, klar? Nur den Weg am Wasserfall. Sonst können wir für nichts garantieren. Und wenn der Kerl auftaucht – einmal beherzt schreien, und schon sind wir da. Der kriegt derart was auf die Fresse, davon erholt er sich nie.« Janis sah sie an und verzog entzückt das Gesicht. »Oh Giulia, du siehst so süß aus! Zum Anbeißen, echt. Da muss er drauf reinfallen. – Alles klar?«

Giulia nickte.

»Dann raus jetzt!«

Der Park empfing Giulia mit seinen dunklen Schatten. In hohen Bäumen rauschte das Laub, überall wisperte und knisterte es. Irgendwo schrie ein Pfau.

Die hören sich echt gruselig an, die Pfaue, dachte Giulia fröstelnd. Dabei sind es so schöne Tiere. Aber ihre Schreie klingen furchterregend. Vor allem nachts.

Schon als Kind hatte Giulia im Dunkeln Angst gehabt. Später im Zirkus wurde es besser. Da hatte sie gelernt, wie wichtig die Nacht ist, weil sie den Zauber des Lichts verstärkt. Im Zirkus arbeiten sie viel mit Licht. Es gehört zur Show.

Giulia liebte den Zirkus. Doch dann hatte sich der Dompteur an sie herangemacht. Der arbeitete nicht nur mit Raubtieren, der war selber eins. Er wurde so zudringlich, dass Giulia abends heulend an einer Bushaltestelle saß und sich nicht mehr zurück in ihren Wohnwagen traute. Das war irgendwo in Niedersachsen, in einem verregneten kleinen Ort zwischen Nordsee und dem Weserbergland. Und drum herum Felder, die stark nach Gülle stanken.

Und plötzlich war Peggy aufgetaucht. Das passende Landei zur Gegend. Peggy wollte zur Autobahn und nach Berlin trampen, weil sie vom Vater immer verprügelt wurde. »Ein Alkoholiker«, sagte sie, »immer, wenn er säuft, schlägt er uns.«

Peggy ging es also auch nicht besser als Giulia, und so taten sich die Mädels zusammen. Ein Tanklaster nahm sie nach Berlin mit. Der Fahrer hatte einen Bruder bei einer Punkband in Neukölln, aber die wollten auch nur vögeln. Irgendwann wurde es zu viel. Giulia zog auf den Speicher am Urbanhafen und Peggy in ein besetztes Haus. In der Villa Kreuzberg hatten sie dann Janis, Annika und die anderen kennengelernt und beschlossen, sich zu wehren. Die Hexen von Kreuzberg. Eine Mädchengang, die sogar Jungs das Fürchten lehrte.

Annika wurde zum Verhängnis, dass sie im Golgatha kellnern ging …

Dieses Schwein!

Giulia hatte jetzt genau die Stelle erreicht, an der Annika vergewaltigt worden war. Keine hundert Meter vom Golgatha entfernt, man hörte die elektronischen Bässe wummern, Raver-Night mit DJane Marusha und WestBam. Oder wie die immer alle hießen …

Etwas weiter vorn plätscherte der Wasserfall. Die Bäume standen hier viel dichter, hohe Büsche und Sträucher säumten die Wege.

Und war es heute nicht auch dunkler als sonst in den Nächten?

Giulia sah kaum noch was. Es war echt total finster! Vielleicht lag es an der Zigarette, die sie sich gerade angezündet hatte. Sie hatte nur noch den Lichtpunkt des Feuerzeugs vor Augen, und sonst war alles schwarz.

Giulia blieb stehen, rauchte und wartete, bis sich ihre Augen wieder an die Dunkelheit gewöhnt hatten.

Ihr Haar bewegte sich leicht im Wind, sie spürte es an den nackten Schultern. Irgendwo am Boden raschelte es. Das fehlte noch, dass ihr jetzt so eine pelzige Ratte um die bloßen Beine strich. Giulia würde kreischen, und dann wären die andern Mädels da, ohne dass irgendwas passiert war.

Nachts sind alle Katzen grau – dieser Spruch stimmte jedenfalls. Allmählich sah Giulia wieder ein paar Konturen: einzelne Blätter, Gestrüpp, die Kiesel auf dem Weg und die Parkbank ein paar Meter weiter – und alles war grau. Dunkelgrau.

Selbst ihre Arme waren grau, das ärmellose T-Shirt und ihr Haar. Nur die Glut an ihrer Zigarette leuchtete erst dunkelrot, dann wurde sie heller, weil der Wind auffrischte. Die Kronen der Bäume über ihr fingen an, sich zu bewegen, und rauschten wie das Meer. So laut, dass selbst die Musik aus dem Golgatha nicht mehr zu hören war, und auch die Schritte nicht, die sich ihr rasch näherten.

Festes Schuhwerk, ein Kerl – Giulia bemerkte ihn erst, als es zu spät war, denn schon hatte er sie gepackt. Giulia wollte schreien, aber es ging nicht. Sie war viel zu erschrocken. Sie öffnete den Mund, aber da kam nichts. Kein Laut, absolute Stille! Scheiße!

Der Mann sagte etwas zu ihr: »Was machst du hier so allein«, oder so was in der Art, und er war so nah, dass sie seinen Atem spürte.

Giulia bekam panische Angst.

Ich kann nicht schreien, dachte sie verzweifelt, oh Gott, der Golgatha-Arsch ist da, und ich kann nicht schreien! Ich kann die Mädels nicht rufen. Ich krieg keinen Ton hervor, verdammt! »WARUM KANN ICH NICHT SCHREIEN?«

Ihre Stimme gellte durch den nächtlichen Park. Es geht wieder, jubilierte Giulia innerlich, meine Stimme ist wieder da.

»HILFE«, schrie sie, so laut sie konnte. »Hilfe, Scheiße, RETTET MICH!«

Der Kerl wollte ihr den Mund zuhalten, aber sie wehrte sich, kratzte ihn und biss und trat. Und dann fielen beide auf den Boden, der Kerl auf sie drauf, aber Giulia schrie. Sie hörte nicht auf zu schreien.

Wo blieben nur die Mädels? Verdammt, wo steckten sie nur?

Giulia kreischte, quietschte und brüllte.

Sie schrie um ihr Leben!

Und dann waren sie endlich da. Janis und Peggy rissen den Kerl von ihr weg und brüllten: »RACHE FÜR ANNIKA«, bevor sie ihn mit ihren Baseballschlägern zusammenhauen wollten.

Doch plötzlich erstarrten sie.

Der Typ lag noch immer am Boden. Aber er hatte eine Pistole auf sie gerichtet.

»Aufhören«, sagte er nur. »Sonst knallt's!«

Die Mädchen wichen erschrocken etwas zurück.

»Scheiße«, flüsterte Peggy, »der Mistkerl hat eine Waffe!«

»Ja, und ich trage sie auch nicht ohne Grund.« Der Typ richtete sich auf, ohne die Waffe sinken zu lassen. »Schläger weg!«

Die Mädchen ließen ihre Baseballschläger fallen.

»Gut.« Der Mann lächelte. Im schwachen Nachtlicht schimmerten seine Haare seltsam hell.

Hellgrau, dachte Giulia, vermutlich ist er blond, aber jetzt sehen die Haare aus wie hellgrau. Nachts gibt's keine Farben. Nachts gibt's nur den Tod.

»Was wollen Sie von uns?«, fragte Janis ängstlich. »Was haben Sie vor?«

»Eigentlich wollte ich euch beschützen.« Der Mann lachte auf. »Aber das könnt ihr ja offenbar viel besser.« Er zog eine kleine Polizeimarke hervor. »Ich bin Oberkommissar Schmittke. Ich ermittle hier wegen dem Golgatha-Täter.«

Die Mädchen starrten ihn an. Es dauerte, bis ihre Angst der Erleichterung wich.

»Sie sind Polizist?«

»Ja.« Schmittke sicherte seine Waffe und schob sie wieder zurück ins Holster. »Ich sah die Kleine«, er zeigte auf Giulia, »hier herumspazieren und dachte, ja, ist die denn völlig verrückt und angstfrei … Ich wollte sie aus dem Park rausbringen, bevor ihr was passiert – und plötzlich taucht ihr hier als bewaffnete Leibgarde auf.« Er schüttelte die hellen Haare und sah die Mädchen missbilligend an. »Was soll das werden? Lynchjustiz?«

»Wir dachten, Sie sind das Schwein.«

»Ich bin es aber nicht.« Schmittke klopfte sich den Staub von der Jacke. »Und wäre ich nicht bewaffnet gewesen, hättet ihr mich totschlagen können.« Er atmete tief durch und fügte streng hinzu: »Einen Unschuldigen. Denkt mal darüber nach! – Und jetzt verpisst euch!«

Die Mädchen trotteten davon wie begossene Pudel. Ihre Baseballschläger ließen sie liegen.

34 DIE MÄNNER kommen im Morgengrauen.

Um sechs Uhr klingeln sie Sturm an meiner Tür. Monika, die bei mir übernachtet hat, ist völlig verstört, denn die zwei unauffälligen Herren in Kordanzügen benehmen sich, als sei ich verhaftet.

»Hans Dieter Knoop? – Kommen Sie bitte mit. Und zwar zügig. Wo ist Ihre Dienstwaffe?«

»Im Nachttisch«, erkläre ich schlaftrunken, worauf die Herren das gute, noch aus der Gründerzeit stammende Möbel brutal aufbrechen wollen, denn natürlich habe ich meine Waffe vorschriftsmäßig eingeschlossen.

»Sind Sie wahnsinnig«, gehe ich dazwischen, »warten Sie doch, bis ich Ihnen den Schlüssel gegeben habe.« Leider finde ich ihn nicht sofort, was das Ende meines Nachttischchens besiegelt. Die Kordanzugträger prüfen meine Waffe, sichern und entsichern sie und nehmen sie dann plus zugehöriger Munition an sich.

Auf meine Frage, was überhaupt los sei, bekomme ich keine Antwort. Und mir fällt auch kein triftiger Grund ein, der ein derart ungehobeltes Verhalten mir gegenüber rechtfertigen kann.

Monika verlangt lautstark, Dienstausweise zu sehen, und mir fällt der Moskauer Putsch wieder ein. Ist es jetzt so weit? Gehören diese Typen zu den finsteren, kommunistischen Seilschaften aus dem Untergrund? Übernehmen die jetzt die Macht? Das würde zumindest das rabiate Vorgehen der Kerle erklären.

»Sie benehmen sich wie die Gestapo in übelsten Nazizeiten«, regt sich Monika auf, ein Vergleich, den sich die Herren im Kordanzug energisch verbitten.

Der Lärm macht Melanie wach. Sie blinzelt müde fragend in die Runde und trägt mit ihrer Frage »Was wollen die Stasitypen hier?« auch nicht eben zur Deeskalation bei.

»Die nehmen Papa mit!« Monika wird zunehmend hysterischer. »Dieter, tu doch was!«

Ja, was soll ich denn machen? Die Typen aus der Wohnung schmeißen? Die haben meine Dienstwaffe!

»Mein Mann«, sie sagt tatsächlich »mein Mann«, »mein Mann ist bei der Kriminalpolizei. Sie haben kein Recht –«

»Unsere Rechte kennen wir«, schneiden ihr die Kordjackenträger das Wort ab, »gehen Sie wieder schlafen!«

»Schlafen?!« Jetzt kommt Monika erst recht in Fahrt. »So, jetzt mal Tacheles«, sie hält den Typen ihren Presseausweis vor die Nase, »ich bin Journalistin beim Berliner Tagesspiegel und fordere Sie unmissverständlich auf, Ihrer Informationspflicht nachzukommen …«

»Monika, das bringt doch nichts.«

Doch sie lässt sich nicht aufhalten. »Warum werden leitende Kriminalbeamte der Mordkommission hier in aller Herrgottsfrühe abgeholt?«

»Tut mir leid, das berührt Staatsgeheimnisse.«

»Wie war noch mal Ihr Name?« Monika zückt ihr Notizbuch hervor.

»Kripps, und das ist mein Kollege Scholten.« Die Kerle bringen mich zur Tür, doch Melanie stellt sich in den Weg.

»Mein Vater kann gar nicht mitgehen, der muss nachher zum Dienst!«

»Der Dienst Ihres Vaters hat bereits mit unserem Erscheinen begonnen«, erwidert der Kollege Scholten etwas genervt und schiebt meine Tochter beiseite. »Also halten Sie ihn nicht davon ab.«

»Papa!« Sie fällt mir dramatisch um den Hals. »Ruf an, okay?«
»Klar, Spatz. Beruhige dich.«
»Lass dich nicht unterkriegen, Dieter«, ruft Monika, jetzt ziemlich blass um die Nase.
»Die Freiheit wird siegen«, besänftige ich sie und gebe ihr einen Kuss zum Abschied. »Ich melde mich dann.«

In einem dunkelgrünen Opel Vectra werde ich durch die erwachende Stadt gefahren. Die Sonne ist erst durch einen roten Streifen am Himmel zu erahnen, und bis auf ein paar Fahrzeuge der amerikanischen Streitkräfte und ein paar Taxis ist kaum ein Auto auf den Straßen unterwegs.
Die ersten Zeitungsläden öffnen, ihre Besitzer stellen die roten Schlagzeilenständer auf.
»GORBI GESTÜRZT«, titelt die BILD an diesem Morgen, »MEIN GOTT, WAS NUN?«
Es geht zum Platz der Luftbrücke, und ich habe den Eindruck, dass der Tempelhofer Flughafen heute besonders gut gesichert ist. Noch wird das Gelände von der US Air Force genutzt. Überall stehen nervös wirkende GIs herum, die Waffen im Anschlag, mehrere Zufahrten sind zusätzlich mit Panzersperren und Stacheldraht gesichert worden.
Ist es wegen des Moskauer Putsches? Das letzte Mal haben die hier so einen Aufriss gemacht, als es Anfang des Jahres wegen der Besetzung Kuwaits durch die irakische Armee gegen Saddam Hussein ging und Terroranschläge auf amerikanische Einrichtungen befürchtet wurden.
Wir müssen zwei Kontrollen passieren und laufen einen endlosen grauen, mit milchigen Neonröhren beleuchteten Gang hinunter. Links von mir geht Kripps, rechts Scholten. Wir reden kein Wort. Wozu auch? Früher oder später müssen sie mir ohnehin sagen, was Sache ist.
In einem fensterlosen Raum sitzt Hünerbein. Er sieht aschfahl aus und ist wohl auch recht unsanft aus dem Bett geholt worden.
»Morgen, Harry!«
»Morgen, Sardsch«, gähnt er müde. »Weißt du, was diese Spinner von uns wollen?«

Keine Ahnung. Ich ziehe ein Päckchen Gauloises hervor und biete ihm eine an. Hünerbein knurrt etwas von »Rauchen abgewöhnen«, nimmt sich dann aber trotzdem eine Zigarette. Ich gebe ihm Feuer und zünde mir selbst eine an. Zehn Minuten später haben wir den kleinen Raum vollgequalmt. Er hat kein Fenster und keinen Abzug, dafür aber einen Brandmelder. Leider wird er nicht ausgelöst.

»Wir haben gestern das Versteck gefunden«, unterbreche ich das Schweigen, »dort, wo das Entführervideo von der Tochter des Blumenhändlers aufgenommen wurde.«

»Und?«

»Alles aus Pappe. Theaterkulisse. Das Mädchen war auch nicht mehr da.«

»Ja.« Hünerbein drückt seine Zigarette auf dem Fußboden aus. »Ich glaube auch nicht mehr, dass es eine Entführung gibt.«

Im Gang plötzlich Geräusche. Unverkennbar ist Palitzschs empörte Stimme zu hören. Er wettert von Kompetenzen, die seiner Meinung nach eindeutig überschritten worden sind, und leistet uns kurz darauf Gesellschaft.

»Sauerei das«, schimpft er. »Diese ungehobelten Trottel. Meine Frau hat fast einen Herzschlag gekriegt. – Was ist das überhaupt für eine Luft hier drin!« Er wedelt mit den Händen herum, hüstelt gekünstelt, rüttelt hektisch an der Tür. »Abgeschlossen! Wir sind eingesperrt! Unerhört!« Drohend sieht er uns an. »Was ist los? Haben Sie irgendeinen Mist gebaut? – Knoop? – Hünerbein?«

Wir schütteln einhellig die Köpfe und sind uns keiner Schuld bewusst.

»Es hat mit dem Putsch zu tun«, vermute ich.

»Was für ein Putsch? Etwa der in Moskau? – Unsinn!« Palitzsch tippt sich gegen die Stirn. »Was haben wir damit zu tun?«

»Nichts.« Ich schaue zur Tür. »Aber vielleicht Beylich.«

»Egon?« Palitzsch guckt mich groß an. »Wieso Egon?«

»Vielleicht waren wir zu leichtsinnig«, überlege ich laut, »haben uns zu sicher gefühlt. Die deutsche Einheit war ein Selbstläufer, dachten wir. Doch noch sind wir hier in Berlin umzingelt von Sowjetsoldaten«, gebe ich Monikas Worte weiter und füge unheildräuend hinzu: »Sie wissen doch, wie sehr Beylich um seine alte DDR trauert. Und jetzt putscht in Moskau das Militär gegen Gorbatschow. Noch Fragen, Chef?«

»Sie meinen …« Palitzsch schnappt nach Luft und greift sich ans Herz. Nicht dass er einen Infarkt bekommt.

»Sie meinen …«, wiederholt er entsetzt und sinkt auf einen Stuhl. »Nein, Knoop, das meinen Sie nicht im Ernst! Für den Egon lege ich meine Hand ins Feuer.«

»Dann verbrennen Sie sich mal nicht die Finger, Chef. Berlin ist voll von alten DDR-Kadern, die sich nichts sehnlicher wünschen als das Rad der Geschichte zurückzudrehen. Wie viele VoPos wurden eigentlich insgesamt in den Berliner Polizeidienst übernommen?«

Palitzsch starrt mich entsetzt an. Er scheint allmählich zu begreifen.

»Viele«, murmelt er bleich. »Vielleicht zu viele.«

Im Gang sind Schritte zu hören. Zügig nähern sie sich unserem fensterlosen Kabuff. Kurz darauf wird die Tür entriegelt, und ein hochgewachsener, grau melierter Mann in dunkelblauem Zweireiher tritt, gefolgt von Kripps und Scholten, ein.

»Meine Herren«, er muss ein Hüsteln unterdrücken und tritt aufgrund des Zigarettenqualms in unserer Bude wieder hinaus in den Gang. »Ich darf mich kurz vorstellen, mein Name ist Schmitt-Visselbeck. Sie hatten sicher einige Unannehmlichkeiten, für die ich vorab um Verzeihung bitten möchte.«

»Ach«, fauche ich, »und wer ersetzt mir meinen Nachtschrank?«

»Alles zu seiner Zeit.« Schmitt-Visselbeck lächelt kühl. »Es soll Ihr Schaden nicht sein. Ihre Dienstausweise, bitte!«

Ich will protestieren. Immerhin haben sich diese Kerle uns gegenüber auch noch nicht ausgewiesen. Wir wissen nicht, mit wem wir es zu tun haben, auch wenn die Gefahr, in den Fängen einer kommunistischen Freischärlertruppe gelandet zu sein, gesunken ist – immerhin befinden wir uns hier auf dem streng bewachten Gelände einer US Air Base. Hünerbein und Palitzsch rücken ihre Dienstausweise ohne zu murren heraus, also gebe ich auch meinen her.

»Vielen Dank.« Schmitt-Visselbeck reicht unsere Ausweise an Scholten weiter, der damit verschwindet.

Großartig, denke ich bitter, jetzt können wir uns nicht einmal mehr als Kriminalisten legitimieren.

»Wenn Sie mir jetzt bitte folgen würden?« Schmitt-Visselbeck dirigiert uns den Gang hinunter.

»Wenn Sie uns endlich erzählen würden, was hier Sache ist.«

»Ich sagte doch: alles zu seiner Zeit.«

Wir werden durch mehrere gläserne Flügeltüren in ein Treppenhaus und von da aus in eine Art Auditorium geführt, einen Filmvorführraum mit schwarz tapezierten Wänden, mehreren Sitzreihen und schmalen Tischen.

»Ein formelles Amtshilfeersuchen hätte zu viel Zeit gekostet«, erklärt Schmitt-Visselbeck und bittet uns, Platz zu nehmen. »Daher der ungewöhnlich kurze Dienstweg. Ich hoffe, Sie verstehen das.«

Interessant, denke ich, der Knabe versteht unsere Entführung als kurzen Dienstweg. »Dürfen wir denn erfahren, für wen wir heute Amtshilfe leisten?«

»BND«, knurrt Palitzsch mit verhaltener Wut, »das kann nur der BND sein. Niemand sonst setzt sich so über sämtliche Regelungen oder Gesetze hinweg wie der Bundesnachrichtendienst.«

Schmitt-Visselbeck hat jetzt die kleine Bühne erklommen und steht im Scheinwerferlicht wie ein aufgeregter Theaterdirektor vor der Premiere.

»Ich will vorausschicken, dass dieses Treffen und eine daraus resultierende etwaige Zusammenarbeit strengster Geheimhaltung unterliegt.«

»Aber natürlich. Und wenn wir erwischt werden, müssen Sie leugnen, uns zu kennen.«

Mir ist nicht ganz klar, ob Palitzsch das ironisch oder ernst meint; der Satz jedenfalls ist gut. Kobra, übernehmen Sie!

»Können wir jetzt anfangen?«

»Einen Moment noch.« Schmitt-Visselbeck greift zu einem kleinen Wandtelefon neben der Bühne und wählt eine Nummer. Er sagt kein Wort, lauscht nur kurz in den Hörer und nickt dann zufrieden.

»Ihre Dienstausweise sind in Ordnung«, teilt er uns mit, nachdem er den Hörer wieder eingehängt hat. »Sie werden Ihnen nach dieser Konferenz zusammen mit Ihren Waffen wieder zurückgegeben.«

»Die haben uns wirklich erst gecheckt«, entfährt es Hünerbein, und Palitzsch atmet tief durch.

»Ich sage doch: BND. Na, jetzt bin ich aber gespannt.«

Schmitt-Visselbeck macht ein Zeichen in Richtung Projektorraum. Das Licht verlischt. Auf der Leinwand erscheint ein Schwarz-Weiß-Foto von einer auf dem Dach liegenden, völlig demolierten schwarzen Limousine unbekannter Bauart. Daneben zwei männliche Leichen.

»Dieser Wagen«, erklärt Schmitt-Visselbeck, »ein Fahrzeug sowjetischer Bauart der Marke Wolga GAZ 24, ist auf die Botschaft der UdSSR Unter den Linden zugelassen. Ein Diplomatenfahrzeug. Die links und rechts liegenden Toten hatten ebenfalls russische Diplomatenausweise bei sich, sind aber vermutlich KGB-Agenten.«

»Vermutlich«, erkundigt sich Palitzsch, »bitte, was heißt ›vermutlich‹?«

»Es gibt die üblichen Hinweise darauf: Sie gehören nicht zum ständigen Personal der Botschaft. Ihre Pässe sind neueren Datums, und beide Männer sind erst am Freitag eingereist. Wir vermuten, dass es sich um untere Ränge handelt, Leute für nasse Sachen, fürs Grobe. Sie wurden erschossen, ebenso wie der Fahrer des Wagens.« Er schweigt und sieht uns erwartungsvoll an.

»Und Sie wollen«, stellt Palitzsch fest, »dass wir ermitteln, von wem?«

»Richtig.« Schmitt-Visselbeck legt die Hände ineinander, wie ein Lehrer, der seinen Zöglingen eine schwierige Aufgabe stellt. »Wir haben keine Ahnung, was da passiert sein könnte. Aber da es sich um Sowjetagenten handelt, sind wir natürlich gefordert. Denn, um es ganz klar zu sagen, von uns und, soweit ich weiß, auch von den mit uns befreundeten Geheimdiensten wurden diese Männer nicht umgelegt.«

»Na prima!« Hünerbein lehnt sich bräsig zurück. »Das schränkt den Täterkreis natürlich erheblich ein.«

Ich sehe mir das Bild genau an. »Wo ist das?«

»An der Heerstraßenbrücke, Spandauer Havel. Zeugenaussagen zufolge wurde der Wagen zuvor von einem silbergrauen BMW 5er von der Straße gedrängt. Auch dieses Auto haben wir später gefunden. Im Grunewald.« Das Bild auf der Leinwand wechselt und zeigt ein zweites Wrack. »Ausgebrannt.«

»Wann ist das passiert?«

»Gestern Vormittag«, antwortet Schmitt-Visselbeck, »etwa gegen sieben Uhr dreißig. Auf der Heerstraße herrschte dichter Berufsverkehr. Mindestens fünf Autofahrer wollen gesehen haben, wie der BMW erst auf die Gegenfahrbahn auswich und dann die schwarze Limousine seitlich rammte. Unseren Erkenntnissen zufolge wurde der Fahrer schon während der Fahrt aus dem BMW heraus erschossen.«

Harte Nummer, denke ich. Wie in einem Agententhriller. »Angaben zur Tatwaffe?«

»Kripps, bitte!«

»Unsere Spezialisten haben die verschossenen Patronen untersucht.« Der Kordanzugträger blättert in einer schmalen Aktenkladde. »Kaliber sieben Komma sechs fünf Parabellum mit Rechtsdrall. Diese Munition ist recht weit verbreitet. Wir haben Vergleichsanalysen herangezogen: Danach könnte es sich bei der Tatwaffe um eine Browning handeln.«

Ich merke auf. Hat er Browning gesagt?

»Auch diese Pistole ist ziemlich häufig, zumal es verschiedene Kopien und Lizenzfertigungen davon gibt«, erläutert Kripps weiter. »Hier scheint es sich aber um das belgische Original FN HP mit aufgesetztem Schalldämpfer zu handeln. Entsprechende Spuren an den Patronen weisen darauf hin, dass der Gasdruck durch spiralig angeordnete Lamellen reduziert wurde, eine Besonderheit, die nur bei Schalldämpfern für Brownings der Fabrique Nationale d'Armes de Guerre in Herstal zu finden ist. Nach allem, was wir bislang herausgefunden haben, wurden drei Schüsse abgegeben. Alle aus derselben Waffe.«

»Ja«, Schmitt-Visselbeck nickt ernst, »wir haben es hier offenkundig mit einem gut ausgebildeten Täter zu tun. Einem echten Profi. Er erledigte die Russen mit drei gezielten Kopfschüssen. Die hatten keine Chance. Das war quasi eine Hinrichtung.«

Mir ist ganz kalt. Denn offenkundig bin ich in Swantje Steffens Wohnung nur knapp einem eiskalten Killer entkommen. Ich bin mir sicher, dass es derselbe Mann war, der auch die Russen auf dem

Gewissen hat – zumal uns der Swantje-Steffens-Fall vom Verfassungsschutz abgenommen wurde, also ebenfalls geheimdienstlich relevant zu sein scheint. Beide Fälle gehören zusammen. Zweifellos.

Auf der Leinwand erscheint eine Tatortskizze. Sie zeigt die Lage des Autowracks und der beiden Leichen. Dazu sind Reifenspuren eingezeichnet.

»Der zweite Wagen«, erklärt Schmitt-Visselbeck, »also der BMW, kam hier zum Stehen. Die Schüsse auf die beiden Russen sind ungefähr von hier abgegeben worden.«

»Fußspuren?«, erkundigt sich Hünerbein.

»Keine verwertbaren«, bedauert Schmitt-Visselbeck. »Die Engländer haben nur Fotos gemacht, bevor sie den Tatort bereinigt haben. Dabei wurden sämtliche relevanten Spuren vernichtet.«

»Wieso haben denn die Engländer den Tatort bereinigt?« Palitzsch ist außer sich. »Ohne zu ermitteln!«

»Es handelt sich um ein Fahrzeug der sowjetischen Botschaft, dass im britischen Sektor angegriffen wurde. Von wem, sei dahingestellt, aber die Briten wollen diplomatische Verwicklungen unbedingt vermeiden.« Schmitt-Visselbeck hebt die Hände. »Der Fall muss also äußerst diskret angegangen werden. Gerade jetzt, wo wir nicht wissen, wie das in Moskau weitergehen soll. Womöglich steht uns eine neue Eiszeit bevor.«

»Dann wissen die Russen noch gar nicht, dass ihnen ein Diplomatenfahrzeug abhanden gekommen ist?«

»Ich vermute, inzwischen werden sie den Wagen vermissen. Aber was genau passiert ist …« Schmitt-Visselbeck schüttelt den Kopf. »Die Engländer waren schneller. Nach der Tatortbereinigung bat uns der MI6, zügig verdeckte Ermittlungen über den Vorfall anzustellen. Deshalb sind Sie hier.«

Nur dass wir jetzt allein anhand dieser Fotos ermitteln müssen. Wie sehr ich Damaschke vermisse: Erst wenn sie fehlen, merkt man, wie wichtig Spurensicherer wirklich sind.

»Könnte dieses …«, Palitzsch sucht nach einem geeigneten Wort, »… Vorkommnis in Zusammenhang mit dem Putsch in Moskau stehen?«

»Das liegt durchaus im Bereich des Möglichen. Genau wissen wir es aber nicht.«

»Und der BMW«, fragt Hünerbein, »gibt's da irgendwas? Zulassungsrelevante Daten oder so?«

»Der BMW war ein Mietwagen«, meldet sich Kripps erneut zu Wort, »ausgeliehen von einem Dave Davids. Er ist uns schon früher aufgefallen. Arbeitet mit gefälschtem amerikanischen Pass. Wir wissen aber nicht, wer dahintersteckt.«

»Wobei ist er Ihnen denn schon mal aufgefallen?«

Kripps zögert mit der Antwort, sieht unsicher zu seinem Chef.

»Dave Davids ist eines dieser typischen Pseudonyme«, erklärt Schmitt-Visselbeck, »wie sie in Geheimdienstkreisen gern benutzt werden. Es gibt sie als Adam Adams, John Johnsons und Mike Myers zu Hunderten. Dazu der entsprechende amerikanische Pass, der besonders gut gefälscht werden kann, und im Ausland guckt ohnehin keiner so genau hin. Ideal, um sich Autos zu mieten oder unauffällig in irgendwelchen Hotels absteigen zu können. Genauso funktioniert auch Dave Davids.«

»Wir suchen also nach der Nadel im Heuhaufen«, stellt Palitzsch fest.

»Und nach einem vierten Mann«, setzt Hünerbein hinzu.

»Wieso einem vierten Mann?«

»Im Wagen sitzen ein Fahrer und zwei Männer fürs Grobe«, knurrt Hünerbein, »da fehlt meiner Meinung nach noch einer. Denn warum sollte irgendwer zwei niedere KGB-Chargen und ihren Chauffeur erledigen? Am Tage und im Berufsverkehr? Das sieht mir sehr nach Eile aus. Da muss es um etwas gegangen sein.«

»Aber um was?« Palitzsch starrt grübelnd auf die Leinwand.

»Um einen vierten Mann«, wiederholt Hünerbein. »Jemand, der wichtig ist.« Er sieht Schmitt-Visselbeck lauernd aus seinen kleinen Schweinsaugen an. »In Ihren Kreisen jedenfalls. Haben Sie irgendeinen Verdacht?«

Schmitt-Visselbeck seufzt nachdenklich. Dann schüttelt er den Kopf. »Das ist Ihr Job, meine Herren! Jetzt sind Sie dran.«

Offensichtlich will er das Treffen auflösen, doch ich halte ihn zurück.

»Moment noch, Herr Visselbeck! Bevor wir hier gehen dürfen, hätte ich noch was.«

»Schießen Sie los!«

»Gestern hat der Verfassungsschutz in unserer Dienststelle Akten zum Mordfall Swantje Steffens beschlagnahmt. Die hätten wir gern zurück.«

»Ach.« Schmitt-Visselbeck lächelt schmallippig. »Und Sie meinen, wir könnten das regeln?«

»Sie werden das regeln müssen«, erwidere ich knapp, »wenn wir für Sie tätig werden sollen.«

»Wieso? Hat dieser Steffens-Fall mit unserer Sache zu tun?«

»Es taucht zumindest dieselbe Waffe auf. Browning.«

»Sind Sie sicher«, unterbricht er mich, plötzlich wie elektrisiert, »ganz sicher?«

Ganz sicher bin ich mir natürlich nicht. Es gibt viele Brownings auf dieser Welt, faktisch kann ich mir demnach überhaupt nicht sicher sein. Aber das muss dieser Schmitt-Visselbeck ja nicht wissen. Ich will einfach nur meinen Fall aufklären, und dazu brauche ich die Akten.

»Hundertprozentig sicher«, sage ich ihm. »Es existiert sogar ein Phantombild von dem Killer.«

»Wo?«

»Das kann ich Ihnen leider nicht sagen, Herr Visselbeck. Ermittlungstaktische Gründe.«

»Verstehe.« Er greift sich nervös ans Kinn.

»Besorgen Sie uns die Akten, und wir lösen den Fall.« Ich wende mich zum Gehen. »Wo bekommen wir noch mal unsere Ausweise und Waffen zurück?«

»Kripps! Zeigen Sie's ihnen.«

Wir folgen ihm hinaus und lassen einen sehr nachdenklichen Schmitt-Visselbeck zurück.

35 NAUMANN HATTE MEYER in einer kleinen Laube am Priesterweg untergebracht, einer riesigen Kleingartenkolonie in der Einflugschneise des Tempelhofer Flughafens. Hier war er sicherer als im Knast, denn natürlich würden die Sowjets den Tod ihres Fahrers und der beiden Agenten mit Meyer in Verbindung brin-

gen. Es war nicht schwer, in einem Gefängnis einen Killer anzuheuern.

Die Nichtrückkehr aus dem Freigang galt natürlich als Flucht – ein juristisches Problem, was nach Ansicht von Naumann zu vernachlässigen war, ging es doch jetzt erst mal um die Rettung von Mischa.

Trotzdem machte sich Meyer Sorgen um seine Zukunft. Vermutlich hatten ihn die deutschen Strafverfolger längst zur Fahndung ausgeschrieben, und die Russen waren bestimmt auch auf der Suche nach ihm. Jetzt ging es ums blanke Überleben. Mehr denn je war Meyer von Naumann abhängig, einem Typen, der durchaus zu allem fähig war, wie er ja eindrucksvoll bewiesen hatte. Erst glühender Verfechter des Staatsstreiches in Moskau, der den Russen alle Wege ebnen wollte, jetzt deren gnadenloser Gegner. Und diesen Gesinnungswechsel hatte nur der Hilferuf des alten HVA-Chefs bewirkt. Unheimlich, fand Meyer das. Naumann war unberechenbar geworden. Und ein echt fanatischer Hund, zumindest was seine Loyalität zu Mischa Wolf anging.

Sie waren übereingekommen, den ehemaligen HVA-Chef über die österreichische Botschaft in Moskau herauszuholen. Nach Wien hatte Meyer noch aus seiner aktiven Zeit beim MfS gute Kontakte in höchste politische Ämter. Und nach dem Zusammenbruch waren es vor allem die Genossen in Österreich gewesen, die ihm dabei halfen, DDR-Devisen außer Landes zu bringen. Verurteilt worden war er nur wegen kleinerer Geschäfte in Berlin. Der weitaus größere Teil seiner Transaktionen war unbemerkt über die Rote Fini* nach Wien geflossen, auf die Konten der österreichischen NOVUM GmbH. Das war die Kriegskasse für den politischen Kampf im Untergrund. Der Plan war, mit dem Geld wichtige Leute zu schmieren, gefügig, wenn nicht sogar abhängig zu machen. Mit Geld ließ sich alles regeln. Menschen konnte man kaufen, Ämter und Entscheidungen. Parteispenden zum Beispiel waren auch ein probates Mittel für gewisse Gegenleistungen. Doch jetzt ging es erst mal um Mischa, und da war Fini gefordert. Nur sie konnte wissen, wen man in Wien bestechen musste, um für einen ehemaligen Stasigeneral in Österreich politisches Asyl zu bekommen.

Und weiter? Wohin sollte Meyer fliehen? Das Problem war, dass er nicht wusste, was mit Deckname Cordula geschehen war. Sie war tot. Umgebracht wahrscheinlich vom KGB. War sie vorher gefoltert worden? Hatte sie Genossen verraten? Ihre Verbindungen zum Untergrund oder dem BND? Und was hatte sie den Sowjets über Meyer erzählt? Um das herauszufinden, gab es nur eine ganz kleine Möglichkeit. Aber die galt es zu nutzen.

Meyer wollte sein kleines Versteck in der Schrebergartenkolonie gerade für ein Telefonat verlassen, als ihm ein grobschlächtiger Mann in den Weg trat. Ein Handwerkertyp in Arbeitslatzhose und Flanellhemd.

»'tschuldigung mal bitte: Wer sind Sie?«

»Österhaag«, antwortete Meyer, so wie es mit Naumann abgesprochen worden war, »Karl Österhaag. Ich betreue den Garten hier, solange die Pächter im Sommerurlaub sind.«

»Ach, dann sind Sie der Schwager von der Heidi – allet klar!« Der Handwerker hielt Meyer seine grobe Hand hin. »Urbanek mein Name, ick bin hier der Vorsitzende des Kleingärtnervereins. Nüscht für unjut, aber hier brechense manchmal inne Lauben ein. Deshalb müssen wa imma kieken, wer hier so rumschleicht. Aber die Heidi hat Sie vorjemeldet, insofern weeß ick jetze Bescheid.« Er lächelte. »Wie sieht's aus: Samstag grillen, so als Einstand?«

»Gern«, lächelte Meyer zurück. »Spanferkel und zwei Kisten Bier?«

»Klingt jut. Ich spendiere ooch noch zwei Kisten aus der Vereinskasse – wir sind hier schließlich 'ne ziemlich jroße und jute Truppe. Also willkommen Nachbar, bis Samstag!« Er wollte gehen, drehte sich aber noch mal prüfend zum Garten um. »Die Johannisbeeren müssense ernten! Sonst faulen die, und det versaut Ihnen dann den janzen Strauch.«

»Mach ich«, versprach Meyer, »gleich heute Abend.«

Er wartete, bis Urbanek zwischen den Kleingärten verschwunden war, und machte sich dann mit dem Fahrrad auf den Weg zur Telefonzelle am Grazer Platz, von wo aus er Monika in ihrer Redaktion anrief. Da konnte er sicher sein, dass das Telefon nicht abgehört wurde.

Journalisten genossen in Deutschland besonderen Schutz, das

wusste er inzwischen zu schätzen. Zwar gab es trotzdem immer wieder mal Abhöraffären, aber Monika kam aus der DDR. Sie war ihr halbes Leben lang überwacht worden. Und Meyer wusste, dass sie jeden Morgen ihr Telefon und Büro gründlich überprüfte. Wanzen hatten bei ihr keine Chance.

Natürlich war Monika enttäuscht. Sie hatte Dieter am Telefon erwartet, und nun war bloß Siggi dran. Meyer überspielte die aufkommende Verbitterung und erkundigte sich betont gut gelaunt nach Melanie.

Monika blieb einsilbig.

»Was habt ihr vor«, fragte sie düster, »träumt ihr schon wieder von der Macht?«

Von wegen, dachte Meyer, dieser verdammte Putsch macht alles nur noch komplizierter.

»Ich muss mit dir reden«, gab er schließlich zu. »Ich bin in Schwierigkeiten.« Nein, keine Geldprobleme, es sei viel schlimmer. Und ja, es habe mit dem Putsch zu tun. »Die Russen räumen auf.«

»Mit euch?« Plötzlich klang sie besorgt.

»Ja. Wer nicht spurt, wird umgelegt.« Meyer seufzte. Jetzt war es raus. Und natürlich witterte Monika sofort eine Story. Dafür war er immer gut. Für eine Scheißstory. »Verdammt noch mal Moni, mein Leben ist in Gefahr!«

»Wo können wir uns treffen?«, fragte sie ruhig.

»Polenmarkt, okay? Ich warte am Ausgang der M-Bahn auf dich.«

»In einer halben Stunde?«

»Ja, in einer halben Stunde.« Meyer legte auf und sah auf die Uhr. Siebenundfünfzig Sekunden hatte der Anruf gedauert. Falls ihn jemand zurückverfolgen wollte, war er zu kurz gewesen.

Die Berliner Magnetbahn war seit 1989 erfolgreich im Versuchsbetrieb gewesen. Passagiere konnten die Züge kostenlos nutzen, was deren Beliebtheit enorm steigerte. Erst am 18. Juli hatte sie die Zulassung als neues Berliner Nahverkehrssystem erhalten. Jetzt durften die Betreiber Fahrgeld nehmen, doch schon zwei Wochen später kam das Aus. Nicht, weil die M-Bahn plötzlich keiner mehr nutzen wollte. Sondern weil sie der U-Bahn-Linie 2 im Wege stand. Diese U-Bahn-Strecke war seit dem Mauerbau unterbrochen und sollte mit der Wiedervereinigung der Stadt wieder vollständig in Betrieb genommen werden. Dafür musste die nagelneue M-Bahn weichen, aber der Lauf der Geschichte machte eben auch nicht vor revolutionären Verkehrssystemen Halt.

Meyer nahm die Stadtbahn bis Anhalter Bahnhof und fuhr die restlichen Meter zur Bernburger Straße mit dem Rad.

Vor dem seit knapp drei Wochen verschlossenen Eingang des Magnetbahnhofes demonstrierte mit Plakaten ein kleines Grüppchen versprengter M-Bahn-Enthusiasten gegen den drohenden Abriss. Meyer stellte sich dazu und sah dem Treiben auf dem Polenmarkt zu.

Ein wildes Getümmel und Gewusel: provisorische Verkaufsstände, Bauchläden, rostige Lieferwagen, Bullis, fliegende Händler und Schieber. Hier wurde mit allem gehandelt, was der kleine Grenzverkehr so hergab: Schrott- und Buntmetalle, alte Münzen, Kleidung aus postsozialistischer Produktion, Gartenzwerge, Mausefallen, Tischfontänen, Militaria, gebrauchte Unterhaltungselektronik, Bücher, Lexika, Pelze, Beutekunst, handgeschnitzte Schachspiele, selbst bespielte Magnetkassetten und Videobänder, Schmuck, Glasperlen, Feuerholz, Geschirr und Gläser, selbst bemalt und selbst geblasen, Notrufglocken, Schiffspropeller, Räuchermännchen, Tinneff und Tand in jeder Form und Größe. Selbst die alten Sessel ausrangierter Skilifte fanden hier ihre Käufer und verrostete Helme der päpstlichen Schweizer Garde, es war einfach unglaublich. Und selbstverständlich gab es unter der Hand auch Genussmittel wie Wodka und Zigaretten, steuerfrei natürlich.

Monika kam zu Fuß. Ihr Redaktionsbüro war nicht weit von hier in der Potsdamer Straße.

Meyer erhob sich, winkte ihr zu.

Sie sah wieder toll aus. Enge Jeans, T-Shirt, das lange Haar zum Pferdeschwanz gebunden. Und wie sich ihre Stirn umwölkte, als sie Meyer erkannte. Einfach hinreißend. Mit von langen Wimpern verschatteten Augen sah sie ihn an.

»Was ist los, Siggi?«

»Gehen wir ein Stück.« Meyer nahm sie am Arm und schob sie durch das dichte Gedränge des Polenmarktes. Mit wenigen Worten machte er ihr seine Situation klar, freilich ohne die erschossenen Russen und die geplante Flucht des HVA-Chefs aus Moskau zu erwähnen.

»Ich habe einfach zu hoch gepokert«, schloss er seinen Bericht, »und nun sitze ich in der Falle.«

»Wann hörst du endlich auf, ein doppeltes Spiel zu spielen?«, rügte sie ihn.

»Ich bin Kommunist«, verteidigte er sich. »Ich habe unsere DDR geliebt und verteidigt. Ich bin einfach nur mir selbst und meinem Land treu. Was ist daran falsch?«

»Dein Land gibt es nicht mehr. Du solltest das einfach mal akzeptieren.«

»Das tue ich doch.« Meyer gestikulierte. »Deshalb habe ich mich überhaupt auf ein Gespräch mit dieser Cordula eingelassen. Und jetzt ist sie tot.«

»Eine BND-Agentin, sagst du?« Monika sah ihn von der Seite her skeptisch an.

»Ja und nein.« Meyer seufzte. »Das ist ein bisschen kompliziert. Vielleicht war sie auch beim Verfassungsschutz oder dem Militärischen Abschirmdienst, wir reden ja nicht offen darüber in unserer Branche. Klar ist nur, dass sie früher bei uns im MfS diente. Und dass sie verhindern wollte, dass der Putsch in Russland Auswirkungen auf Deutschland hat.«

»Was heißt das im Klartext?«

»Sie wollte Informationen über ein Treffen, dass ich in der sowjetischen Botschaft hatte. Ich hab versprochen zu liefern. Aber irgendwer muss das spitzgekriegt haben. Deshalb wurde sie ausgeschaltet.«

»Und jetzt sind sie hinter dir her.«

»Genau.« Meyer blieb stehen und sah Monika eindringlich an. »Ich muss wissen, was sie mit Cordula angestellt haben, bevor –«

»Und wie soll ich dir dabei helfen?«

»Dieter ist doch bei der Mordkommission«, raunte Meyer. »Vielleicht untersucht er den Fall. Dann weiß er auch, wann und wie diese Cordula ums Leben gekommen ist, verstehst du?«

»Cordula. Und wie weiter?«

»Cordula war nur ein Deckname.« Meyer holte tief Luft. Es war fahrlässig, diese Informationen einfach weiterzugeben, aber was sollte er tun?

»Ihr wirklicher Name ist Steffens«, sagte er schließlich, denn das hatte ihm Naumann erzählt. »Swantje Steffens.«

Monika sah mit zusammengekniffenen Augen in die Sonne und strich sich eine Haarsträhne aus dem Gesicht.

»Wird schwierig«, sagte sie dann. »Dieter wurde heute morgen abgeholt.«

»Abgeholt? Von wem?«

»Weiß nicht.« Sie seufzte schwer. »Die Kerle haben sich nicht vorgestellt.«

Meyer rieb sich verblüfft die Stirn. Was hatte das jetzt wieder zu bedeuten? War Dieter in irgendwas verwickelt? Aber in was? Früher war er ja mal beim Verfassungsschutz tätig gewesen, aber das war bekannt und eine Ewigkeit her.

Oder hatte es tatsächlich damit zu tun, dass er im Mordfall Steffens ermittelte?

»Du hast keine Ahnung, wer die Leute waren?«

Monika schüttelte den Kopf.

»Wenn Dieter sich meldet, muss ich das sofort wissen.«

»Gut. Wie kann ich dich erreichen?«

»Nein. Ich erreiche dich.« Meyer hatte es plötzlich eilig. »Bis später dann.«

Er nickte ihr zu, schwang sich auf sein Rad und radelte, zwischen den Menschen slalomfahrend, durch den Polenmarkt davon.

36 ZURÜCK IM BÜRO versuche ich, Monika anzurufen, aber ich erreiche sie nicht. Weder zu Hause noch in der Redaktion. Überall geht nur der Anrufbeantworter ran. Wahrscheinlich rettet sie die Stadt vor der Sowjetinvasion.

Auf meinem Schreibtisch liegen die angeforderten Akten vom Raubdezernat zum Banküberfall am Mehringdamm. Danach hatte ein Einzeltäter die Filiale kurz vor Geschäftsschluss maskiert mit einem Aktenkoffer betreten. Der Kassiererin habe er jenen Zettel vorgehalten, der der Akte beiliegt. Großbuchstaben aus Zeitungsschlagzeilen, unbeholfen nebeneinandergeklebt:

»IM KOFFER IST EINE BOMBE! SIE WIRD BEI NICHTKOOPERATION FERNGEZÜNDET. PACKEN SIE ALLES GELD IN DIESE TÜTE!«

Der Täter habe eine Penny-Markt-Tüte über den Tresen geschoben, doch das Zeitschloss der Geldbestände machte wohl einige Probleme. Schließlich seien andere Bankmitarbeiter auf den seltsamen Kunden aufmerksam geworden. Die Situation drohte zu eskalieren. Der Bankräuber habe mit einer Funkfernbedienung herumgefuchtelt und gedroht, die Bombe zu zünden. Alle mussten sich auf den Boden legen, der Filialleiter den Tresor öffnen. Am Ende sei der Räuber mit gut fünfhunderttausend Mark geflohen. Den Aktenkoffer habe er zurückgelassen. Statt einer Bombe sei er mit alten Zeitungen gefüllt gewesen, darunter jene, aus denen die Großbuchstaben für den Drohbrief geschnitten worden waren. In einem Abfallkorb in der Nähe der Bank wurde später das rote Halstuch gefunden, mit dem sich der Täter maskiert hatte. Auffällig daran war der Aufdruck XIXLXXII. Die Polizei hat davon Bilder veröffentlicht, leider bislang ohne Erfolg. Sonst gab es keine nennenswerten Spuren. Bis auf einen verwaschenen feuchten Fußabdruck, den der Bankräuber im Eingangsbereich hinterlassen habe.

Ich greife zum Telefon, rufe Damaschke in der Kriminaltechnik an.

»Sag mal, Jürgen, ich habe hier die Akten zu einem Banküberfall am Mehringdamm am vorvergangenen Donnerstag, warte mal …« Ich schaue im Kalender nach. »… das war der …«

»… 8. August.« Damaschke ist wirklich ein Schnelldenker. »Du meinst sicher den Raub in der Commerzbank. – Was ist damit?«

»Der Täter soll da einen ›feuchten Fußabdruck‹ hinterlassen haben. Weißt du, was damit gemeint ist?«

»Schweißfüße, was sonst.« Damaschke lacht keckernd. »Nee, im Ernst, das war kein feuchter Fußabdruck, sondern ein feuchter Sohlenabdruck. Der Bankräuber hatte natürlich Schuhe an.«

»Und wieso feucht?«

»Der wird vorher durch ’ne Pfütze gelaufen sein. Moment!«

Ich höre, wie Damaschke in seinen Akten wühlt. Kurz darauf ist er wieder dran.

»Es hatte kurz zuvor einen gewittrigen Regenschauer gegeben«, erklärt er mir. »Die Straßen waren nass. Und als der Täter in die Bank gelaufen kam, hinterließ er eben entsprechend feuchte Spuren. Die waren aber nicht wirklich brauchbar. Als wir ankamen, waren längst andere drüber gelatscht und das meiste bereits wieder weggetrocknet.«

»Habt ihr dazu irgendwelche Unterlagen?«

»Sicher«, antwortet Damaschke. »Soll ich sie dir rüberfaxen.«

»Das wäre nett. Danke.«

Ich lege wieder auf.

Keine zwei Minuten später surrt unser Faxgerät los und spuckt den Sohlenabdruck aus. Dazu ein Messprotokoll mit einer knappen Analyse. Schuhgröße zwischen zweiundvierzig und vierundvierzig, linker Fuß, grobes Profil, zum Teil beschädigt …

Beschädigt? Ich sehe mir das Sohlenprofil genauer an und greife erneut zum Telefonhörer.

»Jürgen?«

»Hast du’s bekommen?«

»Ja«, antworte ich. »Ihr schreibt, das Sohlenprofil sei ›zum Teil beschädigt‹. Kann es sein, dass er sich da auch was eingetreten hat?«

»Durchaus möglich«, antwortet Damaschke, »oder ’n Kaugummi, der an der Sohle klebt …«

»Hatten wir das nicht auch beim Steffens-Fall?«

»Moment, ich sehe mal nach.«

Das muss er nicht, denn ich bin mir sicher. Im Viktoriapark und der Wohnung von Swantje Steffens waren ähnliche Sohlenabdrücke gefunden worden. Ich kann es nur nicht überprüfen, die Akten hat ja der Verfassungsschutz.

Wenigstens macht sich Damaschke von allen seinen Spuren Kopien. Die Originale gibt er ohnehin nicht raus.

»Dieter?«, meldet er sich.

»Bin dran.«

»Hast recht. Da klemmt ein hart gewordener Kaugummi oder

ein Stein in der linken Sohle«, meldet Damaschke. »Sowohl auf dem Abdruck in der Wohnung als auch auf dem vom Viktoriapark.«

»Sind die mit der Spur vom Banküberfall identisch«, frage ich aufgeregt, »ist das dieselbe Sohle?«

»Könnte sein«, murmelt Damaschke am anderen Ende der Leitung, »zumindest sind sie sich ziemlich ähnlich.«

»Stimmen die Schuhgrößen?«

»Ja, da gibt es eine gewisse Übereinstimmung.« Damaschke misst offenbar gerade neu nach, denn er braucht einen Moment dafür. »Bei den Abdrücken im Viktoriapark und der Steffens-Wohnung sind beide gleich. Vierundvierzig. Und beim Banküberfall, aber das siehst du ja selbst. Zweiundvierzig bis vierundvierzig, war eben feucht und die Spur schon ziemlich verwischt, also quasi unbrauchbar …«

»Ja oder nein?« Ich bin ungeduldig. »Jürgen, ich brauche eine eindeutige Aussage!«

»Eindeutig«, mault Damaschke, »du bist gut! Ich sage doch, die Spur vom Bankraub taugt nix.«

»Siebzig Prozent?« Das mag er. Wenn man ihm mit Zahlen kommt, da steht Damaschke total drauf. »Oder vielleicht sogar achtzig?«

»Eher mehr. Wenn die Daten so stimmen«, antwortet er nachdenklich, »kannst von gut fünfundachtzig Prozent ausgehen.«

»Jürgen, du bist ein Schatz.« Ich lege wieder auf.

Und was bringt mir das jetzt?

Die Erkenntnis, dass der Bankräuber vom Mehringdamm mit fünfundachtzigprozentiger Wahrscheinlichkeit knapp eine Woche später sowohl in der Wohnung von Swantje Steffens als auch am Ort ihres gewaltsamen Todes war.

Kannte sie den Täter? War dieser Bankraub vielleicht sogar eine Geheimdienstaktion? Eine Art Geldbeschaffungsmaßnahme für Untergrundkämpfer?

Wurde Swantje Steffens umgebracht, weil sie zu viel wusste?

Was geht vor in dieser Stadt, überlege ich. Ich habe das Gefühl, als würden wir alle völlig ahnungslos auf einem Vulkan sitzen, in dessen Inneren es mächtig brodelt. Und es scheint nur eine Frage der Zeit, bis es zum Ausbruch kommt.

Im Radio laufen Meldungen, dass Bundeskanzler Helmut Kohl seinen Urlaub am Wolfgangsee unterbrochen und eindringlich an die neuen Machthaber in Moskau appelliert habe, Gorbatschow nichts anzutun. Die deutsche Einheit sei unumkehrbar. US-Präsident Bush, Englands Premierminister John Major und Frankreichs Präsident François Mitterand fordern die Putschisten auf, Panzer und Militär umgehend aus der sowjetischen Hauptstadt abzuziehen. Blutvergießen sei unter allen Umständen zu vermeiden. An den Börsen herrscht Panik, weltweit gehen die Kurse auf Talfahrt.

Die Kollegen schließen derweil Wetten ab, ob uns der BND tatsächlich die vom Verfassungsschutz beschlagnahmten Akten zurückbringt. Hünerbein wettet dagegen, Beylich dafür.

Ich wende mich ab, spüre, wie das schlechte Gewissen an mir nagt. Ich hätte unseren Ex-VP-Major nicht so denunzieren dürfen. Trotz des Putsches und aller möglicherweise gerechtfertigten Bedenken. Ich hätte Beylich zunächst unter vier Augen sprechen müssen, ihm meine Befürchtungen erläutern und ihm dann Gelegenheit geben müssen, sich dazu zu äußern. Das wäre anständig gewesen.

Aber was mache ich: Schwärze ihn bei Palitzsch an. Das ist weder fair noch kollegial.

Und wenn er jetzt doch ein U-Boot des Kommunismus ist? Immerhin hält er nach wie vor und unerschütterlich zu seiner ehemaligen Staatspartei, der SED-Nachfolgeorganisation PDS. Und wie hält die es mit den Russen?

»Können wir eben noch mal über die Tochter reden?«

Verwirrt schaue ich auf. Hünerbein und Beylich stehen vor mir.

»Was für eine Tochter?«, frage ich.

»Fatma Misirlioglu«, erinnert mich Hünerbein, »die Tochter des Blumenhändlers. Wir müssen überlegen, wie wir da weitermachen.«

Stimmt, denke ich, kann mich aber nicht wirklich konzentrieren, solange Beylich vor mir steht.

»Es gibt ja wohl inzwischen bei uns allen Zweifel an der Entführungstheorie«, redet er drauflos. »Und als ich die Freundinnen von Fatma in der Villa Kreuzberg befragte, verhielten die sich auch so merkwürdig. Vielleicht sollten wir da noch mal nachhaken …«

»Wir müssen uns unterhalten«, unterbreche ich ihn. Besser gleich reinen Tisch machen, sonst kann ich mit dem nicht mehr vernünftig arbeiten.

Beylich und Hünerbein sehen sich fragend an. »Unterhalten wir uns nicht gerade?«

»Unter vier Augen.« Entschieden stehe ich auf. »Nur Egon und ich.«

»Ah.« Hünerbein hebt beleidigt die Augenbrauen. »Ja, bitte, dann mach ich mal Platz.«

Er watschelt, mit seinem dicken Hintern wackelnd, zurück zu seinem Schreibtisch wie eine abgewiesene Matrone.

Beylich guckt mich fragend an. »Was gibt's denn?«

»Draußen«, antworte ich. »Gehen wir eine rauchen.«

Wir stehen im Hof der Keithstraße. Beylich ist Nichtraucher, dafür quarze ich umso mehr und weiß nicht, wie ich anfangen soll.

»Okay, Egon«, beginne ich umständlich, »du weißt ja, dass ich mit einer Journalistin also nicht unbedingt zusammenlebe, aber …«

»Sie kriegt ein Kind von dir.«

»Richtig, ja. Und sie arbeitet beim Tagesspiegel an so einer Recherche über den kommunistischen Untergrund in dieser Stadt.«

»So was gibt's?«

»Ja, so was gibt's.« Ich lache bescheuert auf. »Irre, was? – Du weißt nichts davon?«

Beylich schüttelt den Kopf.

»Was mich interessiert, ist …« Ich sehe ihn prüfend an. »Wie stehst du eigentlich zur demokratischen Grundordnung in unserem Land? Ich meine, immerhin bist du auch Kommunist und –«

»Sozialist«, berichtigt er mich, »demokratischer Sozialist.«

»Also dann ist Demokratie für dich okay?«

»Sicher«, antwortet er, »für dich etwa nicht?«

»Doch, doch, natürlich!« Ich komme ja aus dem Westen, wieso sollte ich kein Demokrat sein? Freiheit ist mein zweiter Vorname, sozusagen.

»Also ich habe einen Fehler gemacht«, hole ich tief Luft, »und ich denke, ich sollte dir das sagen, bevor dir das jemand anders sagt. Ich habe dich angeschwärzt. Beim Chef. Wegen deiner Ostvergangenheit. Ich meine, wir wissen ja alle, dass du so 'n oller VoPo bist, und ich hatte plötzlich Bedenken, dass du … Dass du vielleicht auch zu diesen kommunistischen Untergrundkämpfern gehörst, von denen mir Monika erzählt hat. In Moskau putschen sie ja gerade, und deshalb liegen bei mir ein bisschen die Nerven blank. Aber das war trotzdem nicht okay von mir, ich will mich da gar nicht rechtfertigen – ich meine, bin ich McCarthy, oder was? Nein. Im Gegenteil: Ich fühle mich schlecht deswegen. Ich habe dir womöglich Unrecht getan und äh …« Ich halte ihm die Hand hin. »Ich will mich entschuldigen.«

Beylich sieht mich lange an. »Das kannst du gar nicht«, sagt er nach einer Weile.

»Was?«

»Dich entschuldigen.« Beylich lächelt. »Niemand kann sich selbst entschuldigen, verstehst du? Entschuldigen kann dich nur der, den du um Entschuldigung bittest.«

Stimmt, denke ich. »Ich bitte dich um Entschuldigung. Das war unkollegial«, setze ich aufrichtig hinzu, »und einfach nicht fair. Es tut mir leid.«

»Geschenkt.« Beylich schlägt ein und drückt meine Hand. »Ich hätte dir zu DDR-Zeiten auch nicht vertraut. Du bist genau das, was wir uns immer unter einem bourgeoisen Arschloch vorgestellt haben.«

»Und du bist 'n oller Kommisskopp!«

Wir lachen, und ich bin erleichtert. Gott sei Dank ist der Kerl nicht so sensibel. Was für ein Theater Hünerbein gemacht hätte, wenn es um ihn gegangen wäre.

»Ich hab mich schon gewundert«, erzählt Beylich, »denn vorhin bat mich Edmund zu sich und wollte meine Waffe. Es sei so eine Art Vertrauensbeweis, sagte er, bis die Lage sich beruhigt.«

»Und hast du sie ihm gegeben?«

»Klar. Ich brauche keine Waffe.« Beylich seufzt. »Im Übrigen macht mich der Putsch in Moskau auch ziemlich fertig. Gorbatschow war schon auf dem richtigen Weg. Mit seiner Perestroika und Glasnost. Wenn das jetzt die Militärs alles wieder kaputt machen, schaden sie langfristig auch der kommunistischen Idee.«

Aha, denke ich. Dann sollte ich wohl besser für den Putsch sein, wenn er endlich mit den Kommunisten aufräumt, oder was?

»Ich weiß, was du jetzt denkst.« Beylich tippt sich gegen die Stirn. »Du bist da genau so ein Opfer des Kalten Krieges wie ich. Aber wenn wir erst mal begriffen haben, dass eine gerechtere Gesellschaft nicht mit Zwang und Gewalt zu haben ist, sind wir schon mal viel weiter.«

»Ich bin mit unserer Gesellschaft eigentlich ganz zufrieden.«

»Ja.« Beylich lacht. »Da haben wir noch ein ganzes Stück intellektueller Arbeit vor uns, was?«

Genau das ist das Problem. Diese Linken halten sich per se und grundsätzlich immer für geistig und moralisch überlegen. Das liegt in der kommunistischen Ideologie begründet, und das haben sie mit Christen, Juden, Muslimen und Buddhisten gemeinsam. Sie alle glauben Erleuchtung gefunden zu haben in der Finsternis unseres Seins. Interessante Theorie: der Kommunismus als fünfte Weltreligion.

Den letzten Satz muss ich wohl laut ausgesprochen haben, denn Beylich schüttelt langsam den Kopf.

»Nicht mehr«, sagt er ernst. »Dafür ist zu viel schiefgelaufen. Aber irgendwann kommen wir zurück. Das versprech ich dir.«

Ups, denke ich.

Und schon ist er mir wieder unheimlich. Denn wie kann sich ein Mensch in seinem Denken immer so gewiss sein? Ist das noch Selbstbewusstsein oder schon Gehirnwäsche?

»Ah, der Herr Knoop!« Von hinten kommt der blondgelockte Schmittke über den Hof, der stets geduldig leidensfähige Co. von Inga Lenz. Er strahlt über das ganze Gesicht und drückt erst Beylich, dann mir die Hand.

»Wie geht's?«

»Gut«, antworte ich. »Und Ihnen?«

»Bestens«, lacht er, »wie immer. Wenn man nicht gerade bei der Überwachung des Parks von durchgeknallten Mädels angegriffen wird …« Er zeigt uns Biss und Kratzspuren an seinen Unterarmen und lacht fröhlich. »Die arbeiten jetzt mit Lockvögeln. Irre, was?

Die Inga lässt übrigens fragen, was die Stimmenanalyse gebracht hat. Die beiden Anrufe – Sie wissen schon.«

»Klar. Ich hab das schriftlich im Büro. Kommen Sie mit, dann können Sie's gleich haben.«

37 ZU DRITT NEHMEN WIR den Fahrstuhl nach oben. Beylich mustert Schmittke interessiert von oben bis unten.

»Schwarzwald? Sie kommen bestimmt aus dem Schwarzwald, oder?«, fragt er ihn.

»Stimmt!« Schmittke strahlt noch breiter. »Woher wissen Sie das?«

»Die Haare.« Beylich greift sich an den Kopf. »Da gibt es viele so blonde Jungs wie Sie.«

»Ist nicht wahr!« Schmittke lacht wie ein kleiner Junge. »Die meisten bei uns sind dunkelbraun.«

»Aber Sie machen doch sicher Extremsport, richtig?«

Ich frage mich allmählich, worauf Beylich hinaus will.

»Bergsteigen«, antwortet Schmittke und freut sich noch immer. »Ich weiß nicht, ob das so extrem ist.«

»Sehen Sie!« Beylich nickt zufrieden. »Letzte Woche habe ich im Fernsehen einen Bericht gesehen über Extremsportarten: Fallschirmspringen, Gleitfliegen, Surfen, und dieses …« Er überlegt kurz und spricht es dann wie »Bungi-Dschumping« aus. »Die Typen, die das machen, sehen alle aus wie Sie. Blond, braun gebrannt und fröhlich.«

»Ehrlich?« Schmittke strahlt und schiebt sich etwas verlegen die schulterlangen Locken nach hinten. »Na ja, liegt vielleicht am Adrenalin.«

Wir haben unser Büro erreicht. Ich suche auf dem Schreibtisch nach Damaschkes schriftlicher Ausfertigung der Stimmenanalyse und gebe sie Schmittke.

»Grüßen Sie die Inga von uns.«

»Mach ich«, freut sich Schmittke. Er nickt den Übrigen zu, »Tag allerseits«, und geht.

Ich sehe Beylich an. »Was sollte das denn?«

»War ich zu aufdringlich?«

»Nein. Ich war nur etwas verwundert über dein plötzliches Interesse an dem Schmittke.«

»Das ist wenigstens ein richtiger Wessi!«

»Schmittke?«, mischt sich Hünerbein ein. »Wieso das denn? Der weiß doch so gut wie nie etwas besser.«

»Ich rede auch nicht vom Besserwessi, wie er seit der Wende auffällt.« Beylich kratzt sich am Hinterkopf. »Sondern von den Wessis, wie ich sie früher kannte. Strahlend blond und aus dem Schwarzwald.«

»Das musst du uns mal genauer erklären.«

»Ich habe einen Cousin.« Beylich setzt sich an seinen Schreibtisch. »Oskar. Der sieht so aus wie Schmittke und wohnt im Schwarzwald. Früher war er immer mit meiner Tante und dem Onkel zu Besuch bei uns. An Ostern zum Beispiel. Sie brachten Kaffee und Schokolade mit. Und sie rochen so gut nach Westwaschmittel. Genau wie die Pakete, die sie uns schickten. Die rochen genauso.« Beylich sieht uns versonnen an. »Typische Westverwandtschaft halt. Damals hab ich gedacht, die sehen da alle so aus. Wie Schmittke. Und dann kommt letztens dieser Bericht im Fernsehen – und da sind sie wieder: meine braun gebrannten, blonden Westklischees aus dem schönen Schwarzwald.«

»Hast du noch Kontakt zu deinem Cousin?«

»Ich durfte ja nicht«, antwortete Beylich. »Als ich zur Volkspolizei ging, war Schluss. Keine Westkontakte mehr. Erst letztes Jahr, kurz nach der Wiedervereinigung, bin ich mal rübergefahren. Hab Oskar besucht. Viel zu sagen hatten wir uns nicht. Und alt ist er auch geworden. Nicht mehr blond, sondern grau.«

»Die Inga«, weiß Hünerbein, »kommt ja auch aus dem Schwarzwald. Eine gebürtige Hinterzartenerin.«

Wir wiehern drauflos. Denn »Mädle aus dem schwarzen Wald, die sind nicht leicht zu habe«. Wir schmeißen uns weg vor Lachen. Ob's Bärbele aus dem »Schwarzwaldmädel« tatsächlich ein Weib wie Inga zum Vorbild hatte?

»Alle werden sie sich drehen«, singt Hünerbein drauflos, »wenn man heut die Geigen stimmt. – Ich nur werd im Winkel stehen. Keinen hab ich, der mich nimmt …«

Wir kriegen uns kaum noch ein und bemerken daher auch Kriminaloberrat Dr. Edmund Palitzsch nicht, der mit einem zweiten Herrn hereingekommen ist, sich erst verblüfft unser Herumgealbere ansieht und sich dann mit einem lauten »SCHLUSS JETZT!« Gehör verschafft.

Augenblicklich halten wir inne. Wie kleine Schuljungs, die vom Lehrer zur Ordnung gerufen werden. Es ist schon was dran, wenn es heißt, dass Männer nie erwachsen werden.

»Was ist denn der Grund für die Freude?« Palitzsch schreitet uns ab wie ein General seine Truppe und sieht jedem von uns in die Augen. Vor Beylich schließlich bleibt er stehen. »Egon: Irgendwelche Ergebnisse?«

»In der Tat, Edmund.« Beylich tritt vor unsere Pinnwand. »Aller Wahrscheinlichkeit nach ist die Tochter des Blumenhändlers doch nicht entführt worden.«

»Ach!« Palitzsch saugt geräuschvoll Luft durch seine Nase an. »Aller Wahrscheinlichkeit nach. Was heißt das? Ist sie nur zu zehn Prozent tot? Zu vierzig Prozent entführt? Zu fünfzig wieder zu Hause, oder was?«

Bevor er nun einen Vortrag darüber hält, dass die Wahrscheinlichkeit nichts mit kriminalistischer Ermittlung und schon gar nichts mit Fakten zu tun hat, springe ich Beylich bei.

»Das Entführervideo wurde in einer Theaterkulisse aufgenommen. Das Haus ist frei zugänglich, und bis vor Kurzem hat Fatma dort auch noch für ein Stück geprobt.«

»Dann ist sie von ihren Theaterkollegen entführt worden, oder was?«

»Eben nicht«, schnauft Hünerbein. »Sie sollte verheiratet werden. Mit Chaleb Kahali. Dem Sohn des Recip Kahali. Mit Hüseyin verband ihn eine langjährige Feindschaft, die letztlich beiden nur geschadet hat.«

»Das haben Feindschaften so an sich«, erwidert Palitzsch streng. »Und?«

»Ja, sie haben das Kriegsbeil begraben. Und dies sollte besiegelt werden durch die Hochzeit der beiden Kinder. Chaleb und Fatma.« Hünerbein sinkt hinter seinen Schreibtisch. »Und wie ich aus meiner Unterhaltung mit dem alten Kahali heraushören konnte, schienen die nicht sonderlich begeistert von ihren Eheaussichten zu sein.«

»Eine Zwangsheirat also?«

»So ähnlich. Fatma jedenfalls hat sich aus dem Staub gemacht.«

»Damit passt alles zusammen«, bekräftigt Beylich. »Die Tochter täuscht die Entführung vor. Zusammen mit ihren Freundinnen kapert sie den Mercedes und haut ab.«

»Den Schlüssel hat sie ihrer Mutter vorher aus dem Nachtschrank geklaut«, fügt Hünerbein hinzu. »Jetzt musste der Wagen nur noch irgendwie aus dieser schwer gesicherten Garage raus. Also haben sie die Entführung inszeniert.«

»Aber die Mutter hat doch ausgesagt, dass ihr der Autoschlüssel zusammen mit der Handtasche in der Markthalle gestohlen wurde.«

»Dann eben da.« Hünerbein hebt die Schultern. »Vielleicht steckt die Mutter ja auch mit drin. Sie wollte ihren Mann ohnehin verlassen, hat Tickets für vier nach London gekauft.«

»Haben Sie sie dazu befragt?«

»Noch nicht.«

»Ja, worauf warten Sie dann?« Palitzsch ist außer sich. »Na los! Gehen Sie! Nehmen Sie die Mutter ins Verhör, aber zack, zack! Bevor die uns alle nach London abhauen.«

»Das hat doch nichts mit unserem Mordfall zu tun«, mault Hünerbein. »Zumindest nicht direkt.«

»Also nur indirekt, oder wie? Wissen Sie das sicher oder nur sehr wahrscheinlich?« Palitzsch ist unerbittlich. Er scheucht Hünerbein regelrecht aus dem Büro. »Heute Abend kriege ich Ihren Bericht dazu«, ruft er ihm nach, »aber nur die Fakten, bitte!«

Dann nimmt er sich Beylich vor. »Egon, du fährst mit der Spurensicherung zur Heerstraßenbrücke. Nimm Matuschka mit. Vielleicht haben die Engländer was übersehen, und ihr findet noch was. Anschließend fahrt ihr auf den Parkplatz im Grunewald, wo der ausgebrannte BMW gefunden wurde. Jedes Detail ist wichtig, ich will den BND nicht enttäuschen, klar? Wir kriegen raus, was da passiert ist. Abmarsch!«

Auch Beylich und Matuschka verlassen das Büro.

»Na, Kollege Knoop«, wendet sich Palitzsch nun mir zu, »was macht Ihr Browning-Mann?«

Ich zeige ihm das Phantombild. »Das ist er. Es gibt aber nichts in unserer Datei zu diesem Antlitz. Ansonsten warte ich auf die Unterlagen, die uns der VS abgenommen hat und die uns der BND zurückbringen will.«

»Und so lange drehen Sie Däumchen?«

Mitnichten, will ich antworten und auf den Aktenstapel vom Banküberfall am Mehringdamm hinweisen, doch Palitzsch lässt mich nicht zu Wort kommen.

»Es gibt ein Grundprinzip der kriminalistischen Arbeit«, beginnt er zu dozieren, »und das heißt ›Effizienz‹. Warten ist nicht effizient. Vermutungen ebenso wenig. Die einzige und erfolgreichste Möglichkeit, die Nadel zu finden«, er läuft vor mir auf und ab, »denn nichts anderes ist unsere Arbeit: eine ständige Suche nach der Nadel im Heuhaufen; die einzige Möglichkeit also, die Nadel zu finden, ist, jeden Strohhalm einzeln umzudrehen und nach erfolgter Sichtung beiseitezulegen. Mühsam, aber höchst effizient. Denn wenn kein Stroh mehr da ist, bleibt nur noch die Nadel, die gesuchte.«

Er bleibt stehen und sieht mich an. »War das deutlich?«

»Sehr deutlich, Kriminaloberrat«, versichere ich, »ein nahezu perfektes Gleichnis. Sie haben es ausgesprochen bildlich dargestellt.«

»Fein, fein.« Palitzsch stellt mir jetzt den etwa fünfzigjährigen Mann vor, der mit ihm eingetreten ist. Ein drahtiger, gedrungener Typ in Jeansjacke, der etwas verunsichert an der Tür stehen geblieben ist.

»Dann wenden Sie sich doch bitte jetzt dem Herrn Reinicke zu. Er sagte mir, Sie hätten ihn sprechen wollen?«

Ich muss einen Moment nachdenken: Reinicke, wer war das noch mal? Fragend sehe ich ihn an. »Lothar Reinicke?«

»Derselbe«, nickt er.

»Dann setzen Sie sich doch, bitte.« Ich deute auf einen Stuhl, und der Exehegatte von Swantje Steffens nimmt umständlich Platz.

Tja. Wie anfangen? »Herr Reinicke, zunächst muss ich Ihnen eine traurige Mitteilung machen.«

»Also, viel Erfolg.« Palitzsch steht an der Tür. »Bericht heute Abend, klar?«

Ich nicke ihm zu, und Palitzsch geht.

Lothar Reinicke sieht mich erwartungsvoll an. Er hat kleine braune Knopfaugen und ein charismatisches, vierkantiges Gesicht. Irgendwie kommt er mir bekannt vor. Gab's da nicht mal so einen Fußballer?

Netzer, jetzt fällt es mir wieder ein, der legendäre Mittelfeldspieler der siebziger Jahre. Europameister 1972, Weltmeister 1974. Lothar Reinicke hat eine gewisse Ähnlichkeit mit Günter Netzer. Allerdings ohne dessen Markenzeichen. Die Haare fehlen. Und zwar völlig. Lothar Reinicke ist ein Günter Netzer mit Glatze.

»Ja, wie gesagt«, fange ich noch mal an, »es gibt traurige Nachrichten für Sie. Ihre geschiedene Frau ist in der Nacht vom Freitag zu Samstag tot aufgefunden worden.«

Reinicke zeigt äußerlich keine Regung.

»Wo?«, fragt er nur.

»Viktoriapark«, antworte ich. »Tut mir sehr leid.«

»Dann haben die ganzen Frauen am Sonntag wegen ihr demonstriert?«

»Ja, das war zumindest der Anlass, wenn auch …«

»Ist sie …«

»Nein«, ich schüttele den Kopf, »ist sie nicht. Dieser in der Presse als Golgatha-Täter bekannte Sexualverbrecher hat mit dem Tod Ihrer Frau nichts zu tun.«

»Gut«, nickt Reinicke, »dann weiß ich jetzt Bescheid. Vielen Dank.« Er will sich erheben und zur Tür, doch ich halte ihn zurück.

»Einen Moment noch, Herr Reinicke. Sie können gleich gehen, aber zuvor habe ich noch ein paar Fragen.«

»Natürlich, gern.« Er setzt sich wieder.

»Wo waren Sie denn in der Nacht von Freitag zu Samstag, so zwischen dreiundzwanzig und ein, zwei Uhr?«

Die Frage ist der Klassiker. Jeder Ermittler stellt sie gern. Und meist stellen wir sie auch im Duktus irgendwelcher Tatortkommissare – es geht gar nicht anders. Mein Favorit ist Schimanski, obwohl alle sagen, dass ich mehr wie Haverkamp rüberkomme. Oder Kressin. Erinnert sich noch jemand an Kressin, den Typen aus den frühen Siebzigern mit Sportwagen und Lederjacke? Ganz so flott bin ich zwar nicht unterwegs – und es wird auch nicht mehr flotter werden, jetzt wo ich Familie habe …

»Im Bett«, antwortet Lothar Reinicke.

»Zu Hause?«

»Wo sonst.«

»Und Sie waren allein?«

»Auch das.« Er lächelt schwach. »Brauch ich ein Alibi?«

Besser wär's, denke ich. »Herr Reinicke, wir wissen kaum etwas über Ihre Frau. Können Sie mir sagen, was sie so gemacht hat in den letzten Tagen vor ihrem Tod?«

»Phhh«, macht er gedehnt. »Ich hatte ja auch kaum noch Kontakt zu ihr.«

»Ja, aber Sie haben sich vielleicht mal getroffen?«

»Wo?«

»Na, zum Beispiel beim Yoga?«

»Nee. Da bin ich mittwochs«, erklärt Reinicke, »und Swanni donnerstags. Das hat die Padma extra so eingefädelt.«

»Wollte Ihre Frau Sie nicht mehr sehen?«

»Wie das eben so ist zwischen Geschiedenen.«

»Aber Sie haben unter der Scheidung gelitten.«

»Nicht mehr als andere Männer.«

»Wie kam es denn zu der Scheidung?«

»Ja Gott, wie kommt es zur Scheidung. Man lebt sich auseinander. Bei uns kam noch der Mauerfall dazu. Diese ganzen Veränderungen waren zu viel.«

»Haben Sie Kinder?«

»Nein. Wir wollten keine.«

Ich überlege. So komme ich nicht weiter mit dem Reinicke. Er macht das recht geschickt, beantwortet jede Frage, ohne etwas zu sagen. Manche Leute sind so, die merken das gar nicht. Andere tun es ganz bewusst. Und zu welcher Sorte gehört Lothar Reinicke?

Die Tür klappt, und Hünerbein kommt leise herein.

»Autoschlüssel vergessen«, flüstert er, geht zu seinem Schreibtisch, kramt darin herum und verschwindet wieder. *»Ciao!«*

»Ciao, ciao«, mache ich. »Herr Reinicke«, wende ich mich ihm wieder zu, »haben Sie eine Ahnung, wer Ihre Frau getötet haben könnte?«

»Nee. Raubüberfall wahrscheinlich.«

Das wundert mich jetzt doch ein bisschen. Dass er das Verbrechen an seiner früheren Ehefrau einfach so hinnimmt.

»Sie wurde nicht beraubt.«

»Tja.« Er hebt die Schultern. »Dann weiß ich auch nicht.«

»Was glauben Sie: Was könnte sie nachts im Viktoriapark gemacht haben?«

»Gute Frage.« Er schüttelt den Kopf. »Weiß ich auch nicht. Spazieren vielleicht?«

»Nachts um halb eins?«

»Man hat ja einen guten Blick von dort oben«, gibt Reinicke zu bedenken. »Ich war da auch schon. Das ist ganz schön da. Vor allem nachts. Die Stadt breitet sich unter einem aus: ein funkelndes Lichtermeer.« Er nickt lächelnd. »Ja, Berlin ist groß geworden, jetzt wo es wieder eins ist. Glaubt man gar nicht.«

Okay. Das wird so nichts, denke ich. Ich muss konkreter werden.

»Diesen Zeitungsartikel über einen Banküberfall am Mehringdamm«, ich schiebe ihm die ausgeschnittene Meldung über den Schreibtisch, »haben wir in den Unterlagen Ihrer Frau gefunden. Können Sie sich das erklären?«

Lothar Reinicke sucht in seiner Jeansjacke und holt eine Lesebrille hervor.

Er putzt sie erst etwas umständlich, bevor er sie sich auf die Nase setzt, um den Zeitungsartikel genau zu studieren. Noch immer zeigt er kaum eine Regung.

»Was gibt's da zu erklären«, sagt er nach einer Weile und gibt mir den Artikel zurück. »Das hat sie wahrscheinlich interessiert.«

»Ja, offensichtlich. Ich frage mich nur, warum?« Ich zeige ihm die handschriftlich notierten Ziffern am Rand. »Vor allem interessiert mich, was das hier bedeutet: drei Zahlen. Zehn, neun und zweiundsiebzig.«

Reinicke hebt die Hände. »Weiß nicht.«

»Sie hatte erhebliche Geldprobleme. Wussten Sie davon?«

»Ja, Gott, Frauen haben immer Geldprobleme«, winkt er ab. »Gerade jetzt im Westen. Swanni wollte alles sofort.«

»Und Sie?«

»Ich nicht. 'ne neue Bohrmaschine vielleicht, oder 'n Fernseher. Aber sonst? Ich bin nicht so anspruchsvoll. Ich hab immer noch meinen Trabbi und bin damit sehr zufrieden.«

»Gab es darüber Streit bei Ihnen?«

»Über den Trabbi?«

»Über Ihre unterschiedlichen Ansprüche. Übers Geld. War das ein Grund für Ihre Scheidung?«

»Ja«, gibt er zu, »auch, vielleicht. Welches Paar streitet sich nicht ums Geld, wenn's knapp wird? Wir hatten halt unterschiedliche Prioritäten.«

»Können Sie sich erklären, warum sich für den Tod Ihrer Frau auch die Geheimdienste interessieren?«

Lange habe ich überlegt, ob ich ihm die Frage stellen sollte. Jetzt war sie heraus.

»Geheimdienste?« Jetzt zeigt er endlich mal ein Gesicht. Ein völlig irritiertes zwar, aber immerhin. »Was für Geheimdienste?«

»Der Verfassungsschutz ermittelt.«

»Tatsächlich? Warum?«

»Das würde ich gerne von Ihnen wissen, Herr Reinicke. Aus der Wohnung Ihrer Frau wurde alles gestohlen, was Auskunft über ihre Person geben könnte, über ihr Leben, ihre Familie. Haben Sie eine Ahnung, wer das getan haben könnte und warum?«

»Nein!«

»War sie in irgendwas verwickelt?«

»Swanni? Nicht dass ich wüsste.« Langsam wird er nervös.

»Was machen Sie eigentlich beruflich?«

»Nichts. Arbeitslos.«

»Und früher. In der DDR?«

»Fernmeldewesen«, antwortet er und strafft sich. »Ich war Oberst bei der NVA. Nachrichtentruppe.«

»Und Ihre Frau?«

»Finanzamt Mitte«, erklärt er, »hat sie immer gemacht. Sie war schon da, als ich sie kennenlernte.«

»Wann war das? Ursprünglich ist sie doch in Rostock geboren.«

»Ja, aber zweiundsiebzig war sie schon in Berlin.«

»Und in all den Jahren hat sich kein Freundeskreis gebildet? Leute, mit denen Sie heute noch zusammen sind? Ich meine, Sie können doch unmöglich ganz allein auf der Welt gewesen sein! Oder finden wir nur nichts über persönliche Kontakte bei Ihrer Frau, weil das alles beiseitegeschafft wurde?«

»Ja, keine Ahnung. Ich meine, so viele Freunde hatten wir auch nicht mehr.«

»Und Feinde?«

Reinicke schüttelt den Kopf und rutscht unruhig auf seinem Stuhl herum. »Na ja, vielleicht. Ich weiß nicht. Früher hatten wir viele Bekannte und Freunde. Dann gingen die ersten in den Westen. Von denen haben wir nie mehr gehört. Und dann brach alles zusammen, und diese bescheuerten Stasigerüchte machten die Runde. Am Ende blieb keiner übrig.«

»Stasigerüchte?«

»Na hören Sie mal, ich war Oberst«, regt er sich auf, »und natürlich hatte ich in dieser Funktion auch Kontakte zum MfS. War völlig normal. Die drehen doch heute alle durch: Stasi, Stasi, völlig bekloppt! Alles Widerstandskämpfer heute. Niemand will mehr was mit einem ehemaligen Oberst der NVA zu tun haben. Selbst mein alter Parteisekretär wählt heute CDU.« Er zeigt zum Fenster. »Gehen Sie doch mal vor die Tür! Fragen Sie irgendeinen DDR-Bürger! Sie werden heute keinen mehr finden, der mal für unser Land war.«

Ganz so erlebe ich das nicht, aber muss sein Eindruck deshalb falsch sein?

»Die haben sich alle abgewandt von mir. Weil ich systemnah war. Damit will keiner mehr was zu tun haben. Am Ende sind Swanni und ich nach Kreuzberg gezogen, in den Westen, weil uns hier keiner kennt und wir die ganzen Opportunisten nicht mehr ertragen müssen. Die wollen doch alle nur noch mit dem Arsch an die Wand. Und verraten dafür die besten Freunde.«

Jetzt habe ich ihn. Jetzt zeigt er Gefühl. Aber bringt mich das weiter? – Nicht wirklich.

»Kann ich jetzt gehen?«, fragt er mich.

Ich nicke. Mir fällt ohnehin nichts mehr ein. Ich stehe auf und gebe ihm die Hand.

»Wiedersehen, Herr Reinicke. Und vielen Dank!«

»Keine Ursache.«

Ich öffne ihm die Tür, und er ist weg.

38 »WEGEN PUTSCH BIS AUF WEITERES GESCHLOSSEN«, stand an den heruntergelassenen knallgelben Rollläden der Zyankali-Bar. Hünerbein parkte seinen elf Jahre alten 250er Mercedes verkehrswidrig in der Toreinfahrt gegenüber und stellte sein Pappschild mit der Aufschrift »Der Polizeipräsident von Berlin – Einsatzfahrzeug« hinter die Windschutzscheibe. Das schreckte jede Politesse ab.

Zufrieden strebte Hünerbein der Hausnummer 64 zu und klingelte bei Misirlioglu. Niemand öffnete. Er versuchte es bei der Nachbarin.

»Ja, hallo, wer ist da?«, krähte es aus dem Lautsprecher der Gegensprechanlage.

»Kriminalpolizei! Machen Sie bitte die Tür auf!«

Der Öffner surrte, und Hünerbein trat ein.

»Sie woll'n doch nich zu mir, oda wat?« Die Nachbarin stand neugierig auf dem Treppenabsatz.

»Nee«, antwortete Hünerbein etwas kurzatmig, »ich wollte zu den Misirlioglus, aber die machen nicht auf.«

»Wegjehn sehn hab ick se nich.« Die Nachbarin legte ihr Ohr an die Wohnungstür des Blumenhändlers und lauschte. »Allerdings kiek ick ooch nich imma ausm Fensta, wa?«

»Wirklich nicht?« Hünerbein klingelte mehrmals energisch. »Eigentlich sollten die doch zu Hause bleiben, falls sich was wegen der Tochter tut.«

»Wieso? Wat issn mit Fatma?«

»Nichts«, winkte er ab. »Gar nichts.« Alles musste diese Frau ja nun auch nicht wissen.

Da weiterhin nicht geöffnet wurde, horchte auch Hünerbein an der Wohnungstür.

»Tja«, machte die Nachbarin, »sindse wohl wirklich nich da, wa?«

»Ruhe!« Hünerbein machte eine genervte Geste. Ihm war, als hätte er etwas gehört: ein Geräusch, kaum wahrnehmbar …

Jetzt polterte etwas laut in der Wohnung. So als wäre etwas krachend umgefallen, gefolgt von einem erstickten Schrei. Das klang nicht gut. Das klang überhaupt nicht gut.

»Treten Sie beiseite«, verlangte Hünerbein in amtlichem Ton. »Weg da, schnell!«

Dann nahm er Anlauf und warf sich mit seiner ganzen Körpermasse von gut dreieinhalb Zentnern gegen die Wohnungstür der Misirlioglus.

Einmal. Und noch einmal. Beim dritten Mal endlich gab das schwere Eichenholz nach, und der Kommissar krachte in den Flur.

Das nennt man »mit der Tür ins Haus fallen«, dachte Hünerbein und richtete sich schnaufend wieder auf.

Aus dem Wohnzimmer drangen seltsame Geräusche. Wie ein ersticktes Keuchen. Hünerbein öffnete die Flügeltür und riss erschrocken die Augen auf. Hüseyin Misirlioglu hatte sich erhängt. Er baumelte an einem Strick, der von der Zimmerdecke hing, lebte aber noch. Seine Füße zappelten und zuckten. Ein paar Stühle, die der Blumenhändler offenbar zuvor pyramidenartig auf den Esstisch gestellt hatte, um sich an der hohen Zimmerdecke besser aufknüpfen zu können, lagen auf dem Boden herum.

»Krankenwagen«, schrie Hünerbein und kletterte ebenfalls auf den Esstisch, »wir brauchen sofort einen Krankenwagen!«

Er hob sich den Blumenhändler auf die Schultern, um den Strick zu entlasten, aber es reichte nicht. Vier Meter zwanzig Raumhöhe waren in Berlin nichts Ungewöhnliches. Zumindest nicht im ersten Stock. In der sogenannten Beletage repräsentativer Altbauten konnten die Räume sogar sechs Meter hoch sein. Dazu Stuck, Parkett, Flügeltüren – normalerweise rissen sich die Mieter darum, doch jetzt war es ein Fluch. Hünerbein stand auf Zehenspitzen auf dem Tisch und versuchte, den Blumenhändler zu halten, doch seine Kräfte erlahmten schnell. Er fühlte sich wie der Namenlose im Sergio-Leone-Western »Spiel mir das Lied vom Tod«. Er spürte seinen kalten Schweiß auf der Stirn und hörte die Musik von Ennio Morricone. Charles Bronson spielte die Mundharmonika, und Henry Fonda sprach mit rauer Stimme: *»Keep your lovin' brother happy.«*

Dann brach der Esstisch unter ihm zusammen. Hünerbein klammerte sich am Blumenhändler fest, die halbe Zimmerdecke gab nach, sie fielen und wurden unter Putz und Stucktrümmern und Gips begraben. Staub wirbelte auf. Als Letztes kam der Haken, an dem das Seil festgemacht war, mit dem sich der Blumenhändler hatte erhängen wollen, und knallte Hünerbein auf den Kopf.

»Aua, verdammt noch mal«, fluchte er völlig außer sich, »was machen Sie denn für Sachen?«

Hüseyin röchelte erstickt.

»So was Beklopptes!« Hünerbein löste ihm den Strick vom Hals. »Warum«, schrie er wütend, »warum, häh?«

»Sie sind weg!« Hüseyin Misirlioglu schnappte nach Luft. »Alle weg!«

»Wer?«

»Ayse. Und die Jungs.« Der Blumenhändler krächzte und hielt sich den Hals. »Meine ganze Familie.«

»Lebt er noch?« Die Nachbarin kam ins Zimmer gestolpert und griff sich erleichtert an die Brust. »Na, Gott sei Dank! Krankenwagen kommt gleich.«

»Bringen Sie uns etwas Wasser.« Hünerbein stützte Hüseyins Kopf. »Geht's?«

Der Blumenhändler nickte schwach. »Alle weg«, wiederholte er verzweifelt und zeigte auf einen beschriebenen Briefbogen, der auf dem Sideboard an der Wand lag. »Sie haben mich verlassen!«

Hünerbein wartete, bis die Nachbarin ein Glas Wasser gebracht hatte, und flößte es Hüseyin vorsichtig ein. Dann erhob er sich und nahm den Brief von dem Board.

Eine weiche leicht nach rechts gekippte Frauenschrift. Unlesbar, weil türkisch. Lediglich das letzte Wort machte für Hünerbein Sinn. Unterzeichnet war der Brief mit »Ayse«.

Tja, da hatte sie ihrem untreuen Gatten wohl mit knappen Worten die Trennung erklärt.

Fünfzehn Minuten später waren die Rettungssanitäter da und kümmerten sich um den Blumenhändler.

»Wir bringen ihn ins Urban-Krankenhaus.«

»Tun Sie das.«

Hünerbein wartete, bis sie ihn mit einer Bahre aus der Wohnung getragen hatten, und griff dann zum Telefonbuch. Er fand »Het Paradijs Reizen« nicht sofort, da es nicht unter Reisebüros, sondern unter -veranstaltern gelistet war. Nach dem dritten Klingeln nahm Sylvie de Groot ab.

»Het Paradijs Reizen, was kann ich für Sie tun?«

»Hünerbein hier, von der Kripo, vielleicht erinnern Sie sich: Ich war gestern bei Ihnen.«

»Ja, der dicke Mann, der die Trennkostreise nicht buchen wollte.«

»Und sich über Hüseyin Misirlioglu erkundigt hat, richtig.« Hünerbein suchte in seinem Trenchcoat nach den Roth-Händle-Zigaretten. Eigentlich wollte er nicht mehr rauchen, aber für dringende Fälle hatte er immer noch ein Päckchen dabei. Und wer lebensmüde Blumenhändler in letzter Minute vor dem Tod gerettet hat, darf sich auch eine anstecken.

»Frau de Groot«, begann er, »Sie hatten mir erzählt, dass die Frau des Blumenhändlers die geplante Reise ihres Mannes nach Mauritius gegen vier Flugtickets nach London umgetauscht hat.«

»Ja, das ist richtig.«

»Ich würde gerne wissen, für wann die Flüge gebucht worden sind. Datum, Uhrzeit et cetera.«

»Moment, da muss ich nachschauen.«

Hünerbein wartete und sah den Rauchkringeln seiner Zigarette nach.

»Hören Sie?« Sylvie de Groot war wieder am Apparat.

»Bin ganz Ohr.«

»Der Flieger geht am 20. August, also heute. Um vierzehn Uhr dreißig ab Tegel, Flugsteig A7.«

»Ich danke Ihnen.« Hünerbein legte auf und sah auf die Uhr. Vierzehn Uhr zwo. Er hatte noch achtundzwanzig Minuten.

39 DIE VILLA an der Zehlendorfer Rehwiese war gediegen und unauffällig. Ein Anwesen wie so viele in dieser gehobenen großbürgerlichen Lage mit ihren hinter hohen Hecken versteckten Häusern aus wilhelminischer Zeit. Sie entsprachen einer Anordnung des Kaisers. Fassaden waren schlicht zu halten, um den Neid des einfachen Volkes nicht zu provozieren. Wer es lieber prunkvoll haben wollte, musste für entsprechend blickdichte Bepflanzung zur Straße hin sorgen, sonst drohten empfindliche Strafen.

Bis heute schätzen die Bewohner an der Rehwiese die Diskretion. Man grüßt sich zwar, weiß aber sonst nicht viel von den Nachbarn. Alljährlich kommt man zu einem Wohltätigkeitsball zusammen und spendet für die Bedürftigen.

Einige der Villen wurden lange vom Staat genutzt, als Archiv für kunsthistorisch wertvolle Dokumente zum Beispiel, von diversen Stiftungen oder dem »Ärztlichen sozialen Dienst des Bundes«. Kaum jemand wusste, dass sich hinter dieser etwas allgemein gehaltenen Bezeichnung nicht etwa eine Anlaufstelle burn-out-geplagter Ministerialbeamter verbarg, sondern eine Außenstelle des Kölner Bundesamtes für Verfassungsschutz.

Die eifrigen Mitarbeiter von Christoph Gräfenheinrich und seinem Adlatus Poppe studierten an diesem 20. August 1991 die Akten zum Mordfall Swantje Steffens. Ahnungslos, denn es bahnte sich Unheil an. Lautlos und von allen Seiten.

Vielleicht hatte es arglose Spaziergänger auf der Rehwiese gegeben, die sich über schwarz gekleidete, mit Sprechfunkgeräten hinter Büschen kauernde Männer gewundert hatten, und so manch einem Passanten mochte auch der eine oder andere besonders unauffällige Wagen am Straßenrand aufgefallen sein.

Und ganz sicher würde der aufmerksame Zeitungsleser in den Tagen danach die im Lokalteil erschienene Meldung bemerken, wonach es an der Rehwiese zu einer schweren Explosion mit mehreren Toten gekommen sei. Ein Haus war völlig zerstört worden. Als Ursache wurde eine defekte Gasleitung ausgemacht. Das Ganze sei besonders tragisch, habe es sich bei der Villa doch um ein frühes Beispiel der reformierten, gegen den um die Jahrhundertwende üblichen historisierenden Eklektizismus gerichteten Landhausarchitektur gehandelt. Der letzte in Zehlendorf erhaltene, um 1906 errichtete Bau des berühmten Architekten Hermann Muthesius. Es war wirklich schade drum.

Dass das denkmalgeschützte Gebäude einem Scharmützel zweier deutscher Geheimdienste zum Opfer fiel, weiß bis heute niemand. Offiziell will diesen Zwischenfall auch keiner bestätigen.

Mit anderen Worten: Wir wissen nicht, was genau geschah.

Nur eines ist klar. Am frühen Nachmittag bekommen wir unsere Akten wieder. Jan von Schmitt-Visselbeck bringt sie uns persönlich ins Büro.

»So, Herr Knoop. Damit Sie aktiv werden können.«

Ich bin ziemlich erstaunt. Dieser Schmitt-Visselbeck scheint ein Freund der kurzen Wege zu sein. Zum Dank präsentiere ich ihm erste Ergebnisse: Die drei identischen Schuhsohlenabdrücke vom Tatort und der Bankfiliale und aus der Wohnung von Swantje Steffens.

»Und was schließen Sie daraus, Herr Knoop?«

»Dass es einen Zusammenhang zwischen dem Mordfall an der Steffens und dem Raub in der Commerzbank am Mehringdamm gibt«, erwidere ich. »Vielleicht hat sich Ihr KGB-Killer dort finanzielle Mittel beschafft?«

»Mhmmm«, macht Schmitt-Visselbeck gedehnt. Er denkt einen Moment nach, sagt aber nichts. Schließlich verabschiedet er sich und wendet sich zum Gehen.

»Ich sehe, Knoop, Sie sind auf einem guten Weg. Viel Erfolg weiterhin.«

»Ihnen auch.« Ich warte, bis er das Büro verlassen hat, und greife dann zum Telefon, weil es klingelt.

»Inspektion M1, Kriminalhauptkommissar Knopp am Apparat, was gibt's?«

»Gut, dass du wieder im Büro bist.« Am anderen Ende ist Monika. »Wer waren denn die Typen heute Morgen?«

Ich zögere einen Augenblick. BND? Darf ich ihr das sagen? Oder bin ich in geheimer Mission unterwegs?

»Externe Ermittler«, antworte ich ausweichend. »Wir müssen Amtshilfe leisten wegen eines seltsamen Kriminalfalls an der Heerstraße.«

»Und wieso haben die sich so faschistoid benommen? Ich hab richtig Angst bekommen.«

»Die waren halt schlecht drauf«, winde ich mich. »Irgendwie unsicher halt. Aber jetzt ist das ja geklärt.«

»Ist es das?«

»Ja.«

Sie schweigt. Irgendwas hat sie auf dem Herzen, ich spüre es.

»Hast du viel zu tun?«

»Ziemlich. Wieso?«

»Ich muss was mit dir besprechen.«

»Schieß los! Worum geht's?«

»Nicht am Telefon. Können wir uns nicht treffen?«

Monika mit ihrer Abhörphobie. Wann begreift sie endlich, dass geheime Telefonmitschnitte in unserer Demokratie illegal wären.

»Es ist wichtig«, drängelt sie.

»Okay«, lenke ich ein. »Aber bei mir in der Nähe, okay?«

»Wasserklops«, schlägt sie vor. »Ich bin in zwanzig Minuten da.«

Der Wasserklops, auf dem Breitscheidplatz zwischen Europa-Center und Kaiser-Wilhelm-Gedächtniskirche, Tauentzien- und Budapester Straße gelegen, heißt eigentlich »Erdkugelbrunnen«. Der Berliner Bildhauer Joachim Schmettau hat ihn 1983 im Auftrag der Stadt errichtet. Ein großer runder, von Wasser überspülter Block aus rotem, polierten Granit. Mehrere Wasserbecken drum herum, verschiedene eingravierte Schriftzeichen und Bronzefiguren sollen die Vielfalt der Kulturkreise der Welt darstellen. Aber wer das nicht weiß, braucht viel Phantasie, um dahinterzukommen.

Trotzdem ist der Brunnen bei den Berlinern und ihren Gästen sehr beliebt. Tag und Nacht steppt hier der Bär, Skater nutzen die Anlage für artistische Rollbretteinlagen, Straßenmusiker spielen auf, Porträtmaler bieten ihre Künste an. Hier treffen sich die Menschen zum Stadtbummel, zum Shoppen, zum Flirten oder einfach nur zum In-der-Sonne-Sitzen.

Heute ist es hier seltsam ruhig und die Stimmung eher gedrückt. Die Skater fehlen und auch die Musiker. Überhaupt sind wenige Menschen auf dem Platz, die meisten haben sich ein paar hundert Meter weiter vors Ku-Damm-Eck gestellt, um auf der großen Lichtrasterwand mit dem News-Ticker die neuesten Meldungen aus Moskau zu verfolgen.

Monika wartet am Kentucky Fried Chicken auf mich und erzählt, dass Siggi nach dem Freigang gestern nicht ins Gefängnis zurückgekehrt sei.

»Dieser Idiot«, entfährt es mir, »der hätte doch nur noch höchstens ein halbes Jahr absitzen müssen.«

»Er glaubt, dass er in Tegel nicht mehr sicher ist«, erwidert Monika.

»Ist er in was verwickelt?«

»Siggi ist immer in was verwickelt«, winkt Monika ab, »du kennst ihn doch. Er glaubt, dass der KGB hinter ihm her ist.«

»Weswegen?« Dreht Siggi jetzt durch, oder was?

»Die Sowjets hatten ihn an seinem ersten Freigang zu sich in die Botschaft bestellt. Er sollte im Untergrund operierende Stasiseilschaften für die Russen requirieren.«

Ich kann nicht glauben, was Monika da erzählt.

»Vor dem Treffen«, berichtet sie weiter, »wurde er aber von einer Westagentin abgefangen. Siggi hat ihr zugesagt, die geheimen sowjetischen Pläne, sofern er davon Kenntnis erhält, sofort an sie weiterzuleiten.«

»Und der KGB ist dahintergekommen?«

Monika nickt. »Die Agentin wurde umgebracht. Jetzt hat Siggi Angst, dass ihm dasselbe passiert. Und er hofft, dass du vielleicht mehr darüber weißt. Weil du möglicherweise in dem Fall ermittelst.«

»Wie heißt diese Agentin?«, frage ich, obwohl ich ahne, was jetzt kommt.

»Sie hat sich Siggi gegenüber mit einem Decknamen vorgestellt«, antwortet Monika, »Cordula. In Wirklichkeit aber heißt sie Steffens.«

»Swantje Steffens«, sage ich. Das erklärt einiges. Deshalb hat sich der Verfassungsschutz so brennend für die Akten interessiert. Die harmlose Finanzbeamtin war in Wirklichkeit *undercover* unterwegs.

Monika sieht mich mit geneigtem Kopf und zusammengekniffenen Augen an. Die Sonne blendet sie.

»Du weißt Bescheid?«

»Nicht wirklich.« Ich kann es kaum fassen. »Aber wir haben den Fall tatsächlich auf dem Tisch.«

»Du musst dich mit Siggi treffen.«

»Wo steckt er denn?« Ich sehe mich um. Zuzutrauen wär's ihm, dass er hier schon irgendwo herumlungert und uns beobachtet. Um zu checken, wie unser Gespräch so läuft.

»Er ist nicht hier«, sagt Monika. »Ich weiß nicht, wo er sich aufhält.«

»Und wie soll ich mich dann mit ihm treffen?«

»Er will mich anrufen«, erwidert sie. »Ich soll mit dir was ausmachen.«

Wie stellt der Kerl sich das vor? »Ist ihm klar, dass ich ihn festnehmen muss, wenn ich ihn treffe?«

»Musst du das?«

»Ja. Ich bin Kriminalbeamter und Siggi ein entflohener Sträfling. Da sind die Rollen klar verteilt.«

»Und wenn du deine Rolle mal vergisst?«

»Das kann ich nicht.« Wie denn? Ich kann den doch nicht einfach laufen lassen. Der Mann ist rechtskräftig verurteilt und entzieht sich seiner gerechten, im Namen des Volkes auferlegten und, wie ich finde, nicht allzu harten Strafe.

»Mensch, Dieter.« Sie nimmt mich am Arm. »Jetzt sei doch mal ein bisschen flexibler. Siggi kann nicht in den Knast zurück, das wäre sein sicherer Tod.«

»Sagt er!«

»Ja. Aber warum sollte ich ihm nicht glauben?«

»Weil er dich schon öfter belogen hat. Weil er ein alter Stasimann ist! Ein Typ, der gar nicht anders kann als zu taktieren.« Ich fange an, mich aufzuregen. »Der dauernd irgendwelche Dinger dreht und grundsätzlich alle Menschen in seiner Umgebung für seine krummen Sachen ausnutzt!«

»Aber er gehört auch irgendwie zur Familie, oder?«

»Nicht zu meiner.« Trotzig verschränke ich die Arme über der Brust. So weit kommt es noch, dass ich mich für Siggis geheime Agentenspielchen einspannen lasse. »Ich werde ihn festnehmen und zu Swantje Steffens verhören. Basta!«

»Super!« Auch Monika wird sauer. »Jetzt kannste dich endlich an ihm rächen, was?«

»Wieso sollte ich mich an ihm rächen?«

»Weil ich mit ihm verheiratet war?«

»Blödsinn!« Diese kaputte Ehe war vor meiner Zeit und geht mir total am Arsch vorbei.

»Warum hilfst du ihm dann nicht?« Monika sieht mich fast flehend an. Natürlich hat sie Angst um ihren Siggi. Der Arme! Dabei ist das so ein falscher Hund, ehrlich …

»Es geht ihm wirklich schlecht«, redet sie auf mich ein, »ich hab mich vorhin mit ihm getroffen. Ich kenne ihn gut, ich weiß, dass es diesmal verdammt ernst ist. Der fürchtet um sein Leben!«

»Und wir sollen ihn jetzt retten?«

»Herrgott, Dieter, wir müssen ihn retten!« Sie sieht mich entsetzt an. »Oder willst du zulassen, dass er den Sowjets vor die Flinte läuft? Es geht um Siggi, verdammt noch mal!«

Ja, ja. Schon verstanden. Der gute, alte Siggi.

»Vergiss nicht, dass er unserer Tochter mal das Leben gerettet hat.« Sie fährt wirklich alle Geschütze auf. »Melanie wäre tot, wenn er sich damals nicht in die Schusslinie geworfen hätte!«

Und seitdem glaubt er, mindestens die gleichen Rechte als Vater zu haben wie ich.

Nein, ich habe wirklich keine Lust, Siggi aus der Patsche zu helfen. Da hat er sich ganz allein reingesetzt.

Oder wie meine Mutter immer gesagt hat: Wer sich in Gefahr begibt, kommt darin um.

Ich tue nur Monika einen Gefallen. Das ist mein Problem als Mann. Ich kann Frauen nichts abschlagen. Und für Monika mach ich alles, das weiß sie nur zu genau. Deshalb redet sie jetzt so eindringlich auf mich ein. Weil sie sich sicher ist, dass sie mich weichklopfen wird.

Und vielleicht nutzt es mir ja auch was, wenn ich Siggi treffe. Der kennt bestimmt ein paar Hintergründe. Und vielleicht kann er mir sogar genauer sagen, wer Swantje Steffens auf dem Gewissen hat?

Eine Hand wäscht die andere, denke ich. Ich werde ihm nur helfen, wenn er mir hilft.

»Okay«, sage ich schließlich. »Ich treff mich mit ihm.«

»Und du wirst ihn nicht festnehmen.«

»Nein. Aber ich werde ihm sagen, dass er sich stellen soll.«

»Das wird er. Wenn die Gefahr vorüber ist.« Monika lächelt mich an. »Ich wusste, dass du ihm hilfst.«

Tatsächlich? Dann kennt sie mich besser, als ich selbst. Denn ich wusste es bis vor knapp einer Minute noch nicht.

40 DER FLUGHAFEN »Otto Lilienthal« in Berlin-Tegel ist der beste Airport Deutschlands. Vermutlich auch der beste Europas und der Welt. Er ist einzigartig in seiner Architektur, einzigartig in seiner Kundenfreundlichkeit, und, vom Tempelhofer Flugfeld einmal abgesehen, auch einzigartig in seiner Nähe zur Innenstadt. Eine kleine, aber sehr feine Kathedrale des internationalen Luftverkehrs. Als Drive-in-Airport im geometrischen Hexagon-Stil der siebziger Jahre konzipiert, ist er ein Flughafen der kurzen Wege.

Mit dem Taxi kann man sich praktisch bis vors Flugzeug chauffieren lassen. Über einen eigenen Autobahnzubringer geht es in den Innenhof des sechseckigen Hauptabfertigungsgebäudes bis direkt an einen der vierzehn Check-in-Schalter heran. Koffer abgeben, Bordkarte holen, und schon sitzt man in seinem Flieger. Umgekehrt ist es genauso, man steigt vom Flugzeug direkt ins Auto oder den Bus und hat trotz notwendiger Pass- und Zollkontrollen kaum Wartezeiten bei der Gepäckrückgabe. Ein geniales Konzept, das die endlosen Wege, Rollbänder und Korridore anderer Verkehrsflughäfen mit ihren gigantischen Shopping-Malls als vollkommen absurd dastehen lässt.

Seit dem Mauerfall mehrten sich nun die Gerüchte, dass »Otto Lilienthal« dem stetig wachsenden Verkehrsaufkommen nicht mehr gewachsen sei, aber noch meisterte man in Tegel die gestiegenen Passagierzahlen tadellos. Und die Leute, die sich in Berlin für einen neuen Hauptstadtflughafen stark machten, waren vor allem Lobbyisten aus der Finanzwelt und der Bauindustrie. Sie witterten neue Aufträge und fette Geschäfte zu Lasten des Steuerzahlers und setzten die Mär von der Notwendigkeit eines Berliner Großflughafens in die Welt. Ein richtiges Luftverkehrsdrehkreuz müsse her, als Hauptstadt habe Berlin so etwas bitter nötig. Und sie würden diesen Blödsinn so oft wiederholen, bis sie ihren Willen bekämen, da war sich Hünerbein sicher.

Er stoppte seinen Mercedes vor dem Check-in-Schalter A7 und stieg aus. Das Boarding für den Flug nach London war bereits abgeschlossen, doch Hünerbein schaffte es unter Einsatz seiner Körperfülle und der steten Vorlage seines Dienstausweises noch auf die Fluggastbrücke und von dort aus in die McDonnell Douglas DC-10 der British Airways nach London.

Cemir und Orhan Misirlioglu saßen in der Economy Class auf der rechten Seite am Fenster und sahen interessiert hinaus. Sie bemerkten Hünerbein gar nicht. Neben ihnen, am Gang der Mittelsitzreihe, hockte Ayse und studierte aufmerksam das Faltblatt zur Benutzung der Schwimmweste. Dieses Rettungsmittel fand Hünerbein ausgesprochen drollig. Immerhin befand man sich an Bord eines Flugzeugs. Wenn sie wenigstens Fallschirme unter den Sitzen deponiert hätten. Aber Schwimmwesten?

Neben Ayse war im ansonsten voll besetzten Flieger noch ein Platz frei. Hünerbein vermutete, dass er ursprünglich für Fatma vorgesehen gewesen war. Er nahm dort Platz und gab eines seiner beliebten Churchill-Zitate von sich.

»Uns zivilisierten Menschen ist es zwar gelungen, das Raubtier in uns auszuschalten, nicht aber den Esel.«

»Den Esel führt man nur einmal aufs Eis«, antwortete Ayse mit einem türkischen Sprichwort und sah ihn an. »Was machen Sie hier?«

»Das sollte ich Sie fragen.«

Ayse schmunzelte. »Wonach sieht es denn aus?«

»Sie fliehen.« Hünerbein ignorierte die Ansage, sich anzuschnallen. »Vor Ihrem Mann, nehme ich an.«

»Wenn Sie nicht mitfliegen wollen, sollten Sie besser aussteigen.«

»Das tue ich auch«, erwiderte Hünerbein. »Aber erst sagen Sie mir, wo Ihre Tochter Fatma steckt.«

»Ich habe keine Ahnung.«

»Ich bitte Sie«, wurde Hünerbein laut. »Kommen Sie mir nicht wieder mit der Entführung! Dann würden Sie nicht nach London abhauen. Keine Mutter lässt ihre Tochter im Stich. Schon gar nicht, wenn diese sich in Gefahr befindet.«

»Aber Fatma ist nicht in Gefahr«, mischte sich Cemir ein. »Alles gut mit ihr, wirklich.«

»Ach! Auf einmal? Und was sollte dann das ganze Theater mit der Entführung?«

»Das war kein Theater«, versicherte sein Bruder, »wir haben wirklich geglaubt, sie sei entführt. Das war alles so echt, so real! Aber sie hat uns gelinkt, Alter! Total gelinkt!«

»Haben Sie davon gewusst?«, wandte sich Hünerbein an Ayse.

»Nein. Aber gestern kam sie plötzlich nach Hause.« Ayse seufzte. »Sie hatte das alles nur vorgetäuscht und wollte nicht, dass wir wegen ihr das Flugzeug verpassen.«

Die Maschine setzte sich langsam in Bewegung und wurde vom Flugsteig weggedreht.

»Sie sollten jetzt besser gehen!«

»Stimmt.« Hünerbein erhob sich. »Eines noch: Wo steckt Fatma jetzt?«

»Ich weiß es nicht!«

»Wirklich nicht?«

»Nein.«

Hünerbein sah die Söhne streng an. »Und ihr wisst es auch nicht?«

»Wir haben keinen Schimmer, Alter!« Cemir und Orhan schüttelten einträchtig die Köpfe. »Fatma macht immer, was sie will.«

Das Flugzeug rollte jetzt in Richtung Rollbahn.

»Moment noch«, rief Hünerbein und eilte nach vorn. »Ich muss erst raus!«

Die Stewardessen sahen ihn verblüfft an.

»Ich fliege nicht mit«, erklärte Hünerbein. »Würden Sie mich bitte aussteigen lassen?«

»Aber wir starten gleich.« Die Stewardessen lächelten. »Gehen Sie wieder auf Ihren Platz und schnallen Sie sich an.«

»Verstehen Sie nicht? Ich fliege nicht mit!« Hünerbein wedelte mit seinem Dienstausweis. »Ich bin Beamter, ich habe hier nur eine Ermittlung durchgeführt. Sie müssen mich rauslassen!«

»Das geht jetzt nicht mehr.«

Die Triebwerke fingen an zu heulen.

»Bitte machen Sie keinen Ärger.« Die Stewardessen schoben ihn wieder in die Kabine zurück. »Es ist alles in Ordnung.«

Die nehmen mich nicht ernst, dachte Hünerbein mit zunehmender Verzweiflung. Die denken, ich spinne. Aber ich spinne nicht.

»Ich bin deutscher Beamter«, rief er noch einmal. »Mein Platz ist in Berlin!«

»Wir geben Ihnen gleich eine Tablette zur Beruhigung. Das lindert die Flugangst!«

»Ich habe keine Flugangst, verdammt noch mal! Ich will nur nicht nach London!«

»Dann nehmen Sie eben den nächsten Rückflug.«

Unerbittlich bugsierten ihn die beiden Stewardessen auf den Sitz neben Ayse zurück und sorgten dafür, dass er sich anschnallte.

»Und jetzt beruhigen Sie sich. Das Wetter ist schön, wir werden keine Turbulenzen haben«, lächelten ihn die Stewardessen an. »Es sei denn, Sie machen welche!«

Der Flieger holperte schneller werdend über die Startbahn.

Das gibt's doch nicht, dachte Hünerbein fassungslos, die heben ab. Die heben wirklich ab. Und ich bin noch an Bord!

»Wir wünschen Ihnen einen guten Flug!«

Die Stewardessen nickten ihm aufmunternd zu und verschwanden dann in ihrem Bereich, um sich ebenfalls anzuschnallen. Kurz darauf war das Flugzeug in der Luft.

Hünerbein musste ziemlich blöd aus der Wäsche geguckt haben, denn sowohl Ayse als auch ihre beiden Söhne amüsierten sich bestens.

Na gut, dachte Hünerbein grimmig, bevor ihr euch weiter über mich schlapp lacht, könnte ich euch erzählen, dass euer Vater heute versucht hat, sich umzubringen. Dann wäre der Spaß schnell vorbei. Ich könnte den unverhofften Flug aber auch zur sachlichen Befragung nutzen. Vor allem Ayse gab ihm noch Rätsel auf.

»Gut, dann gehen wir die Sache doch mal in aller Ruhe durch«, sagte er in amtlichem Ton und wandte sich an die Frau. »Gehe ich recht in der Annahme, dass Ihre Tochter Fatma die Entführung nur vorgetäuscht hat, um der drohenden Hochzeit mit Chaleb Kahali zu entgehen? Und ist es richtig, dass Sie schon länger planten, sich von Ihrem Mann zu trennen? Um nach London auszuwandern? Haben Sie Verwandte in London? Oder wo wollen Sie da hin?«

»Ich weiß gar nicht, welche Frage ich Ihnen zuerst beantworten soll?« Ayse lachte immer noch. »Das ist eine längere Geschichte, wissen Sie?«

»Nun, wir haben ja jetzt Zeit.« Hünerbein lehnte sich zurück. »Fangen Sie einfach ganz am Anfang an. Immer schön der Reihe nach, klar? Und bleiben Sie ja bei der Wahrheit«, drohte er, »sonst nehme ich Sie alle wieder mit zurück nach Berlin. Wegen Vortäuschung einer Straftat!«

»Aber wir haben nichts vorgetäuscht«, riefen die Söhne aufgebracht. »Wirklich nicht!

»Der Reihe nach«, wiederholte Hünerbein und schloss genervt die Augen.

41 KAUM ANDERTHALB STUNDEN nachdem ich mich mit Monika am Breitscheidplatz getroffen hatte, rief sie wieder an. Ich saß im Büro und lauschte dem Bericht von Beylich, der von seinen Ermittlungen in Spandau zurückgekehrt war. Er hatte das ausgebrannte BMW-Wrack vom Grunewald, die demolierte Russenlimousine und die beiden toten KGB-Agenten in Augenschein genommen. Die Fahrzeuge waren auf einen Stützpunkt der Royal Air Force in Gatow gebracht worden, die Leichen lagerten in einem Kühlhaus auf dem luxuriösen Anwesen des britischen Stadtkommandanten am westlichen Havelufer.

»Der lebt da wie in einem Film«, begeisterte sich Beylich ungewohnt lebhaft, »herrliche Villa in toller Lage direkt am Wasser, mit eigenem Bootssteg und Hubschrauberlandeplatz. Da fehlte nur noch David Niven mit einem Champagnerglas.«

Dass sich ausgerechnet unser ehemaliger VP-Major für einen derart dekadenten Lebensstil erwärmen konnte, erstaunte mich sehr, und ich hätte das gern noch vertieft, aber nun war ja Monika am Telefon.

»Café Atlantic in der Bergmannstraße«, sagte sie. »Siggi erwartet dich. – Sei fair, okay?«

Das sagt sie mir! Typisch Frau. Dabei ist doch Siggi der Mann in ihrem Leben, für den Fairness bislang immer ein Fremdwort war.

Und pünktlich ist er auch nicht. Seit gut zehn Minuten warte ich nun schon draußen an den Bistro-Tischen vor dem Atlantic auf ihn, und kein Siggi in Sicht. Entweder er checkt erst aufwendig das Gelände, ob ich vielleicht irgendwo ein SEK für den überraschenden Zugriff versteckt habe, oder aber die Russen haben ihn schon erwischt.

Ich bestelle mir noch ein Bier und beobachte die Leute auf der Straße.

Auch hier ist es heute erschreckend ruhig. Aus keiner der unzähligen Kneipen ist Musik zu hören. Die Cafés, Imbissbuden und Restaurants um mich herum sind still.

Kein »La Da Dee Lalelah«, Crystal Waters ist verstummt, die wenigen Gäste sitzen angespannt an ihren Tischen, lauschen den Nachrichten im Radio oder schauen gebannt den Sondersendungen aus Moskau im Fernsehen zu.

Jelzin hat sich zum Oberbefehlshaber der Russischen Föderativen Sowjetrepublik erklärt. Alle Truppenteile auf russischem Gebiet seien allein ihm unterstellt und hätten nur auf seine Befehle zu hören. Er beschwört die Militärs, sich nicht zum Werkzeug des Unrechts zu machen und auf gar keinen Fall auf die Zivilbevölkerung zu schießen, die zu Hunderttausenden auf den Straßen ist und gegen die Putschisten demonstriert. Aber ob die Soldaten auf ihn hören werden, steht in den Sternen.

Plötzlich klopft mir jemand auf die Schultern.

»Danke, dass du gekommen bist.« Siggi sieht sich gehetzt um und setzt sich dann. »Werd ich dir nie vergessen, Dieter.«

Das Gesülze kann er sich sparen. »Was ist los?«, frage ich ihn. »Monika sagt, du fürchtest um dein Leben und willst deshalb nicht in den Knast zurück?«

»Na ja, siehste ja«, er deutet auf den Fernseher über dem Tresen des Atlantic, wo irgendein ARD-Spezialist über die Lage in Moskau Mutmaßungen anstellt. »Da läuft gerade einiges schief.«

»Und was hast du damit zu tun?«

»Ich war beim MfS, Dieter. Für den KGB waren wir so was wie eine Tochtergesellschaft, verstehst du? Die glauben, die können über uns verfügen. Immer noch.«

»Aber du weigerst dich, oder was?«

»So ungefähr.« Siggi lacht bitter auf und sieht mich dann ernst an. »Hör zu, du musst mir etwas über den Tod von Swantje Steffens erzählen. Es ist für mich überlebenswichtig. Moni hat gesagt, du ermittelst in dem Fall.«

»Das ist richtig«, erwidere ich. »Aber so läuft das nicht, Siggi. Erst sagst du mir, was du weißt, okay?«

»Das kann ich nicht, ich …«

»Siggi«, ermahne ich ihn, »ich darf dich an deine Lage erinnern. Von Rechts wegen müsste ich dich sofort verhaften lassen und der Justiz überstellen.«

»Was du hoffentlich nicht tust …« Erschrocken schaut er die Straße rauf und runter.

»Keine Sorge, ich bin hier der einzige Polizist. Deine Festnahme krieg ich notfalls alleine hin.« Ich trinke mein Bier. »Also?«

»Was willst du wissen, Dieter?«

»Alles.«

Siggi zögert einen Moment. »Ich hab keine Wahl, was?«

»Doch.« Ich lehne mich zurück. »Du hast völlig freie Wahl, wie in einer Demokratie üblich. Aber jede deiner Entscheidungen hat Konsequenzen. Keine Entscheidung übrigens auch.« Ich zeige ihm die Handschellen.

»Das ist sehr deutlich, Dieter.«

»Ich verschwende ungern Zeit.«

»Also gut.« Siggi beugt sich vor. »Hör zu: Ich weiß nicht, wer dafür verantwortlich ist, dass ich Freigang bekommen habe. Aber am Freitag haben mich die Sowjets zu sich einbestellt. Ich bin kaum aus dem Knast raus, da fängt mich eine Frau ab.«

»Swantje Steffens?«

»Ja. Aber das wusste ich zu dem Zeitpunkt noch nicht. Ich kannte sie nur als Cordula. Ein Deckname, den sie schon bei uns im MfS hatte.«

»Eine alte Kollegin von dir? Ich dachte, sie war Westagentin.«

»Sie hat die Seiten gewechselt.«

»Und wollte von dir Informationen?«

»Ich sollte sie über das Gespräch in der Botschaft informieren.«

»Und? Hast du?«

»Dazu kam es nicht mehr. Sie wurde vorher umgebracht.« Er starrt mich an. »Und ich muss wissen, von wem.«

»Wenn ich schon so weit wäre, könnte ich die Akte schließen und zur Verhaftung schreiten.«

»Wurde sie gefoltert vor ihrem Tod?«

Du lieber Gott, denke ich, sind das nur schlimme Phantasien, oder herrschen im Schlapphutmilieu wirklich so harte Bandagen?

Ich antworte nicht und frage stattdessen: »Was wollten die Russen von dir?«

»Irgendwelche Informationen«, weicht er aus.

»Siggi!«

»Die haben das total überschätzt«, beeilt er sich. »Die dachten, ich hätte Kontakt zu Schläfern, verdeckt operierenden Genossen.«

Da ist er wieder, der kommunistische Untergrund, und mir fällt die Textzeile eines alten Arbeiterkampfliedes ein, das Siggi regelmäßig zu Silvester anstimmt, wenn er betrunken ist: »Seht wie der Zug von Millionen endlos aus Nächtigem quillt.«* Irgendwann werden sie an die Sonne drängen, die Brüder aus dem Untergrund.

»Dabei war ich nie fürs Operative zuständig«, beteuert Siggi. »Ich war bei uns Finanzfachmann, Buchhalter, das weißt du doch: Meine letzte Aufgabe fürs Ministerium war, Geld beiseitezuschaffen – dafür wurde ich verurteilt.«

Ich muss lächeln: Siggi Meyer, der letzte Prokurist der Stasi. Nicht schlecht.

»Selbst wenn ich gewollt hätte«, setzt er hinzu, »ich hätte den Russen nichts genutzt.«

»Und warum wollen sie dich dann umbringen?«

»Keine Ahnung. Aus Rache vielleicht, was weiß ich?«

»Rache«, frage ich nach, »wofür?«

»Ich weiß es doch nicht.«

Er windet sich, so viel ist klar. Und er hat Angst. Ich sehe sie in seinen Augen. Todesangst. Wie er sich dauernd nervös umschaut. Als lauerten die bösen Russen schon hinter jeder Ecke. Aber wenn sie ihm wirklich nach dem Leben trachten, verschweigt er mir den Grund dafür.

»Was hast du ihnen getan?«

»Nichts«, beteuert er wieder. »Ich sage ja, ich bin vollkommen nutzlos für sie.«

»Und deshalb wollen sie dich umbringen?« Lächerlich. »Dann müsste ja die halbe Menschheit auf der Liste des KGB stehen.«

»Die Steffens haben sie doch auch umgebracht.«

»Ja, aber die hat wenigstens schon mal die Seite gewechselt.« Eine Schlapphütin im Dienste der Freiheit, getarnt als Finanzbeamte. Auch nicht schlecht.

»Und warum haben die mich dann abgeholt?« Siggi regt sich auf. »Warum wollten die mich in eine ihrer Kasernen bringen? Die hatten bestimmt keinen gemütlichen Abend am Samowar mit mir im Sinn.«

»Stopp«, sage ich ruhig. »Ganz langsam: Wer hat dich wann abgeholt?«

»Na, die Russen!« Siggi sieht mich an, als wäre ich schwer von Begriff. »KGB! Gestern! Ich will gerade zu meinem zweiten Freigang raus, da warten die schon vor der Tür. Zack, rein ins Auto und los ging's. Mit Vollgas.«

»Wohin?«

»Keine Ahnung.« Siggi zuckt mit den Schultern. »Wir nehmen an, die wollten mit mir ins alte Olympische Dorf. Da haben die Russen einen Stützpunkt.«

Ich verstehe nicht ganz. Wieso nimmt Siggi das nur an? Ich denke, er saß bei den Russen schon im Wagen?

»Wo seid ihr denn stattdessen hingefahren?«

Siggi starrt mich groß an. Dann schüttelt er den Kopf. »Das kann ich dir nun wirklich nicht erzählen, Dieter.«

»Was ist passiert?«

Plötzlich habe ich eine furchtbare Ahnung. Das Olympische Dorf der Spiele von 1936 liegt direkt hinter Spandau an der Stadtgrenze im Osten. Und es gibt nur eine, nahezu schnurgerade Straße dorthin.

»Hattet ihr vielleicht einen Unfall?«, frage ich lauter. »Auf der Heerstraße? Einen Unfall mit drei Toten?« Ich packe ihn an den Schultern und ziehe ihn etwas zu mir heran. »Oder war es doch eher Mord!«

»Dieter …« Siggi hebt abwehrend die Hände und macht sich los. »Ehrlich, ich habe damit nichts zu tun.«

»Wer dann?« So langsam reicht es mir. »Spuck's aus, Siggi! Rede! Sonst bring ich dich gleich nach Tegel zurück! Was ist da passiert? Wer hat geschossen? – Du?«

»Nein!«

»Wer dann?!

Die letzten Worte haben wir fast geschrien. Ein paar Leute drehen sich nach uns um.

»Ich kann dir das nicht sagen, Dieter.« Siggi ist nah an der Verzweiflung. »Mensch, der Mann hat mich befreit. Der hat mir das Leben gerettet. Ich kann den doch jetzt nicht verraten.«

»Der Mann hat drei Leute umgebracht.«

»Das waren doch selber Killer. Begreifst du das nicht? – Die hätten sonst mich umgebracht!«

»Nicht zwingend«, winke ich ab. »Also wer?«

Siggi will partout nichts sagen. Immerhin ist mir jetzt klar, wovor er Angst hat. Denn natürlich werden die Russen das Verschwinden ihrer KGB-Leute mit Siggis Flucht in Verbindung bringen. Sie werden ihn suchen. Mit allen Mitteln. Bis sie ihn gefunden haben. Und wie es ihm dann ergeht, darüber möchte ich lieber nicht nachdenken.

Ich ziehe das Phantombild vom Browning-Mann mit der Stirnglatze aus der Innentasche meiner Jacke und lege es auf den Tisch.

»Es hat keinen Sinn, jetzt zu schweigen, Siggi. Wir kriegen es sowieso irgendwann raus. Du hilfst mir nur, Zeit zu sparen.«

»Woher hast du das?« Verblüfft nimmt er das Phantombild in die Hand.

»Der Mann wurde gesehen«, antworte ich ihm, ohne meine eigene Zeugenschaft zu erwähnen. »In der Wohnung von Swantje Steffens. Und er hatte die Waffe dabei, mit der auch die drei Russen umgelegt wurden.«

Ich lehne mich zurück und beobachte ihn genau. Er versucht, sich nichts anmerken zu lassen, aber es arbeitet in ihm. Denn natürlich muss er jetzt vermuten, dass sein Retter mit der Browning auch Swantje Steffens auf dem Gewissen hat.

»Was weißt du noch?«, fragt er mich kaum hörbar.

»Nicht viel«, pokere ich, »aus ihrer Wohnung sind alle persönlichen Gegenstände verschwunden. Nur durch Zufall haben wir erfahren, dass sie mal verheiratet war.«

»Verheiratet?«

»Geschieden«, verbessere ich mich, »der Mann war Oberst der NVA. Nachrichtentechnik.«

»Wie heißt der Mann?«

»Reinicke, Lothar«, antworte ich. »Wieso fragst du?«

»Nur so.«

»Siggi, du fragst nie nur so.«

»Nachrichtentechniker hatten wir auch im MfS«, erklärt er mir, »kann sein, dass er mal für uns gearbeitet hat. Als Verbindungsmann oder so.«

Gab es eigentlich irgendwen im Osten, der nicht mit der Stasi zu tun hatte? Das ist vielleicht ein Sumpf. Immerhin würde das die Gerüchte erklären, von denen der Reinicke vorhin erzählt hat. Ob er wusste, dass sie sich nicht nur auf ihn, sondern womöglich und vor allem auch auf seine Frau bezogen?

»Willst du mir noch etwas sagen?«

Siggi schüttelt den Kopf.

»Gut«, sage ich nach einer Weile. »Dann muss ich dich jetzt festnehmen. Nicht nur, weil du als verurteilter Straftäter auf der Flucht bist, sondern auch, weil du mir wichtiges Zeugenwissen vorenthältst. Weil du einen dreifachen Mörder deckst. In weniger als einer halben Stunde wirst du wieder in der JVA Tegel sitzen. Und dann werden wir ja sehen, ob dein Leben dort bedroht ist. Ob der lange Arm des KGB bis in deine Zelle reicht.«

»Das kannst du nicht machen, Dieter.« Ihm steht plötzlich kalter Schweiß auf der Stirn. »Das wäre mein sicherer Tod.«

»Kann sein. Aber du ziehst es ja offenbar vor, aufrecht zu sterben. Ein aufrechter Kämpfer des Sozialismus, den weder Folter noch drohender Tod schrecken können. So einer verrät doch keine Genossen.« Ich bin sauer und packe mein Phantombild wieder ein. »Gratuliere, Siggi. Du wirst es weit bringen. Vielleicht beerdigen sie dich ja auf ihrem Ehrenfriedhof in Friedrichsfelde als Märtyrer für die gerechte Sache.«*

»Deinen Spott kannste dir sparen.« Siggi macht eine wegwerfende Handbewegung. »Das scheint ja heute Mode zu sein, dass man sich über die Menschen lustig macht, die immer für eine bessere Welt gekämpft haben. Aber dass du das auch nötig hast …«

»Es geht hier nicht um eine bessere Welt, Siggi. Es geht um Mord. Und der ist immer ein Verbrechen, egal, auf welcher Seite man steht.«

»Naumann«, knurrt Siggi unwillig.

»Was?«

»Naumann«, wiederholt er. »Der Mann auf deinem Phantombild ist Heribert Naumann.«

»Dein Rechtsanwalt?«

»Ich werde mir wohl einen neuen suchen müssen«, seufzt Siggi.

Das haut mich um. Ich kenne den Naumann zwar nur vom Namen her, weil er regelmäßig Kopien von Siggis Gerichtspost an Monika schickt, hielt ihn aber für seriös. Und war der Mann nicht auch Dozent an der Uni? Allmählich wird mir klar, welch ungeheure Dimensionen der Stasisumpf in unserer Hauptstadt hat. Ein Wahnsinn! Unvorstellbar, eigentlich …

»Von mir weißt du das nicht!« Siggi rutscht unruhig auf seinem Stuhl herum.

»Natürlich«, widerspreche ich, »ich brauch dich als Zeugen. Sonst läuft es auf Indizien raus. Ich weiß nicht, ob wir ihn damit festnageln können.«

»Es gibt ein Beweismittel.« Siggi atmet tief durch. Es fällt ihm wirklich schwer auszupacken. »Die Tatwaffe, diese Browning. Sie liegt im Fluss unter der Heerstraßenbrücke. Es müssten Fingerabdrücke drauf sein, denn Naumann trug keine Handschuhe.«

Gut. Ich werde sofort ein paar Taucher zur Havel schicken.

Siggi sieht plötzlich sehr verloren aus. Er hat gegen sein oberstes Prinzip verstoßen. Er hat einen Kameraden verraten. Irgendwie kann ich mir vorstellen, wie er sich fühlt.

»Falls es dich beruhigt«, sage ich zu ihn, »Swantje Steffens wurde nicht gefoltert, bevor sie starb.«

Er nickt abwesend.

»Du solltest dich stellen, Siggi. Wir können dich schützen.«

»Ich werde mich stellen«, verspricht er mir. »Sobald sich die Lage etwas beruhigt hat. Ich melde mich wieder.« Er steht auf und geht.

Und ich springe zum nächsten Telefon. Im Atlantic haben sie einen Münzfernsprecher im Gang zu den Toiletten. Hastig bestücke ich ihn mit Kleingeld und löse eine Großfahndung nach Heribert Naumann aus.

Bevor Siggi noch auf die Idee kommt, seinen Anwalt zu warnen.

42 MEYER WAR ZUFRIEDEN. Das Gespräch mit Dieter hätte besser nicht verlaufen können. Dieser arrogante Arsch. Der kam gar nicht auf die Idee, dass man ihm den Trottel, der sich im Eifer der Debatte gern mal verplappert, nur vorspielte.

Im Gegenteil: Wahrscheinlich war der so selbstsicher auftretende Kriminalhauptkommissar vollkommen davon überzeugt, dass er seinen Delinquenten nur durch geschickte Gesprächsführung, das feine Ausbalancieren von generösem Zugeständnis und subtiler Drohung, dazu gebracht hatte, Heribert Naumann ans Messer zu liefern. Und wahrscheinlich würde er Monika umgehend vom Erfolg seiner Großartigkeit berichten.

Ja, Dieter, dachte Meyer mit einem feinen Lächeln um den Mund, du bist schon ein toller Hecht. Wir alle bewundern dich.

Jetzt musste den Sowjets klargemacht werden, dass der Schuldige am Tod ihres Fahrers und der beiden KGB-Agenten gefunden war. Meyer wollte dabei schön außen vor bleiben. Bloß keinen direkten Kontakt mehr, bis sich die Verhältnisse in Moskau wieder etwas beruhigt hatten. Er brauchte einen Strohmann, einen Nachrichtenübermittler, den die Sowjets als glaubhaft und seriös einstuften. Ein ehemaliger Oberst der NVA kam da gerade recht. Auch noch vom Nachrichtenbataillon, das passte. Manchmal konnte das Leben so geradlinig sein.

Meyer musste nur noch herausfinden, wo dieser Reinicke seinen Wohnsitz hatte, und deshalb lenkte er seine Schritte gemächlich Richtung Norden, dorthin, wo Kreuzberg fast nur noch aus Sozialbauten bestand und am ärmsten und lautesten war. Denn hier, im Zentrum des sozialen Brennpunktes, hatten nicht nur die Ausländerbehörde und das Arbeitsamt ihren Sitz, sondern auch das Landeseinwohneramt. Und dort hatte Meyer einst einen verdienten Genossen untergebracht, der ihm heute sicher gern zu Diensten war.

»Reinicke sagste?« Der Genosse war noch immer ganz verblüfft über den unverhofften Besuch seines alten Chefs. Pflichtgemäß hatte er eine Flasche Wodka hervorgeholt, um anzustoßen, zur Begrüßung und der alten Zeiten wegen. Dann war Meyer ziemlich schnell zur Sache gekommen.

»Lothar Reinicke, warte mal, da gibt's 'n paar in Berlin.«

»Aber nur einen, der mit 'ner Steffens verheiratet war. Swantje Steffens.«

»Mhm.« Der Genosse tippte umständlich auf seiner Computertastatur herum. »Wurde alles elektronisiert im letzten Jahr. Kein Rumgerenne mehr mit Karteikarten. Aber das System ist nicht vollständig: Ostberlin ist noch nicht drin, und mit den Ummeldungen kommen wir auch nicht hinterher. – Ah, hier! Das muss er sein: Reinicke, Lothar, Chamissoplatz 3. Kreuzberg!« Der Genosse nickte zufrieden. »Also fast ums Eck.«

»Danke.« Meyer verabschiedete sich.

»Komm doch mal vorbei«, schlug der Genosse vor. »Samstags zum Dart-Turnier in der ›Harmonie‹ an der Rosenthaler. Achtzehn Uhr geht's los.«

»Dart?« Meyer winkte ab. »Da blamiere ich mich. Hab ich noch nie gespielt.«

»Ach Quatsch, das lernt man in drei Minuten.« Der Genosse lachte. »Außerdem sind viele von unserer alten Truppe dabei. Wird dir Spaß machen.«

»Ich überleg's mir.«

Meyer gab ihm die Hand und ging.

Eine halbe Stunde später klingelte er an der Wohnungstür von Lothar Reinicke.

Ein drahtiger, etwas gedrungen wirkender Mann mit freiem Oberkörper und Glatze öffnete und sah ihn feindselig an.

»Wer sind Sie?«

»Ich bringe Nachrichten von Ihrer Frau.« Meyer lächelte den sichtlich erstaunten Reinicke an.

»Meiner Frau?«

»Ja.« Meyer hatte das Gefühl, als nähme sein Gegenüber unwillkürlich eine Abwehrhaltung an. »Ihrer geschiedenen Frau«, verbesserte er sich. »Sie sind doch Lothar Reinicke, oder?«

»Ja.« Der Mann wartete ab.

»Wollen Sie mich nicht reinlassen?«

Lothar Reinicke schüttelte den Kopf. »Meine Ex ist tot«, sagte er.

»Oh, ja, ich weiß.« Meyer nickte bedauernd. »Und ich weiß auch, wie sie gestorben ist.«

»Ach«, machte Lothar Reinicke erstaunt. »Wer sind Sie? – Polizei?«

»I wo«, winkte Meyer ab und lächelte nachsichtig. »Nur ein Freund, der Sie um einen kleinen Gefallen bitten möchte. Eine Art Meldegänger, kennen Sie doch noch von früher, oder?«

Reinicke rührte sich kaum.

»Sie waren doch Oberst bei der Truppe«, wurde Meyer deutlicher.

»Ich dachte, Sie wollen mir erzählen, wie meine Ex gestorben ist.« Jetzt machte Reinicke doch einen Schritt beiseite. »Na, kommen Sie erst mal rein.«

»Vielen Dank.«

Meyer sah sich neugierig um.

Eine kleine Einzimmerwohnung im Hinterhaus. Flur, Küche, Bad. Nichts Besonderes. Eher bescheiden. Zu bescheiden für einen ehemaligen Oberst der Nationalen Volksarmee. Im Zimmer befanden sich eine aufgeklappte Schlafcouch mit ungemachtem Bettzeug, ein Kleiderschrank und eine Kommode, auf der ein weißer, tragbarer Junost-Fernseher aus sowjetischer Produktion stand. Am Fenster gab es einen schmalen Esstisch mit zwei Stühlen von IKEA.

Meyer fiel die gepackte Reisetasche am Boden auf.

»Sie wollen verreisen?«

»Geht Sie das was an?«

»Nein.« Meyer setzte sich auf einen der Stühle. »Natürlich nicht. Aber eventuell werden Sie Ihre Reise verschieben müssen.«

»Meinen Sie.« Reinicke stand abwartend an der Tür.

Er hat Angst, dachte Meyer, eine Scheißangst, die fast körperlich spürbar ist. Aber wovor? Etwa vor mir?

»Haben Sie Angst«, erkundigte er sich, weil er es genauer wissen wollte, »sind Sie beunruhigt?«

»Ein wenig.« Reinicke blieb unbeweglich. »Ich soll Ihnen einen Gefallen tun, sagten Sie?«

»Ja.« Meyer überlegte. Das Verhalten dieses Mannes kam ihm seltsam vor. Merkwürdig widersprüchlich. Einerseits blieb er abwehrend, andererseits schien er sich auf das Gespräch doch einlassen zu wollen. Und er stand unter Druck.

»Wollen Sie nicht wissen, wie Ihre Frau gestorben ist?«

Reinicke antwortete nicht und schloss stattdessen die Wohnungstür ab, was Meyer verwunderte. Denn Reinicke hatte die Tür nicht einfach nur zugemacht, sondern regelrecht verschlossen. Zweimal den Schlüssel herumgedreht, dann abgezogen und in die Hose gesteckt.

»Warum sollte ich das wissen wollen?« Reinicke zog jetzt auch die Zimmertür hinter sich zu und kam drohend näher. »Ihnen ist vollkommen klar, dass ich es weiß.«

Nein, dachte Meyer verwirrt. Wovon redet der Mann?

»Und Sie wollen mich erpressen, richtig?«

Jetzt war es Meyer, der Angst bekam. Denn plötzlich fiel es ihm wie Schuppen von den Augen.

Mein Gott, dachte er, was für ein fatales Missverständnis! Eines von denen, die sich nie wieder mehr ausräumen ließen. Denn dafür war es nun zu spät.

Dabei war es Meyer doch nur um das übliche Geben und Nehmen gegangen. So wie er das seit Jahrzehnten handhabte, die alte Stasitaktik: Ich habe eine Information, und du musst dafür etwas tun. Ein einfacher Handel. Wissen gegen Gefälligkeit, so retteten sich schon Schüler durchs Abitur.

Wie hätte Meyer ahnen können, dass das einmal für ihn gefährlich werden könnte. Dass er einmal unbewusst so verflucht ins Schwarze treffen würde.

Eiskalt trat ihm der Schweiß auf die Stirn. Plötzlich saß er in der Falle. Unversehens hatte er sich einen Strick um den Hals gelegt. Eine Schlinge, die er nicht mehr loswurde und die sich zusehends enger zog. Denn vor ihm stand der Mörder von Deckname Cordula. Der Mann, der Swantje Steffens umgebracht hatte.

Und es sah nicht so aus, als würde er Meyer wieder gehen lassen.

43 »TRINK DOCH WAS, Schätzchen. Ich hab dir extra eine Cola mitgebracht.«

Früher hatte sie Cola am liebsten getrunken. Keinen Tee, kein Wasser und Alkohol schon gar nicht. Immer nur Cola. Das vertrage sie am besten, hatte sie gesagt. Cola und Schokoeis. Doch jetzt lag sie da, trank und aß nichts mehr.

Die Ärzte hatten irgendeine Nährstofflösung an einen Tropf gehängt, die ihr über einen Schlauch durch die Nase eingeflößt wurde. Das sei notwendig, sagten sie. Eine lebensrettende Maßnahme.

Fatma fand es nur abartig.

»Trink doch was«, bat sie hilflos und hielt der Freundin die Colaflasche an den Mund, »so wie früher, bitte!«

Doch es gab kein Früher mehr. Es gab kein Jetzt und kein Morgen. Fatma spürte es.

Seit Wochen lag Annika fast unbeweglich da. In einem sterilen, gnadenlos weiß getünchten Krankenzimmer. Die Laken frisch gemangelt, das Bettzeug in steifen Falten. Sie hatte die Augen geschlossen und atmete gleichmäßig. Wie Dornröschen, von einer bösen Fee in einen hundertjährigen Schlaf geschickt. Zweimal am Tag kam die Physiotherapeutin und machte irgendwelche Übungen mit ihr, um Muskelabbau und Gelenkversteifungen zu verhindern. Aber es nutzte nichts. Annika wurde immer schwächer. Man sah es ihr an.

Anfangs hatten die Mädchen gedacht, Annika würde wieder erwachen, wenn nur das Schwein gefasst würde. Wie ein böser Fluch, der genommen wird.

Aber das Schwein war nicht gefasst worden. Bis heute nicht. Die Bullen waren total unfähig, und auch mit ihrer Hexenpatrouille hatten die Mädchen keinen Erfolg. Sie erwischten immer nur die Falschen. Arme Säue. Aber was rannten die nachts auch im Park herum, diese blöden Wichser.

Und letztens hätten sie beinahe versehentlich einen Kripo-Mann verprügelt. So ein Arsch! Der zog sogar eine Waffe. Und dann hatte er noch Moralpredigten gehalten, dieser Idiot, anstatt sich um das Schwein zu kümmern, das Annika vergewaltigt hatte.

Fatma sah auf die Uhr. Gleich fünf. In einer Stunde musste diese dämliche Schwester reinkommen. Eine echt fette Kuh, die Verdacht geschöpft und Fatma schon zweimal von der Station geschmissen hatte. Bloß gut, dass die nicht dauernd im Dienst war.

Die anderen Schwestern beachteten Fatma kaum. Für ein türkisches Mädchen war Putzfrau in einem Krankenhaus die beste Tarnung. Vor allem, wenn es seiner Freundin auch außerhalb der Besuchszeiten und nachts nahe sein wollte. Mit Kittel, Wischwagen und einer Batterie diverser Schrubber fiel man hier nicht auf.

Das Urban-Krankenhaus war wie ein eigener Planet, so groß wie eine Kleinstadt, mit unzähligen Gängen, Stationen und Zimmern. Es gab eine Bibliothek, mehrere Kioske, eine Cafeteria, ein Restaurant und einen riesigen Keller auf mehreren Etagen, in dem man sich prima verstecken konnte. Seit vier Wochen lebte Fatma praktisch hier. Zum Waschen benutzte sie die Duschen für das Krankenhauspersonal, es gab saubere Toiletten, genügend Bahren, auf denen man schlafen konnte, und eine riesige Küche, in der immer Reste für die eifrigen Putzfrauen abfielen.

Seit Annikas Einlieferung war Fatma kaum noch draußen. Zum Selbstverteidigungstraining in der Villa Kreuzberg etwa. Das wollte sie nicht verpassen. Genauso wenig wie den Hexentag und die Patrouillen im Park. Und dann, um das Video zu drehen. Das war so echt, dass selbst ihre Mutter glaubte, Fatma sei in die Hände skrupelloser Kidnapper geraten. Dabei war doch klar, dass sie was drehen wollte, um an Vaters Kohle zu kommen. Aber mit einer Entführung hatte keiner gerechnet. Dabei war das die einzige Möglichkeit, um das blöde Auto aus der wie Fort Knox gesicherten Garage zu bekommen. Seitdem stand der Wagen im Parkhaus des Krankenhauses. Ganz unauffällig zwischen all den anderen Autos der Ärzte, Pfleger und Besucher.

Am frühen Nachmittag dann der Schock: Fatma hatte sich gerade in der Cafeteria ein Eis gekauft, als sie ihren Vater in der Notaufnahme sah. Eigentlich wollte sie mit dem Idioten nichts mehr zu tun haben. Aber gesorgt hatte sie sich doch. Angeblich ein Selbstmordversuch. Das hatte sie nicht gewollt. Aber es passte zu ihm.

Sie war den Pflegern gefolgt und in sein Krankenzimmer gelaufen.

»Na, Arschloch!«

»Fatma, mein Herz«, hatte er gewinselt und sich darüber gefreut, dass sie noch am Leben war. Sorgen habe er sich gemacht, ganz große Sorgen, aber nun sei alles gut.

Und wieso wollte er sich dann aufhängen, der Idiot?

Weil ihn alle verlassen hätten, Mama und Cemir und Orhan – alle weg. »Nur du, Liebes, bist wieder da. Mein Kind, mein Alles …«

Sie hatte sich widerwillig in den Arm nehmen lassen und kämpfte gegen das Mitleid, das sie plötzlich mit ihm hatte.

Sie war immer ein »Papakind« gewesen. Sie war sein Engel und die Mama schon vom älteren Bruder belegt. Also hatte sie sich bereits als Baby instinktiv dem Vater zugewandt, der sie abgöttisch liebte und verhätschelte. Fatma war sein Gold, sein Edelstein, sein Diamant auf Erden. Und wenn sie was wollte, brauchte sie nur zum Vater zu gehen und bekam es auch.

Doch dann kam der Tag, an dem sie ihren Vater mit einer anderen Frau sah. Eine blonde Barbiepuppe wie aus dem Otto-Katalog. Sie saßen in einem teuren Restaurant in Mitte, und Vater war kaum wiederzuerkennen. Wie er sprach, wie er gestikulierte, wie er flirtete. Unglaublich war das, fast wie im Film.

Fatma stach es ins Herz. Plötzlich wusste sie, warum Mutter immer so traurig war, warum sie drei Putzjobs hatte und das Geld doch nie reichte, obwohl Vater ja angeblich so gut mit seinen Blumen verdiente.

Der Arsch verjubelte es mit anderen Frauen! Er machte teure Reisen in Länder, von denen Fatma noch nie gehört hatte, und chauffierte fremde Weiber in seinem neuen Mercedes zur Oper und wer weiß wohin noch alles. Überhaupt, der Mercedes. Sie mussten sich alle Plastikschlappen über die Schuhe ziehen, wenn sie mit ihm fahren wollten, und die Garage im Hof wurde mit neuen Schlössern gesichert wie ein Safe.

Einmal hatte sich Fatma heimlich darin einschließen lassen. Sie beobachtete ihren Vater, wenn er sich nachts am Wagen zu schaffen machte. Und was sie dann sah, überstieg all ihre Vorstellungen.

Als sie ihn später wütend zur Rede stellte, beteuerte er, dass er seine Familie doch liebe. Er tue das alles nur für sie. Für schlechte Zeiten, für die Zukunft. Doch das Leben sei kurz. Zu kurz, um es nur einmal zu leben. Er wolle genießen, solange er auf der Welt sei. Was sei daran schlimm?

Fatma sagte es ihm.

Schlimm sei, dass er seine eigene Frau ausbeute. Schlimm sei, dass er sie betrüge, dass er sein Leben auf dem Rücken anderer lebe, dass er sein Glück auf dem Unglück anderer aufbaue. Mutters Tränen zum Beispiel: Habe er je daran gedacht, dass auch sie nur einmal lebt? Dass sie sich aufopferte für die Familie, schuftete, sparte und putzte, während er bei anderen Weibern den reichen anatolischen Blumenprinzen spielte?

Plötzlich war ihr klar, dass der Vater nichts mehr liebte als sich selbst. Dass er rücksichtslos nur sein Glück vor Augen hatte, sein Vergnügen und seine Lust. Insofern war er keinen Deut besser als das Schwein vom Viktoriapark. Nicht ganz so brutal, aber genauso ein Arsch!

»Haben sie dich gut behandelt, Kind?«, erkundigte er sich, und Fatma sah angewidert auf den blutroten Abdruck des Stricks an seinem Hals. »Haben sie dich verletzt?«

Offenbar glaubte er immer noch, sie sei von bösen Gangstern entführt worden.

»Du hast mich verletzt«, schrie sie ihn an. »Du hast Mutter verletzt! Du hast alle verletzt! Ich hasse dich!«

Und dann hatte sie vor den verdutzten Augen der Krankenpfleger ihren Wischeimer über seinem Bett ausgekippt und war aufgebracht davongerannt.

»Sind wir schon am Meer?«

Fatma glaubte erst, sie träume. Doch es war tatsächlich Annika, die gesprochen hatte. Ganz leise und kaum hörbar, aber deutlich. Und sie hatte sogar die Augen aufgeschlagen, blickte Fatma aus glänzenden Pupillen an.

Oh, Annika, bist du wirklich wieder zurück? Glücklich bedeckte Fatma ihr Gesicht mit Küssen.

»Noch nicht, Schatz!«, flüsterte sie erleichtert. »Aber bald, das kannst du mir glauben. Wir sind fast schon da. Spätestens morgen siehst du das Meer, bei Allah, ich verspreche es.«

Als um sechs Uhr abends eine korpulente Krankenschwester ihren Routinegang durch die Station machte, fand sie das Zimmer mit der jungen Patientin, die seit Wochen künstlich ernährt werden musste, leer. Nur der Tropf hing noch an seinem Haken. Aus einem Schlauch tropfte Nährflüssigkeit aufs verwaiste Bett.

Zehn Minuten später wurde im ganzen Haus Alarm geschlagen. Es ging eine Suchmeldung an alle Stationen raus, und man verständigte die Polizei.

Doch Annika wurde nicht mehr gefunden.

44

DER VIKTORIA-LUISE-PLATZ war zur Verwunderung seiner meist recht gut betuchten Bewohner komplett abgeriegelt worden. Ein Sondereinsatzkommando stürmte die Kanzlei »Naumann, Rechtsanwalt und Notar« unter Einsatz von Blendgranaten und Tränengasgeschossen, was sowohl bei der Sekretärin als auch der blutjungen Anwaltsgehilfin zu hysterischen Schreiattacken führte. Beide mussten traumatisiert und schwer unter Schock stehend ins Krankenhaus eingewiesen werden. Der Anwalt selbst ließ sich widerstandslos festnehmen.

Zur selben Zeit suchten Polizeitaucher von Schlauchbooten aus in der Havel unter der Heerstraßenbrücke nach der Browning. Sie brachten ein verrostetes Herrenfahrrad, die Reste zweier Stahlhelme der deutschen Wehrmacht, mehrere Eimer, einen Zimmermannshammer und drei ungeöffnete Konservendosen aus Beständen der Senatsreserve* ans Ufer, bevor sie auf eine Zehn-Zentner-Bombe des Typs SAP 1000 stießen. Der Blindgänger aus dem Zweiten Weltkrieg war noch scharf, sodass das Areal drum herum weiträumig evakuiert und die Heerstraßenbrücke gesperrt werden musste.

Seitdem ist die Suche nach der Waffe unterbrochen, was mich in große Bedrängnis bringt, ist sie doch das einzige Indiz für Naumanns Täterschaft. Ich kann nur hoffen, dass der Blindgänger rasch entschärft und die Waffe noch gefunden werden kann. Bis dahin muss ich Naumann hinhalten oder zu einem Geständnis animieren.

Mit vom Tränengas geröteten Augen sitzt er vor mir im Vernehmungsraum A unserer Dienststelle in der Keithstraße und die einzige Frage, die er zu seiner Verhaftung hat, ist: »Wer?«

Er will wohl wissen, wer ihn verraten hat.

»Ich.« Das kann meine einzige Antwort sein, wenn ich Siggi aus der Sache raushalten will. »Sie sind gesehen worden, Naumann. Von mir.«

»Sie bluffen.« Sein Gesicht zeigt keine Regung.

»In der Nostitzstraße 21, erinnern Sie sich? Sie hatten in der Wohnung von Swantje Steffens nach Unterlagen gesucht. Zufällig stand ich hinter der Tür zum Schlafzimmer und konnte Sie beobachten.« Ich lege ihm das Phantombild vor. »Und dann zogen Sie plötzlich eine Waffe. Dieselbe Waffe, mit der Sie später auch die Russen umgebracht haben.«

»Das können Sie nicht beweisen.« Naumann schaut betont gelassen auf seine Uhr. »In spätestens achtundvierzig Stunden müssen Sie mich gehen lassen. Und dann werde ich mich bei Ihren Vorgesetzten beschweren, Herr Hauptkommissar Knoop. Die Sache wird nachhaltige Konsequenzen für Sie haben.«

»Schon möglich«, erwidere ich. Ich bin nicht halb so gelassen wie er und laufe unruhig auf und ab. »Sie sind Anwalt, Sie kennen Ihre Rechte. Es steht Ihnen frei, sich jederzeit zu beschweren –«

Der kleine Wandapparat unterbricht mich mit seinem elektronischen Klingelton. Hoffentlich wurde die Browning endlich gefunden.

»Ja, Knoop hier?«

Aber es ist nur Inga Lenz. »'tschuldigung, wenn ich in die Vernehmung platze. Aber ich warte immer noch auf die Stimmenanalyse.«

»Die hat sich doch der Schmittke heute Morgen abgeholt.«

»Und warum finde ich die dann nicht?«

Gott, klingt die schon wieder genervt.

»Keine Ahnung«, antworte ich. »Fragen Sie ihn doch mal.«

»Schmittke ist in diesem Padma-Aruna-Institut«, antwortet Inga Lenz. »Er interviewt gerade die Yoga-Tussi.«

»Dann wird er die Analyse noch in seinem Sakko haben«, erkläre ich ihr. »Da hat er sie nämlich heute Morgen reingesteckt.«

»Na, hoffentlich.« Sie legt auf.

Zicke, denke ich und hänge den Hörer wieder ein. Naumann beobachtet mich nachdenklich. Sicher versucht er herauszufinden, ob der Anruf ihn betraf. Ich tue so, als hätte ich eine höchst wichtige, für seine Verteidigung verheerende Nachricht bekommen und setze mich ihm gegenüber.

»So, Herr Naumann, das sieht wirklich immer schlechter für Sie aus. Das Einzige, was Ihnen jetzt noch helfen kann, ist ein umfassendes Geständnis, aber das muss ich Ihnen ja nicht sagen. Sie sind Anwalt, und als Strafverteidiger kennen Sie die Regeln: Wenn nichts mehr hilft, hilft ein Geständnis. Das kommt bei den Richtern immer gut an. Also raus mit der Sprache!« Demonstrativ drücke ich auf das Tonbandgerät. »Bitte!«

Doch Naumann lächelt nur, als hätte er mich durchschaut, und lehnt sich wortlos zurück. Eine Weile sehen wir uns in die Augen. Minutenlang.

»Kennen Sie eigentlich«, unterbreche ich schließlich die Stille, »einen Dave Davids?«

»Das geht Sie überhaupt nichts an.«

»Ich fürchte doch. Denn Dave Davids hat den BMW gemietet, mit dem die Russen vor ihrem gewaltsamen Tod auf der Heerstraße attackiert worden sind. Wir haben seinen Pass in Ihrem Büro gefunden, was an sich schon etwas merkwürdig ist. Noch seltsamer allerdings ist …« Ich lege ihm den gefälschten amerikanischen Pass vor. »… es ist Ihr Foto drin. Können Sie mir das erklären?«

»Bin ich deswegen hier?« Naumann sieht kurz auf den Pass und lacht. »Kriege ich jetzt eine Anzeige wegen Urkundenfälschung?«

»Und eine wegen Sachbeschädigung gleich mit dazu. Wieso haben Sie den BMW im Grunewald verbrannt? Um Spuren zu vernichten?«

»Der Wagen wurde gestern Vormittag gestohlen«, erwidert Naumann kühl. »Ich hab das auf dem Polizeirevier 46 gemeldet. Sie brauchen nur nachzufragen.«

Das muss ich nicht, denn ich bin sicher, dass er in diesem Punkt die Wahrheit sagt. Naumann ist Profi. Natürlich wird er den Wagen als gestohlen gemeldet haben, nachdem er ihn für sein Verbrechen missbrauchte. Das gebietet die Sorgfalt des Killers.

»Haben Sie den Wagen unter Ihrem wirklichen Namen als gestohlen gemeldet oder als Dave Davids?«

»Natürlich als Dave Davids«, erwidert Naumann, »als solcher hab ich das Auto ja gemietet. Alles andere wäre Blödsinn gewesen.«

»Verraten Sie mir auch, warum Sie überhaupt ein Auto unter falschem Namen mieten?«

»Vielleicht hab ich eine heimliche Freundin?« Er bleibt völlig ungerührt. »Von der zum Beispiel meine Frau nichts wissen darf?«

Von außen klopft jemand an die Scheibe des Vernehmungsraumes. Ich kann nicht sehen, wer, denn sie ist von innen her völlig blickdicht und verspiegelt. Nur von außen kann man hindurchschauen.

»Entschuldigen Sie einen Augenblick«, bitte ich Naumann und gehe zur Tür.

Draußen steht Kriminalrat Palitzsch. »Die Browning ist gefunden«, berichtet er, »Damaschke untersucht sie gerade auf Fingerabdrücke.« Er sieht durch die Scheibe. »Und? Verliert er langsam die Nerven?«

Ich schüttele den Kopf. »Der verliert nie die Nerven. Das ist ein Profi.«

»Um acht kommen die Herren Schmitt-Visselbeck und Scholten. Sollen die sich mit dem herumschlagen.« Palitzsch klopft mir auf die Schulter. »Gut gemacht, Knoop. Die Herren vom BND sind ganz baff, dass wir den Fall so schnell gelöst haben.« Er sieht auf die Uhr. »In nicht mal acht Stunden, das muss uns erst mal jemand nachmachen.«

»Wie wär's mit 'ner Beförderung, Chef?«

»Immer schön bescheiden bleiben, Knoop. Erst mal ist Hünerbein dran, der hat die älteren Rechte.«

»Das will ich meinen!«

Wenn man vom Teufel spricht.

Hünerbein kommt mit weit ausholender Geste den Gang herangeschnauft, wie eine asthmatische Dampflok, und ruft: »Ratet mal, wo ich gerade war! Kommt ihr nie drauf.«

Warum sollen wir dann raten?

»In London!« Hünerbein strahlt und setzt sich einen Bowler auf, mit dem er wirklich aussieht wie der olle Churchill nach seiner berühmten Blut-Schweiß-und-Tränen-Rede. »*This is the real proof.* Aus dem Duty-free-Shop in Heathrow.« Stolz präsentiert er das Flugticket und die entsprechende Kreditkartenquittung – damit wir ihm ja glauben.

»Waren Sie dienstlich in London oder privat?«, erkundigt sich Palitzsch streng.

»Dienstlich natürlich.«

»Dann können wir Ihnen die Rechnung nicht ersetzen. Sie hätten sich vorher eine entsprechende Reisegenehmigung holen müssen.«

»Chef, das war unmöglich«, verteidigt sich Hünerbein, »der Flieger ist einfach gestartet, während ich noch mitten in der Befragung war. Da war einfach keine Zeit mehr für Formalitäten. Ich bin ja froh, dass ich überhaupt gleich einen Rückflug bekommen habe.« Er dreht den Bowler in den Händen wie ein Jongleur den Teller. »Und was soll ich euch sagen: Die Sterne hatten recht!«

»Wobei?«

»Bei allem.« Triumphierend sieht er mich an. »Wie ich es immer vorausgesagt habe. Es ging bei dieser ganzen Entführung der kleinen Blumenhändlertochter nie um Geld oder irgendwelche kriminellen Energien. Sondern um Liebe, Hass, Leidenschaft. Die Astrologie wies immer darauf hin.«

»Na, na«, winke ich ab.

»Also die Richtung jedenfalls hat gestimmt.«

»Dann haben wir es«, fragt Palitzsch, »mit einem kleinen Familiendrama zu tun?«

»Mit einem großen Familiendrama«, behauptet Hünerbein. »Zumindest von der Summe der enttäuschten Gefühle her. Hüseyin und seine vielen Geliebten waren der Zündstoff für einen ganzen Haufen familiärer Verwerfungen. Fatma hatte sich schon länger von ihrem Vater abgewandt. Sie war kaum noch zu Hause. Und ihre Entführung hat sie nicht nur vorgetäuscht, um nicht heiraten zu müssen, sondern auch, um überhaupt abhauen zu können. Sie wollte nur noch weg von ihrem Vater. Weg aus Berlin. Am liebsten ans Meer mit ihren Freundinnen. Und auch Ayse hatte schon lange den Absprung geplant. Die Gelackmeierten waren Orhan und Cemir. Treue Seelen an sich. Die wollten eigentlich ihren Vater nicht allein lassen. Aber auch in türkischen Familien gilt, was in allen Kulturkreisen gilt: Letztlich hat Mama das Sagen. Die Jungs mussten folgen. Aber London ist ja nun wirklich kein schlechter Ort zum Leben. *Rule, Britannia*«, deklamiert er aufgekratzt, *»Britannia rule the waves!«*

»Und wo steckt Fatma? Schon am Meer?«

»Wir wissen nur, dass es ihr gut geht«, erklärt Hünerbein. »Wenn das der Mutter reicht, sollte uns das auch reichen.«

»Moment«, wendet Palitzsch ein, »die Vortäuschung einer Straftat ist auch eine Straftat.«

»Wir sollten es bei dieser Feststellung belassen.« Hünerbein holt ein Papier hervor. »Denn ich habe hier eine schriftliche Stellungnahme der Mutter Ayse Misirlioglu, in der sie den Sachverhalt noch einmal erläutert, auf ihre desolate Ehe hinweist und auf eine Anzeige gegen ihre Tochter wegen des entwendeten Autos ausdrücklich verzichtet.«

»Gut.« Palitzsch ist zufrieden. »Dann kommt das zu den Akten. – Weiter so, Männer!« Er schüttelt uns beiden ergriffen die Hände und stiefelt von dannen.

»Hat er was genommen?« Hünerbein feixt. »Der platzt ja fast vor Stolz.«

»Na, er darf dem Bundesnachrichtendienst gleich unseren Heerstraßenkiller präsentieren.«

»Was denn?« Hünerbein guckt neugierig durch die Scheibe in den Vernehmungsraum A. »Etwa die Stirnglatze da drin? Der sieht doch eigentlich ganz bieder aus.«

»Wie mein Phantombild«, sage ich. »War doch recht gut getroffen, oder?«

»Da kann ich mich gar nicht mehr dran erinnern«, winkt Hünerbein ab. »Aber der andere«, setzt er hinzu, »der zur Befragung da war, als ich meinen Schlüssel vergaß. Der kam mir bekannt vor!«

»Lothar Reinicke«, sage ich. »Kein Wunder, der sieht aus wie Günter Netzer ohne Haare.«

»Wieso? Das Einzige, was ich von Netzer kenne, ist doch die Frisur«, widerspricht Hünerbein und schüttelt den Kopf. »Nee, ich hab den woanders schon mal gesehen.«

»Den Reinicke?«

»Wenn das sein Name ist: Ja. – Aber wo?« Hünerbein grübelt. Dann schnippt er plötzlich mit den Fingern. »Ich hab's: ›Het Paradijs Reizen‹. Da hat er mich in der Tür fast umgerannt. Als ich die de Groot besuchen wollte. Angeblich hat er einen Flug nach Brasilien gebucht. Ohne Rückflug.«

»Was du nicht sagst«, entfährt es mir.

Mein Gott! Wie konnten wir das nur übersehen? Fast zwei Drittel aller Mordfälle geschehen im engsten Familienkreis.

»Der Reinicke!« Ich laufe drauflos. »Natürlich!«

»Was?« Hünerbein starrt mir verblüfft nach.

»Schnapp dir deine Waffe und komm mit«, rufe ich ihn. »Na los! Mach hin! Sonst ist er weg!«

45 ANKE CARDTSBERG wollte gerade Feierabend machen, als die Türglocke ging.

Wer konnte das noch sein? Es war Dienstag, da gab es keine späten Kunden mehr, weil die Ämter bis achtzehn Uhr geöffnet hatten. Das waren Erfahrungswerte: Am Wochenende gab es Termine bis in die tiefe Nacht und an den Wochentagen bis in den Abend hinein. Nur dienstags und donnerstags war wenig los und der Terminkalender nachmittags schon leer. Sheela hatte die Theorie aufgestellt, dass es an den Öffnungszeiten der Ämter und Behörden liegen könnte. Nach langen Tagen mit viel Bürokratie verging den Leuten womöglich die Lust auf Yoga.

Dabei wäre es da besonders nötig, hatte Anke scherzend geantwortet und gelacht.

Sie sah im Kalender nach, als es zum zweiten Mal läutete. Kein Eintrag. Vielleicht war es Sheela. Die hatte vor gut einer halben

Stunde das Haus verlassen. Aber Sheela würde nicht klingeln, die besaß einen Schlüssel.

Vielleicht hat sie ihn vergessen, dachte Anke und öffnete die Tür.

»Guten Abend.«

»Namaste«, erwiderte Anke und verneigte sich leicht.

Trotz der Dienstmarke, die ihr entgegengehalten wurde, erkannte sie den Mann. Es war der Typ mit den Engelslocken. Zwar war ihr sein Haar in jener Nacht rötlich vorgekommen, aber das konnte an der Lampe im Hof gelegen haben. In ihrem schummrigen Licht sahen auch gelbe Laken wie Orange aus, und weiße Tücher bekamen einen leichten Rosaton.

»Was kann ich für Sie tun?«

»Das werden wir sehen«, antwortete der Typ lächelnd und trat ein. »Ist sonst noch jemand hier?«

Anke biss sich auf die Lippen. Was sollte diese Frage? Und welche Schlussfolgerungen zog der Kerl aus einer Antwort?

Von jener Nacht an, als die Polizisten den Park gegenüber abriegelten und der Mann hier das erste Mal aufgetaucht war, hatte sie das Gefühl gehabt, dass er wiederkommen würde.

Weil sie ihn gesehen hatte.

Das gefiel ihm nicht, das spürte sie fast körperlich. Für ihn war sie eine Gefahr, weil er nicht sauber war. Weil er Dreck am Stecken hatte. Sehr viel Dreck, denn warum sonst hatte sich der Mann ausgerechnet zu dem Zeitpunkt bei ihr verstecken wollen, als die halbe Berliner Polizei im Park nach dem Golgatha-Täter suchte?

»Es kommen gleich Kunden«, antwortete Anke und versuchte, das Zittern in ihrer Stimme zu unterdrücken. »Ich habe also nicht so viel Zeit.«

»Das werden wir sehen«, antwortete er und sah sie versonnen an.

Anke zuckte etwas zusammen, als er ihr eine Haarsträhne aus dem Gesicht strich.

»So schreckhaft?« Der Typ lachte laut los. Es war ein heiteres, ein helles Jungenlachen, fast sympathisch, wenn nicht so etwas Dunkles darin mitschwingen würde.

Oder bildete sie sich das nur ein? Vielleicht fing sie allmählich an zu spinnen. Fünfundzwanzig war sie in diesem Jahr geworden, andere waren in dem Alter längst hysterisch. Sie hielt mit Yoga dagegen, doch für ihren Vater war auch das nur eine Hysterie.

War sie verrückt? Ach, wenn Vater doch jetzt hier wäre …

Ich darf mir meine Angst nicht anmerken lassen, beschwor sie sich. Ich werde ganz professionell sein. Wie immer. Die besten Opfer sind die Ahnungslosen. Die Naiven. Die mit dem Tunnelblick. Ich muss dringend telefonieren, und wenn er mich für blöd hält, wird er sich sicherer fühlen und mir nicht ins Büro folgen.

»Sie sind überarbeitet«, sagte sie sanft und strich ihm über die Brust. »Sie brauchen Entspannung.«

»Das ist nicht ganz falsch«, sagte er, »deshalb bin ich ja hier.«

»Vielleicht fangen wir mit einer ayurvedischen Massage an?«

»Klingt gut.«

»Dann machen Sie sich doch schon mal frei. Wie gesagt, es kommen gleich Kunden, aber …« Sie lächelte. »Bis dahin schaffen wir vielleicht noch was. – Ich bin gleich wieder da!«

Sie lief leichtfüßig zwischen wehenden Tüchern hindurch ins kleine Büro am Ende des Raumes. Ihr Herz schlug bis zum Hals. Wo hatte sie nur die Karte von dem Hauptkommissar hingetan, diesem Herrn Knoop?

Wenn er wieder auftaucht, rufen Sie sofort an, hatte der verlangt, und nun war der Kerl da und die Scheißvisitenkarte weg!

Sie fand sie schließlich an den kleinen indischen Spiegel geklemmt, direkt über dem Telefon, und wählte hastig die Nummer. Das Rufzeichen ertönte, einmal, zweimal, und noch einmal – verdammt, geht doch endlich ran!

»Inspektion M1, Kampeter, guten Abend.«

»Ich wollte eigentlich Herrn Knoop sprechen«, flüsterte sie, damit der Kerl draußen sie nicht hörte, »es ist dringend.«

»Bitte? Ich habe nicht verstanden. Können Sie etwas lauter sprechen, bitte?«

»Knoop! Der Hauptkommissar bei Ihnen.«

»Ah, ja. Knoop sagen Sie? Warten Sie, Sie sind hier an der Pforte gelandet. Ich kann Sie verbinden, oder soll ich Ihnen die Durchwahl geben?«

»Die hab ich doch schon gewählt.« Ankes Stimme zitterte vor Aufregung.

»Das kann sein«, pflichtete Kampeter bei. »Wenn oben keiner rangeht, landen Sie irgendwann hier unten. Und ich glaube, ich hab die Kommissare vorhin auch rausgehen sehen. Schien ziemlich eilig zu sein. Warten Sie mal!«

Oh Gott! Er geht weg, dachte Anke mit zunehmender Verzweiflung, was macht der denn? Sucht er jetzt endlos den Kommissar, oder was?«

»Hören Sie, die sind im Einsatz«, meldete sich Kampeter nach einer Weile wieder, »das hab ich mir schon gedacht, so wie die vorhin gerannt sind. Soll ich was ausrichten, wenn sie zurückkommen? Notfalls kann ich die auch anpiepen!«

»Das ist ein Notfall!« Jetzt klang sie wirklich hysterisch. Sie war kurz davor, draufloszuschreien: Polizei! Hilfe! Der Golgatha-Täter ist hier …

… doch der trat plötzlich ins Büro. Jetzt war er ihr doch gefolgt. Lächelnd zog er sich das Oberhemd aus, und sie war am Telefon und brachte kein Wort mehr über die Lippen.

»Sind Sie noch dran?«, knarzte Kampeter an ihrem Ohr. »Ich höre Sie nicht mehr.«

Reiß dich zusammen, beschwor sie sich, sei professionell: Lass dir nichts anmerken und teile die Botschaft trotzdem mit. Sei clever! – Aber wie?

»Das tut mir leid, Frau Engel«, sagte Anke so gelassen und freundlich wie möglich in den Hörer. »Das Padma-Aruna-Institut hat schon geschlossen.«

»Was«, krähte Kampeter verständnislos. »Reden Sie gerade mit jemand anderem?«

»Aber nein, Frau Engel.« Anke machte unverdrossen weiter. »Sie können jetzt nicht ins Padma-Aruna-Institut kommen.«

Verstehe die Botschaft, beschwor sie den Portier am anderen Ende der Leitung gedanklich, horche auf die Schwingungen in deinem Prana, es ist dringend.

»Rufen Sie einfach noch mal an, Frau Engel. Ja, Frau Engel. Wiederhören, Frau Engel.« Dann legte sie auf und sah ihn entschuldigend an.

»Das war Frau Engel«, log sie drauflos. »Die wollte noch einen Termin, aber ...«

»Ich hab's gehört«, erwiderte der Mann ruhig und lächelte, bevor er mit einer kurzen, aber sehr kräftigen Bewegung das Telefonkabel aus der Wand riss.

Anke starrte ihn hilflos an.

»Es ist alles gut.« Er lächelte noch immer. »Jetzt wird uns niemand mehr stören, Süße.«

46 MIT GEZÜCKTEN WAFFEN stürmen wir im Hinterhaus die Treppen zu Lothar Reinickes Wohnung hoch und stoppen an der Tür.

»Gibt's hier noch einen Hinterausgang?«, keucht Hünerbein.

»Eher nicht.« Ich schüttele den Kopf. »Auf drei?«

»Auf drei«, nickt Hünerbein.

Wir entsichern die Heckler-&-Koch-Dienstpistolen und zählen ab.

Eins – zwo ...

Bei drei werfen wir uns gemeinsam gegen die Tür. Die gibt sofort nach, aber trotzdem kommen wir nicht in die Wohnung, weil wir im Türrahmen feststecken. Der ist einfach zu schmal für uns zwei. Vor allem, weil Hünerbein so fett ist.

Wir gehen also nacheinander in die Wohnung und stoßen hinter hervorgehaltenen Waffen alle Türen auf.

Küche – ist leer! Klo – ist auch leer. Und das Wohnzimmer ebenfalls. Mist!

Wir sichern unsere Waffen wieder und stecken sie zurück in die Holster. Der Kerl ist uns entwischt.

Hünerbein schnappt sich von den fetten Telefonbüchern auf dem Fensterbrett das Branchenbuch und sucht, heute schon zum zweiten Mal, die Telefonnummer von Sylvie de Groots ›Het Paradijs Reizen‹ raus.

Aber im Reisebüro geht niemand mehr ran. Verärgert wirft Hünerbein den Hörer wieder auf die Gabel.

»Ist schon geschlossen, Geschäftszeiten von acht bis achtzehn Uhr.« Er sieht auf die Uhr. »Und jetzt ist's gleich sieben.«

Er nimmt sich ein anderes Telefonbuch. »Vielleicht finde ich ja die Privatnummer der schönen Holländerin …«

»Vergiss es, wir fahren jetzt direkt zum Flughafen.« Ich nehme ihm das Telefonbuch aus der Hand und werfe es auf die Klappcouch. »Komm!«

Doch statt sofort wieder loszurennen, starren wir uns verwundert an.

Denn war da nicht eben ein Geräusch zu hören? Kurz nachdem ich das Telefonbuch auf die Couch geworfen hatte? Und klang es nicht wie ein unterdrücktes Stöhnen?

Ich lege mir den Finger auf die Lippen und gehe leise zur Couch. Dann trete ich etwas kräftiger mit dem Fuß gegen die Polster, und da ist es wieder: ein Wimmern, oder eher ein gepresstes Winseln.

Hünerbein zieht seine Waffe hervor und entsichert sie erneut.

Fragend sehe ich ihn an und deute auf die Couch: Öffnen?

Er nickt.

Mit einem Ruck klappe ich die Couch auf, und Hünerbein hält einem verschreckt guckenden, zu einem Bündel fest verschnürten Siegbert Meyer den Lauf der Waffe an den Kopf.

»Tja«, stellt er seufzend fest, »von diesem gut verpackten Freund geht wohl keine akute Gefahr aus.« Er sichert die Heckler & Koch und steckt sie wieder ein.

»Was machst du denn hier?« Ich ziehe Siggi die Knebel aus dem Mund. Der Kerl taucht seit Jahren immer genau da auf, wo man ihn nicht braucht. Aber heute bin ich gnädig. Immerhin hat er mir den Naumann geliefert, auch wenn Hünerbein dafür befördert wird. Mit einem Taschenmesser schneide ich ihm die Fesseln auf.

»Mensch, Dieter«, krächzt er erleichtert und atemlos. »Dass du gekommen bist …«

»Halt die Klappe. Wo ist der Kerl hin?«

Siggi schweigt.

»Hey«, schreie ich ihn an, denn uns läuft dramatisch die Zeit weg.

»Du hast gesagt, ich soll die Klappe halten.«

»Sehr witzig. Also, wo ist er hin?!«

»Das hat er mir nicht gesagt.« Siggi rappelt sich etwas auf und sieht sich um. »Seine Reisetasche ist jedenfalls weg.«

»Wahrscheinlich Flughafen«, meint Hünerbein, »so weit waren wir ja schon.«

»Kommst du allein klar?«, frage ich Siggi.

Der nickt. »Jetzt ja.«

»Okay. Wir hauen ab.«

Und schon stürmen wir wieder aus der Wohnung.

Mit Hünerbeins Mercedes brettern wir, sämtliche Verkehrsregeln ignorierend, Richtung Autobahn. Im Handschuhfach hat Hünerbein eine per Saugnapf zu befestigende blaue Rundumleuchte. Ich pappe sie aufs Dach, um seinem wüsten Fahrstil amtliches Gewicht zu verleihen, und rufe dann per Funk die Zentrale.

»Wir brauchen Einsatzkräfte am Tegeler Flughafen. Die sollen sämtliche Flugzeuge nach Brasilien stoppen, klar?«

»Das geht nur mit richterlicher Verfügung«, wird uns gemeldet.

»Dann sollen die eine ausstellen und rüberfaxen. Wir sind in fünfzehn Minuten da.«

Hünerbein orgelt die Stadtautobahn hinunter und bezweifelt, dass überhaupt Maschinen von Tegel nach Brasilien starten.

»Und warum fahren wir dann dahin?«

»Weil die interkontinentalen Flüge via Frankfurt laufen«, antwortet er mir. »Und da kommt man auch nur über Tegel hin.«

»Oder mit der Bahn.«

»Bloß nicht.«

Wieder greife ich zum Funkgerät, doch im Tunnel reißt die Verbindung ab. »Mist, Funkloch.«

»Funkloch am Funkturm«, frotzelt Hünerbein, als wir wieder an die Oberfläche kommen. »Beeil dich, denn am Kaiserdamm gibt es den nächsten Aussetzer.«

»Zentrale? Bitte auch die Flüge nach Frankfurt stoppen!«

»Was, alle?«

»Ja.«

»Ihr seid verrückt, wer soll das verantworten? Dann braucht ihr eine neue Verfügung.«

»Ja, sieht ganz so aus.«

Ich lege wieder auf, denn wir jagen unter der Kaiserdammbrücke durch.

Mehrmals geht es danach noch zwischen der Zentrale und mir hin und her, weil man sich in der Dienststelle außerstande sieht, die Verantwortung für einen Stopp sämtlicher Frankfurtflüge zu übernehmen, aber das ist mir inzwischen auch egal, denn Hünerbein rast schon mit quietschenden Reifen den Flughafenzubringer hoch und stoppt vor dem Abfertigungsgebäude.

Zwei Flughafenpolizisten erwarten uns.

»Was soll der Quatsch mit Brasilien?«, fragt einer. »Hier ist noch nie eine Maschine dahin abgeflogen.«

»Und Frankfurt?«

»Die letzte ist gerade weg.«

Wir lassen uns die Passagier- und Buchungslisten zeigen. Nirgendwo ein Lothar Reinicke. Ob der auch mit falschem Pass reist?

Eine freundliche Frau vom Service erklärt uns schließlich, dass es eine Art Direktflug nach Brasilien von Schönefeld aus gebe. Eine mexikanische Gesellschaft fliege seit Kurzem Manaus an. Mit Zwischenstopps in Gander, Neufundland und Guadalajara, Mexiko.

»Wie heißt die Gesellschaft?« Vielleicht kriegen wir ihn ja doch noch.

»TAESA-Airlines«, antwortet die Frau, »startet in …« Sie sieht auf die Uhr und schüttelt bedauernd den Kopf. »… vierzig Minuten. Oje, das schaffen Sie nicht mehr!«

»Das schaffen wir!«

Hünerbein holt aus seinem alten Benz das Letzte raus. Es geht zurück über die Stadtautobahn bis Gradestraße und die Buckower Chaussee zum alten Ostberliner Zentralflughafen Schönefeld am anderen Ende der Stadt.

Wahrend der Fahrt liefere ich mir noch ein paar, von diversen tunnelbedingten Funklöchern unterbrochene Wortgefechte mit der Zentrale.

Es ist zum Kotzen! Wie soll man vernünftig arbeiten, wenn niemand, wenn es mal ernst wird, Verantwortung übernehmen will?

Nicht mal den Abflug dieses mexikanischen Billigfliegers wollen sie für uns verzögern.

»Hilf dir selbst, dann hilft dir Gott«, meint Hünerbein, als der Flughafen Schönefeld in Sicht kommt.

»Rechts rum«, brülle ich.

»Wieso rechts rum?«

Weil ich eben eine Maschine mit gelber Heckflosse und der Aufschrift »TAESA« aufs Flugfeld rollen sehe.

»Da! Da! Da ist der Flieger!«

»Ja, okay, und wie soll ich dahin kommen? Das ist doch abgesperrt. Da sind doch überall Zäune!«

Ostzäune, denke ich und greife Hünerbein kurzerhand ins Lenkrad, lächerlicher Maschendraht aus sozialistischer Produktion. Der sollte doch für das anerkannte schwäbische Qualitätsautomobil mit dem Stern kein Hindernis sein.

»Ja, sage mal, spinnst du!«, kreischt Hünerbein auf.

Zu spät, denn schon fliegen uns die ersten Zäune um die Ohren und reißen auch den Stern von der Motorhaube.

»Mein schönes Auto«, jammert Hünerbein.

»Sei froh, dass es ein Mercedes ist«, beruhige ich ihn, »hier drin sind wir sicher.«

Die Maschine schwenkt auf die Startbahn ein, die Triebwerke heulen auf.

»Fahr direkt davor«, rufe ich.

»Vors Flugzeug?« Hünerbein ist entsetzt. »Bist du verrückt, das rollt doch schon!«

»Ja, eben!« Wenn wir nicht wollen, dass es mit Reinicke abhebt, müssen wir die Kiste stoppen. Notfalls mit Gewalt. »Nun mach!«

Hünerbein bringt seinen Mercedes quer mitten auf der Startbahn zum Stehen und starrt angstvoll auf die näher kommende Maschine. Mit riesigen Scheinwerfern am Bug und lärmenden Turbinen rollt der Riesenvogel jetzt direkt auf uns zu.

Wir kneifen geblendet die Augen zusammen.

»Hält der noch an?«

Ich weiß nicht. Kann sein. – Oder nicht? Nee, eher nicht. Es sieht derzeit wirklich nicht so aus, als ob der Flieger noch rechtzeitig bremsen kann. Können Flugzeuge überhaupt bremsen?

»Raus«, brülle ich.

Wir werfen uns seitlich aus dem Wagen, bevor er vom Bugrad der TAESA-Maschine stark eingedrückt und mit einem entsetzlichen Schleifgeräusch noch gut fünfzig Meter über die Startbahn geschoben wird. Dann steht der Flieger still.

Na also, Ziel erreicht. TAESA bleibt am Boden.

»Gut gemacht, Hünerbein.«

Sein geliebter, elf Jahre alter Benz allerdings hat die Konfrontation mit dem Flugzeug nur als Totalschaden überlebt.

»Ja, super!« Hünerbein rappelt sich schnaufend auf. »Ich will nicht wissen, was meine Versicherung dazu sagt.«

Von allen Seiten rasen blaulichternde Fahrzeuge der Flughafenfeuerwehr auf uns zu. Irgendein Wichtigtuer hält uns einen gefährlichen Eingriff in den Luftverkehr vor. Aber das soll die Dienststelle verantworten, die nicht dafür sorgen konnte, dass der Flieger normal am Boden bleibt.

Wir weisen uns aus, warten, bis eine Rampe zum Flugzeug gefahren wird, und klettern dann an Bord. Wenn jetzt Lothar Reinicke nicht in dieser Maschine sitzt, haben wir ein echtes Problem.

»Ich hoffe nur, dass sie nicht wieder startet«, bangt Hünerbein, »während wir noch an Bord sind. Ich bin heute schon mal unverhofft durch die Gegend geflogen. Und Brasilien ist mir jetzt wirklich zu weit weg.«

»Die können nicht starten«, beruhige ich ihn, »dazu müssten sie erst deinen Trümmerhaufen von Auto von der Startbahn räumen.«

Ich bleibe vor einem Sitzplatz am Fenster stehen. Der Mann, der ihn belegt, sieht aus wie Günter Netzer ohne Haare.

»Herr Lothar Reinicke, Sie sind vorläufig wegen Verdachts auf Mord an Ihrer geschiedenen Ehefrau Swantje Steffens festgenommen.«

Hünerbein legt ihm Handschellen an.

Glück gehabt.

47 FÜNFHUNDERTUNDZWOTAUSEND MARK.

Das war die Summe, die Reinicke am Leibe trug. Eingenäht in seine Jacke, ins Futter der Hosen und in die Reisetasche. Bei der Leibesvisitation nach seiner Verhaftung im Flughafen war uns aufgefallen, dass die Klamotten ungewöhnlich schwer waren und die sehr leicht wirkende Stoffreisetasche auch leer noch gut anderthalb Kilo wog.

Mit dem sichergestellten Geld kann man Reinicke zwar sicher den Banküberfall auf die Commerzbank-Filiale am Mehringdamm nachweisen.

Aber den Mord an Swantje Steffens?

Wir haben uns in unserem Büro versammelt. Kriminaloberrat Dr. Edmund Palitzsch hat für jeden ein Glas Sekt springen lassen. Damit wir auf unseren Erfolg anstoßen können. Aber so richtig freuen können wir uns noch nicht. Dafür gibt es zu viele Unwägbarkeiten.

Sicher, wir haben einen Zeugen. Siegbert Meyer. Ihn hatte Lothar Reinicke in seine Gewalt gebracht, weil er in ihm einen Mitwisser befürchtete. Und zweifellos hatte er Meyer gegenüber auch zugegeben, dass er der Mörder seiner Exfrau war. Doch vor Gericht sieht die Sache schon ganz anders aus.

Reinicke war mit seiner Beute erwischt worden, es macht also wenig Sinn für ihn, den Überfall auf die Bankfiliale zu leugnen. Er war unbewaffnet gewesen, auch wenn er eine Bombe vortäuschte. Es gab keine Verletzten, und er ist Ersttäter, ein bislang unbescholtener Mann ohne Strafregister. Das alles wird das Gericht zu seinen Gunsten auslegen. Er bekäme eine maximale Freiheitsstrafe von fünf Jahren und wäre bei guter Führung nach drei Jahren wieder auf freiem Fuß.

Vorsätzlicher Mord dagegen ist etwas anderes. Dafür gibt es lebenslänglich, also mindestens fünfzehn Jahre Haft. Reinicke wird die Tat abstreiten. Um jeden Preis. Zu viel steht für ihn auf dem Spiel. Selbst wenn Meyer als einziger Belastungszeuge aussagt, braucht Reinicke nur zu leugnen, und schon heißt es: Aussage gegen Aussage. Im Zweifel für den Angeklagten.

Wir müssen Lothar Reinicke den Mord an Swantje Steffens also nachweisen und die Anklage mit Indizien untermauern. Am Wichtigsten sind dabei die Schuhe, die er während seiner Verhaftung trug: Sie hatten im linken Sohlenprofil ein kleines eingetretenes Steinchen, und ich bin mir sicher, dass sie nicht nur mit den von Damaschke sichergestellten Spuren vom Bankraub, sondern auch mit denen am Tatort im Viktoriapark und in der Wohnung von Swantje Steffens übereinstimmen.

Aber reicht das?

Vor allem fehlt uns ein Motiv: Warum hat Reinicke seine Exfrau umgebracht?

Weil sie von dem Bankraub wusste. Und ihren geschiedenen Mann als Täter erkannte.

Aber wie ist sie dahintergekommen?

»Der Zeitungsartikel«, überlege ich laut. »Es muss mit dem Zeitungsartikel zusammenhängen. Warum sonst hat sie ihn ausgeschnitten?«

Und was bedeuten die Zahlen, die sie an den Rand geschrieben hat?

»Zehn, neun, zweiundsiebzig.« Hünerbein starrt an die Decke. »Vielleicht ein Datum?« Er sieht uns an. »10. September ’72?«

»Was war denn da?«

Hünerbein zuckt die Schultern. »Die Olympiade im München, glaube ich. Das Attentat.«

»Das war am 5. September«, widerspricht Beylich.

»Der Reinicke hat ausgesagt, dass er Swantje Steffen ’72 in Ostberlin kennengelernt hat«, werfe ich ein. »Es kann also durchaus ein Datum sein, das mit den beiden zusammenhängt.«

»Vielleicht der Hochzeitstag?« Palitzsch sieht fragend in die Runde. »Kriegen wir das raus?«

»Aber klar doch.« Beylich greift zum Telefon.

»Gehen wir noch mal die Akten vom Raubdezernat durch.« Ich hole mir die Ordner heran. »Da gab es doch dieses rote Tuch, mit dem sich Reinicke maskiert hatte und das er bei seiner Flucht in einen Abfalleimer geworfen hat. Es wurde auch in der Zeitung erwähnt. Es gab sogar ein Foto davon. – Hier!« Ich zeige es herum. »Vielleicht kannte Swantje Steffens dieses Tuch und hat daraus ihre

Schlüsse gezogen? Und weil sie selbst unter Geldnot stand, versuchte sie, ihr Wissen für sich zu nutzen. Sie erpresste ihren Mann: Entweder Geld, oder ich lasse dich hochgehen.«

Hünerbein nickt. »So könnte es gewesen sein. Reinicke zeigt sich scheinbar kooperativ und lockt sie zu einem vermeintlichen Treffen in den Viktoriapark. Und dort hat er sie dann umgebracht.«

»Und wie wollt ihr diese Theorie untermauern? Bislang sind das nur Mutmaßungen«, mahnt Palitzsch, »nichts als Vermutungen. Wir brauchen aber Beweise!«

»Wir haben die Fußspuren«, sagt Hünerbein.

»Und wir machen eine Stimmprobe«, setze ich hinzu. »Der Reinicke soll eine Stimmprobe abgeben, die wir dann mit dem Anruf von der Mordnacht abgleichen.«

»Ich kümmere mich drum.« Matuschka macht sich auf den Weg.

»Diese Muster auf dem Tuch«, überlegt Beylich, »könnten römische Zahlen sein.«

XIXLXXII – aber was soll das für eine Zahl sein?

»Wir müssen das trennen.« Hünerbein schreibt die Zahlen auf unsere Pinnwand: X für zehn, L für fünfzig. Ein Strich für eins, zwei Striche für zwei. Macht also zehn, eins, zehn, fünfzig, zehn, zehn, zwei.« Er schreibt auch diese Zahlen auf:

10, 1, 10, 50, 10, 10, 2. Ist das ein geheimer Code?

»Man kann das auch als zehn, neun, fünfzig, zwanzig, zwo deuten«, erklärt Beylich, »die letzten fünf römischen Zeichen können auch nur für eine Zahl stehen. Die zweiundsiebzig.«

»Zweiundsiebzig?«

»Ja«, nickt Beylich und malt es auf die Wand: »LXXII«. »Das wäre die römische Zahl zweiundsiebzig.«

Und das ist eine der Zahlen, die an den Rand des Zeitungsartikels gekritzelt wurden. Ich male sie auf unsere Pinnwand. Und dann noch die Zehn – ein X – und die Neun – IX.

Zehn, neun, zweiundsiebzig sehen römisch dargestellt so aus: X IX LXXII. Nehmen wir jetzt noch die Abstände weg, haben wir das Muster auf dem roten Tuch.

Wir stellen also fest: Das Halstuch, das Reinicke auf seiner Flucht verlor beziehungsweise weggeworfen hat, hat römisch dieselben Zahlen aufgedruckt, die Swantje auf die Zeitungsmeldung vom Bankraub notiert hat.

»Das ist der Hochzeitstag.« Beylich hat sein Telefonat beendet. »Hab gerade mit Damaschke gesprochen. Die untersuchen die Wohnung von dem Reinicke und haben die Heiratsurkunde gefunden. 10. September '72, Standesamt Mitte in Ostberlin.«

»Dann ist der Fall klar: Swantje Steffens hat den Bankräuber an dem Halstuch erkannt.«

»Na also! Fassen wir zusammen.« Palitzsch beginnt durchs Büro zu wandern. »Wir haben die Sohlenprofile von Reinickes Schuhen. Wir haben die Zeitungsnotiz und ein Tuch mit jeweils denselben Zahlen. Einmal handschriftlich, einmal römisch. Beide bezeichnen den Tag der Eheschließung zwischen Swantje Steffens und Lothar Reinicke, woraus zu schließen ist, dass unser Mordopfer ihren Exmann als Bankräuber identifiziert hat. Sie will ihn erpressen. Er lockt sie in den Viktoriapark und bringt sie um. Dann ruft er in der Notrufzentrale an und meldet die Tote. Das klären wir mit einem Stimmenvergleich. Zudem haben wir unseren Hauptbelastungszeugen Siegbert Meyer.« Er stoppt seinen Weg durch das Büro und sieht uns an. »Reicht das? Kriegen wir ihn damit? – Egon?«

»Kommt auf einen Versuch an.«

»Gut, dann bringt den Reinicke jetzt mal in den Vernehmungsraum. Egon, machst du die erste Runde?«

Beylich nickt. »Gern.«

Doch bevor er gehen kann, klopft es an der Tür, und Kampeter, der Mann von der Pforte, schaut rein.

»Entschuldigung, ist Hauptkommissar Hans Dieter Knoop inzwischen zurück?«

Ich hebe meine Hand.

»Ach, nicht jesehen und doch erkannt.« Kampeter grinst. »Ich wollte nur ansagen, da hat vorhin eine Frau für Sie angerufen. Hier oben war keiner, deshalb kam der Anruf bei mir unten an.«

»Monika?«

»Das weiß Gott allein, ihren Namen hat sie nicht gesagt.« Kampeter schaut auf einen Zettel. »Das war ziemlich komisch, deshalb hab ich mir Notizen gemacht. Also: Erst wollte sie Sie sprechen, wegen eines Notfalls, und dann sprach sie plötzlich mit einer Frau Engel.« Er sieht mich an. »Kennen Sie die?«

»Eine Frau Engel? Nein.«

»Vom einem Padma-Aruba-Institut oder so.«

»Padma Aruna«, verbessere ich ihn und stutze. »Sagten Sie Engel?«

»Ja«, nickt Kampeter, »und das Institut hatte schon geschlossen. Also ehrlich, das erschließt sich mir nicht, ich kann mir darauf absolut keinen Reim machen.«

Aber ich: verdammt noch mal, der Engel!

»Wann war der Anruf?«

»So vor ungefähr zwei Stunden.«

Na, hoffentlich ist es noch nicht zu spät. Ich springe auf. »Der Golgatha-Täter! Rufen Sie die Lenz! Schnell!«

Palitzsch und die anderen sehen mich verständnislos an.

»Kriegen wir eine genaue Erläuterung?«

»Später«, sage ich und stürme aus dem Büro.

48 DUNKELHEIT hat sich über die Methfesselstraße gesenkt, und das Padma-Aruna-Institut liegt wie verlassen da. Bis auf das Rauschen der hohen Bäume im nahen Viktoriapark ist kein Laut zu hören.

Inga Lenz hat darauf bestanden, ein SEK mitzunehmen. Das sei sicherer, und sie möchte nicht riskieren, dass uns der Kerl noch mal durch die Lappen geht.

Ich dagegen denke, dass es besser ist, wenn wir allein da raufgehen, schon um eine Eskalation zu vermeiden. Wenn sich Tatverdächtige in eine für sie aussichtslose Enge gedrückt fühlen, etwa durch den Einsatz eines schwer bewaffneten Sondereinsatzkommandos, neigen sie zu Übersprungs- oder Kurzschlusshandlungen. Zudem will ich Anke Cardtsberg nicht noch mehr gefährden, als sie es ohnehin vermutlich schon ist.

Wir einigen uns schließlich auf einen Kompromiss: Das SEK

wird einsatzbereit in Stellung gebracht, das Institut betreten wir aber zunächst allein.

Vorsichtig schleichen wir über den Hof. Die trübe Lampe über der Tür verbreitet einen diffusen rötlichen Schimmer. Das Licht im Treppenhaus lassen wir ausgeschaltet. Im Dunkeln tasten wir uns hoch in den ersten Stock. Die Tür zum Yoga-Institut ist geschlossen, und es dürfte schwer sein, sie lautlos aufzubrechen. Sie ist aus Stahl, wie in diesen alten Hinterhoffabrikgebäuden üblich.

»Dafür brauchen wir eine gezielte Sprengladung.«

»Das lassen wir mal besser«, flüstert Inga Lenz. »Ich hab von draußen gesehen, dass im ersten Stock ein Fenster nur angelehnt ist. Vielleicht komme ich da rein, und dann mache ich von innen auf. – Warte hier, okay?«

Sie lässt mich im Dunkeln zurück und tappt die Treppe wieder hinunter. Merkwürdig: Plötzlich stört mich nicht einmal, dass sie mich duzt.

Durch ein Fenster im Treppenhaus kann ich noch sehen, wie sie, gelenkig wie eine Katze, draußen am Efeubewuchs der Fassade hochsteigt und lautlos im ersten Stock verschwindet.

Kurz darauf ist es mit der Ruhe vorbei.

»SCHMITTKE! SIE SCHWEIN!« Hinter der Stahltür hört man es mächtig rumpeln, irgendwer schreit auf. »ICH BRING SIE UM, SCHMITTKE!«

Da geht was schief, denke ich und rüttle hektisch an der Stahltür, da geht gerade was richtig schief.

»Inga«, rufe ich, »Inga, was ist los? Machen Sie auf, um Gottes willen!«

Nichts passiert. Ich lausche an der Tür. Man hört atemloses Keuchen, erstickte Schreie und immer wieder das dumpfe satte Schmatzen harter Faustschläge.

»Inga!«

Mein portables Funkgerät knackt. Die Stimme des SEK-Chefs meldet sich. »Alles in Ordnung bei euch?«

Von wegen. Drinnen fliegt gerade irgendetwas durch die Gegend, und man hört ersticktes Wimmern.

»Hallo«, knarzt es ungeduldig aus dem Funkgerät.

»Ja«, antworte ich.

»Was ist? – Zugriff?«

»Moment.«

Ich lausche an der Stahltür. Drinnen ist es plötzlich wieder ruhig geworden. Dann nähern sich Schritte. Wenig später wird die Tür aufgeriegelt, und Inga Lenz starrt mich mit Tränen in den Augen an.

»Schmittke«, haucht sie nur und fällt mir dann weinend um den Hals. »So ein Arschloch, so ein beschissenes, verdammtes Arschloch …«

»Kein Zugriff«, bremse ich das SEK per Funk aus. »Es ist vorbei.«

Ich nehme Inga tröstend in den Arm. Sie schluchzt hilflos und macht sich wieder los.

»Das Schwein«, schnieft sie. »So ein elendes Schwein.«

Vorsichtig betrete ich den mit vielen Tüchern verhängten Raum und finde Anke Cardtsberg frei auf dem Kopf stehend. Sie ist völlig nackt und wirkt wie eine Skulptur. Regungslos, in Marmor gemeißelt. Das lange Haar verhüllt ihr Gesicht.

Ich bleibe stehen, sehe sie an und weiß nicht, wie ich mich verhalten soll. Bemerkt sie mich überhaupt? Oder ist sie gar verrückt geworden? Wie kann ein Mensch überhaupt so lange unbeweglich auf dem Kopf stehen?

»Das Shirasana«, verkündet sie plötzlich sehr ruhig und deutlich, »aktiviert die Gehirnfunktion und die Hypophyse. Es fördert die geistige Kraft und die Konzentration.«

»Geht es Ihnen gut?«, frage ich.

Sie klappt nach vorn ab, mit den Füßen zuerst und steht dann wie ein umgedrehtes V auf dem Boden.

»Das Parvatasana stärkt den Rücken und dehnt Arm- und Beinmuskulatur. Ebenfalls fördert es Hypophyse und Hirnfunktion.«

Okay, denke ich: Die Ärmste hat den Verstand verloren.

»Aber was viel wichtiger ist«, Anke Cardtsberg schlägt ein Rad und richtet sich auf, »diese Stellung wird auch ›Hund‹ genannt.« Sie nimmt sich ihren Sari und wickelt sich darin ein. »Und genau so fühle ich mich: wie ein Hund. Oder besser: eine Hündin.«

Sie sieht mir ins Gesicht, blickt aber mit feuchten Augen durch mich hindurch.

»Er hat gesagt, er liebt mich«, sagt sie wie zu sich selbst. »Aber liebt der Rüde die Hündin, wenn er sie von hinten fickt?«

»Frau Cardtsberg?« Inga Lenz kommt von hinten heran. »Kommen Sie! Wir bringen Sie in ein Krankenhaus.«

»Nein.« Anke Cardtsberg schüttelt entschieden den Kopf. »Kein Arzt. Mir helfen meine Übungen besser, um mich wieder wie ein Mensch zu fühlen.« Sie lacht auf. Seltsam fröhlich, wie ein Kind.

»Das Krankenhaus«, sie zeigt verächtlich auf den am Boden liegenden Schmittke, »hat er jetzt wohl nötiger.«

Tatsächlich ist Schmittke übel zugerichtet worden. Wimmernd liegt er in seinem Blut, zusammengeschlagen und ohne Zähne.

Inga Lenz hat ganze Arbeit geleistet.

In seinem Gerichtsverfahren wird er sie später deshalb der schweren Körperverletzung bezichtigen. Zeugen gibt es nicht. Anke Cardtsberg und Inga Lenz schweigen dazu, und ich habe nichts gesehen. Es steht Aussage gegen Aussage, und Inga Lenz wird von den Vorwürfen freigesprochen.

Schmittke dagegen wird verurteilt. Vorsätzliche Körperverletzung und Vergewaltigung in sieben Fällen. Dazu Amtsmissbrauch und Vertuschung von Straftaten. Das Gericht stellt fest, dass er im Zuge der Ermittlungen gegen den vermeintlichen Golgatha-Täter DNA-Proben unbrauchbar gemacht und Zeuginnen manipuliert hat, um von sich abzulenken. Einige der ohnehin schon schwer geschädigten Opfer hat er so unter Druck gesetzt, dass sie schwerste psychische Traumata davongetragen haben. Andere Opfer zogen später ihre Anzeige zurück.

Als Inga Lenz den Park am Freitag abriegeln ließ, dies wurde in der Verhandlung ebenfalls festgestellt, hatte sich Schmittke ebenfalls dort aufgehalten. Er war zunächst in den Hof des Yoga-Instituts geflüchtet, hatte sich dann aber seinem Ermittlerteam anschließen können, ohne Verdacht zu erregen.

Zur Motivation der Überfälle gab Schmittke an, dass er sich nur geholt habe, was er brauche. Unsere Gesellschaft kranke an der Dominanz des Weiblichen. Männer hätten keine Möglichkeit mehr, sich zu entfalten. Von frühester Kindheit an würden sie weiblich beeinflusst. Er nannte dazu Beispiele aus seinem eigenen Leben:

Als Sohn einer alleinerziehenden Mutter habe er nie Gelegenheit gehabt, ein richtiger Mann zu werden, da ihm entsprechende Vorbilder gefehlt hätten. Seine ganze Kindheit und Jugend habe er nur mit Frauen zu tun gehabt. Erzieherinnen, Lehrerinnen, niemals einen Lehrer. Der einzige Freund, den er hatte, zog nach Heirat weg und meldete sich nie wieder. Schmittke war überzeugt, dass es an dessen Frau lag.

Und schließlich seine Vorgesetzte Inga Lenz. Die sei doch in der gesamten Berliner Polizei als Kampflesbe bekannt. Wie hätte er, Martin Schmittke, unter solchen Umständen je ein normales Verhältnis zu Frauen aufbauen können?

Das Gericht verurteilte ihn rechtskräftig zu sechs Jahren Haft ohne Bewährung und ordnete eine psychiatrische Behandlung an.

EPILOG

Am 21. August 1991 werden in Moskau die Putschisten zur Aufgabe gezwungen. Große Teile des Militärs sind zuvor dem Aufruf des in Deutschland bis dato völlig unbekannten, aber sehr mutigen Präsidenten der Russischen Föderativen Sowjetrepublik, Boris Jelzin, gefolgt und haben sich unter dessen Kommando begeben. Damit ist die Junta des selbst ernannten »Komitees für den Ausnahmezustand« ihrer militärischen Macht beraubt. Die Mitglieder des Komitees werden verhaftet, Innenminister Pugo begeht Selbstmord.

Gorbatschow kehrt in sein Amt zurück, muss aber an Jelzin weitreichende Vollmachten abgeben. Nächtelang feiern die Menschen in Moskau den Sieg ihrer jungen Demokratie.

Berlin atmet auf.

In den Cafés und Kneipen wird wieder musiziert, die Menschen gehen tanzen, und das Golgatha veranstaltet anlässlich der Ergreifung des »Sextäters vom Viktoriapark« eine »Riesenweiber-Night« samt prächtigem Feuerwerk.

Hünerbein wird noch im August zum Ersten Kriminalhauptkommissar unserer Abteilung befördert und feiert dies mit einer rauschenden Party bei Enzo im L'Emigrante.

Ich bleibe, was ich bin, Zweiter Kriminalhauptkommissar, werde aber von Hünerbeins neuer Flamme, Catherine Hirondeau, mit einem edlen, in Leder gebundenen Band über die Geheimnisse der Astrologie sowie einem prächtigen Wickeltisch entschädigt. Für Letzteren scheinen sich Melanie und ihr schwarzer Tarzan Boy auffällig zu interessieren. Ein Umstand, der mir wochenlang schlaflose Nächte bereitet.

Siggi muss wieder zurück in die JVA Tegel. Seine Haftstrafe wird nicht verlängert, auf weitere Freigänge muss er aber fortan verzichten.

Gern brüstet er sich damit, die Flucht von HVA-Chef Markus »Mischa« Wolf aus Moskau organisiert zu haben, der in Österreich Asyl beantragt hat.

Siggis Anwalt Heribert Naumann wird im Oktober 1991 wegen dreifachen Mordes an sowjetischen Staatsbürgern zu fünfzehn Jahren verurteilt. Drei Monate später gelingt ihm jedoch während eines Gefangenentransportes die Flucht. Es gibt Gerüchte, dass der Bundesnachrichtendienst in die Aktion verwickelt war.

Naumann wird nie wieder gefasst.

Im Dezember wird Lothar Reinicke nach einem, für uns Ermittler sehr aufregenden Indizienprozess zu zehn Jahren Haft verurteilt. Das Gericht sieht es als erwiesen an, dass Reinicke von seiner Exfrau Swantje Steffens als Bankräuber enttarnt und erpresst worden war, woraufhin er sich mit ihr im Viktoriapark traf und sie erschlug. Die Richter folgen der Argumentation der Verteidigung, dass der Mord nicht vorsätzlich, sondern im Affekt geschehen sei. Somit hat Reinicke bei guter Führung die Aussicht, nach acht Jahren aus der Haft entlassen zu werden.

Hüseyin Misirlioglu bekommt Ende August eine Karte aus Holland. Sie ist von seiner Tochter Fatma, die ihm in kappen Worten mitteilt, dass es ihr gut gehe und sie in ein paar Tagen die Fähre nach England nehmen werde, um Mutter und die Brüder zu besuchen.

Und zwei niederländische Polizisten wollen fünf ausgelassene Mädchen mit einem E-Klasse-Mercedes am Nordseestrand von Bloemendaal gesehen haben. Sie hatten sich mit D-Mark-Scheinen beworfen, die hinter den Türverkleidungen des Wagens versteckt waren.

Das hatte die Polizisten misstrauisch gemacht. Da aber die Fahrzeugpapiere in Ordnung gewesen waren und sich die Mädchen ordentlich ausgewiesen hatten, habe man es bei einer Verwarnung belassen. Denn der Badeort Bloemendaal liegt am Rande eines Naturschutzgebietes. Fahrzeuge dürfen hier nicht an den Strand.

Die Mädchen hatten daraufhin den Wagen in eine bewachte Parkzone gebracht und waren zu Fuß an den Strand zurückgekehrt. Besonders liebevoll hatten sie sich alle um ein Mädchen im Rollstuhl gekümmert. Sie hieß Annika und hatte eine große Colaflasche in den Händen gehabt, die sie kaum allein halten konnte. Angeblich sei diese Annika erst kürzlich aus einem langen Schlaf erwacht. Wie einst das Dornröschen aus Grimms Märchen. Tatsächlich wirkte sie eigenartig fragil. Eine sehr zarte Gestalt.

Sie habe unverwandt aufs Meer gestarrt und gelächelt ...

ENDE

Übersetzungen und inhaltliche Erläuterungen

Seite 10: Johanna Olbrich alias Sonja Lüneburg arbeitete in der Auslandsaufklärung des MfS unter anderem als Sekretärin von Bundeswirtschaftsminister Martin Bangemann. 1985 vergaß sie in einem römischen Taxi ihre Handtasche mit den falschen Pässen und musste von der DDR überstürzt abgezogen werden.

Seite 80: »*Iyi akşamlar.*«* – Türkisch: »Guten Abend.«

Seite 83: »*Sen Almanca bilen değil mi*?« – Türkisch: »Sie können kein Deutsch?«

Seite 84: »*Çık dışarı*! *Polis!*« – Türkisch: »Raus hier! Verschwindet! Polizei!«

Seite 136: »*А вы идиоты не владеющих русским языком*« – »Und ihr Idioten sprecht kein Russisch.«

Seite 188: Gemeint ist hier »Der Gesang vom lusitanischen Popanz«, ein »politisches Musical« von Peter Weiss (1916–1982)

Seite 202: »*Noi combattiamo i comunisti. Noi combattiamo i sovietici.*« – »Wir bekämpfen die Kommunisten. Wir bekämpfen die Sowjets.«

Seite 220: Gemeint ist hier die österreichische Unternehmerin Rudolfine Steindling. Sie verwaltete das Vermögen der KPÖ und war Geschäftsführerin der NOVUM, einer Tochter des MfS-Unternehmens Kommerzielle Koordinierung, kurz KoKo.

Seite 260: Anspielung auf das Arbeiterlied »Brüder zu Sonne, zur Freiheit« von Leonid P. Radin und Hermann Scherchen

Seite 263: Der Zentralfriedhof Friedrichsfelde wird wegen der Grabstätten von Karl Liebknecht und Rosa Luxemburg, auch »Friedhof der Sozialisten« genannt. Neben anderen bedeutenden Persönlichkeiten der Arbeiterbewegung fanden hier auch führende Vertreter der DDR, wie zum Beispiel Wilhelm Pieck, Walter Ulbricht und Armeegeneral Heinz Hoffmann, ihre letzte Ruhestätte.

Seite 273: Als Senatsreserve wurden die eisernen Lebensmittelvorräte der Stadt Berlin bezeichnet, die während des Kalten Krieges an geheimen Orten gehortet wurden, um im Falle einer erneuten Blockade durch die Russen den Westberlinern das Überleben zu sichern. Insgesamt vier Millionen Tonnen Güter, die Anfang der neunziger Jahre an die Sowjetunion gingen – als Spende!

Oliver G. Wachlin
WUNDERLAND
Broschur, 336 Seiten
ISBN 978-3-89705-588-9

»Mit viel Feingefühl ist Wachlin an die Ausarbeitung seiner Protagonisten und deren Leben herangegangen und hat es geschafft, zwei Schicksale aufzuzeigen, die in der damaligen Zeit so hätten verlaufen können.«
www.media-mania.de

»Amüsant kriminelle ›Wendekomödie‹. Original, originell, gefühlsecht.« www.berlinkriminell.de

Oliver G. Wachlin,
TORTENSCHLACHT
Broschur, 304 Seiten
ISBN 978-3-89705-766-1

»Oliver Wachlin kreiert pünktlich zum Jubiläum seine Persiflage auf die Wende, einen köstlich närrischen Tanz ums Goldene Kalb, hier ›Tortenschlacht‹ genannt.«
www.berlinkriminell.de

»Spannend, humorvoll und immer wieder überraschend – insofern kein Krimi der üblichen Art.« Antenne Brandenburg

OLIVER G. WACHLIN
Grenzwärts
KRIMINALROMAN
emons: